JANICE Y. K. LEE

Janice Y. K. Lee est née et a été élevée à Hong-Kong, où elle vit actuellement.
Diplômée de Harvard, elle a travaillé aux pages livres du *ELLE* américain.
Le professeur de piano est son premier roman.

LE PROFESSEUR DE PIANO

JANICE Y. K. LEE

LE PROFESSEUR DE PIANO

Traduit de l'anglais par
Isabelle Chapman

PLON

Titre original
THE PIANO TEACHER

ISBN : 978-2-266-20015-8

À mes parents.

PREMIÈRE PARTIE

Mai 1952

Cela commença comme par accident. Le petit lapin en porcelaine de Herend était tombé dans son sac à main. Claire l'ayant frôlé par inadvertance en rangeant ses partitions à la fin de la leçon de piano, il avait basculé sur le napperon en dentelle (un napperon ! sur un Steinway !), rebondi et versé dans sa grande bourse en cuir. Ensuite, le déroulement des événements était confus, même pour elle. Locket, les yeux baissés sur les touches, ne s'était aperçue de rien. Quant à Claire, elle était partie, comme s'il ne s'était rien passé. Puis, arrivée à l'arrêt d'autobus, elle avait saisi la gravité de son geste. Trop tard. Elle rentra chez elle et s'empressa d'enfouir la précieuse figurine sous une pile de pull-overs.

Claire et son mari avaient déménagé à Hong-Kong neuf mois plus tôt, à la suite de la nomination de Martin au Département des Eaux. La nouvelle de cette mutation tomba au moment où Churchill annonçait la fin du rationnement, alors que la vie reprenait peu à peu un cours normal. Jusque-là Claire n'avait jamais envisagé de vivre ailleurs qu'en Angleterre.

Martin, ingénieur de profession, était chargé de superviser la construction du barrage du futur lac-réservoir de Tai Lam Cheung, un ouvrage qui permettrait de réduire la pénurie d'eau pendant les sécheresses, fréquentes dans ce pays. Le lac de retenue, une fois plein, atteindrait un volume de 20 millions de mètres cubes. Un chiffre inconcevable pour Claire, mais à entendre Martin, cela suffirait tout juste à alimenter en eau la population de Hong-Kong, et à peine serait-il achevé qu'il faudrait songer à en creuser un autre. « Il y aura toujours du travail pour moi », avait-il ajouté d'un ton guilleret. À présent, il étudiait la topographie des collines environnantes afin d'y installer des infrastructures de captage de l'eau de pluie. Le gouvernement britannique se donnait vraiment du mal pour ses colonies, se disait Claire. Grâce à leurs efforts, les autochtones vivaient beaucoup mieux, même s'ils se montraient souvent ingrats. Avant son départ, sa mère l'avait prévenue au sujet des Chinois : un peuple sournois et dénué de scrupules, qui chercherait sans aucun doute à abuser de sa candeur et de sa bonne volonté.

Pendant la traversée, elle avait noté au fil des jours un net accroissement de l'humidité dans l'air. Pourtant le vent forcissait et, quand les nuages s'écartaient, le soleil dardait des rayons brûlants. Au mois d'août, enfin, le *Canton* entra dans le port de Hong-Kong, et elle eut la sensation de se trouver sous les tropiques : ses cheveux se mirent à boucler et, sous l'effet de la transpiration, son visage se recouvrit d'une pellicule huileuse, ainsi que ses aisselles et le creux derrière ses genoux. En sortant de sa cabine, elle eut la sensation de se heurter à un mur de chaleur. Elle s'éventa, et chercha désespérément un peu d'ombre.

Ils avaient effectué en tout sept escales, mais après la saleté d'Alger et de Port-Saïd, Claire avait préféré rester à bord plutôt que de se frotter à des étrangers dont les mœurs l'emplissaient d'effroi. Les choses qu'elle y avait vues, en effet, dépassaient l'entendement. À Alger, par exemple : un paysan embrassant son âne – elle n'aurait su dire si l'odeur pestilentielle qui émanait de cette étreinte provenait de l'homme ou de la bête. Quant aux marchés égyptiens, ils manquaient aux principes élémentaires d'hygiène : devant elle, un poissonnier lécha le couteau avec lequel il venait de vider un poisson. Elle s'était renseignée auprès de l'équipage pour savoir si les mets servis aux passagers provenaient de ces étals, et la réponse ne lui avait pas du tout fait plaisir. La mort d'un oncle en Inde à la suite d'un empoisonnement alimentaire était restée gravée dans sa mémoire. Elle se priva donc, se contentant du bouillon de bœuf servi sur le pont en fin de matinée. Les menus cartonnés distribués chaque matin n'annonçaient pourtant rien d'extraordinaire : navets, pommes de terre, tous produits susceptibles d'être stockés dans la cale, agrémentés de viande et de salade verte pendant quelques jours après l'escale. Chaque matin, Martin venait sur le pont la supplier de l'accompagner à la salle à manger. Mais elle demeurait obstinément vissée à son transatlantique, le visage à l'ombre d'une capeline et le corps enveloppé dans une couverture de laine qui grattait.

Il y avait eu un scandale à bord du paquebot. Une jeune demoiselle répondant au prénom de Sarah, en route vers Hong-Kong pour rejoindre son fiancé, avait passé un peu trop de temps au clair de lune avec un passager, en compagnie duquel elle avait d'ailleurs fini par débarquer, aux Philippines, en laissant derrière elle une lettre d'adieu à l'attention de son promis. À mesure qu'ils se rapprochaient de leur destination finale, Liesel, l'amie à qui l'infidèle avait confié la délicate missive, devint de plus en plus anxieuse. Les messieurs lui conseillaient avec de gros rires de prendre la place de Sarah. Mais Liesel était une fille bien trop sérieuse : elle allait retrouver sa sœur et son beau-frère à Hong-Kong, où elle avait l'intention d'enseigner les beaux-arts dans une école pour Jeunes Chinoises Démunies – dans l'esprit de Claire, étant donné la ferveur que mettait Liesel à les prononcer, ces trois mots méritaient des majuscules.

Avant de débarquer, Claire rassembla ses robes d'été en coton dans une seule valise : il lui semblait évident qu'elle n'aurait pas besoin de porter des vêtements plus chauds avant longtemps. Ils furent accueillis par une foule en liesse, des jets de serpentins et les clameurs perçantes des petits vendeurs de jus de fruits frais, boissons au soja et bouquets de fleurs bariolés. Sur le front de mer, des groupes de fêtards avaient déjà sablé le champagne et buvaient à la santé des proches qu'ils étaient venus chercher.

« On a fait sauter le bouchon dès qu'on a aperçu le paquebot à l'horizon, expliqua un homme à la jeune amie qu'il accueillait en bas de la passerelle. C'est une grande fête. On est là depuis des heures. » Claire observa Liesel descendre à quai, l'air très inquiète, mais elle disparut vite, avalée par la foule. Vint ensuite leur tour. Claire et Martin foulèrent les planches au bois duveté par l'humidité du débarcadère, avec derrière eux, leurs bagages portés par deux jeunes Chinois peu vêtus qui, comme surgis de nulle part, s'étaient soudain matérialisés à leurs côtés.

Un vieux camarade d'école de Martin, John, employé par la compagnie Dodwell, s'était engagé à leur servir de comité d'accueil. Flanqué de deux amis, il offrit aux nouveaux venus du jus de goyave fraîchement pressé. Claire feignit d'y tremper les lèvres, se rappelant la mise en garde de sa mère contre le choléra, toujours à craindre dans ces pays chauds. Les trois compères étaient célibataires, et au demeurant fort sympathiques. John, Nigel, Leslie. Ils expliquèrent qu'ils partageaient un appartement fourni par Dodwell qui, au même titre que la compagnie Jardine et les autres firmes de Hong-Kong, se chargeaient de loger et de divertir leur personnel. Ils affirmèrent à Claire et Martin que la leur était celle qui organisait les soirées les plus joyeuses.

Ils les emmenèrent à l'hôtel Tsim Sha Tsui, établissement agréé par le gouvernement. Là, un Chinois coiffé d'une longue natte, vêtu d'une tunique et d'un pantalon d'un blanc crasseux et dont les mains se prolongeaient par des ongles d'une longueur stupéfiante, les guida jusqu'à leur chambre. Après s'être assuré qu'ils déjeuneraient bien avec eux le lendemain, le trio prit congé, laissant Martin et Claire assis au bord de leur lit, épuisés, et se regardant sans trop savoir quoi se dire. En réalité, ils ne se connaissaient pas encore très bien. Ils n'étaient mariés que depuis quatre mois.

Elle avait accepté la demande en mariage de Martin afin de sortir de l'existence végétative qu'elle menait entre une mère aigrie qui se plaignait sans cesse et un emploi morne de documentaliste dans une compagnie d'assurances. Martin, la petite quarantaine, était plus vieux qu'elle et appartenait à cette catégorie d'hommes qui n'ont « pas de chance avec les femmes ». La première fois qu'il l'avait embrassée, elle avait dû se retenir pour ne pas s'essuyer la bouche. Elle lui trouvait un côté bovin : de ces animaux, il possédait la lenteur et la gentillesse. Que Martin fût un homme bon, cela ne faisait aucun doute. Et elle lui en était reconnaissante.

Elle n'avait guère eu l'occasion de côtoyer la gent masculine. Ses parents étant casaniers, elle restait à la maison. Quand elle avait commencé à fréquenter Martin – le frère aîné d'une de ses collègues au bureau –, elle avait pour la première fois dîné au restaurant, bu des cocktails dans des bars d'hôtel et vu des jeunes de son âge bavarder gaiement et rire avec une liberté qui lui paraissait invraisemblable. Ils professaient des opinions politiques ; ils avaient lu des livres dont elle n'avait même pas entendu parler et vu des films étrangers dont ils conversaient avec une assurance confondante. Elle était grisée, et sacrément intimidée. Puis Martin lui avait demandé sa main, le plus sérieusement du monde : son métier l'appelait en Orient… voulait-elle l'accompagner ? Elle ne le trouvait pas vraiment séduisant, mais elle était mal placée pour faire la fine bouche, pensait-elle en entendant la voix de sa mère. Elle se laissa embrasser et hocha la tête en guise de consentement.

Claire se faisait couler un bain quand un coup frappé à la porte de leur chambre précéda l'apparition d'une petite dame chinoise – une « amah » – qui s'attela d'autorité à vider leurs valises et ne s'interrompit que lorsque Martin la poussa gentiment dehors.

C'est ainsi que s'était déroulée leur arrivée à Hong-Kong. Rien à voir avec ce que Claire avait imaginé. Hormis les vieux quartiers coloniaux – à l'atmosphère cossue où derrière les hautes façades blanches l'on devinait l'ombre fraîche des palmiers en pot sur des parquets encaustiqués – la ville était fourmillante, crasseuse et d'une animation tapageuse. Aux balcons des immeubles à touche-touche, le linge séchait sur des bambous. Une suite ininterrompue d'enseignes aux couleurs vives, un peu comme des oriflammes, signalaient salons de massage, cafés, coiffeurs… On lui avait assuré qu'au fond de certaines ruelles obscures se perpétuaient des fumeries d'opium. Dans les rues, des excréments, parfois humains, souillaient le sol, et il flottait dans l'air une odeur astringente, comme poivrée, étrangement entêtante, qui vous collait à la peau et dont on ne se débarrassait qu'en se savonnant vigoureusement sous la douche. Et quelle variété de silhouettes et de visages ! Des femmes portant leur bébé en écharpe dans le dos. Des sikhs gardant l'entrée des bâtiments officiels : on les voyait à moitié assoupis sur leurs tabourets à l'entrée des banques, leurs têtes enturbannées affalées sur la poitrine, leurs fusils serrés à la verticale entre les genoux. Tous les Indiens étaient issus d'une émigration imposée par la couronne d'Angleterre. Les Pakistanais vendaient des tapis, les Portugais étaient médecins et les juifs dirigeaient les laiteries et d'autres grosses entreprises. On voyait des businessmen anglais et des banquiers américains, des Russes blancs, des entrepreneurs péruviens – tous plus hommes du monde et sophistiqués les uns que les autres – et évidemment les Chinois qui, lui avait-on dit, n'étaient pas à Hong-Kong semblables aux Chinois du continent.

À sa grande surprise, contrairement aux prédictions de sa mère, elle ne détesta pas Hong-Kong. Elle aimait se promener dans ces rues populeuses et si divertissantes, à des années-lumière de Croydon, au milieu de tous ces gens, de ces boutiques, de ces denrées dont elle découvrait l'existence. Cela l'amusait de goûter aux pâtisseries chinoises, gâteaux à l'ananas et tarte aux œufs, et il lui arrivait de quitter le quartier des affaires de Central et d'errer en pays inconnu, seule Européenne parmi la foule. Sur les étals des marchands de primeurs s'amoncelaient non seulement des oranges et des bananes, encore un luxe dans l'Angleterre d'après-guerre, mais aussi d'étranges fruits hérissés de piquants qu'elle se décida à goûter, pour en trouver d'ailleurs la chair savoureuse : la carambole, le durian, le lychee. En échange de la modique somme d'un dollar de Hong-Kong, on lui tendait un petit sac en papier ciré brun, et elle se régalait de ces fruits sans se presser, en se frayant un chemin dans la foule. De minuscules échoppes en appentis dressées à partir de quelques bouts de bois et de tôle ondulée abritaient chacune sa spécialité : celle-ci colportait des sceaux, ces tampons en caoutchouc dont on se sert en Extrême-Orient en guise de signature ; cette autre fabriquait exclusivement des clefs ; celle-là louait un fauteuil à la demi-journée à un dentiste ou à un barbier. Les gens mangeaient dans de minuscules bouibouis installés à même le trottoir, appelés *daipaidong*. Elle y avait vu trois ouvriers en bleu de travail malpropre accroupis autour d'une grande assiette contenant un poisson entier, crachant les arêtes entre leurs pieds. L'un d'eux ayant surpris son regard, il avait cueilli l'œil du poisson du bout de ses baguettes pour le lever vers elle, en souriant, avant de l'avaler tout rond.

Dans les grandes villes anglaises, les seuls Chinois que Claire avait jamais vus servaient au restaurant ou blanchissaient le linge. Il y en avait certes beaucoup, à Hong-Kong, occupant ces fonctions, mais ce qui avait été pour elle une révélation, c'était la vision de Chinois fortunés, britanniques jusqu'au bout des ongles, exception faite de la couleur de leur peau. Elle avait éprouvé un véritable choc le jour où, alors qu'elle attendait sur le perron du Gloucester, elle avait vu un Chinois descendre d'une Rolls-Royce. Elle n'en revenait pas de voir tous ces Chinois, en costume trois-pièces, attablés à des repas d'affaires avec des compatriotes anglais qui les traitaient d'égal à égal. Comment aurait-elle pu se douter qu'il existait un monde pareil ? Et maintenant, par l'intermédiaire de Locket, voilà qu'elle en faisait brusquement partie.

Après les quelques mois nécessaires à l'aménagement d'un appartement, Claire fit circuler l'information selon laquelle elle cherchait à donner des leçons de piano, rien que pour tromper son oisiveté, disait-elle – pour tuer le temps –, mais, en vérité, ces gains ne seraient pas superflus. Elle jouait du piano depuis toujours, sans avoir pris beaucoup de cours, ce qui faisait d'elle une autodidacte. Amelia, une femme plus âgée, rencontrée dans un « groupe de couture », lui promit de poser la question autour d'elle.

Elle lui téléphona moins d'une semaine plus tard.

— Il y a une famille chinoise, les Chen. Des gens très puissants à Hong-Kong. Il paraît qu'ils cherchent un professeur de piano pour leur fille, et ils préféreraient une Anglaise. Qu'en pensez-vous ?

— Une famille chinoise ? s'étonna Claire. Je n'avais pas envisagé cette éventualité. N'y a-t-il pas des Anglais qui cherchent un professeur de piano ?

— Non, répliqua Amelia. En tout cas, pas dans mon entourage.

— J'hésite, murmura Claire. Ce n'est pas un peu bizarre ? (Elle ne pouvait s'imaginer avec une élève chinoise.) Parle- t-elle anglais ?

— Sans doute mieux que vous ou moi, s'impatienta Amelia. Ils offrent de généreux émoluments. (Elle énonça une somme rondelette.)

— Bon, fit mollement Claire. De toute façon, cela ne m'engage à rien de les rencontrer.

Victor et Melody Chen habitaient dans le quartier résidentiel des Mid-Levels, plus précisément sur May Road, une imposante demeure blanche à deux étages. On y accédait par une allée bordée de plantes en pot. La porte s'ouvrait sur le bourdonnement étouffé d'une maisonnée où s'affairaient de nombreux domestiques. Claire avait pris un minibus pour grimper jusqu'à ces pentes abruptes mais, entre l'arrêt et la maison, il y avait encore un bout de chemin à parcourir, et elle était arrivée en nage. L'amah l'avait conduite aussitôt au salon de musique, dont l'air était merveilleusement rafraîchi par un ventilateur au plafond. Un *houseboy* vint tirer les rideaux afin de plonger la pièce dans une pénombre plus confortable. Sa jupe en lin bleu, qui sortait de chez le tailleur, était toute chiffonnée, et son corsage en voile de coton blanc maculé de taches de sueur. Pourvu, se dit-elle, que les Chen lui laissent le temps de mettre un peu d'ordre dans sa toilette. Alertée par une goutte de transpiration qui lui roulait le long de la cuisse, elle changea de position au bord du fauteuil.

Malheureusement pour elle, Mme Chen parut presque aussitôt sur le seuil, miracle de fraîcheur tout de rose vêtue, un plateau d'argent à la main. Une femme de petite taille, ravissante, les cheveux coupés au millimètre près de manière qu'ils se balancent de part et d'autre de son visage selon une trajectoire précise. Des épaules graciles émergeant d'une robe moulante sans manches. Un visage d'un ovale exquis.

— Bonjour ! la salua Mme Chen d'une voix chantante. Comme je suis contente de vous rencontrer. Je m'appelle Melody. Locket ne va pas tarder.

— Locket[1] ? répéta Claire, déconcertée.

— Ma fille. Elle vient de rentrer de l'école et enfile une tenue plus confortable avant de nous rejoindre. Il fait une chaleur affreuse, vous ne trouvez pas ?

Elle posa son plateau, chargé de deux grands verres de thé glacé et proposa :

— Vous boirez bien quelque chose de frais ?

— Vous parlez un anglais remarquable, commenta Claire en prenant volontiers le verre qu'on lui présentait.

— Vraiment ? lança Melody. Sans doute le résultat de quatre années à Wellesley.

— Vous êtes allée à l'université aux États-Unis ? s'étonna Claire, qui ignorait que les Chinois faisaient leurs études supérieures en Amérique.

— J'ai adoré, acquiesça-t-elle. Sauf la cuisine… infecte ! Ils ne savent préparer que ces horribles sandwichs au fromage ! Et, comme vous savez, nous autres Chinois ne badinons pas avec la nourriture.

— Locket prolongera-t-elle aussi ses études aux États-Unis ?

— Nous n'avons pas encore décidé, mais en réalité, ce serait plutôt de vos études dont j'aimerais que nous parlions, dit Mme Chen.

— Ah ! s'exclama Claire, décontenancée.

— Je veux dire, poursuivit aimablement son interlocutrice, quel conservatoire avez-vous fréquenté, ce genre de choses ?

Claire se carra plus confortablement dans son fauteuil.

1. *Locket* signifie en anglais « médaillon ». (*Toutes les notes sont de la traductrice.*)

— Je pratique la musique depuis de longues années. J'ai eu comme professeur Mme Eloise Pollock et j'étais sur le point d'entrer au conservatoire national quand ma situation familiale a changé.

La tête penchée, ses jambes minces croisées aux chevilles, les genoux basculés sur un côté, Mme Chen attendait manifestement la suite.

— J'ai été obligée d'abandonner, avoua Claire.

Devait-elle entrer dans les détails devant cette étrangère ? Après que l'imprimerie eut licencié son père, ils avaient traversé deux mois abominables. Et quand enfin il avait retrouvé un emploi, dans la vente au porte-à-porte de polices d'assurance, les revenus avaient été trop irréguliers pour songer à un luxe tel que des leçons de piano. Mme Pollock, par pure bonté d'âme, avait bien proposé de continuer à lui donner des cours à un tarif dérisoire, mais sa mère, dont l'orgueil était sans doute mal placé, avait refusé même de l'envisager.

— Vous avez quel niveau d'études exactement ? insista Mme Chen.

— J'allais entrer en cinquième année de conservatoire.

— Locket est une pianiste débutante, mais la musique est une affaire sérieuse, et je tiens à ce qu'elle ait pour la lui enseigner une personne qualifiée. Il faut qu'elle passe tous ses examens avec les félicitations.

À cet instant, Locket fit son entrée d'un pas incertain. Autant sa mère était fine et délicate, autant Locket était ronde, de corps comme de visage. Elle dépassait déjà sa mère en largeur. Son abondante chevelure d'un noir luisant était réunie en une épaisse queue de cheval.

— Bonjour ! lança-t-elle avec un accent britannique.

— Locket, je te présente Mme Pendleton, énonça Melody en caressant la joue de sa fille. Elle est venue voir si elle veut de toi comme élève, alors veille à te montrer très polie.

— Tu aimes le piano, Locket ? s'informa Claire, regrettant aussitôt la lenteur de son débit approprié plutôt à une toute petite fille — elle n'avait aucune expérience des enfants.

— Je sais pas, répondit Locket. Je crois.

— Locket ! s'écria sa mère. C'est toi qui as dit que tu voulais apprendre le piano. C'est pour toi que nous avons acheté le Steinway !

— Locket est un très joli nom, commenta Claire. Pourquoi t'appelle-t-on ainsi ?

— Je sais pas, dit Locket en soulevant son verre de thé glacé.

Un petit filet lui dégoulina sur le menton. Sa mère cueillit une serviette sur le plateau en argent pour le lui éponger.

— Aurai-je le plaisir de faire la connaissance de M. Chen ? s'enquit Claire.

— Oh, Victor ! s'exclama Melody dans un éclat de rire. C'est un homme beaucoup trop occupé pour s'encombrer de choses aussi triviales. Il travaille sans cesse.

— Je vois, dit Claire qui ne voyait en réalité pas du tout où cette conversation les menait.

— Seriez-vous assez aimable pour nous jouer quelque chose ? demanda Melody. On vient de nous livrer ce piano, et j'aimerais beaucoup entendre comment il sonne sous les doigts d'une pianiste professionnelle.

— Bien sûr, opina Claire à contrecœur.

Elle avait un peu l'impression d'être traitée comme une saltimbanque — quelque chose dans les intonations de Melody Chen — mais elle ne voyait pas sous quel prétexte poli s'esquiver.

Elle joua une étude de Chopin, que Melody sembla goûter alors que sa fille, en revanche, se trémoussait sur son siège.

— Je pense que ça ira très bien, conclut la mère. Êtes-vous libre le jeudi ?

Claire eut un instant d'hésitation. Elle ne savait pas encore si elle allait accepter ou non.

— Ce sera forcément le jeudi, reprit Melody Chen, Locket a des cours les autres jours.

— Très bien, opina Claire. Le jeudi, c'est parfait.

La mère de Locket était un pur produit de Hong-Kong. Claire avait souvent vu des Chinoises du genre de Melody Chen dans la salle à manger de Chez Henri, occupées à s'échanger les derniers potins. Des épouses d'hommes riches, que l'on appelait les *taï-taï.* On les apercevait dans les salons des couturiers, ou bien grimpant dans des voitures avec chauffeur. Parfois, quand Mme Chen revenait de ses courses avant la fin de la leçon, elle entrait dans le salon de musique et posait une main légère et parfumée sur l'épaule de Locket en lui glissant à l'oreille un compliment de sa voix flûtée. Alors une autre voix, toute petite, soufflait à Claire : *Vous autres, vous noyez vos filles !* Sa mère ne lui avait-elle pas dit que les Chinois étaient à peine plus évolués que des animaux et qu'ils tuaient les bébés filles parce qu'ils préféraient les garçons ? Un jour, Mme Chen fit allusion à une réception au Jockey Club à laquelle son mari et elle se rendaient. Elle était très élégante, avec des diamants, une robe du soir noire vaporeuse et un rouge à lèvres très rouge… Elle n'avait rien d'un animal. Le Jockey Club… Bruce Comstock, le directeur du bureau du Département des Eaux, y avait un jour emmené Martin et Claire, en compagnie de son épouse. Ils avaient bu du Pink Gin en regardant les courses hippiques dans la rumeur des cris des parieurs qui se déchaînaient sur les gradins.

Le jeudi de la semaine qui avait précédé la chute du petit lapin dans le sac de Claire, il s'était produit un incident. La leçon s'était terminée avant que la pendule en acajou incrustée de caractères chinois en nacre sonne cinq heures. Claire rangeait ses affaires. C'est alors que Victor et Melody Chen entrèrent dans le salon de musique. Deux poupées en porcelaine, à la peau lisse et aux yeux charbonneux.

— Déjà sur le départ ? laissa tomber M. Chen d'une voix sèche.

Il était tiré à quatre épingles dans un costume rayé bleu marine égayé par une pochette bordeaux.

— Il est cinq heures pile ! ajouta-t-il dans un anglais impeccable à peine teinté d'un léger accent chinois.

Claire sentit le feu lui monter au visage.

— Je suis arrivée de bonne heure. À quatre heures moins dix, je crois, se défendit-elle. (Elle mettait un point d'honneur à être ponctuelle.)

— Ne faites pas la sotte, intervint Mme Chen. Victor vous taquine. Arrête ! ajouta-t-elle en faisant mine de frapper son époux avec sa petite main.

— Vous autres Anglais, vous prenez tout à la lettre, commenta-t-il.

— Eh bien, reprit Claire d'une voix mal assurée, Locket et moi avons bien travaillé.

Locket, qui s'était levée du tabouret du piano, se glissa entre les bras de son père en murmurant timidement :

— Bonsoir, Papa.

À la voir, on ne lui aurait pas donné ses dix ans. Son père lui tapota gentiment l'épaule :

— Comment va ma petite Rachmaninov ?

Locket gloussa, aux anges.

Mme Chen fit claquer ses hauts talons sur le parquet.

— Madame Pendleton, voulez-vous boire l'apéritif avec nous ? dit-elle.

Elle était vêtue d'un tailleur comme on en voit seulement dans les pages des magazines de mode. Il provenait sans aucun doute de l'atelier d'une célèbre maison de couture parisienne. La veste en soie dorée boutonnée à l'avant lui cintrait la taille à partir de laquelle s'évasait une ample jupe fluide d'un jaune chatoyant, luisante comme l'aile d'un papillon.

— Non, non, s'empressa-t-elle de répondre. C'est très gentil à vous, mais il faut que je rentre mettre le dîner sur le feu.

— J'insiste, intervint M. Chen d'un ton qui n'admettait pas la réplique. Je veux tout savoir sur notre petit génie. Monte dans ta chambre, Locket. Ceci est une conversation entre grandes personnes.

Le salon était meublé d'un vaste canapé de velours et de plusieurs fauteuils tendus de soie, autour desquels étaient disposées deux petites tables basses en laque noire assorties. En s'asseyant, Claire, surprise de trouver la soie glissante sous sa jupe, se laissa d'abord couler dans les coussins, puis dut se redresser en se dandinant un peu. En équilibre instable au bord du siège, elle écarta les bras pour poser ses mains à côté d'elle.

— Comment trouvez-vous Hong-Kong ? interrogea M. Chen.

Son épouse s'était éclipsée dans la direction de la cuisine, afin de prier l'amah d'apporter l'apéritif.

— Je m'y plais beaucoup, affirma Claire. Bien sûr, tout est différent de l'Angleterre, mais c'est une aventure.

Elle lui sourit. Il était si élégant dans son costume à la coupe parfaite, avec sa cravate en soie rouge et noir. Au-dessus de lui était accroché au mur un grand portrait à l'huile d'un Chinois en robe orientale et calot noir.

— Quelle peinture intéressante, observa Claire.

Il leva les yeux.

— Oh ! ça, dit-il. C'est le grand-père de Melody, il était le propriétaire d'une manufacture de teintures à Shanghai. Un homme très considéré en son temps.

— Des teintures ? Comme c'est passionnant.

— Oui, et son père a fondé la First Bank of Shanghai, et s'est joliment débrouillé. (Il sourit.) Melody vient d'une famille d'entrepreneurs. Ils ont tous fait leurs études en Occident — en Angleterre et en Amérique.

Mme Chen revint. Elle avait ôté sa veste et portait un corsage perle.

— Claire, dit-elle. Que prendrez-vous ?

— Un peu d'eau de Seltz, s'il vous plaît.

— Et moi du sherry, dit M. Chen.

— Tu n'as pas besoin de me le dire ! lui lança Mme Chen en sortant de nouveau de la pièce.

— Et votre mari, reprit M. Chen, il travaille dans une banque ?

— Au Département des Eaux, l'informa-t-elle. Il est ici pour le nouveau lac artificiel. (Elle marqua une pause.) Il participe à la construction du barrage.

— Ah ! très bien… L'approvisionnement en eau, c'est capital pour nous. Les Anglais sont très forts pour nous amener l'eau aux robinets quand on en a besoin, déclara-t-il en s'enfonçant dans le moelleux du canapé et en croisant les jambes.

Puis, sautant du coq à l'âne, il ajouta :

— L'Angleterre me manque.

— Combien de temps y avez-vous séjourné ? interrogea Claire, par politesse.

— Je suis un ancien élève de Balliol, dit-il en agitant sa cravate comme une preuve de son appartenance à ce grand collège d'Oxford.

Claire, en reconnaissant la cravate, soupçonna qu'il guettait depuis le début de la conversation le moment propice pour l'exhiber.

— Et Melody est allée à Wellesley, poursuivit-il. Nous sommes les produits de deux systèmes différents. Je suis un champion de l'Angleterre, et Melody est amoureuse des États-Unis.

Claire marmonnait quelques mots polis lorsque Mme Chen revint s'asseoir auprès de son époux. L'amah arriva sur ses talons pour présenter une serviette à Claire : un carré d'étoffe brodé de bleuets des champs.

— Comme c'est joli ! s'extasia-t-elle en examinant l'ouvrage.

— Ils viennent d'Irlande ! l'informa Mme Chen. Je viens de les recevoir !

— J'ai acheté des nappes chinoises ravissantes au China Emporium, dit Claire. Toutes en dentelles, magnifiques.

— Mais ça ne se compare pas avec les broderies irlandaises, objecta Mme Chen. Ça n'en a pas la finesse.

M. Chen jeta un coup d'œil amusé à son épouse puis lança à Claire :

— Ah ! les femmes !

Une seconde amah apporta le plateau de l'apéritif.

Claire but une gorgée ; des bulles d'une fraîcheur exquise crépitèrent dans sa bouche. Victor Chen l'interrogea du regard comme s'il attendait quelque chose d'elle.

— Les communistes représentent une énorme menace, énonça Claire, répétant ce qu'elle avait entendu dire à de nombreuses reprises dans son entourage.

M. Chen éclata de rire.

— Bien sûr ! Et qu'est-ce que vous et Melody comptez faire contre eux ?

— Tais-toi, chéri. Ne sois pas si taquin, le gronda son épouse.

Elle but une gorgée. Son époux l'observait.

— Que bois-tu, mon amour ? demanda-t-il.

— Un petit cocktail. J'ai eu une longue journée.

Elle avait l'air sur la défensive.

Un temps de pause.

— Locket est une élève attentive, finit par dire Claire, mais il faut qu'elle travaille tous les jours.

— Ce n'est pas sa faute, se dépêcha d'intervenir Mme Chen. Je ne suis pas assez à la maison pour être tout le temps sur son dos.

M. Chen fit de nouveau entendre son rire :

— Oh ! elle peut très bien s'en sortir toute seule. Elle est assez grande pour savoir ce qu'elle fait.

Claire approuva de la tête. Les parents étaient bien tous les mêmes. Pour sa part, elle se promettait de ne pas gâter ses propres enfants, quand elle en aurait. Elle posa son verre.

— Il est temps que je m'en aille, annonça-t-elle. Après cinq heures, il devient plus difficile de trouver une place assise dans le bus.

— Vous êtes sûre ? se désola Mme Chen. Pai est justement en train de nous préparer des petits fours.

— Je suis désolée, mais il faut absolument que je parte.

— Nous demanderons à Truesdale de vous reconduire chez vous, proposa M. Chen.

— Oh ! non, je ne voudrais surtout pas vous déranger, protesta Claire.

— Vous le connaissez ? enchérit M. Chen. Il est anglais.

— Je n'ai pas ce plaisir, dit Claire.

— Hong-Kong est un si petit monde. C'en est parfois lassant.

— Cela ne dérangera pas du tout Truesdale, insista Mme Chen. Il rentre chez lui de toute façon. Où habitez-vous ?

— Happy Valley, répondit Claire, avec la déplaisante sensation d'être mise sur la sellette.

— Oh ! ce n'est pas loin de chez lui ! s'écria Mme Chen, ravie de cette coïncidence. Bon, alors c'est entendu.

Elle appela Pai et la pria en cantonais d'avertir le chauffeur.

— Le chinois est une langue étonnante, commenta Claire. J'espère que j'apprendrai à me débrouiller pendant notre séjour ici.

M. Chen releva un sourcil :

— Le *cantonais*, rectifia-t-il, est une langue très difficile. Une langue qui comporte pour chaque syllabe jusqu'à neuf tons. Beaucoup plus difficile que l'anglais. Il ne m'a fallu qu'un an pour parler un anglais approximatif, mais je suis sûr qu'il m'en faudrait au moins deux pour maîtriser les rudiments du cantonais, du mandarin ou du shanghaien.

— Eh bien… on peut toujours rêver ! répliqua Claire sans se laisser démonter.

Pai entra et annonça quelque chose en cantonais. Mme Chen hocha la tête.

— C'est navrant, fit-elle en se tournant vers Claire, mais le chauffeur est semble-t-il déjà parti.

— Je peux très bien prendre l'autobus.

Alors qu'elle ramassait son sac, M. Chen se leva :

— J'étais très heureux de faire votre connaissance.

— Moi de même, dit-elle.

En sortant de la pièce, elle sentit qu'il la suivait du regard.

Martin était déjà rentré.

— Bonsoir, lui dit-il. Tu es en retard ce soir.

Il était en tricot de corps et pantalon de week-end, pas très propre et lustré aux genoux. Il l'attendait un verre à la main.

Elle enleva sa veste et mit une casserole d'eau sur le feu.

— J'étais chez les Chen. Ils m'ont retenue pour l'apéritif.

— Victor Chen, hein ? prononça-t-il, impressionné. C'est un gros bonnet à Hong-Kong.

— C'est ce que j'ai cru comprendre. Un homme important. Pas du tout un *Chinetoque*.

— Claire, tu devrais rayer ce mot de ton vocabulaire, la gronda Martin. C'est dépassé et injurieux.

Le rouge monta aux joues de Claire, qui répliqua en bredouillant :

— Je n'ai jamais... Je n'ai jamais vu des Chinois comme ça.

— Tu es à Hong-Kong, lui rappela gentiment Martin. Il y a toutes sortes de Chinois.

— Où est l'amah ? s'enquit-elle, afin d'aiguiller la conversation sur un autre sujet.

À l'appel de Claire, Yu Ling émergea du fond de l'appartement.

— Vous voulez bien m'aider à préparer le dîner ? lui lança Claire. J'ai acheté de la viande au marché.

Yu Ling la contempla, impassible. Claire se sentait embarrassée devant elle, mais elle ne pouvait non plus se résoudre à la mettre à la porte. Elle se demandait comment s'y prenaient les autres « épouses » – elles semblaient traiter le personnel avec une aisance dont Claire se jugeait incapable. Certaines allaient jusqu'à plaisanter avec leurs domestiques et les traiter comme des membres de la famille, mais d'après ce qu'elle avait compris, il fallait voir dans ces familiarités une influence américaine. Son amie Cecilia, par exemple, se faisait brosser les cheveux par son amah avant de se coucher, devant sa coiffeuse, le visage enduit de cold-cream ! Claire tendit à Yu Ling la viande achetée sur le chemin du retour.

Une fois l'amah mise aux fourneaux, elle partit s'allonger sur son lit avec une compresse d'eau froide sur les yeux. Comment avait-elle échoué ici, dans ce petit appartement, à l'autre bout du monde ? Elle qui avait connu une enfance paisible à Croydon, au sud de Londres, enfant unique assise sagement auprès de sa mère qu'elle écoutait parler pendant que celle-ci ravaudait leur linge. Une femme aigrie par la vie que le sort lui avait réservée et par les difficultés matérielles de l'après-guerre, auprès d'un mari qui buvait trop, peut-être justement à cause de cela. Claire ne s'était jamais imaginé la vie autrement. Et pourtant, en épousant Martin, elle avait changé la donne. Son existence avait pris soudain un cours inattendu.

Le plus étonnant était qu'elle-même s'était transformée à Hong-Kong. Quelque chose dans le climat tropical avait fait mûrir son apparence physique, avait rendu son corps plus harmonieux. Alors que ses pâles compatriotes semblaient se faner, accablées par la chaleur excessive, Claire s'épanouissait telle une pulpeuse fleur exotique. Ses cheveux, éclaircis par le soleil, brillaient comme de l'or pur. Elle transpirait si peu que sa peau luisait comme sous une rosée légère. Une minceur nouvelle la rendait svelte et élancée tandis que ses yeux étincelaient d'un bleu intense rappelant la fleur de bleuet. Ces changements n'avaient pas échappé à Martin qui lui avait fait remarquer à quel point la chaleur lui réussissait. Au Gripps et dans les salons, Claire avait bien vu que les yeux des hommes s'attardaient un peu trop longtemps sur elle, ils s'approchaient pour lui parler et laissaient leurs mains traîner dans son dos. Peu à peu, elle assimilait les usages de la bonne société : elle apprit à papillonner dans les cocktails, à commander au restaurant. Elle perdait sa gaucherie de jeune fille et devenait finalement une femme, une femme prête à mordre la vie à belles dents.

Puis, la semaine suivante, après la leçon de Locket, le lapin en porcelaine tomba dans son sac.

Le jeudi qui suivit, le téléphone sonna et Locket, toute excuse étant bonne pour se soustraire au prélude qu'elle s'obstinait à massacrer, courut y répondre. Pendant que la fillette papotait avec une de ses camarades de classe, Claire avisa un foulard en soie posé négligemment sur un fauteuil. Un carré imprimé de toute beauté, du style que les élégantes femmes du monde portent autour du cou. Elle le glissa dans son sac. Aussitôt, elle fut envahie par un merveilleux sentiment d'apaisement. Et quand Locket revint en se contentant de bougonner un « Pardon, madame Pendleton », Claire lui sourit au lieu de la réprimander. En rentrant chez elle, elle alla droit dans sa chambre, ferma la porte à clef et sortit le foulard. C'était un foulard Hermès, de Paris, à motif de zèbres et de lions, dans des coloris orange et bruns. Elle s'appliqua à le nouer autour du cou, puis sur la tête, s'imaginant dans la peau d'une riche héritière participant à un safari. Elle se sentait comme une de ces célébrités photographiées dans les magazines.

Le mois suivant, à la suite d'une conversation avec Mme Chen au cours de laquelle cette dernière lui avait confié envoyer tout son linge fin à Singapour, parce que, disait-elle, « les filles ici ne savent pas blanchir le linge correctement, quel ennui, il faut tout avoir en triple », Claire se surprit à quitter le domicile des Chen avec deux merveilleuses serviettes de table irlandaises dans la poche de sa jupe. Elle pria Yu Ling de les laver à la main et de les repasser pour que Martin et elle puissent s'en servir le soir même. Elle empocha trois petites tortues en cloisonné quand Locket quitta brusquement le piano pour aller aux toilettes – comme si elle ne pouvait pas prendre ses précautions avant le cours ! Une salière et un poivrier en argent massif trouvèrent le chemin de son sac alors qu'elle traversait la salle à manger, de même qu'un adorable flacon de parfum en verre de Murano que Melody avait laissé traîner dans le salon de musique, trop pressée sans doute de partir à une soirée de gala pour le ranger, qui fut habilement glissé dans la poche de sa jupe.

Une autre fois, elle allait partir quand elle entendit Victor Chen. Il était dans son bureau et parlait d'une voix forte au téléphone alors que sa porte était restée entrebâillée.

— Ce sont ces satanés Anglais… dit-il avant de passer au cantonais.

Puis, de nouveau en anglais :

— Pas question de les laisser faire !

Cette exclamation fut suivie d'une suite incompréhensible de mots qui ressemblaient à s'y méprendre à des insultes. Puis :

— Ils cherchent à déstabiliser le système en sortant des squelettes qu'on ferait mieux de laisser dans le placard, et tout ça uniquement dans leur propre intérêt. La Crown Collection ne leur appartenait pas, de toute façon. C'est notre histoire, notre artisanat qu'ils se sont appropriés. Comment réagiraient-ils si des explorateurs chinois étaient venus il y a des siècles chez eux pour leur dérober tous leurs trésors ? C'est aberrant. Downing Street est derrière cette histoire, je peux vous le garantir. On n'a pas besoin de ça en ce moment…

Il paraissait dans un état d'agitation extrême. Claire retint son souffle, espérant en apprendre davantage. Mais à cet instant Pai s'approcha et la regarda d'un air interrogateur. Claire feignit d'admirer un tableau dans le hall, mais Pai continua à la suivre du regard tandis qu'elle se dirigeait vers la sortie. Elle rentra directement chez elle.

Deux semaines plus tard, Claire fut étonnée de voir un nouveau visage à la porte des Chen : Pai avait été remplacée.

— Elle s'appelle Su Mei, l'informa Locket une fois dans le salon de musique. Elle vient d'une ferme en Chine. Elle vient d'arriver. Vous voulez boire quelque chose ?

La nouvelle bonne était petite, brune, et elle aurait été jolie si sa joue droite n'avait pas porté une grosse tache de naissance noire. Elle ne détachait jamais les yeux du sol.

— Ses parents ne veulent pas d'elle à cause de la marque sur sa joue, ils pensent qu'ils ne pourront jamais la marier. Il paraît qu'une marque, ça porte malheur.

— Tiens-tu cette information de ta mère ? s'enquit Claire.

— Oui, dit-elle, puis elle hésita avant de poursuivre : Je l'ai entendue parler au téléphone. Elle disait qu'elle l'avait eue pour pas cher à cause de la marque. Su Mei est très ignorante. Elle a voulu aller aux toilettes dans les buissons du jardin. Ah Wing l'a battue en l'accusant d'être un animal. Elle n'avait jamais vu de cabinet, ni l'eau courante !

— J'aimerais un Bitter-Lemon, s'il y en a, avança Claire pour changer de sujet.

Locket transmit ce souhait en cantonais à la jeune bonne. Su Mei quitta le salon sans bruit.

— Pai était une voleuse, ajouta Locket en ouvrant de grands yeux. Maman a été obligée de s'en défaire. Pai a pleuré et elle s'est jetée par terre en tapant des poings sur le parquet. *Hystérique*, a dit Maman. Et elle lui a donné des gifles pour qu'elle arrête de pleurer. Il a fallu appeler M. Wong. Il l'a emportée comme un sac à pommes de terre par-dessus son épaule. Elle lui tapait dans le dos avec ses poings.

— Oh ! laissa échapper Claire.

Locket lui glissa un regard.

— Maman dit que tous les domestiques sont des voleurs.

— Ah ! vraiment ? fit Claire. C'est horrible. Mais tu sais, Locket, je ne suis pas sûre que ce soit vrai.

Elle se rappela l'expression de Pai quand elle l'avait surprise dans le hall d'entrée, et son cœur se serra.

— Où est-elle allée, le sais-tu ?

— Je ne sais pas, répondit l'enfant gaiement. Bon débarras, voilà ce que je pense.

Claire contempla la face placide de Locket : la fillette n'était pas le moins du monde ébranlée par les malheurs de la jeune bonne.

— Il doit y avoir des foyers d'accueil pour des filles comme elle, pensa tout haut Claire d'une voix tremblante. Elle n'est pas à la rue, j'espère ? A-t-elle de la famille à Hong-Kong ?

— J'en sais rien du tout.

— Comment peux-tu l'ignorer ? Elle habitait sous le même toit que vous !

– C'était une amah, madame Pendleton, repartit Locket en la regardant bizarrement. Vous savez ce que font vos domestiques, vous ?

Claire en resta muette de honte. Ses joues étaient en feu.

– Bon, n'en parlons plus. As-tu fait tes gammes ?

Locket martela les touches du piano tandis que Claire, suivant des yeux le mouvement des doigts potelés de l'enfant, tentait de retenir ses larmes.

Juin 1941

Cela commence ainsi. Son rire argentin à une soirée au consulat. Un verre renversé. Une robe mouillée, un mouchoir prêt à voler à sa rescousse. Telle une levrette racée au milieu d'un troupeau d'oies bien grasses. Il n'a aucune envie de lui parler : il se méfie des mondaines, ces femmes superficielles qui ne pensent qu'à se faire belles et à se divertir, mais voilà, elle s'est cognée contre lui, plus précisément contre son verre, lequel s'est renversé sur sa robe en soie (« Encore ! s'exclame-t-elle. Je suis la fille la plus maladroite de Hong-Kong ») et elle exige qu'il l'accompagne à la salle de bains où, tout en essuyant sa robe, elle le bombarde de questions.

Elle est célèbre, fille de gens en vue, sa mère est une beauté portugaise, son père un millionnaire de Shanghai ayant fait fortune dans la finance et le crédit.

– Enfin une nouvelle tête ! Ça se voit tout de suite, vous savez. Vous n'imaginez pas comme je m'ennuie avec toutes ces vieilles biques. On flaire le sang frais dans notre petite société où l'on se marche sur les pieds au point de ne plus pouvoir se supporter les uns les autres. On irait presque jusqu'à monter la garde sur le front de mer pour tirer les passagers hors des paquebots. Vous venez d'arriver, je crois ? Avez-vous une situation ? demande-t-elle une fois qu'elle l'a forcé à s'asseoir au bord de la baignoire en attendant qu'elle se remette du rouge à lèvres. Vous travaillez pour tromper l'ennui ou pour gagner votre vie ?

— Asiatic Petrol, l'informe-t-il, laconique, ne trouvant guère glorieux de jouer les amuseurs publics. Pour gagner ma vie, et plutôt deux fois qu'une.

(C'est faux. Sa mère a un peu de fortune et il n'a aucun souci financier.)

— Comme c'est charmant ! s'exclame-t-elle. J'en ai tellement par-dessus la tête de tous ces casse-pieds. Ils n'ont ni culture ni ambition.

— On n'a besoin ni de l'un ni de l'autre quand on a déjà tout.

— Vous êtes dans le style grincheux, à ce que je vois ? Vous ne trouvez pas que la stupidité est plus excusable chez les pauvres ?

Après une pause, comme pour lui laisser le temps d'enregistrer, elle ajouta :

— Votre nom ? Et comment connaissez-vous les Trotter ?

— Je m'appelle Will Truesdale, je joue au cricket avec Hugh. C'est un vieil ami d'une branche de ma famille, du côté de ma mère. Je suis nouveau à Hong-Kong. Il a été chic avec moi.

— Hum, dit-elle. Je connais Hugh depuis dix ans et je ne l'ai jamais vu se montrer chic avec personne. Et Hong-Kong, la ville vous plaît ?

— Pour l'instant, je ne me plains pas. J'ai débarqué ici en me demandant si j'allais rester. J'ai décidé que oui et j'ai trouvé de quoi m'occuper. L'endroit est agréable.

— Un aventurier… Comme c'est fascinant, ironise-t-elle.

Là-dessus, elle finit de se remaquiller, ferme d'un clic son petit sac de soirée et, le saisissant d'une main décidée par le poignet, sort du boudoir en valsant – il n'y a pas d'autre mot : elle a l'air d'être portée par une musique intérieure.

Souffrant d'être traîné à sa suite comme un caniche ou son favori du moment, il présente ses excuses à la ronde et sort fumer dans le jardin. Mais il est écrit qu'il n'aura pas la paix. Elle le traque, le retrouve, lui demande de lui tendre du feu pour allumer sa cigarette et se penche vers lui, comme pour lui murmurer à l'oreille :

— Dites-moi, comment se fait-il que vos femmes deviennent si grosses une fois mariées ? Si j'étais anglais, je serais dégoûté si la jolie jeune fille que j'épousais gonflait comme une baudruche au bout de quelques mois de mariage ou après avoir pondu un lardon. Vous voyez ce que je veux dire ?

Elle souffle un nuage de fumée vers le ciel noir.

— Pas du tout, repartit-il, amusé malgré lui.

— Je ne suis pas aussi frivole que vous le croyez. Vous me plaisez beaucoup. Je vous téléphone demain, on arrangera quelque chose.

L'instant d'après, la voilà qui s'éloigne, laissant dans son sillage une traînée de fumée et de glamour. Pourtant dans cette maison, personne ne fume, Hugh étant même un ardent ennemi du tabac dont il honnit jusqu'à l'arôme. Il la revoit dans l'heure qui suit, papillonnant de groupe en groupe, sans cesser un instant de parler. Dès qu'elle paraît, les autres femmes sont comme éclipsées, et les hommes éblouis.

Le téléphone sonne le lendemain à son bureau. Il vient de raconter sa soirée à Simonds.

— Elle est eurasienne, n'est-ce pas ? dit Simonds. Attention. Ce n'est pas aussi mal vu que de sortir avec une Chinoise, mais ici on n'aime pas trop te voir fricoter avec les autochtones.

— Je n'ai jamais entendu une ineptie pareille, a riposté Will qui jusqu'ici trouvait Simonds plutôt sympathique.

— Tu sais comment c'est. À la Hong-Kong Bank, ils exigent ta démission si jamais tu épouses une Chinoise. Mais cette fille a l'air différente, j'ai l'impression qu'elle a plus de classe que les autres. Ce n'est pas comme si c'était une marchande de nouilles.

— Oui, différente, certainement, mais peu importe de toute façon, dit-il en soulevant le combiné. Je ne compte pas l'épouser.

— Chéri, ici Trudy Liang, qui ne comptez-vous pas épouser ?

— Personne, répond-il en riant.

— Ç'aurait été aller vite en besogne.

— Même pour vous ?

Ignorant sa remarque, elle réplique :

— Ne trouvez-vous pas qu'il y avait trop de femmes hier à ce cocktail ?

Tant que la guerre représente une menace et risque de gagner leur pays éloigné, les femmes de la colonie britannique sont censées avoir été évacuées vers des lieux moins exposés.

— Je suis indispensable, vous savez, continue-t-elle. Je suis infirmière de réserve !

La seule manière de rester à Hong-Kong, pour une femme, consistait à s'engager dans les services médicaux de l'armée.

— Je n'ai jamais rencontré d'infirmière comme vous, commente-t-il.

— Si vous étiez blessé, vous ne voudriez pas de moi pour vous soigner, croyez-moi…

Puis, après une pause :

— Écoutez, je serai cet après-midi au champ de courses, dans la tribune des Wong. Voulez-vous vous joindre à nous ?

— Les Wong ? répète-t-il.

— Oui, mon parrain et ma marraine, précise-t-elle d'une voix impatiente. Vous venez, oui ou non ?

— Bon, d'accord.

Il a donné son assentiment. C'est la première fois. Il ne pourra plus lui dire non.

Will se faufile dans les gradins jusque dans les hauteurs où les tribunes sont remplies de bavards en smokings et robes de soie. Il entre dans celle des Wong par la porte numéro 28, et aussitôt, Trudy, qui guettait son arrivée, s'approche de lui et le présente à plusieurs personnes. Il y a là des Chinois du Pérou, des Polonais de Tokyo, un Français marié à une princesse russe. On n'entend parler que l'anglais.

Trudy le tire à l'écart.

— C'est fou, lui confie-t-elle, ce que vous êtes beau. Me voilà prise au piège. Vous ne devez jamais avoir de problèmes avec les femmes, ou alors vous en avez trop. (Elle pousse un énorme soupir.) Pour vous donner une petite idée de ce que fait tout ce beau monde : voici d'abord mon cousin, Dommie… (Elle lui indique d'un geste un jeune Chinois très mince et élégant avec une montre à gousset en or au creux de la main.) C'est mon meilleur ami, mon protecteur, alors faites attention. Et surtout, évitez celle-là… (Elle lui indique une frêle Européenne à lunettes)… si vous ne voulez pas mourir d'ennui. Elle vient de passer vingt minutes à me raconter une histoire aussi extraordinaire que barbante sur les cerfs aboyeurs de Lamma Island.

— Vraiment ? dit-il en contemplant l'ovale de son visage et ses grands yeux verts mordorés.

— Et lui, ajoute-t-elle en indiquant un Anglais à la tête et aux yeux comme des billes, c'est un raseur. Un historien d'art ou je ne sais quoi, qui n'arrête pas de pérorer sur la Crown Collection. Apparemment chaque colonie britannique possède la sienne. Soit elles la constituent sur place, soit elles en font venir une d'Angleterre pour décorer les bâtiments administratifs. Des tableaux de maître, des sculptures et cetera. La nôtre, à Hong-Kong, est très impressionnante, paraît-il, et ce monsieur s'inquiète beaucoup de ce qu'elle deviendra une fois que nous serons en guerre. (Elle fait une grimace.) En plus, il est d'une bigoterie !

Elle cherche des yeux qui d'autre elle pourrait lui décrire et, soudain, elle les ferme à moitié en montrant du doigt un Chinois un peu corpulent dans un costume croisé :

— Voilà mon autre cousin, ou plutôt cousin par alliance… Victor Chen. Il se prend pour un haut personnage. Moi, je le trouve insupportable. Il est marié à ma cousine, Melody, qui était gentille jusqu'à ce qu'elle le rencontre… Maintenant, elle est…

Sans achever la fin de sa phrase, elle s'exclame :

— Eh bien, vous avez fait le tour ! Et je ne suis qu'une pipelette !

Sur ce, elle le traîne à l'avant de la tribune où elle s'est octroyé les deux meilleures places. Ils suivent la course du début à la fin. Elle gagne mille dollars et hurle de joie. Elle s'amuse à distribuer ses gains aux serveurs, aux filles de salle, à une petite fille dont elle croise la route en sortant.

— Ah ! là là, dit-elle d'un ton désapprobateur. Ce n'est pas un endroit où amener ses enfants, vous ne trouvez pas ?

Par la suite, elle lui avoue qu'elle a passé son enfance sur les champs de courses.

De son vrai nom, Prudence. « Trudy », c'est le petit nom qu'on lui a donné lorsqu'il est devenu évident que son nom de baptême ne convenait pas à la petite coquine qui terrorisait ses amahs et charmait les serveurs pour leur soutirer boissons gazeuses et carrés de sucre, toutes friandises strictement défendues.

— Mais toi, appelle-moi Prudence, lui dit-elle.

Dans le berceau de ses bras si gracieux qui lui drapent les épaules, il s'enivre de son parfum au jasmin.

— N'y compte pas, dit-il.

— Je suis très forte, murmure-t-elle. J'espère que je ne te détruirai pas.

Il rit.

— Ne t'en fais pas pour ça…

Mais ensuite, il n'est plus si sûr.

Ils passent presque tous les week-ends dans la grande maison du père de Trudy à Shek O, entourés de vieux serviteurs ratatinés qui leur apportent des citronnades et des glaçons, qu'ils mélangent avec du Plymouth gin, et des assiettes de croustillantes chips aux crevettes. Trudy prend des bains de soleil coiffée d'un chapeau à très large bord. À l'entendre, le bronzage, c'est vulgaire, quoi qu'en dise Coco Chanel.

— Mais j'aime sentir la caresse du soleil sur ma peau, susurre-t-elle en lui offrant ses lèvres.

La maison des Liang est construite sur un piton rocheux surplombant une mer aux eaux placides. Des poules leur procurent des œufs – cachées dans le poulailler au fond du jardin, à cause des odeurs –

tandis que se promène en liberté un paon fanfaron et pugnace qui fait la roue dès qu'il aperçoit âme qui vive, sauf le danois du gardien, avec lequel il a signé un pacte de non-agression. Le père de Trudy n'est jamais là ; la plupart du temps il séjourne à Macao où, paraît-il, il entretient la plus vaste demeure de Praia Grande et une maîtresse chinoise. Pourquoi il ne l'épouse pas, personne ne le sait. La mère de Trudy a disparu alors que celle-ci avait huit ans – personne n'a jamais su ce qu'elle est devenue et le dossier reste ouvert. La dernière fois qu'on l'a vue, elle descendait d'une voiture devant le Gloucester. C'est ce qu'il aime tant à propos de Trudy. Tous ces mystères. Quant à elle, elle ne lui pose jamais de questions sur sa vie à lui.

Trudy a le corps d'une enfant, des hanches minces, des pieds minuscules. Sa poitrine est plate, ses seins ne bourgeonnent même pas. Ses bras sont aussi graciles que ses poignets, ses cheveux d'un brun cendré foncé, ses grands yeux latins, à peine bridés. Elle porte des tenues moulantes, parfois le *qipao*, des tuniques près du corps, des pantalons cigarette et aux pieds, des pantoufles de soie. Rouge à lèvres doré ou brun, cheveux mi-longs aux épaules, plats, paupières soulignées de khôl. Elle ne ressemble pas du tout aux autres femmes que l'on rencontre dans le monde, ces femmes aux jupes en coton amples imprimées de motifs floraux, aux permanentes soignées, aux rouges à lèvres carmin. Elle déteste les compliments – quand on lui dit qu'elle est belle, elle rétorque du tac au tac : « Voyons, j'ai une moustache ! » Et en effet, elle a sur la lèvre supérieure un fin duvet invisible sauf au soleil sous un certain angle. Sa photo figure dans tous les journaux, mais elle vous expliquera que c'est à cause de son père qui est un personnage en vue, et non de sa beauté. « À Hong-Kong, on est terre à terre, déclare-t-elle. La fortune rend les femmes belles. » Elle est souvent la seule Chinoise présente à un cocktail, même si elle prétend ne pas être vraiment chinoise – n'être rien, en définitive. Alors qu'elle est tout, et qu'elle est invitée partout. Le Cercle sportif français, l'American Country Club, le Deutsche Garten Club, tous l'accueillent au titre de membre d'honneur.

Son meilleur ami est son cousin issu de germain, Dommie, Dominick Wong, l'amateur de courses de chevaux. Ils se retrouvent chaque dimanche soir pour dîner au Gripps, et ils s'échangent les potins glanés pendant le week-end dans les cocktails et les dîners en ville. Ils ont grandi ensemble. Son père à elle et sa mère à lui sont cousins germains. Will commence à s'apercevoir que tout le monde à Hong-Kong est apparenté d'une manière ou d'une autre, tout le monde qui compte, s'entend. Victor Chen, l'autre cousin de Trudy, intéresse aussi beaucoup les journalistes, à cause de ses affaires juteuses. On les voit souvent sourire, lui et sa femme, Melody, dans les pages mondaines des journaux.

Dominick a un physique d'éphèbe languissant, un brin efféminé, et traîne à sa suite une ribambelle de jeunes amoureuses insatisfaites et souples comme des lianes. Will n'est jamais convié aux dîners en tête à tête de Trudy et Dommie.

— Ne sois pas fâché. Tu ne t'amuserais pas du tout, dit-elle en lui caressant la joue d'un index frais. On papote en shanghaien et, pour nous non plus ce ne serait pas drôle d'avoir à traduire. De toute façon, Dommie est presque une fille.

— Je n'ai pas envie d'y aller, figure-toi, réplique-t-il pour ne pas perdre la face.

— Bien sûr que non, mon chéri, dit-elle en riant. (Elle le tire vers elle.) Je vais te confier un secret.

— Oui ?

Son parfum au jasmin évoque de la fleur jaune les pétales cireux, lisses comme sa peau, imperméables.

— Dommie est né avec onze doigts de main. Six à la main gauche. On le lui a coupé quand il était tout bébé, mais il n'arrête pas de repousser ! N'est-ce pas un phénomène incroyable ? Je lui dis que c'est le démon qui est en lui. On peut toujours le tailler, il reviendra à coup sûr. (Elle passe aux chuchotements :) Ne le dis à personne surtout. Tu es le premier qui le sait ! Et Dominick me tuerait s'il savait ! Il en a honte !

Hong-Kong est pareil à un village. Au bal de la RAF, le Dr Richards a été surpris dans la buanderie du Gloucester avec une femme de chambre ; au dîner des Sewell, Blanca Morehouse a bu un verre de trop et a commencé à dégrafer son chemisier – tu sais d'où elle vient, n'est-ce pas ? Trudy, son guide dans la société de l'île, a tendance à trouver les Anglais conventionnels, les Américains d'une franchise accablante, les Français ennuyeux à mourir et contents d'eux, les Japonais trop excentriques.

— Toi aussi tu es du genre bâtard, lui a-t-elle déclaré. Tu n'es de nulle part, exactement comme moi.

Il a débarqué à Hong-Kong avec en tout et pour tout une lettre de recommandation qu'il devait remettre à un vieil ami de sa famille, et voilà qu'il s'est trouvé étiqueté, avant d'avoir commis la moindre action qui permette de le juger, par une rencontre fortuite avec une femme qui n'exige de lui rien d'autre que sa compagnie.

Les gens jasent en permanence à propos de Trudy – il y a toujours quelqu'un pour la trouver scandaleuse. Ils parlent d'elle devant lui, en s'adressant à lui comme pour le mettre au défi de se prononcer. Mais lui reste mutique. Elle est venue de Shanghai, où elle a passé sa prime jeunesse dans l'ancienne suite de Noël Coward au Cathay, à organiser des fêtes somptueuses sur la terrasse du toit du grand hôtel. On raconte qu'elle a quitté Shanghai après avoir rompu avec un roi de la pègre psychopathe, on raconte qu'elle traîne dans les casinos, qu'elle fréquente des singsong girls, qu'elle s'est vendue un soir pour rire, qu'elle est opiomane. Qu'elle est lesbienne. Qu'elle est révolutionnaire. Elle lui jure qu'aucune ou presque de ces rumeurs n'est fondée. Elle prétend que Shanghai est beaucoup moins provincial que Hong-Kong. Elle parle couramment le shanghaien, le cantonais, le mandarin, l'anglais, le français courant, et se débrouille en portugais. À Shanghai, dit-elle, la journée démarre à quatre heures de l'après-midi avec le thé, puis tout le monde se retrouve pour l'apéritif au Cathay ou chez quelqu'un, puis on mange du crabe poilu arrosé de vin de riz, si on aime la cuisine locale, après quoi on boit, on danse encore et encore, dans la nuit qui n'en finit pas, jusqu'à l'heure du petit déjeuner – œufs et tomates frites au Del Monte. Puis on dort jusqu'à trois heures de l'après-midi, on avale un bouillon avec des nouilles pour soigner sa gueule de bois, et on s'habille pour une autre ronde festive. Elle y retournera un de ces jours, dit-elle, dès que son père le lui permettra.

Les Biddle, qui louent un bungalow au Lido à Repulse Bay, les invitent à passer une journée à la plage. Là, ils fument cigarette sur cigarette et boivent des Gimlets en écoutant les lamentations d'Angeline. Angeline Biddle est une amie d'enfance de Trudy, elles se connaissent en effet depuis l'école primaire. Une petite Chinoise quelconque, dénuée de charme, mariée à un brillant businessman britannique, Frederick Biddle, qu'elle mène à la baguette. Ils ont un fils, pour l'heure en pension en Angleterre. Ils vivent dans le plus grand luxe sur le Peak, où la présence d'Angeline dérange, ce quartier étant fermé aux Chinois sauf autorisation spéciale, à moins d'être comme certains si fabuleusement riches que les règles ne s'appliquent plus. D'après Trudy, comme elle l'expliquera plus tard à Will, la colonie britannique en veut à Angeline d'avoir outrepassé ses droits et de s'être immiscée dans leurs cercles, d'autant, ajoutera Trudy, qu'elle n'est pas la jeune personne la plus avenante du monde. Sur la plage, Trudy ôte le haut de son maillot et prend un bain de soleil, ses seins à peine formés découpant des halos pâles sur son corps doré.

— Je croyais que tu trouvais vulgaire d'être bronzé, dit-il.

— Tut tut, tais-toi !

Il entend ses messes basses avec Angeline. « Je suis folle de lui, dit Trudy. Je n'ai jamais rencontré un homme aussi volontaire, aussi stable. » Sans doute parle-t-elle de lui ? Contrairement à ce que l'on pourrait croire, personne ne se scandalise à propos de leur liaison. Simonds lui a même avoué s'être trompé au sujet de Trudy. Cela dit, les demoiselles britanniques sont déçues. « Elle lui a mis le grappin dessus avant même qu'on sache qu'il était en ville », susurre-t-on dans les salons.

Elle n'est pas la première femme dans sa vie. Il y a eu la fille du missionnaire de New Delhi, si maladive, si mélancolique, et pourtant si belle ; puis, la célibataire à bord du bateau de Penang, intelligente, ambitieuse, de celles qui prétendent avoir soif d'aventure mais qui sont simplement en quête d'un époux. En fait, si depuis un certain temps il s'emploie à éviter les turpitudes de l'amour, il semblerait que celui-ci l'ait rattrapé à l'heure où il s'y attendait le moins.

Les autres femmes n'aiment pas Trudy. « N'est-ce pas toujours le cas, mon chéri ? Comme tu es bizarre de me demander ça », lui réplique-t-elle, quand, indiscret, il la questionne à ce sujet. Elle lui donne une petite tape sous le menton puis reprend sa confection d'un cocktail au gin et jus de citron. « Personne ne m'aime, ajoute-t-elle. Les Chinois parce que je ne suis pas assez chinoise, les Européens parce que je n'ai pas l'air européenne, et mon père ne m'aime pas parce qu'il estime que je lui manque de respect. Et toi, tu m'aimes ? »

Il lui assure que oui.

— Je n'en suis pas si convaincue, murmure-t-elle. Je sais pourquoi les gens t'aiment, toi. Outre que tu es beau et célibataire et que tu es promis à un bel avenir… Ils voient en toi tout ce qu'ils aiment. Alors qu'en moi ils ne voient que ce qui leur fait horreur. (Elle trempe son doigt dans le shaker puis le lèche. Elle fait la grimace, puis conclut :) Parfait.

Amers, c'est ainsi qu'elle préfère ses cocktails.

Des petits secrets lui échappent de temps à autre. Une diseuse de bonne aventure au temple lui a dit un jour que le grain de beauté qu'elle a au front signifie la mort d'un époux. Elle a déjà été fiancée, mais pour une raison mystérieuse les fiançailles ont été rompues. Elle lui révèle ces détails de sa vie mais refuse d'en dire plus, sous prétexte qu'il l'abandonnerait. Elle paraît y croire.

Trudy a deux amahs. Elles « se sont liées par les cheveux », explique-t-elle. Deux femmes décident de ne pas se marier et font passer une annonce dans le journal, un peu à la façon de bans de mariage, promettant de toujours vivre ensemble. Ah Lok et Mei Sing sont vieilles aujourd'hui, à près de soixante ans, mais elles logent toutes les deux dans une petite chambre à lits jumeaux (« alors oublie tout de suite tes vilaines pensées, lui dit Trudy d'une voix paresseuse, quoique les Chinois soient très blasés sur ces choses-là et, en fait, on s'en fiche, au fond ») et forment un couple heureux, même si elles sont toutes les deux du même sexe. « C'est ce qu'il y a de mieux pour elles, l'informe Trudy. Beaucoup de femmes savent qu'elles ne pourront jamais se marier, alors autant vivre ainsi. C'est très civilisé, n'est-ce pas ? Après tout, c'est d'avoir un compagnon qui compte. De toute façon, au bout d'un moment, la sexualité devient encombrante. Elles vivent comme deux sœurs. Je songe à m'engager moi-même dans cette voie. » Elle leur verse chaque semaine à chacune vingt-cinq cents, et elles lui sont entièrement dévouées. Un jour, en entrant dans le salon à l'improviste, il a trouvé Mei Sing occupée à masser les mains de Trudy avec de l'huile alors que cette dernière dormait sur le canapé.

Il ne s'habitue pas à leur présence. De leur côté, elles font comme s'il n'était pas là, allant jusqu'à parler de lui à Trudy sous son nez. Elles lui disent qu'il a un gros nez, une drôle d'odeur, des mains et des pieds grotesques. Il commence à comprendre des bribes de ce qu'elles racontent, mais leurs intonations désapprobatrices se passent de traduction. Ah Lok fait la cuisine – des mets qu'il trouve trop salés, trop gras, mauvais pour la santé et au palais. Trudy s'en régale – ce sont les goûts de son enfance. Elle affirme que Mei Sing fait le ménage, mais il remarque partout des moutons de poussière. La vieille ramasse tout ce qui est mis au rebut – des bouteilles de bière vides, des flacons de cold-cream, des brosses à dents usagées – et les accumule sous son lit en prévision d'une catastrophe. Les trois femmes sont désordonnées. Trudy montre le plus complet dédain pour le rangement, comme souvent ceux qui ont grandi au milieu de domestiques. Elle ne nettoie jamais rien, elle ne lève jamais le petit doigt, mais les amahs non plus. Elles ont épousé ses habitudes, comme par une étrange osmose. Trudy les défend bec et ongles, comme un enfant défend ses parents. « Elles sont vieilles, répète-t-elle. Laisse-les tranquilles. Je ne supporte pas les gens qui grondent sans cesse leurs serviteurs. »

Dieu sait pourtant qu'elle les houspille. Elle se chamaille avec elles quand le fleuriste se présente et que Ah Lok refuse de débourser plus de cinquante cents alors que Trudy lui dit de lui donner ce qu'il veut. Le fleuriste s'appelle Fa Wong, le roi des fleurs. Il fait chaque semaine du porte-à-porte dans le quartier, ses maigres épaules chargées de paniers géants débordant de fleurs. Il entonne « *fa yuen, fa yen* » d'une voix basse et monotone. Les habitants se penchent à leurs fenêtres pour lui faire signe de monter chez eux. Les amahs et lui se complaisent à se quereller, et peuvent passer des heures à crier et à gesticuler, jusqu'au moment où Trudy intervient et verse au bonhomme la somme qu'il réclame. Après quoi Ah Lok, en colère, se retourne contre Trudy qu'elle accuse de céder trop facilement, et la vieille dame et la ravissante jeune femme, les bras remplis de fleurs, s'en vont dans la cuisine où des bouquets fleuriront dans des vases puis iront embellir les coins et les recoins de la maison. Il les observe depuis son fauteuil, son livre ouvert posé sur ses genoux, les yeux mi-clos, comme s'il dormait – il l'observe, elle.

Il n'est presque plus jamais seul, elle est toujours à ses côtés. Cela ne lui ressemble pas. Lui qui cultivait sa solitude, son bel isolement ; désormais, il n'est bien qu'avec elle. Lui qui s'était passé si longtemps de cette drogue, il avait oublié combien elle est tyrannique. Au bureau, alors qu'il tape à la machine, il se remémore son rire, sa façon de boire son thé, de fumer, de souffler des ronds devant son visage. « Pourquoi travailles-tu ? lui demande-t-elle. C'est tellement rasoir. »

Attention, se dit-il, ne tombe pas dans ce piège. Peine perdue. Elle est toujours là, elle l'appelle au téléphone, elle a tout prévu pour ce soir. Quand il la regarde, il se sent tout à la fois faible et heureux. Est-ce mal ?

Ils sont attablés autour d'un brunch à Repulse Bay et lisent le journal du dimanche, quand Trudy lève le nez :

— Comment se fait-il qu'on autorise ces horribles entreprises à publier leurs encarts publicitaires dans la presse ? s'élève-t-elle. Écoute un peu : « Comment lutter contre vos hémorroïdes ? » Faut-il vraiment en parler ? Ils pourraient au moins employer un style plus indirect. (Elle secoue la page de journal d'un geste exaspéré.) En plus, il y a une illustration : un type qui ne peut même plus rester assis tant il souffre ! Est-ce vraiment nécessaire ?

— Mon cœur, dit-il. Je n'en sais rien. Je n'en sais vraiment rien.

Un exilé russe en smoking joue du piano dans son dos.

— Oh ! s'exclame-t-elle, comme si une idée lui venait après coup. Mon père souhaite faire ta connaissance. Il veut voir avec quel homme je passe le plus clair de mon temps. (Elle s'exprime avec nonchalance, un excès de nonchalance.) Tu es libre ce soir ?

— Bien sûr.

Ils sortent dîner au Gloucester où, pendant qu'ils attendent au bar, Trudy lui raconte comment ses parents se sont rencontrés. Elle boit du brandy, ce qui ne lui arrive jamais, et ce qui incite Will à penser qu'elle est plus anxieuse qu'elle ne veut bien en avoir l'air. Elle fait tourner la liqueur au fond de son verre, elle la renifle, boit une petite gorgée.

— Ma mère était d'une grande beauté, elle appartenait à une famille portugaise de Macao... C'est là qu'ils se sont rencontrés... à Macao, où les Portugais sont installés depuis des générations. Mon père à l'époque n'avait pas encore aussi bien réussi, même s'il venait d'une famille fortunée. Il avait monté une petite affaire de vente de gadgets ou de je ne sais quoi. Il est très intelligent, mon père. Dommage que moi j'aie une ampoule éteinte à la place du cerveau. (Son visage s'éclaire soudain.) Ah ! le voilà !

Elle saute de son tabouret pour courir embrasser son père. Will s'attendait à voir un homme de haute taille, imbu de son pouvoir. Mais M. Liang n'est ni grand ni arrogant ; son costume est mal coupé et son expression d'une douceur surprenante. Il paraît débordé par la vitalité de sa fille. Il se laisse faire par elle comme par un cyclone, ainsi que tout un chacun à Hong-Kong, songe Will. Le maître d'hôtel les conduit à leur table en multipliant les ronds de jambe, ce dont ni Trudy ni son père ne semblent s'apercevoir. Ils parlent entre eux en cantonais, et de s'exprimer dans cette autre langue transforme toute l'attitude de Trudy, à la rendre méconnaissable.

Ils ne commandent rien. Les plats arrivent sans qu'ils aient rien demandé, à croire que le menu a été prédécidé. Will a tout juste eu le temps d'articuler : « Ne faudrait-il pas commander ? » Ils lui ont expliqué : « Dans ce restaurant, la cuisine ne prépare que certains plats spéciaux. » Trudy demande du champagne en disant : « C'est l'occasion ou jamais ! Mon père a rarement rencontré mes prétendants. Tu as passé la première épreuve. »

Wan Kee Liang ne pose aucune question à Will, ni sur sa vie ni sur sa situation professionnelle. En revanche, il échange avec lui des plaisanteries, et discute courses de chevaux et guerre mondiale. Lorsque Trudy se lève en s'excusant pour aller aux toilettes, son père fait signe à Will de se rapprocher.

— Vous êtes pas homme riche, avance-t-il dans un anglais approximatif.

— Pas aussi riche que vous, mais je m'en sors plutôt bien, se défend Will en songeant que le père de Trudy lui fait là une bien curieuse réflexion.

— Trudy très gâtée, elle veut beaucoup choses, reprend le père de Trudy le visage toujours impassible.

— Oui, approuve Will.

— Quand la femme paye, c'est pas bien.

Sur ces paroles, il lui tend une enveloppe.

— Voilà un peu d'argent pour sortir Trudy. Cela suffit à couvrir les frais un bon moment. C'est pas bien, Trudy qui paye tout le temps.

Will est estomaqué.

— Je ne peux pas accepter, proteste-t-il. Je ne vais pas prendre votre argent. Jamais je ne laisserai Trudy régler l'addition.

— C'est rien, rétorque le père avec un petit geste de la main. Bon pour votre relation.

Will refuse et pose l'enveloppe sur la table. En voyant Trudy revenir, son père la glisse dans sa propre veste.

— Je ne voulais pas vous insulter, murmure-t-il. Je veux le meilleur pour Trudy. Et le meilleur pour elle, c'est le meilleur pour vous. Pas grand-chose pour moi, mais change tout pour vous deux.

— C'est très gentil de votre part, opine Will. Mais je ne peux pas accepter.

Ils en restent là.

La semaine suivante, Will reçoit une série de lettres, expédiées par des restaurants et des boîtes de nuit l'informant qu'il a désormais un compte ouvert chez eux et qu'on attend sa visite. L'une d'elles présente quelques mots griffonnés dans la marge : « Il vous suffit de franchir notre seuil, vous n'aurez rien à signer. Nous espérons votre visite. » Le ton : un peu obséquieux, comme il se doit à l'égard d'un bon client.

Il ressent une certaine irritation, certes, mais il est plus étonné qu'autre chose. Il range les lettres dans un tiroir. Sans doute aux yeux de Wan Kee Liang tout le monde a l'air pauvre et prêt à demander l'aumône. Les Chinois sont des sages, songe Will. Ou bien est-ce seulement la famille de Trudy qui agit ainsi.

Trudy raffole du Parisian Grill, elle est très amie avec le propriétaire, un Grec marié à une Portugaise de Macao, qui ne voit pas ce qu'il y a d'ironique à servir de la cuisine française. Elle refuse tout net d'aller au restaurant chinois avec Will, ou alors seulement quand ils sont en compagnie de Chinois qui, à l'entendre, sont les seuls à savoir vraiment apprécier.

Le Grec qui dirige le Parisian Grill et qui se fait appeler Henri, anciennement Dieu sait quoi, adore Trudy qu'il traite comme sa propre fille. Son épouse, Elsbieta, la considère comme sa sœur. Elle y va presque tous les soirs pour le premier verre, et souvent y termine aussi la nuit. Vis-à-vis de Will, Henri et Elsbieta se montrent polis, quoique sur la réserve. Il en conclut qu'ils ont vu défiler trop de « fiancés » de Trudy. Il a envie de leur dire que c'est lui qui risque d'être blessé, et de se plaindre des banquettes en vinyle rouge et des moignons de bougies blanches entourées d'un anneau de matière charbonneuse. Mais il se retient.

Au Parisian Grill, ils retrouvent le Tout-Hong-Kong. C'est le genre d'endroit que l'on fréquente quand on vient de débarquer, ou que l'on est vieux, ou que l'on se rase. Un soir, ils prennent un verre au bar avec un groupe d'Américains de passage, puis acceptent leur invitation à dîner.

Trudy raconte à ses nouveaux amis qu'elle adore les Américains, elle les trouve magnifiquement extravagants et généreux, elle aime la façon dont ils parlent fort et sont sûrs de leur fait. Dès que l'un d'eux s'avise de mettre sur le tapis la brûlante question de la guerre, elle fait la sourde oreille et préfère continuer à énumérer toutes les qualités qu'elle leur prête. Ils ont une vision du monde tellement plus vaste que les autres, dit-elle, et considèrent qu'ils ont un rôle à y jouer, pas en tant que colonisateurs, mais en imposant leur présence partout, au moyen de flots de dollars qui s'écoulent comme de l'eau, sans jamais se culpabiliser ni se prendre au sérieux. C'est cela qu'elle aime chez eux. Les hommes sont grands, minces et élancés, ils ont des visages longs, ils prennent des décisions rapides, et les femmes les laissent en paix, n'est-ce pas merveilleux, pour la simple raison qu'elles sont si occupées de leur côté par toutes sortes de comités et de projets. Ils invitent à leurs fêtes tout un chacun sans faire le tri, et servent des mets exotiques comme de la salade de pommes de terre ou des sandwichs au jambon et au fromage. Et, à moins qu'il y ait dans la pièce un certain type d'Anglais (elle penche la tête vers Will), ils ont tendance à écraser les autres convives masculins. C'est un phénomène curieux, mais elle l'a vu de ses propres yeux. Vous n'avez jamais remarqué ? Si elle devait se réincarner un jour, elle aimerait revenir en Américain. Mais elle pourrait aussi se contenter d'en épouser un. Ou bien, si quelqu'un s'oppposait à ce mariage, tout simplement émigrer en Amérique, ajoute-t-elle en feignant de baisser les yeux timidement. Will, qui se rappelle ses critiques contre leur franchise excessive, lui sourit. Elle fait ce qu'elle veut, lui dit-il. Jamais il ne s'opposerait à ce qu'elle souhaite. Les Américains applaudissent. Enfin un homme civilisé, commente une femme aux lèvres rouges et à la robe orange.

La vie n'est pas compliquée. Au bureau, où il est attendu à neuf heures trente, il n'est pas rare que le déjeuner se prolonge deux heures, et à cinq heures de l'après-midi, ils s'arrêtent et boivent le premier verre de la soirée. Il peut sortir tous les soirs, s'amuser tout le week-end, bref faire tout ce qui lui chante. Comme des amis de Trudy qui partent pour

Londres ont besoin de quelqu'un pour garder leur appartement, Will emménage sur May Road et leur verse un loyer ridicule de deux cents dollars de Hong-Kong – il a fallu discuter pour persuader Sudie et Frank Chen d'accepter le moindre paiement. Cela se passe au cours d'un dîner au restaurant, et fort courtoisement.

— Tu nous rends service ! s'écrient-ils en remplissant leurs coupes de champagne.

— C'est vrai, Will, enchérit Trudy. Personne à Hong-Kong n'accepterait de lever le petit doigt pour les Chen, tu sais. Ils se sont taillé une réputation abominable en ville : c'est d'ailleurs pour cette raison qu'ils s'en vont.

— Quand bien même, opine Will, il faut que je paie quelque chose.

— On en reparlera plus tard, disent les Chen.

Mais le dîner se termine sans un mot supplémentaire à ce sujet. À minuit, après quatre tournées de champagne, ils descendent sur la plage pêcher le crabe à la lumière des bougies.

May Road ne ressemble pas à Happy Valley, son ancien quartier. Les habitants sont des expatriés avec épouses et domestiques, à croire que l'on se trouve dans une banlieue bourgeoise d'Angleterre, du moins la banlieue anglaise telle qu'il l'imagine. Des enfants se promènent sagement avec leurs amahs, tandis que des femmes d'âge mûr, des matrones au gabarit imposant, grimpent à l'arrière de voitures avec chauffeur. Il règne dans les rues un silence qui tranche avec le joyeux brouhaha de ses précédentes pénates. Happy Valley lui manque, sa vie grouillante, toute cette animation du petit peuple, avec sa clameur et ses échoppes colorées.

Mais ici, il est près de Trudy. Elle occupe un grand appartement à cinq minutes à pied de chez lui. Tous les jours après s'être changé au retour du bureau, il parcourt la route en lacet jusqu'à chez elle.

— N'est-ce pas agréable ? s'exclame-t-elle en le couvrant de baisers dès le pas de la porte. C'est formidable qu'on soit si proches l'un de l'autre, et puis tu es sorti de cet affreux quartier de Happy Valley. Qu'en dis-tu ? La seule fois où j'y suis allée avant de te connaître, c'était pour acheter des tennis pour la plage. Il y a un magasin épatant là-bas…

Puis sautant du coq à l'âne, elle appelle Ah Lok à grands cris pour lui signaler que les fleurs sont en train de se faner, ou qu'il y a une flaque d'eau par terre dans l'entrée. Chez Trudy, il n'est jamais question de la guerre, et les plus graves conflits se résument à des chamailleries avec les serviteurs, car rien n'est jamais sérieux avec elle. Elle se meut dans un univers où tout n'est qu'agrément et douceur de vivre. Et Will, se laissant guider par son rire argentin, s'y glisse avec reconnaissance.

Juin 1952

Claire, depuis quelque temps, se réveillait en sursaut toutes les nuits à la même heure. À trois heures vingt-deux du matin. Elle n'avait même plus besoin de vérifier sur le cadran de son réveil. Et, toutes les nuits, elle se tournait vers la forme assoupie de son mari à côté d'elle et se sentait aussitôt rassurée. Sa poitrine s'élevait et s'abaissait à cadence régulière, ponctuée par un faible ronflement. Il avait le sommeil lourd, appesanti par les bières qu'il avalait tous les soirs. Elle se dressait sur son séant, tapait deux fois dans les mains, fort, les doigts bien raides, émettant comme une détonation dans la nuit. Martin bougeait vaguement, puis le ronflement se transformait en respiration tranquille. C'était là un des rares tuyaux que sa mère lui eût communiqué à propos du mariage. Le réveil affichait à présent 3:23.

Elle tenta de se rendormir. Elle y était parvenue une ou deux fois en évitant que sa conscience émerge tout à fait. Le souffle tout doux, elle resta allongée, avec la sensation du drap mouillé sous elle et, sur elle, la caresse légère de la couverture en coton. L'humidité était telle qu'elle ne supportait qu'une mince chemise de nuit, à changer tous les jours. Il fallait qu'elle achète un nouveau ventilateur. Le vieux, tout tapissé de moisissures, avait rendu l'âme la semaine dernière. Un ventilateur, plus des rallonges. Et des ampoules. Elle ne devait pas oublier les ampoules. Elle respirait doucement tandis que reprenaient peu à peu les ronflements de Martin. Devait-elle se faire un pense-bête ? Non, elle s'en souviendrait, sûrement. Mais en son for intérieur elle savait qu'elle finirait par se lever pour griffonner une petite liste, afin de ne pas oublier, afin de cesser d'être obsédée par la pensée qu'il ne fallait pas oublier, après quoi elle resterait debout, incapable de retrouver le sommeil. C'était inévitable. Elle se leva doucement et sortit à tâtons de la moustiquaire, dérangeant un insecte au repos qui susurra quelques instants à son oreille avant de s'éloigner. Le calepin était posé sur la table de chevet : elle dressa sa brève liste.

Puis prit corps dans son esprit la vraie raison de ce réveil. Elle se pencha sur les tiroirs du secrétaire et en tira précautionneusement le sac. Un sac en toile, qu'elle avait eu gratis au bazar, un grand sac plein d'objets. Elle l'emporta avec elle.

Une fois dans la salle de bains, elle alluma l'électricité. La baignoire était remplie d'eau. Comme pas une goutte de pluie n'était tombée depuis plusieurs mois, le gouvernement avait décidé d'imposer un rationnement. Yu Ling remplissait la baignoire tous les soirs, entre cinq et sept heures, quand il y avait de l'eau dans les canalisations, pour qu'ils n'en manquent pas le lendemain.

Claire posa son sac par terre, pelleta un peu d'eau dans une bassine et y trempa un gant de toilette pour se rafraîchir le visage. Puis elle s'assit sur le carrelage et remonta sa chemise de nuit de manière à placer le sac entre ses jambes.

Elle en renversa le contenu par terre.

Plus de trente petites choses scintillantes s'éparpillèrent sous ses yeux. Colliers, foulards, bibelots, flacons de parfum, tous plus coûteux les uns que les autres. Presque tape-à-l'œil, pêle-mêle, là, sous la lumière crue de la salle de bains, sur la blancheur immaculée du carrelage. Claire étala par terre une serviette et les tria dessus comme sur un coussin, en les écartant de quelques centimètres les uns des autres. À présent, ils avaient l'air de ce qu'ils étaient : des objets précieux. Elle choisit une bague : une turquoise sertie dans un épais anneau d'or magnifiquement ouvragé. Elle la glissa à son doigt. Un mouchoir, si fin qu'elle voyait à travers le rose pâle de sa main. Elle le vaporisa de parfum, tiré d'un petit flacon arrondi, « Jazz », avec sur l'étiquette deux danseuses vêtues à la mode des années 1930. Elle agita en l'air le mouchoir parfumé. Une odeur de jasmin. Un parfum trop lourd pour elle. Elle passa dans ses cheveux le peigne en écaille de tortue, s'enduisit les doigts de crème pour les mains, puis appliqua avec le plus grand soin le bâton de rouge sur ses lèvres. Elle mit les pesantes boucles en or à ses oreilles et noua le foulard sous son menton. Elle se regarda dans la glace. La femme qui lui renvoya son regard était une femme du monde, sophistiquée, élégante, une femme ayant voyagé, une femme pouvant causer art, littérature et yachts.

Elle souhaitait devenir une autre Claire. L'ancienne lui paraissait en tous points provinciale et ignorante. Elle avait assisté à une soirée à la résidence du gouverneur, elle avait bu du champagne au Gripps en regardant de jeunes mondaines qu'elle connaissait à peine froufrouter dans leurs robes en soie. Le nez contre le carreau, elle observait ce qui se passait dans un autre monde, un monde dont jusqu'ici elle avait ignoré jusqu'à l'existence. Elle avait la sensation indéfinissable d'être sur le point d'émerger d'un cocon, comme si une nouvelle Claire attendait de déployer ses ailes. Pendant ces quelques heures matinales, vêtue du linge fin d'une autre, elle pouvait feindre être une des leurs, avoir elle aussi vécu à Colombo, mangé des cuisses de grenouille en France, ou être montée à dos d'éléphant à Delhi aux côtés d'un maharadja.

À sept heures du matin, après une tasse de thé et quelques toasts beurrés, elle retourna dans la chambre. Elle se pencha sur son époux endormi.

— Réveille-toi, lui dit-elle doucement.

Il s'étira, puis roula sur lui-même pour lui faire face.

— Coucou, insista-t-elle un peu plus fort.

— Bon anniversaire, ma chérie, murmura-t-il d'une voix ensommeillée.

Il se dressa sur un coude pour lui donner un baiser. Son haleine était chargée mais pas désagréable.

Aujourd'hui, Claire avait vingt-huit ans.

C'était un samedi, et le début de l'été. Il ne faisait pas encore trop chaud, les matinées étaient rafraîchies par une petite brise avant que le soleil réchauffe l'atmosphère au cours de l'après-midi et oblige à sortir chapeaux et éventails. Le samedi, Martin ne travaillait qu'à mi-temps, mais ce samedi-ci ils avaient été invités à un banquet chez les Arbogast, sur le Peak. Reginald Arbogast était un génie des affaires qui mettait un point d'honneur à convier tous les Anglais de la colonie à ses réceptions, lesquelles étaient réputées pour ses copieux buffets et la générosité de leur hôte.

— Je te retrouve en bas du funiculaire à une heure, lui dit Martin.

À une heure de l'après-midi, Claire patientait dans la station du funiculaire. Elle était vêtue d'une robe neuve livrée la veille seulement par le tailleur, en popeline blanche, inspirée d'un patron parisien. M. Hao avait pignon sur rue dans Causeway Bay et pratiquait des prix fort raisonnables. Il venait prendre ses mesures chez elle, et ne demandait que huit dollars de Hong-Kong par robe. Elle s'en félicitait. Elle s'était mis du « Jazz », puis, trouvant le parfum trop fort, l'avait dilué sur sa peau avec un peu d'eau. À une heure dix, Martin franchit la porte de la station. En l'embrassant, il lui dit :

— Tu es toute belle. Une nouvelle robe ?

— Mmm, acquiesça-t-elle.

La cabine les hissa au long du flanc de la montagne, parfois presque à la verticale. Ils se tenaient à la barre et, tête baissée, suivaient des yeux les façades des immeubles des Mid-Levels, leurs regards plongeant dans les intérieurs des appartements par les fenêtres aux rideaux tirés de côté qui laissaient apercevoir des tables jonchées de journaux et de verres sales.

— C'est drôle, commenta Claire, si je savais que des gens pouvaient voir ce qui se passait chez moi, je veillerais à bien tenir mon ménage, pas toi ?

Une fois en haut, ils découvrirent que les Arbogast avaient envoyé des rickshaws les chercher au funiculaire.

— Ces hommes me font toujours pitié, confia-t-elle à Martin une fois à bord du pousse. N'est-ce pas à quoi nous servent les mules et les chevaux ? C'est encore sans doute une de ces étranges coutumes d'ici, non ?

— En effet, ici la propulsion humaine s'avère souvent moins coûteuse, fit observer Martin.

Claire ravala son irritation; Martin prenait toujours tout au pied de la lettre.

Le coureur souleva ses brancards en grognant sous l'effort. Ils se mirent à rouler gentiment et Claire s'installa aussi confortablement que possible sur la banquette. Autour d'eux proliférait une végétation luxuriante, des arbres tropicaux croulaient sous des feuilles gorgées de sucs et les bougainvillées éclaboussaient de fleurs les parois des falaises rocheuses. Il arrivait parfois à Claire d'avoir la sensation que Hong-Kong souffrait d'un trop-plein de vie. La ville ne parvenait pas à se maîtriser. Il y avait dans tous les coins des insectes rampants, des chiens sauvages, des moustiques à foison. On avait taillé des routes à flanc de montagne et les immeubles jaillissaient de terre, mais la nature guettait la moindre brèche pour imposer sa présence – partout on voyait des ouvriers torse nu, luisant de transpiration, repoussant à la hachette l'assaut des plantes poussées dans la nuit. Ce n'était pas l'Inde, sans doute, mais ce n'était sûrement pas l'Angleterre. Le coureur devant eux peinait et suait dans la montée. Sa chemisette était élimée et grise.

— Les Arbogast ont, paraît-il, rénové la propriété de fond en comble après la guerre, dit Martin. Je le tiens de Smythson. Les Japonais n'avaient laissé debout que quelques murs, et encore. Autrefois, elle appartenait au directeur de Bayer, Thorpe, mais après la guerre il n'est jamais revenu. Il a vendu le domaine pour une bouchée de pain. Il en avait sa claque.

— Avant la guerre, énonça Claire, les gens savaient vraiment ce qu'était la douceur de vivre.

— Arbogast a perdu une main pendant le conflit. Il a un crochet à la place. Paraît qu'il en fait un complexe, alors évite de loucher de ce côté.

— Bien sûr.

La réception battait déjà son plein lorsqu'ils entrèrent. Une double porte s'ouvrit devant eux les menant dans un vaste hall d'entrée, puis à un grand salon dont le fond s'ouvrait par des portes-fenêtres sur un jardin et au-delà une vue sur le port de Hong-Kong d'une beauté à vous couper le souffle. Un violoniste sciait les cordes de son instrument, accompagné par un pianiste. La maison était décorée dans le style affectionné par les Anglais en Orient, de tapis persans et de tables chinoises qu'embellissaient des bols en argent birmans et autres curiosités. Les femmes virevoltaient en robes de coton léger tandis que les hommes restaient vissés sur place, les mains dans les poches de leur vareuse de safari ou de leur blazer. Des serviteurs se faufilaient çà et là en tenant en équilibre des plateaux de Pimm's et de champagne.

— Pourquoi fait-il ça ? demanda Claire à Martin. Pourquoi invite-t-il la terre entière ?

— Il a bien réussi dans cette ville, alors qu'il partait de rien, et il cherche à montrer sa gratitude à la colonie. C'est ce que je me suis laissé dire, en tout cas.

À cet instant, Mme Arbogast – une femme très mince et élégante, au visage pointu –, qui accueillait les invités, s'exclama en secouant les boucles qui étincelaient à ses oreilles :

— Bonsoir ! Bonsoir !

— C'est très gentil à vous de nous avoir invités, dit Martin. Nous sommes très honorés.

— Je ne vous connais pas, mais nous aurons sans doute le plaisir de bavarder un peu plus tard, leur lança-t-elle avant de se détourner en cherchant des yeux les invités suivants.

En d'autres termes, ils venaient d'être congédiés.

— Tu veux boire quelque chose ? proposa Martin.

— Oui, s'il te plaît, opina Claire.

Apercevant une personne de connaissance, la dénommée Amelia, elle se dirigea vers elle. À la dernière seconde, et donc trop tard, elle aperçut, à moitié dissimulée par une plante en pot, Mme Pinter qui parlait avec Amelia et plusieurs autres femmes. Tout le monde évitait Mme Pinter comme la peste. Claire s'était fait piéger une fois et avait dû écouter pendant une demi-heure la vieille dame lui décrire de A à Z la vie des fourmis. La dernière marotte de Mme Pinter était la fondation d'une société d'espéranto, et elle accablait toute personne non avertie de ses conceptions aussi complexes que stupides. Elle était persuadée que si les hommes possédaient une langue universelle la guerre deviendrait impossible.

— Je songe à engager un majordome, pérorait Mme Pinter. Un Chinois fera l'affaire, avec un peu de pratique.

— Allez-vous lui apprendre l'espéranto ? la taquina Amelia.

— Nous devons l'enseigner à tous, sauf aux communistes, décréta Mme Pinter sans se laisser démonter.

— Ne trouvez-vous pas le problème des réfugiés inquiétant ? avança de but en blanc Marjorie Winter.

Marjorie s'éventait avec une serviette – c'était une femme corpulente, plutôt gentille, à la figure auréolée de petites boucles serrées.

— Ils arrivent par milliers, dit-on, intervint Claire.

— Je suis en train de monter une nouvelle association, continua Marjorie. Une association d'aide aux réfugiés. Ces pauvres Chinois qui se déversent à travers la frontière comme un troupeau d'animaux apeurés pour fuir cet abominable régime. Ils vivent dans des conditions ignobles. Vous devez vous joindre à nous ! J'ai déjà loué un local.

— Vous vous rappelez en 1950, enchérit Amelia, certaines familles tenaient de véritables hôtels tellement il y avait de gens à recueillir. Et encore, c'étaient les riches, qui avaient de quoi payer leur passage. C'était quelque chose !

— Pourquoi quittent-ils leur pays? interrogea Claire. Où comptent-ils aller une fois ici ?

— C'est bien la question, ma chère, approuva Marjorie. Ils n'ont nulle part où aller, vous vous rendez compte. C'est pourquoi mon association est si importante.

Amelia s'assit en disant :

— Les Chinois descendent pendant les guerres, puis ils rentrent, puis ils reviennent. À vous donner le vertige. Ce sont comme de grandes vagues, ces déplacements. Et tous ont des dialectes différents. À mon avis, le mandarin est le plus laid, avec ses sonorités en *wer* et en *er* et tous ces drôles de bruits.

Puis, en s'éventant, elle soupira :

— Il fait beaucoup trop chaud pour parler associations. Votre énergie m'étonnera toujours, Marjorie.

— Amelia, répliqua froidement l'interpellée. Vous avez toujours trop chaud.

En effet Amelia avait toujours soit trop chaud, soit trop froid, ou bien se sentait mal d'une façon ou d'une autre. Elle n'était pas équipée pour la vie en dehors de l'Angleterre, ce qui était ironique, puisqu'elle n'y vivait plus depuis trente ans au moins. Elle avait besoin de son petit confort, et quand elle s'en trouvait dépourvue, elle souffrait terriblement, et jamais en silence. Son mari, Angus, l'avait ramenée des Indes, qu'elle détestait, à Hong-Kong en 1938, lorsqu'il avait été nommé sous-secrétaire au ministère des Finances. Avec obstination, elle vilipendait les insupportables péronnelles anglaises qui jouaient aux Chinoises, coiffées de chignons piqués de baguettes en ivoire, boudinées dans des robes chinoises et prenant des cours pour donner des ordres à leur personnel dans leur atroce cantonais. Elle ne les comprenait pas et mettait chaque fois en garde Claire contre leur engeance.

Amelia avait pris Claire sous son aile. Elle la présentait à toutes sortes de gens, l'invitait à déjeuner. Pourtant Claire était souvent mal à l'aise en sa présence, et ses remarques comportaient souvent des sous-entendus blessants. Malgré tout, Claire s'accrochait à elle, puisqu'elle était la seule susceptible de la guider dans le nouveau monde étrange qu'elle découvrait. Sa mère, se disait-elle, aurait une bonne opinion de quelqu'un comme Amelia. Elle serait même impressionnée d'apprendre que sa fille fréquentait une personne de ce milieu.

Dehors, le bruit d'une balle de tennis que l'on frappe était ponctué par le bourdonnement et les cliquetis de la conversation et des cocktails. Le groupe de Claire se déplaça vers une grande tente dressée à côté de la cour.

— On vient ici jouer au tennis ? s'étonna tout haut Claire.

— Oui, par ces températures, ce n'est pas croyable, n'est-ce pas ?

— Ce que je n'arrive pas à croire, c'est qu'ils aient un court de tennis, commenta Claire, songeuse.

— Et moi je trouve pas croyable que vous

n'arriviez pas à le croire, répliqua Amelia non sans malice.

— C'est que, je… jamais, bafouilla Claire en rougissant.

— Je sais, ma chère, vous n'êtes qu'une fille de la campagne, riposta Amelia en lui faisant un clin d'œil afin d'adoucir ses paroles.

— Vous savez ce qu'a encore inventé Penelope Davies l'autre jour ? interrompit Marjorie. Elle est allée au temple de Wong Tai Sin avec un interprète et s'est fait dire la bonne aventure. D'après elle, c'est extraordinaire tout ce que la vieille Chinoise savait sur elle !

— Quelle bonne idée, s'enthousiasma Amelia. Je prendrai Wing avec moi et chiche ! Claire, on devrait y aller toutes les deux !

— Ce serait amusant, en effet, approuva Claire.

Au bénéfice de Martin, qui s'était joint à elles, un verre dans chaque main, Marjorie lança :

— Vous avez entendu parler de cet enfant en Malaisie qui a eu le hoquet pendant trois mois ? Le petit Briggs. Son père est à la tête de la compagnie électrique là-bas. Sa mère a failli devenir folle. Elle a essayé un guérisseur, peine perdue. Ils ne savaient plus s'ils devaient le rapatrier en Angleterre ou laisser faire la nature.

— Même plus d'une heure, le hoquet, c'est horrible ! s'exclama Claire. Je deviendrais folle ! Pauvre petit.

Martin s'agenouilla pour jouer avec un petit garçon qui s'était approché.

— Bonjour, lui dit-il. Comment t'appelles-tu ?

— Martin veut des enfants, confia à voix basse Claire à Amelia.

Il lui arrivait souvent, malgré elle, de se confier à Amelia. Elle n'avait personne d'autre à qui parler.

— Tous les hommes veulent des enfants, ma chère, lui assura Amelia. Il faut toujours se mettre d'accord avec eux au départ sur un nombre à ne pas dépasser, sinon ils en veulent toujours plus. J'avais négocié avec Angus pas plus de deux avant même notre mariage.

— Oh ! s'écria Claire, stupéfaite. Mais ce n'est pas du tout… romantique.

— Parce que le mariage l'est, peut-être ? rétorqua Amelia en levant un sourcil.

Claire, sentant le rouge lui monter de nouveau aux joues, la pria de l'excuser et se dirigea vers la salle de bains.

À son retour, Amelia, qui s'était écartée des autres, bavardait avec un homme de haute taille que Claire voyait pour la première fois. Son amie lui fit signe d'approcher. L'homme devait bien avoir dans les quarante ans, et il s'appuyait sur ce qui ressemblait à un bâton taillé par des mains d'enfant. Un beau visage, aux traits acérés ; une abondante chevelure poivre et sel, coiffée à la diable.

— Connaissez-vous Will Truesdale ? s'enquit Amelia.

— Non, dit Claire en tendant la main à l'inconnu.

— Enchanté.

Sa main était sèche, fraîche, presque comme une main en papier.

— Cela fait des siècles qu'il habite Hong-Kong, continua Amelia. Un vieux de la vieille, comme nous.

— Nous sommes des spécialistes, approuva-t-il.

Subitement, il sembla s'animer.

— J'aime votre parfum. Jasmin ? dit-il.

— Oui. Merci.

— Vous venez d'arriver ?

— Oui, il y a un mois.

— Et Hong-Kong vous plaît ?

— Je n'avais jamais imaginé un jour vivre en Orient, et pourtant, m'y voici.

— Oh ! Claire, je pensais que vous auriez plus d'imagination, la taquina Amelia en signalant au serveur qu'elle voulait boire quelque chose.

Les joues de Claire s'empourprèrent. Décidément, Amelia était en forme aujourd'hui.

— Je suis ravi de rencontrer enfin une femme qui n'est pas blasée, commenta Will. Vous autres femmes du monde me fatiguez vraiment trop.

Amelia, qui se détournait à l'instant pour prendre son verre, n'entendit pas. Il y eut un temps de pause, mais Claire ne s'en formalisa pas.

— C'est l'anniversaire de Claire, informa Amelia en se tournant de nouveau vers lui.

Amelia sourit ; un peu de rouge à lèvres tachait son incisive.

— Elle n'est qu'un bébé, ajouta-t-elle.

— Comme c'est agréable, repartit-il. Nous avons besoin de plus de bébés dans ces parages.

Brusquement, il tendit le bras et recoiffa une mèche rebelle derrière l'oreille de Claire. Un geste possessif, à croire qu'il la connaissait depuis toujours.

— Pardon, dit-il aussitôt.

Amelia, qui, scrutant la foule des convives, n'avait rien vu, marmonna d'un air distrait :

— Pardon pour quoi ?

— Pour rien, entonnèrent-ils en même temps.

Claire baissa les yeux. Ce désaveu spontané émis de conserve les rendait complices d'une manière qui lui parut soudain presque trop intime.

— Comment ? s'impatienta Amelia. Je n'entends rien dans ce brouhaha.

— J'ai vingt-huit ans aujourd'hui, déclara Claire, sans trop savoir pourquoi.

— J'en ai quarante-trois, opina-t-il. Je suis très vieux.

Claire ne savait pas s'il plaisantait ou non.

— Je me rappelle comment on vous avait fêté votre anniversaire à Stanley, commenta Amelia. Une sacrée soirée.

— N'est-ce pas ?

— Vous êtes encore chez Melody et Victor ? continua Amelia.

— Oui, répondit-il. Pour le moment, cela me convient.

— Je suis sûre que cela convient à Victor d'avoir un gentleman britannique comme chauffeur, repartit-elle, cinglante.

— Cela arrange tout le monde, acquiesça Will, sans mordre à l'hameçon.

Amelia se pencha vers lui comme pour lui faire une confidence :

— J'ai ouï dire qu'il y a du nouveau sur la disparition de la Crown Collection pendant la guerre. Si j'en crois Angus, le mystère est sur le point d'être éclairci. On en parle de plus en plus. Vous avez entendu quelque chose à ce propos ?

— Oui.

— Ils veulent mettre la main au collet des collaborateurs.

— Un peu tard, vous ne trouvez pas ?

Au bout d'un moment, comme Will n'avait manifestement rien à ajouter, elle reprit :

— J'espère que les Chen vous traitent bien ?

— Je ne me plains pas.

— C'est un peu bizarre, non ? Vous, travailler chez eux…

— Amelia, vous ennuyez Claire.

— Oh ! non, protesta Claire. Je suis juste…

— Eh bien, c'est moi que vous ennuyez, voilà. Et la vie est trop courte pour qu'on s'y ennuie. Claire, avez-vous visité tous les coins de notre belle colonie ? Lequel préférez-vous ?

— J'ai un peu exploré les environs. Sheung Wan est ravissant — j'adore ses marchés en plein vent —, et puis je suis allée à Kowloon, à Tsim Sha Tsui, par le bateau de la Star Ferry bien sûr, et j'ai fait du lèche-vitrine. C'est très animé, n'est-ce pas ?

— Vous voyez, Amelia, dit Will. Enfin une Anglaise qui s'aventure hors de Central et du Peak. Vous avez beaucoup à apprendre de cette nouvelle venue.

Amelia leva les yeux au ciel :

— Elle finira par s'en lasser. Tout beau tout nouveau, et ensuite elles se retrouvent à boire le thé avec moi au Helena May et à se plaindre de leurs amahs.

— Ne vous laissez pas influencer par l'optimisme d'Amelia, Claire, ironisa Will. Quoi qu'il en soit, j'étais ravi de faire votre connaissance. Bonne chance à Hong-Kong.

Après les avoir saluées d'un signe de tête courtois, il prit congé. Claire perçut la chaleur de son corps quand il passa près d'elle.

Claire se sentit contrariée : il n'envisageait manifestement pas de la revoir.

— Un curieux personnage ? lança-t-elle, plus affirmation qu'interrogation.

— Vous ne croyez pas si bien dire, enchérit Amelia.

Claire le suivit des yeux. D'une démarche légère malgré une discrète claudication, il porta ses pas vers le court de tennis et s'arrêta pour regarder Peter Wickham et son fils échanger des balles.

— Mais il est devenu si sérieux, poursuivit Amelia. On ne peut plus rire avec lui. Il était tellement charmant avant la guerre, si vous saviez, il ne ratait pas une soirée, et sortait avec la fille la plus en vue de Hong-Kong, en plus il avait une superbe situation à Asiatic Petrol, mais il ne s'est jamais vraiment remis de la guerre. Aujourd'hui, il est chauffeur. (Elle baissa d'un ton :) Le chauffeur des Chen, en fait. Vous les connaissez ?

— Amelia ! s'exclama Claire. Je suis le professeur de piano de leur fille ! C'est même vous qui m'avez trouvé ce job !

— Oh ! là là. C'est la mémoire qui s'en va en premier, n'est-ce pas ? Vous n'êtes jamais tombée sur lui ?

— Jamais. Pourtant, un soir, les Chen m'ont proposé que leur chauffeur me ramène chez moi.

— Pauvre Melody. Elle est tellement *fragile*, ajouta-t-elle d'un ton qui en disait long.

— J'ai remarqué, dit Claire, se rappelant la façon dont Melody buvait, à toutes petites gorgées rapides, comme si sa vie en dépendait.

— Ce qui est d'autant plus curieux…

Après un instant d'hésitation, Amelia termina sa phrase :

— C'est qu'il n'a pas besoin de travailler.

— Comment cela ?

— Je sais certaines choses, voilà tout, rétorqua Amelia avec des airs de mystère.

Claire n'insista pas. Elle ne donnerait pas ce plaisir à Amelia.

Septembre 1941

Trudy s'habille pour le dîner ; il l'observe depuis le lit. Elle vient de terminer son mystérieux rituel, un bain agrémenté d'huiles et d'onguents, et maintenant elle sent aussi merveilleusement bon qu'une vallée au printemps. Assise à sa coiffeuse dans un long déshabillé en satin pêche ceinturé de soie, elle applique sur son visage des crèmes parfumées.

— Comment tu trouves celle-ci ?

Elle se lève et tient à bout de bras devant elle une robe de soirée noire.

— Très belle.

Il est incapable de s'intéresser au vêtement alors que son visage rayonne au-dessus.

— Ou celle-ci ?

Une robe à hauteur de genoux couleur de sorbet à l'orange.

— Parfaite.

Elle fait la moue. Sa peau possède un éclat extraordinaire.

— Tu ne m'aides pas du tout.

Elle lui apprend que le week-end prochain Manley Haverford donne une soirée, pour fêter la fin de l'été, dans sa maison de campagne ; elle a envie d'y aller. Manley est un vieux réactionnaire qui animait une émission de radio avant d'épouser une riche héritière portugaise, une femme plutôt laide mais arrangeante puisque morte quelque deux années après les noces, laissant son époux couler des jours tranquilles de hobereau à Sai Kung.

— Je meurs d'envie d'y aller, précise-t-elle. J'en meurs d'envie !

— Tu détestes Manley, voyons. Tu me l'as affirmé pas plus tard que la semaine dernière.

— Je sais. Mais on s'amuse tellement chez lui, et il ne lésine pas sur la boisson. Allons-y. On n'aura qu'à dire qu'on le trouve affreux juste sous son nez. Alors, on y va ? On y va ? On y va ?

Elle le tanne. Ils iront.

Le vendredi, il fait l'école buissonnière en fin d'après-midi et ils passent les heures vespérales à se baigner dans l'océan devant la maison de Manley. Pour y parvenir, ils ont suivi en voiture les lacets de routes étroites, taillées à flanc de paroi dans la montagne, avec l'eau bleue à droite et à gauche des à-pics verdoyants. Au-delà d'une barrière en bois décrépite, au bout d'une longue allée, tout au bord de la grève, précédée d'une véranda qui s'avance en surplomb et que l'on rejoint par des marches de pierre, se dresse la bâtisse. Manley a veillé à ce que des glacières de glaçons, de boissons et de sandwichs soient descendues dans la petite baie sablonneuse. Nager sous le soleil encore chaud leur ouvre l'appétit. Ils mangent à belles dents, ils dévorent tellement qu'ils en viennent à reprocher à leur hôte de ne pas avoir prévu assez.

— Moi ? s'étonne Manley. Je pensais avoir invité des gens civilisés qui prenaient trois repas par jour.

Victor et Melody Chen, les cousins de Trudy, qui étaient montés se reposer à l'intérieur, descendent doucement les marches.

— Que fait-on maintenant ? interroge Melody.

Will l'aime bien, surtout quand son mari n'est pas là.

Une femme qu'aucun d'eux ne connaît, fraîchement débarquée de Singapour, propose de jouer aux charades. Ils protestent faiblement mais sont d'accord, néanmoins.

Trudy dirige la première équipe, la femme de Singapour la seconde. Les groupes se consultent. On écrit des mots sur des bouts de papier humide. On déverse le tout dans le panier à pique-nique vide.

Trudy commence. Elle contemple son papier ; elle a des fossettes aux joues.

— Fastoche, dit-elle pour remonter le moral de ses troupes.

Elle esquisse le geste de tourner la manivelle d'une caméra de cinéma.

— Filmer ! crie un Américain.

Elle lève la main, les cinq doigts de la main, puis baisse subitement la tête en avant, allonge les bras à l'horizontale et balaye l'air devant elle.

— *Autant en emporte le vent*, dit Will.

Trudy fait la révérence.

— C'est pas juste, proteste un membre de l'équipe adverse. Il y a délit d'initié !

Trudy s'approche de lui et lui plante un baiser sur le front.

— Tu es un malin, dit-elle en s'asseyant à côté de lui.

Singapour se lève.

— Elle va te battre, confie Will à Trudy.

— Ne t'inquiète pas, repartit Trudy. C'est une imbécile.

La soirée se passe agréablement, à se renvoyer des insultes et à boire et à jouer les idiots.

Quelqu'un évoque la politique du gouvernement et la réorganisation des différentes unités de la force des Volontaires de Hong-Kong.

— Volontaire ! s'écrie Will. Obligatoire, vous voulez dire. On parle de conscription, pour l'amour du ciel. C'est tout le contraire du volontariat. Pourquoi ne pas appeler un chat un chat ? Dowbiggin est ridicule.

— Que tu es grincheux, dit Trudy. Pense plutôt à ton devoir.

— Sans doute, admet-il. Il faut se battre pour la bonne cause.

Il n'en estime pas moins que les problèmes d'organisation sont traités de manière absurde.

— Y a-t-il un corps spécial pour les joueurs de cricket ? lance un des convives, comme pour entamer une démonstration.

— Pourquoi pas ? rétorque un autre. On peut former celui que l'on veut.

— Je ne crois pas que cela soit vrai, intervient Manley. Pour ma part, je suis un entraînement le week-end, sur le terrain du club. Avec des policiers, à ce que j'ai compris, même si à mon avis, en cas d'attaque, ils auraient d'autres chats à fouetter.

— N'êtes-vous pas un peu trop vieux, Manley ? s'enquiert Trudy. Trop vieux et trop décati ?

— Exactement, Trudy, et c'est ça qui est formidable, riposte-t-il avec un sourire forcé. Personne ne peut virer un Volontaire. Quoi qu'il en soit, le club, c'est pratique pour moi.

— J'envoie Melody en Amérique, annonce brutalement Victor Chen. Je ne veux pas qu'elle soit exposée si jamais il y a du grabuge.

Melody esquisse un sourire gêné mais reste muette.

— Le gouvernement se prépare, déclare Jamie Biggs. Ils stockent des victuailles dans les entrepôts de Tin Hau et mettent le patrimoine britannique à l'abri.

— Comme la Crown Collection ? avance Victor. Quelles mesures vont être prises pour la protéger ? Elle fait partie du patrimoine anglais.

— Je suis sûr que toutes les précautions ont été prises, lui assure Biggs.

— La nourriture va pourrir avant que quiconque puisse en profiter, émet un troisième homme.

— Espèce de cynique, le gronde Trudy.

Elle se lève d'un mouvement gracieux pour s'approcher de l'eau. Ces histoires de guerre l'ennuient. Dans son esprit, cela ne se produira jamais. Tous les regards sont braqués sur elle, fascinés, tandis qu'elle pique une tête dans les vagues et ressort, le corps luisant et lisse, ruisselant, dressé insolemment à la verticale contre la plate monotonie de l'horizon, entre ciel et mer. Elle s'approche et secoue sa chevelure mouillée en éclaboussant Will. Une gerbe de gouttelettes étincelantes. Puis quelqu'un demande où sont les raquettes de tennis. Le charme est rompu.

Au cours du dîner, Trudy annonce qu'elle sera chargée des uniformes des Volontaires.

— Et Will me servira de mannequin, ajoute-t-elle, parce qu'il a les mensurations de l'homme idéal.

John Thorpe, qui est à la tête de la succursale américaine d'un grand laboratoire pharmaceutique, lance alors d'un air dubitatif :

— Un peu trop petit et laid, vous ne trouvez pas ?

Qualificatifs correspondant tout à fait au locuteur, et pas du tout à Will.

— Will ! s'écrie Trudy. Il t'a insulté ! Défends ton honneur !

— J'ai des choses autrement plus importantes à défendre, réplique-t-il.

Un silence s'abat sur la tablée. Le voilà qui a gaffé, il joue une fois de plus les rabat-joie.

— Euh, désolé, dit-il.

Mais déjà ils sont passés à un autre sujet.

Trudy parle du tailleur à qui elle confiera la confection des uniformes.

— Il nous habille depuis toujours. C'est le genre à vous faire une robe de Paris en deux jours, un seul si vous vous mettez à genoux !

— Comment s'appelle-t-il ?

— Aucune idée, répond-elle sans sourciller. Il s'appelle le Tailleur. Mais je sais où trouver sa boutique, ou plutôt mon chauffeur sait la trouver, et on est les meilleurs amis du monde. Dites-moi, les gars, préférez-vous l'orange ou le rose vif ?

Ils tombent d'accord sur une étoffe vert olive rayée de fines bandes orange (« barbant », soupirent les femmes qui leur concèdent toutefois l'orange), puis Trudy demande qui va prendre leurs mesures.

Ils la désignent.

Elle accepte (« Ne dit-on pas qu'il est naturel de porter à gauche ? » demande-t-elle innocemment) avant de préciser que Will prendra les mesures à sa place. Chez Trudy, comme Will a pu à plusieurs reprises le noter, la frivolité a des limites.

Sophie Biggs tente de rallier les autres à un pique-nique au clair de lune.

— C'est tellement charmant, plaide-t-elle. On prend un bateau à vapeur, avec des barques, et quand on arrive à l'île, on rame jusqu'à la plage avec les paniers et une guitare ou un accordéon ou quelque chose.

Sophie est plutôt bien en chair, et devant les minuscules portions qu'elle se sert à table Will la soupçonne de manger en secret. Pour l'heure, elle touille sa vichyssoise avec sa cuillère.

Trudy soupire :

— Trop de travail. Ne serait-ce pas plus simple de pique-niquer à Repulse Bay ?

Sophie tourne vers elle un regard plein de reproches.

— Mais ce n'est pas pareil, argue-t-elle. C'est le trajet pour y aller qui est bien.

Le mari de Sophie prétend être dans le transport maritime, mais Will pense que c'est un espion. Quand il avoue plus tard ses soupçons à Trudy, celle-ci s'exclame :

— Ce rustre ? Un gros nul, voilà tout ce qu'il est ! Il ne trouverait pas son chemin dans sa propre maison !

Pourtant Jamie Biggs semble toujours à l'écoute de ce qui se raconte autour de lui, n'intervenant jamais, perpétuellement aux aguets. C'est tellement évident que Will ne l'imagine pas très fameux dans sa partie. À propos de Milton Pottinger, parti l'an dernier, quelqu'un avait confié à Will qu'il travaillait pour les services secrets. Il n'en croyait pas ses oreilles. Milton était un de ces personnages gras et ventripotents qui buvaient plus que de raison et suaient l'indiscrétion.

Edwina Storch, une Anglaise corpulente qui occupe le poste de directrice de la seule bonne école primaire de la ville, est venue avec sa compagne, Mary Winkle. Elles sont assises en bout de table et mangent tranquillement, ne s'occupant que de converser l'une avec l'autre. Will les a déjà vues. Elles sont toujours présentes dans les réceptions, mais ne s'expriment guère.

Au dessert – un diplomate au rhum – Jamie déclare que tous les résidents japonais ont reçu des missives secrètes les informant de la marche à suivre en cas d'invasion, et que le barbier nippon du Gloucester est en fait un espion. Le gouvernement serait sur le point de prendre un décret obligeant toutes les épouses et les enfants sans exception à quitter le pays, mais seuls ceux d'extraction blanche et britannique, de pure souche européenne, obtiendraient une place sur les paquebots.

— Cela ne me concerne pas, décrète Trudy avec un haussement d'épaules.

Pourtant elle détient un passeport britannique. Will sait parfaitement que si elle le voulait elle trouverait une cabine sur le bateau – son père a le bras long.

— Qu'est-ce que j'irais faire en Australie ? lance-t-elle. Je n'ai personne là-bas. De toute façon, c'est réservé aux Anglais de pure souche… Avez-vous déjà entendu un truc aussi choquant ?

Elle s'empresse de changer de sujet :

— Que se passerait-il si deux fusils braqués l'un sur l'autre faisaient feu au même instant ? Pensez-vous qu'il y aurait des blessés ou que les balles s'entre-détruiraient ?

S'ensuit une discussion animée, dont Trudy ne tarde pas à se lasser.

— Pour l'amour du ciel ! s'écrie-t-elle. N'y a-t-il rien d'autre d'intéressant ?

Les autres, dociles sous la réprimande, effleurent d'autres préoccupations. Trudy a la fibre dictatoriale, sans une once de bienveillance. À une personne récemment débarquée du Congo, elle déclare qu'elle ne peut pas imaginer aller dans des lieux aussi reculés, alors qu'il existe des destinations aussi plaisantes que Londres ou Rome. Le voyageur visé a l'air peiné. Trudy lance au mari de Sophie Biggs qu'il n'apprécie pas la valeur de sa femme, puis elle dit à Manley qu'elle déteste les gâteaux, surtout les diplomates. Et pourtant, personne ne se fâche ; tout le monde se plie à son point de vue. Elle est la plus aimable des pestes. Les gens sont ravis qu'elle fasse attention à eux.

Après le dîner, le café et les digestifs, le houseboy de Manley apporte un grand bol de noix et de raisins secs. Manley l'asperge de brandy d'un geste majestueux, après quoi Trudy y jette une allumette enflammée. Le bol prend feu, tout en lueurs bleues et blanches. Les convives tentent de ramasser les noix et les raisins sans se brûler les doigts, un jeu qu'ils appellent *Snapdragon*.

Un peu plus tard, en allant aux toilettes, Will aperçoit, dans la salle à manger, Trudy en grande conversation, en cantonais, avec Victor. Il hésite, puis passe outre. Quand il sort, ils ne sont plus là : Trudy a repris sa place à table et raconte une blague grivoise.

Ensuite, ils vont se coucher. Manley leur a alloué la chambre voisine de la sienne. Ils font l'amour en silence. Avec Trudy, il a toujours la sensation de se noyer — elle se cramponne à lui, enfouit son visage au creux de son épaule avec une intensité passionnée dont elle serait la première à se moquer si elle pouvait se voir. La trace de ses doigts s'imprime pour des heures sur sa peau. Plus tard, Will est réveillé par des sanglots. Le visage de Trudy est tout bouffi, inquiétant, il y voit briller des larmes.

— Qu'est-ce que tu as ?

— Rien, répond-elle, sans réfléchir.

— Victor t'a dit quelque chose ?

— Non, non, il veut… (langue pâteuse de sommeil). Mon père…

Elle se rendort. Il jette sur elle une couverture. Ses épaules sont froides et molles, comme liquéfiées. Au matin, elle ne se souvient de rien et le taquine sur son air particulièrement soucieux.

Au cours des semaines qui suivent, l'engrenage de la guerre arrache les femmes et les enfants qui avaient résisté aux avis d'évacuation précédents. Ils partent à bord de paquebots à destination de l'Australie ou de Singapour. Trudy est obligée de faire acte de présence dans les hôpitaux pour bien prouver qu'elle est infirmière. Elle suit une formation, décrète qu'elle n'apprendra jamais et se fait transférer au ravitaillement. Elle trouve le stockage de victuailles trop drôle. « Si je devais manger tout ce qu'ils accumulent, je n'aurais plus qu'à me tirer une balle dans la tête, dit-elle. Toutes ces conserves de légumes et de bœuf bouilli, beurk ! »

La colonie, tout d'un coup, ne se compose plus que d'hommes esseulés, sans épouses, qui se retrouvent entre eux au Gripps, au Parisian Grill. Ils brûlent d'être invités chez les quelques heureux dont les femmes sont encore là. Ils fondent un club, le Bachelor's Club[1] (« Pourquoi les Anglais aiment-ils tant les clubs et les sociétés secrètes ? demande Trudy. Non, attends, ne me dis pas, c'est trop triste »), et envoient une pétition au gouvernement réclamant le retour de leurs tendres moitiés. D'autres, plus intrépides, se présentent un beau matin en compagnie d'une « fille adoptive » ou d'une « pupille » chinoise, et ils dînent et boivent du champagne avant de flirter avec elles comme les idiots qu'ils sont, puis de disparaître dans la nuit. Will s'amuse. Trudy moins. « Attends un peu que je leur tombe dessus ! » s'exclame-t-elle alors que

1. Club des célibataires.

Will la taquine en essayant de deviner laquelle de ces gentilles allait essayer de l'ensorceler.

— Tu me rappelles un lépreux, mon chéri, rétorque-t-elle. Vous autres Anglais, vous commencez à être démodés. Je vais peut-être être forcée de me trouver un chevalier servant japonais ou allemand.

Will se souvint bien de cette époque. Comme ils riaient alors, et comme la guerre leur paraissait loin, même s'ils en parlaient tout le temps, car personne ne pensait à ce qui pourrait vraiment arriver.

Septembre 1952

Claire attendait le minibus après la leçon de piano de Locket, quand Will Truesdale arrêta sa voiture devant elle.

— Voulez-vous que je vous dépose ? lui proposa-t-il. J'ai terminé ma journée.

— Merci, mais je ne voudrais pas vous faire faire un détour.

— Mais pas du tout. Les Chen me laissent la voiture pour la nuit. En général, les employeurs préfèrent garder leur véhicule dans leur garage et renvoient leur chauffeur chez lui en bus. C'est très pratique pour moi.

Après une légère hésitation, Claire obtempéra. Il flottait dans l'habitacle une odeur de tabac et de cuir.

— Vous êtes bien aimable, lui dit-elle.

— Vous êtes-vous amusée l'autre jour chez les Arbogast ?

— C'était très réussi, répondit-elle, en prenant grand soin de ne montrer aucun enthousiasme afin de ne pas trahir son manque de sophistication.

— Reggie est un brave type. J'étais content de vous y rencontrer. Tant de femmes sont là uniquement pour participer au tapage général. Ne perdez surtout pas cette qualité, celle de voir la réalité comme elle est. Toutes ces femmes…

Il ne termina pas sa phrase.

Il conduisait bien, pensait-elle, les deux mains fermement posées sur le volant, avec des gestes calmes, sans se presser.

— Vous ne portez pas le parfum de l'autre jour, émit-il.

— Non, admit-elle, sur ses gardes. Seulement pour les grandes occasions.

— Je suis étonné que vous portiez ce parfum. Il n'est pas en vogue chez les Anglaises. Ce sont plutôt les Chinoises qui l'affectionnent. Elles aiment son côté musqué. Les Anglaises préfèrent les notes plus légères, plus fleuries.

— Ah ! je l'ignorais, dit Claire en levant machinalement sa main à son cou, à l'endroit où elle dépose les quelques gouttes.

— Mais il vous va très bien.

— Vous avez l'air d'en savoir long sur les parfums.

— Oh ! pas du tout.

Il jeta un coup d'œil vers elle, et une ombre passa sur son visage alors qu'il ajoutait :

— Je connaissais quelqu'un qui le portait.

Ils firent le reste du trajet en silence. Une fois arrivés devant son immeuble, alors qu'elle allait ouvrir la portière, il prononça d'un ton où perçait l'urgence :

— Vous donnez des cours à la petite.

— Oui, à Locket, confirma-t-elle, un peu étonnée.

— Elle est bonne élève ? s'enquit-il. Elle travaille ?

— Difficile à dire. Ses parents ne lui donnent pas beaucoup de raisons de travailler, aussi se contente-t-elle de faire le minimum, je suppose. À son âge, c'est on ne peut plus banal. Mais, oui, c'est une gentille fille.

Il acquiesça de la tête, le visage impénétrable dans la pénombre de l'habitacle.

— Bien, merci beaucoup de m'avoir raccompagnée, dit-elle.

Il lui adressa de nouveau un léger signe de tête, et démarra. La voiture s'éloigna dans la lumière déclinante du crépuscule.

Puis il y eut l'incident du petit pain à la châtaigne. Ce fut leur rencontre suivante. Elle remontait à pied Potter Street vers l'arrêt du minibus, quand il se mit à pleuvoir. Des gouttes d'une grosseur stupéfiante qui la trempèrent en un clin d'œil. Le ciel soudain d'un gris anthracite menaçant. Elle se rua dans une pâtisserie chinoise où, se disant qu'elle laisserait passer l'orage, elle commanda du thé et une de ces succulentes friandises fourrées à la châtaigne. Et c'est en se retournant pour s'asseoir à une des petites tables de bistro qu'elle le vit : Will Truesdale. Il dégustait une pâtisserie aux haricots rouges, les yeux fixés sur elle.

— Bonjour, lui lança-t-elle. Vous vous êtes fait prendre par l'orage, vous aussi ?

— Voulez-vous vous asseoir à ma table ?

Elle s'assit. Dans l'air saturé d'humidité, Will dégageait un arôme de cigarette et de thé. Un journal était ouvert devant lui, les mots croisés à moitié terminés, ses pages se soulevant dans le courant d'air produit par le ventilateur.

— Il pleut des cordes. C'est arrivé si vite !

— Comment allez-vous ?

— Très bien, merci. Je reviens de chez les Ligget, je leur ai emprunté des patrons. Vous connaissez Jasper et Helen ? Lui est dans la police.

— Ligget le bigot ? énonça-t-il en plissant le front.

Elle rit nerveusement. Il se tenait totalement immobile, sauf sa main, qui semblait battre la mesure sur la table.

— C'est comme cela que vous l'appelez ? demanda-t-elle.

— Pourquoi pas ?

Il continua ses mots croisés pendant qu'elle mangeait son petit pain et buvait son thé. Elle ne pouvait détacher son attention de sa propre bouche mastiquant. Elle se tenait très droite sur sa chaise.

Il fredonnait une chanson. À un moment donné, il leva les yeux vers elle et dit :

— Hong-Kong convient à votre beauté.

Elle rougit, ouvrit la bouche dans l'intention de le traiter d'impertinent et bafouilla quelques mots incompréhensibles.

— Pas de fausse modestie, reprit-il. Je pense…

Et, comme s'il lui racontait l'histoire de sa vie, il débita :

— J'imagine que vous n'avez jamais eu conscience de votre beauté et que vous n'en avez jamais tiré profit. Vous étiez jolie, et après ? Votre mère ne vous a pas aidée. Peut-être par jalousie, peut-être l'avait-elle été dans sa jeunesse, elle aussi, jolie, et peut-être trouvait-elle injuste de ne plus l'être.

— Je ne sais pas de quoi vous parlez, répliqua-t-elle.

— Des filles comme vous, j'en ai vu des dizaines. Vous débarquez d'Angleterre, perdues. La vie vous offre l'occasion de changer. Vous en profitez pour vous épanouir et devenir quelqu'un d'autre.

Elle le regarda fixement, puis frotta le plateau de la table avec le papier du petit pain, lequel, légèrement humide, collait au bois. Elle sentait son regard sur son visage.

— Vous m'avez l'air très mouillée. J'habite au coin de la rue, si vous voulez monter passer des vêtements secs.

— Je ne voudrais pas vous…

— Voulez-vous ma veste ?

Il la fixait si intensément qu'elle avait l'impression d'être nue devant lui. Il avait franchi le seuil de son intimité. Elle détourna le regard.

— Non, je…

— Cela ne me gêne pas du tout, s'empressa-t-il de lui assurer. Allez, venez.

Et elle céda — elle le suivit aveuglément.

Ils gravirent quelques marches encore toutes luisantes de pluie en dépit de la chaleur qui absorbait rapidement la moindre trace d'humidité. Ses vêtements lui collaient à la peau, l'étoffe trempée de son corsage lui serrait les omoplates. Dans le silence qui avait succédé à l'orage, elle entendait le bruit de sa respiration, lente et régulière. Il se servait de sa canne avec virtuosité, se hissant le long des escaliers en sifflant doucement.

— Quand il fait beau, il y a un type qui vend des criquets fabriqués à partir de brins d'herbe, dit-il en indiquant une encoignure. Je lui en ai acheté des douzaines. Ce sont des objets extraordinaires, hélas ils tombent en poussière une fois secs.

— Ce doit être beau, apprécia Claire. J'aimerais bien les voir.

Pour atteindre son immeuble, il fallait monter un escalier en béton crasseux. Il s'arrêta devant une porte.

— Je ne ferme jamais à clef, déclara-t-il.

— Vous n'avez sans doute pas grand-chose à craindre dans ce quartier.

L'appartement était meublé de façon spartiate. Un canapé, une chaise, une table, pas de tapis. En entrant, il ôta ses chaussures mouillées.

— La patronne interdit les chaussures dans la maison.

À l'instant même, une petite femme maigre d'une quarantaine d'années surgit dans la pièce de séjour. Elle portait l'uniforme des amahs : tunique noire sur pantalon foncé.

— Voici la patronne, Ah Yik, dit-il. Ah Yik, je vous présente Mme Pendleton.

— Très mouillée ! s'exclama la petite femme. Grosse pluie !

— Oui, approuva Will. Très très grosse pluie.

Il ajouta quelques phrases en cantonais.

— Du thé pour la demoiselle ? proposa Ah Yik.

— Oui, merci, dit-il.

L'amah disparut dans la cuisine.

Ils se regardèrent, tous les deux mal à l'aise dans leurs vêtements trempés et de plus en plus froids.

— Vous parlez couramment leur langue, avança-t-elle, sur le ton du constat.

— Je vis ici depuis plus de dix ans. Ce serait vraiment bizarre que je sois incapable de communiquer avec eux après tout ce temps, vous ne trouvez pas ?

Décrochant une serviette de table, il s'épongea les cheveux.

— Vous voulez vous sécher, je suppose, conclut-il.

— Oui, s'il vous plaît.

Il la laissa seule. Saisie d'une étrange impression, elle promena son regard autour d'elle. Des murs nus, sans un seul élément décoratif. Ni tableau, ni vase, ni bibelot. Austère au point de ressembler à une cellule de moine.

Will revint avec une serviette éponge et une petite robe en coton rose.

— Cela vous ira? demanda-t-il. Mon choix est restreint.

— Je n'ai pas besoin de me changer. Je vais sécher toute seule sur le chemin du retour.

— Oh! mais il faut changer cette robe. Ce doit être horriblement désagréable.

— Non, non, ça va très bien.

Il fit mine de s'esquiver. Elle le rappela :

— D'accord. Où puis-je... ?

— Oh! où vous voulez, dit-il. Du moment que vous ne choquez pas la patronne.

— Bien sûr, opina-t-elle en lui prenant la robe des mains. On dirait ma taille.

— Et vous pouvez vous servir du téléphone pour appeler votre mari et lui dire où vous êtes.

— Merci. Martin est à Shanghai.

Et, sur ces paroles, elle entra dans la salle de bains. De taille modeste mais propre, éclairée par une fenêtre haut placée au-dessus de la cuvette des cabinets — une fenêtre aux vitres dépolies épaisses où un treillis en fil de fer avait été introduit dans le verre fondu. À côté de la fenêtre, un petit ventilateur mural que l'on mettait en marche en tirant sur une ficelle. En plus de l'humidité ambiante due à l'averse, elle décelait une discrète odeur de moisi, sans doute parce que l'on n'aérait pas assez après les bains. Près de la baignoire, un tabouret en bois, court sur pattes, accueillait une bassine en porcelaine. Claire se pencha vers le miroir. Elle était décoiffée, le visage cerné d'un halo de mèches blondes, et les joues d'un rouge... sans doute d'avoir gravi cet escalier raide. Jamais elle ne s'était vue si animée, les lèvres carmin, pulpeuses, brillantes, le teint éclatant sous la fine vapeur de sa transpiration. Elle se déshabilla, laissant sa robe mouillée glisser sur le sol légèrement en pente autour d'une bonde d'évacuation centrale. Elle se sécha avec la serviette et passa la robe rose par le bas. Elle était un peu serrée, mais ça allait. Pourquoi Will avait-il une robe dans cet appartement ? De bonne coupe, aux finitions parfaites. Elle sortit retrouver Will qui buvait du thé d'un Thermos.

— Elle vous va comme un gant, dit-il d'un ton neutre.

— Oui, merci beaucoup.

Et soudain, elle eut l'impression qu'elle n'en supporterait pas plus. Cet homme, avec ses attitudes étranges, ce ton un peu moqueur qu'il employait avec elle.

— Vous voudriez grignoter quelque chose ? lui proposa-t-il. Le riz sauté d'Ah Yik est un vrai régal.

— Je crois qu'il vaut mieux que je m'en aille.

— Oh ! dit-il en esquissant un mouvement de recul.

Elle tira une certaine satisfaction de son étonnement, comme si elle avait marqué un point.

— Bien sûr, ajouta-t-il, si vous préférez.

Elle enfila ses chaussures devant la porte. Will était resté dans le séjour. Quand elle se retourna pour lui dire au revoir, il lisait un livre. Elle en ressentit de la colère.

— Bon, alors, au revoir ! J'enverrai mon amah vous rendre la robe. Merci de votre hospitalité.

— Au revoir, dit-il sans lever le nez.

Cette nuit-là, après le dîner, elle était fébrile. Quelque chose débordait en elle, comme si elle était trop pleine. Martin n'étant pas encore rentré, elle revêtit une tenue sobre et sauta dans le bus à destination du centre, secouée par les cahots de la chaussée, le coude sorti par la fenêtre ouverte sur la nuit chaude. Elle descendit à Wanchai, séduite par l'extraordinaire animation de ce quartier. Elle avait envie de se noyer dans la foule, d'y enfouir sa solitude. Le marché en plein vent était encore ouvert et grouillait de clients qui achetaient des choux et du poisson, au milieu de porcs suspendus à des crochets, avec çà et là une tête de cochon coupée dont un filet de sang glissait sur la chaussée. On ne pouvait être nulle part ailleurs qu'à Hong-Kong. À dix minutes seulement à pied de Central et de ses vastes avenues désertes, bordées des façades sereines de bâtiments de style européen. Ici, dans ces venelles où circulait un flot humain qu'électrisait une activité intense, incessante, au milieu des fumées des échoppes, il lui semblait être emportée dans un autre monde. Autour d'elle, des voix fusaient tandis que les gens s'interpellaient à tue-tête, criaient, faisaient l'article. Un enfant à la frimousse barbouillée jouait à même le sol crotté avec un seau dégoûtant. Une jeune femme enceinte, au ventre énorme, qui portait des légumes sous son bras la bouscula, lui demandant aussitôt pardon pour sa maladresse. Claire la suivit des yeux tandis que la future mère s'éloignait d'un pas lourd et chancelant. Claire restait songeuse à la pensée des sensations qui devaient vous envahir lorsqu'un petit être remuait à l'intérieur de votre corps. Un couple d'adolescents fendit la foule bras dessus bras dessous pour s'asseoir en riant aux éclats sous l'auvent d'un marchand de nouilles.

À ses côtés, une vieille femme fripée la tira par le coude. Vêtue de la tunique et du pantalon gris qui constituaient l'uniforme de son âge, elle portait sous le bras un petit panier de mandarines.

— Toi acheter, dit la vieille dame.

Elle exhalait cet onguent aux fleurs blanches dont les Chinois se servaient pour prévenir toutes les maladies, depuis le rhume des foins jusqu'au choléra. Elle avait une dent grise, ébréchée, une dentition jaune. Son visage brun était recouvert d'un réseau serré de rides profondes.

— Non merci, dit Claire, d'une voix au son clair comme une cloche.

Ce subit carillon imposa un bref silence.

La vieille dame se fit insistante.

— Toi acheter ! Bonne, très bonne. Fraîche.

Elle tira de nouveau Claire par le bras. Elle leva la main pour toucher ses cheveux comme s'il s'agissait d'un porte-bonheur. Un geste que faisaient souvent les gens d'ici, et qui au début effrayait Claire.

— Bonne chance, dit la vieille dame. Dorée.

— Merci, dit Claire.

— Toi acheter ! répéta la vieille.

— Je ne veux rien acheter aujourd'hui, mais merci beaucoup.

Le bourdonnement de la rue enfla autour d'elle. Claire reprit sa marche. La vieille la suivit un moment, puis s'éclipsa en quête sans doute d'une clientèle plus prometteuse.

Pourquoi ne pas avoir acheté une mandarine à cette vieille dame ? s'interrogea Claire après coup. Pour quelle raison ? Que craignait-elle ? Elle-même ne comprenait pas son refus. Elle était sans doute encore quelque part sous l'empire de préjugés stupides. Pourtant elle avait l'impression que toutes ses inhibitions britanniques fondaient sous ce climat humide, collant, fétide.

Elle se retourna : la vieille dame avait déjà disparu. Elle remplit ses poumons d'air. Les odeurs du marché la pénétrèrent, lourdes, intenses. Hong-Kong était un bouillonnant chaudron.

Du jour au lendemain, il était partout. Elle apercevait Will Truesdale à l'arrêt du bus, devant Kayamally's, dans la file d'attente d'un cinéma. Tout en sachant qu'il ne l'avait pas remarquée, elle baissait le nez, préférant passer inaperçue de lui. La seconde d'après, elle relevait brièvement la tête pour voir si par hasard il ne l'avait pas vue malgré tout. Même au milieu d'une foule de gens, il semblait n'avoir besoin de personne. Il ne regardait pas autour de lui, ni ne piétinait sur place, ni ne consultait sa montre. Il n'avait jamais l'air de se rendre compte qu'elle se trouvait à quelques mètres de lui.

Lorsque, le jeudi, elle allait donner sa leçon à Locket, elle se surprenait à guetter l'apparition de Will Truesdale. Elle entendait les amahs rire à ses blagues dans la cuisine, et elle reconnaissait sa veste accrochée dans l'entrée, mais il demeurait invisible, comme s'il circulait en catimini dans la maison, en s'efforçant de l'éviter. Elle s'attardait après la leçon, mais elle ne le voyait jamais, ni lui ni la voiture.

Puis, un beau jour, ils se retrouvèrent ensemble à la plage. Elle ne savait pas comment c'était arrivé. Elle était rentrée chez elle. Le téléphone avait sonné. Elle avait décroché.

— J'ai un ami qui a un de ces bungalows municipaux, dit-il. Vous aimez nager ?

Comme si rien ne s'était passé. Comme si elle était censée le reconnaître rien qu'au son de sa voix.

— Nager, répéta-t-elle. Où ça ?

— À Big Wave Bay. C'est en principe un bonus réservé aux Chinois, mais ils veulent bien qu'on tente notre chance. Par un système de loterie, on peut gagner un bungalow pour la saison. On se réunit en général à plusieurs pour jouer, et on se partage les week-ends. C'est un bon arrangement.

Elle ferma les yeux et le revit en pensée, Will, cet homme difficile, aux épaules minces et aux yeux gris, avec sa mèche de cheveux qui lui tombait sur les yeux, cet homme qui la fixait avec une telle intensité qu'il lui donnait l'impression de lire en elle, cet homme qui venait de lui demander d'aller prendre un bain de mer avec lui, toute seule avec lui. En rouvrant les yeux, elle dit oui, elle le retrouverait à la plage le dimanche suivant. Martin était en voyage pour trois semaines. Il venait de lui télégraphier de Shanghai pour lui préciser que son retour était encore retardé. Il visitait plusieurs grandes villes chinoises afin d'examiner leurs installations d'approvisionnement en eau qui, d'après lui, promettaient d'être extrêmement primitives.

Ainsi, c'était l'eau. Comment n'y avait-elle pas songé ? Cet élément changeait tout. Elle devenait une autre, dans un autre monde. Et Will ! La façon dont il plongeait dans les vagues, sans hésitation, sa claudication oubliée, effacée par le courant marin. Il devenait poisson, filant ici et là, nageant jusqu'à l'horizon, bien plus loin qu'elle n'oserait s'aventurer.

Ils étaient les seuls non-Chinois sur la plage. L'eau était encore chaude après l'été, l'air tout juste rafraîchi. Le bungalow était une cabane équipée de placards en bois ; le sol recouvert de nattes en paille tressée ; dehors, le sable fin parsemé de minuscules feuilles sèches noires recroquevillées. Autour d'eux, des familles pique-niquaient, bruyantes, avec des petits enfants qui jouaient à courir et à se rouler dans le sable. Il avait envie de nager jusqu'aux plongeoirs, à deux cents mètres au large. Elle refusa en disant que c'était trop loin pour elle. Mais bien sûr que non, lui dit-il. Et elle céda. Ils se hissèrent sur le cercle tanguant et s'étendirent au soleil, comme des phoques sur leur rocher. Il resta immobile à plat dos, les paupières closes. Elle observait du coin de l'œil ses côtes saillantes, les multiples cicatrices de mystérieuse origine qui marquaient son corps. Il portait un short en coton qui ruisselait d'eau. Ce n'était pas le genre à mettre un maillot.

Il faisait chaud, très chaud. Le soleil disparut un bref instant derrière un nuage, puis reparut. Il n'y avait d'ombre nulle part. Elle rêvait d'une boisson fraîche, du couvert d'un arbre, l'une et l'autre choses impossibles si loin de tout.

— On aurait dû emporter un Thermos d'eau, commenta-t-elle.

— La prochaine fois, articula-t-il, sans soulever les paupières.

Après s'être accordé une minute de silence pour réfléchir à la signification de cette remarque, encore tremblante devant l'étrangeté de la situation (après tout, elle se trouvait seule dans l'eau avec un homme dont elle ignorait les intentions), elle reprit :

— Racontez-moi votre histoire.

— Je suis né en Tasmanie, dans une famille écossaise, lui dit-il d'un ton ironique, comme s'il commençait une autobiographie.

Il se dressa sur son séant et s'assit en tailleur : il ressemblait à un swami.

— Pourquoi ?

— Mon père était missionnaire, nous vivions un peu partout dans le monde. Je n'ai été en Angleterre qu'une seule fois, et j'ai détesté ! Ma mère était un peu bohème, et comme elle n'avait pas de soucis financiers grâce à une modeste fortune familiale, nous avons continué à voyager.

Hong-Kong était plein de gens comme Will, des bourlingueurs cosmopolites qui n'avaient jamais mis les pieds à Piccadilly. Claire, quant à elle, n'y était passée qu'une seule fois. Elle y avait vu un vieillard en haillons qui invectivait les passants en leur criant : « Fornicateurs ! »

— Et comment avez-vous étudié ?

— Vous voulez parler de ma scolarité ? C'était l'école à la maison... Une solide éducation élémentaire, basée sur la Bible et les classiques. (Il leva ses deux mains pour former un écran entre son visage et le soleil.) Qui a besoin de plus, n'est-ce pas ? ajouta-t-il d'un ton sarcastique. De bonnes bases, cela suffit.

— Et comment êtes-vous devenu chauffeur ?

— Un couple que je connaissais avant la guerre, j'occupais leur appartement quand ils étaient à l'étranger. Ils sont revenus après, et m'ont trouvé ce job chez leurs cousins. Je ne savais pas quoi faire d'autre. Je n'avais pas la moindre envie de retrouver un emploi de bureau. Et je n'ai pas beaucoup de compétences. À part que je connais Hong-Kong comme ma poche.

— Et comment vous êtes-vous retrouvé ici ?

— Mes parents séjournaient en Afrique, puis aux Indes. Quand ils ont pris leur retraite et sont rentrés en Angleterre, je suis resté aux Indes en qualité d'adjoint au directeur d'une plantation de thé, puis, au bout de trois ans, j'en ai eu assez et j'ai travaillé sur un bateau qui m'a amené de-ci de-là. C'est ainsi que j'ai échoué ici, à Hong-Kong. Par hasard, en fait. J'y suis venu comme tout le monde, sans rien savoir, et j'ai appris sur le tas. (Il marqua une pause.) Ça, c'est l'histoire que je raconte à toutes les dames.

Elle n'aurait su dire s'il plaisantait ou non.

— Ah ?

Ils étaient toujours étendus sur le plongeoir ensoleillé, bercés par les vagues, sous un ciel d'un bleu azur.

— Comment c'était, aux Indes ? s'enquit Claire.

— Très compliqué.

— Et l'indépendance ?

— Après mon départ, bien sûr. Il fallait qu'ils nous mettent dehors. Mais quel pagaille à l'intérieur ! Des trains transportant des milliers de corps de gare en gare. Des êtres humains capables du pire à l'égard de leurs semblables.

— Pourquoi ? s'enquit Claire, qui n'avait jamais entendu personne évoquer l'histoire d'un point de vue aussi personnel.

— Qui sait.

— Et avant, comment c'était ?

— Assez incroyable. On s'était fabriqué une belle vie là-bas. Une société composée d'un petit nombre d'individus. Il y avait pénurie de femmes… de nos femmes.

— Vous ne vous êtes jamais marié ?

— Non, jamais.

Silence.

— L'interrogatoire est terminé ?

— Je ne sais pas encore.

Il ne lui avait pas posé une seule question sur sa vie à elle. Ils restèrent allongés, silencieux, sous les rayons implacables du soleil.

Ils achetèrent à un marchand ambulant des pilons de poulet salés brûlants et des bouteilles de lait de soja. Des petits stands dans le village vendaient des nattes en paille, des maillots de bain, des boissons fraîches. Will la regarda manger. Un chien errant se faufila entre les tables et les chaises.

— Je ne peux pas avaler grand-chose, dit-il. La guerre n'a pas arrangé l'intérieur de mon corps. Vous ne me croirez peut-être pas, mais j'étais un costaud, avant.

Quand il se rapprocha d'elle, son cœur fit un bond dans sa poitrine.

Il lui prit la main, la leva à sa bouche ; et lui vola une bouchée. Il la serrait d'une poigne ferme, qu'un peu de sable rendait râpeuse.

— Ça remonte parfois, comme de la bile, précisa-t-il avec une grimace.

Il mastiquait lentement.

Ils retournèrent à la voiture. Il se pencha pour lui ouvrir la portière. Sa claudication se voyait de nouveau. Il était redevenu un être humain. Elle se tourna vers lui, dos à la portière ; il la poussa par l'épaule et l'embrassa, en un mouvement fluide qui tenait de l'inéluctable. Les paumes appuyées à la carrosserie, il l'enferma dans le cercle de ses bras. Un baiser charnel, qui la pénétra profondément, ses lèvres pressées contre les siennes. Elle crut qu'elle se noyait.

Elle se raisonna : je suis à Hong-Kong. Je suis une femme, une expatriée. Une femme à des années-lumière de celle que je devrais être.

Il se redressa et la regarda. Elle suivit du bout de ses doigts le contour de son profil.

— On y va ? dit-il.

— Est-ce que je vous plais ? demanda-t-elle sur le chemin du retour, la chevelure épaissie par le sel marin.

Elle ignorait où ils allaient.

— Je n'ai pas encore décidé.

— Soyez gentil avec moi.

C'était un avertissement. Elle tenait à se préserver.

Au bout d'un certain temps, il interrogea :

— Croyez-vous que vous continuerez longtemps à donner des leçons à votre petite élève ?

— Je n'en sais rien. Elle n'est pas très emballée, mais ses parents ont l'air de tenir à ce qu'elle apprenne à jouer.

— Mais vous l'aimez, n'est-ce pas ?

— Je l'aime bien, oui. Je n'ai pas beaucoup d'atomes crochus avec les enfants, débita-t-elle sans réfléchir, répétant machinalement une phrase toute faite de sa mère.

— Vous êtes trop jeune. Vous êtes à peine plus qu'une enfant.

— Et vous, vous aimez les enfants ?

— Certains, oui.

Quelques semaines plus tard, elle demanda :

— Pourquoi moi ?

— Pourquoi quelqu'un de précis ? Pourquoi y a-t-il quelque chose entre telle et telle personne ?

Le désir, la promiscuité, l'habitude, le hasard. Ces réponses défilèrent dans son esprit, mais elle ne prononça pas un mot.

Puis, le plus cruel :

— L'amour, ce n'est pas mon truc. Autant que vous le sachiez. Je n'y crois pas. Et vous ne devriez pas y croire non plus.

Elle le regarda fixement, piquée au vif, mais resta imperturbable. Elle se mit à genoux, récupéra ses vêtements et disparut dans la salle de bains pour se rhabiller. Claire se taisait souvent en présence de Will, ne sachant pas quoi dire. Elle ne voulait pas donner trop d'elle-même alors que lui donnait si peu, mais quand ils étaient tous les deux au lit, elle se sentait malheureuse de partager cette intimité avec quelqu'un dont l'indifférence paraissait si flagrante. Puis il fallait rentrer et retrouver Martin. Avec lui, faire l'amour était un acte social, une corvée, menée à force de râles et de coups de butoir, à mille lieues de toute notion de plaisir, de tout romantisme. Avec Will, c'était autre chose : émouvant, inattendu, épuisant. Et comme une drogue. Elle ne s'était pas doutée que cela pouvait être ainsi. Elle ferma les yeux en s'efforçant de chasser de ses pensées sa mère et ce qu'elle aurait pu en dire.

Il la reconduisait chez elle le jeudi après la leçon. Les amahs parlaient tout bas, elle le savait, rien qu'à voir leurs regards et leurs petits sourires. Elle faisait comme si de rien n'était, sauf quand elle demandait qu'elles lui apportent une tasse de thé. Elle buvait une gorgée, puis réclamait plus de sucre, ou plus de lait, afin de les obliger à retourner à la cuisine. C'était un peu minable, bien sûr, mais la seule manière qu'elle avait trouvée de se venger de l'humiliation que lui infligeaient leurs clins d'œil entendus.

Ce jour-là, Will lui ouvrit la portière avec un surcroît de galanterie.

— Où Madame veut-elle que je la conduise ?

— Oh ! taisez-vous ! s'exclama-t-elle en grimpant dans la voiture. Chez vous.

— Non, sortons, faisons quelque chose. Que diriez-vous de dîner au bord de l'eau ? Je connais un restaurant-sampan. Ils vous emmènent faire une promenade au fil de l'eau et cuisinent du poisson à bord.

— Il faut que je rentre chez moi pour le dîner, argua-t-elle. Martin est à la maison ce soir, je n'ai pas beaucoup de temps.

— Alors montons sur le Peak pour admirer les étoiles.

— Vous m'écoutez ? dit-elle, exaspérée. Je ne sais même pas si j'ai le temps d'aller chez vous aujourd'hui.

— Comme vous voudrez, ma chérie. Je vais vous déposer chez vous, et vous préparerez des petits plats à Martin.

— Arrêtez la voiture !

Il se gara sur le bas-côté et coupa le moteur.

— À vos ordres, dit-il.

— Pourquoi faites-vous toujours exactement ce que je vous demande, continua-t-elle, furieuse, alors qu'au bout du compte vous avez toujours l'air de n'en faire qu'à votre tête ?

Il la considéra avec une moue amusée.

— Je ne comprends même pas de quoi vous parlez.

— Ah si ! Vous le savez parfaitement, mais vous feignez… Oh ! et puis je m'en fiche, soupira-t-elle en levant les mains comme pour se rendre. Ramenez-moi chez moi. Vous avez tout gâché.

À certains moments, Claire avait la sensation qu'elle pourrait devenir une autre. Elle le percevait en son for intérieur lorsque, à une remarque lancée par un convive lors d'un dîner, elle trouvait instantanément une repartie cinglante, parfois même osée, mais au moment où sa bouche s'ouvrait et où ses poumons se remplissaient d'air, afin de lui permettre de prononcer les mots qui lui étaient venus à l'esprit, ils ne franchissaient pas le seuil de ses lèvres. Elle ravalait alors ses paroles, et la femme qu'elle aurait pu être retombait dans son mutisme, étouffée par la Claire existante, la trop existante Claire. Elle le percevait aussi dans les cocktails, quand il lui prenait l'envie d'écraser dans son poing le verre qu'elle avait à la main. Elle ne passait jamais à l'acte. Cet être caché en elle avait si souvent pointé son nez pour mieux se rétracter qu'elle finissait par ne plus y prendre garde.

Puis vint Will. À lui, elle pouvait livrer le fond de sa pensée du moment qu'il ne s'agissait pas d'eux, et à aucun moment il ne s'en étonnait. Il ne nourrissait aucune idée préconçue sur ce qu'elle aurait dû être. Avec lui, elle était bel et bien une nouvelle personne – une femme qui avait une liaison, une femme qui pouvait se montrer à l'occasion grossière, ou sarcastique, ou intelligente, et jamais il ne manifestait la moindre surprise. Avec lui, elle était hors contexte. Elle était une autre. Parfois, elle avait l'impression d'être amoureuse de cette nouvelle personne, cette nouvelle Claire qui avait un amant, et que Will n'était en quelque sorte qu'un catalyseur de sa métamorphose.

Décembre 1941

Les fêtes approchent. En dépit du grondement lointain de la guerre, Hong-Kong se couvre d'illuminations et de décorations de Noël. Lane Crawford, le grand magasin aux millions de cadeaux, fait de la réclame pour son authentique cristallerie anglaise qui, à l'en croire, serait ce qu'il y a de mieux à offrir ; des bals costumés s'organisent ; le Drama Club monte *Tea for Three*. L'air est frais, débarrassé de son humidité, et les passants circulent dans la rue d'un bon pas. Les Wong, une célèbre famille de grands marchands, donnent une énorme soirée au Gripps afin de célébrer leurs noces d'or : cinquante ans de mariage.

— Le nouveau gouverneur sera là, tu sais, le jeune, dit Trudy. Et le gouverneur de Macao, c'est un grand ami de Papa. J'attends trois nouvelles robes aujourd'hui ! Une en mousseline de soie jaune qui est à mourir ! Une autre en crêpe de Chine gris, très élégante. Dis, ça t'est égal si j'y vais avec Dommie au lieu d'y aller avec toi ? Tu détestes ce genre d'affaire, de toute façon, n'est-ce pas ?

Will hausse les épaules.

— Comme tu voudras. Je m'en fiche.

Elle plisse les paupières.

— Tu te fiches de tout, je me trompe ? accuse-t-elle. Au début, cela me plaisait, mais maintenant je ne suis plus si sûre. Bon, mais parlons d'autre chose : mon père m'a offert un truc aujourd'hui. Un truc très spécial.

Elle le conduit dans sa chambre.

— Il allait le donner à ma mère pour leur dixième anniversaire de mariage, mais, comme… comme tu sais…

Elle laisse sa phrase en suspens. Trudy n'a jamais manifesté beaucoup d'émotion en évoquant la disparition de sa mère, mais aujourd'hui, sa voix s'étrangle un peu.

— Trudy chérie, dit-il en la prenant dans ses bras.

— Attends, j'ai quelque chose à te montrer. Pas le temps pour les galipettes.

Elle ouvre un tiroir dont elle tire un écrin en velours noir.

— Veux-tu m'épouser ? dit-elle pour rire en soulevant le couvercle et en lui présentant l'écrin.

Une émeraude géante. À peine si on voit la monture de la bague en dessous. L'émeraude chatoie et luit.

— Eh bien, ma foi ! Quelle pierre !

— J'adore les émeraudes, même si je devrais préférer le jade, puisque je suis chinoise, continue Trudy. Une émeraude, c'est si beau et si fragile. Le jade, si… solide. Si je cogne cette bague contre la table, et tu sais combien je suis adroite, elle pourrait se briser. Ce n'est pas une pierre qui dure comme le diamant.

Elle cueille la bague dans son écrin et la jette en l'air. Le cœur de Will bondit dans sa poitrine tel un petit oiseau, et il se rue en avant pour rattraper le bijou. Il contemple le joyau vert au creux de sa paume, son pouls battant très fort. La bague s'y niche comme un insecte froid.

— Je savais que tu l'attraperais, déclare Trudy d'un ton neutre. C'est ce que j'aime chez toi. Tu es… non, pas fiable, exactement, mais toujours prêt à intervenir en cas d'urgence.

D'un geste de mauvaise humeur, Will rend la bague à Trudy et la regarde la glisser à son doigt effilé.

— Belle, non ? souffle-t-elle. C'est mon bien le plus précieux.

Il sort de la chambre.

Le samedi a lieu une autre grande soirée, le Tin Hat Ball, un gala de bienfaisance censé récolter cent soixante mille livres, de sorte que la population de Hong-Kong soit en mesure de financer son propre escadron de bombardiers pour appuyer les troupes britanniques. Trudy le supplie de l'accompagner, sous prétexte qu'au dernier les seuls hommes intéressants étaient américains, ce qui « n'est pas bien ». « Tu es une girouette », lui dit-il, mais elle fait la sourde oreille.

Dans la salle de bal du Peninsula, Trudy est très demandée, comme d'habitude. Elle a été invitée à danser trois fois par un major canadien. Will, au Long Bar, boit un verre en bavardant avec Angeline Biddle, quand Trudy s'approche par-derrière et lui met les mains sur les yeux, les doigts entrelacés.

— Je t'ai manqué ? susurre-t-elle.

— Tu n'étais pas là ? la taquine-t-il.

Il sait comment lui parler.

— Qu'est-ce que tu bois ? demande Trudy à Angeline.

— Un Oxblood. C'est du champagne avec du bordeaux, plus une larme de brandy.

— Cela me paraît imbuvable, rétorque Trudy en s'appropriant le whisky de Will. Vous ne trouvez pas que les Canadiens donnent des noms tordants à leurs équipes ?

— Leurs bataillons, Trudy, corrige-t-il.

— Comment disent-ils déjà ? Les *Royal Guns* ou je ne sais quoi ? avance Angeline.

— Non, les Royal Rifles et les Winnipeg Grenadiers. Et ils viennent de Terre-Neuve pour nous protéger. Ils adorent Hong-Kong.

— Je n'en doute pas une seconde, commente-t-il. Ils doivent se croire au paradis.

Elle prend un air boudeur.

— Tu ne vas pas me faire la tête et jouer les jaloux ? dit-elle en redressant distraitement les bretelles de sa robe. De toute façon, je suis prise pour les prochaines danses. Angeline, tu t'occupes de Will ?

Angeline et Will échangent un regard et haussent les épaules.

— Bien sûr, ma chérie, dit Angeline.

Aussitôt que Trudy s'est éloignée, ils se séparent d'un commun accord. Will tombe sur Angus Enderby, qui se tient adossé à un mur. Le cousin de Trudy, Dominick, passant par là, les salue d'un bref signe de tête.

— Drôle de type, fait observer Angus. Je n'arrive pas à le comprendre.

— D'après Trudy, c'est une fille.

— Il y a plus que cela. Il n'a pas l'innocence d'une fille. (Il marque une pause.) Tu sais qu'on est infiltrés par la cinquième colonne. Ils soutiennent ce type, Wong Chang Wai, que les Japonais ont mis au pouvoir en Chine. J'ai entendu dire que Dominick fréquente beaucoup ces gens-là. Et Victor Chen, bien sûr, est toujours copain comme cochon avec tous ceux qui peuvent lui servir. On raconte qu'il a invité le consulat nippon à dîner la semaine dernière. Dans la plus grande discrétion. Il ferait mieux de faire gaffe. C'est un jeu dangereux.

— Il a déjà réchappé à pire.

— Oui, opine Angus en haussant les épaules. Je trouve incroyable que l'effort de guerre se transforme en gala mondain. Le nouveau gouverneur n'aurait jamais dû soutenir cette mascarade par sa présence.

Une femme forte converse au bar avec une dame plus mince, l'une et l'autre sirotant un whisky et suivant des yeux les danseurs avec une mine impassible.

— Tu connais Edwina Storch ? demande Angus à Will en saluant les dames de la tête.

— Je l'ai déjà vue. Nous n'avons pas été présentés.

— La directrice de l'école d'Essex, une vieille de la vieille. Sévère, formidable. Elle est ici depuis des siècles. Son associée, Mary Winkle.

Will et Angus s'approchent des deux femmes. Edwina incline plusieurs fois la tête, royale, une souveraine accueillant ses sujets.

— Bonsoir, Angus. Joyeux Noël.

— Edwina, je voudrais vous présenter Will Truesdale, un nouveau venu sur ces rivages. Will, je te présente Edwina Storch et Mary Winkle, deux institutions à Hong-Kong. Elles savent dans quels placards sont tous les squelettes.

— Enchanté, dit Will.

— Votre tête ne m'est pas inconnue, avance Edwina. Vous sortez avec la fille Liang.

— Oui, confirme-t-il.

Sa brusquerie ne le surprend aucunement. Il connaît ce style de dragon : la vieille Anglaise qui brille par sa muflerie, se prend pour une exploratrice en jupon et déploie une courtoisie de rouleau compresseur.

— Vous n'avez pas mis longtemps, poursuit-elle.

— Non, j'ai eu de la chance, repartit-il d'un ton dégagé. Elle est la meilleure introduction à Hong-Kong.

Edwina Storch fait claquer sa langue, puis laisse tomber :

— Vous prenez de ces détours !

Mary Winkle pose une petite main alourdie par le reproche sur l'avant-bras d'Edwina.

— Voyons, murmure-t-elle. Trudy est adorable, même si on a du mal à la comprendre. Je l'aime beaucoup.

Will sourit à Mary :

— Oui, adorable, c'est le mot, n'est-ce pas ?

Edwina boit une gorgée de whisky, bruyamment.

— Que buvez-vous là ? s'enquiert-elle.

— Un single malt.

— Une boisson d'homme. Comme vous sortez avec Trudy, je pensais que vous seriez plutôt un buveur de champagne.

— Vous la connaissez bien ? interroge-t-il poliment.

— Évidemment. À Hong-Kong, tout le monde est ami avec tout le monde, sinon, ce serait fort déplaisant.

— Certes, acquiesce-t-il en prenant congé de ces dames avec une légère inclinaison du buste.

Peu de temps après, Angus le rejoint un peu plus loin au bar.

— Devant cette femme, j'ai l'impression d'être un écolier sur le point de pisser dans mon froc, gémit-il.

— Et tu en redemandes, lui fait observer sèchement Will.

— Celle-là, elle aime son petit confort, reprend Angus. Elle me bassine chaque fois avec les salaires des fonctionnaires, et quel scandale qu'ils soient si bas. Je n'ai jamais vu de directrice d'école à l'esprit aussi mercantile.

Les deux hommes boivent en silence.

— Il paraît que le gouverneur a dit à tous les nouveaux célibataires qu'ils seraient fous de chercher à récupérer leurs épouses. Sa femme à lui se trouve encore en Malaisie, n'est-ce pas ?

— Oui, dit Will, mais est-elle plus en sécurité là-bas ? Comment va Amelia ?

— Très bien, sauf qu'elle montre des velléités de rentrer. Elle n'a pas voulu aller plus loin que la Chine. Elle a refusé tout net l'Australie. Elle est à Canton, où elle se lamente haut et fort. Je l'entends d'ici. (Angus regarde d'un air sombre la piste de danse.) Je la ferais volontiers revenir, rien que pour avoir la paix. (Il marque un temps.) Quoique ce soit contraire à toutes mes intuitions, non ?

— Tout ce qui concerne les femmes va à l'encontre de nos meilleures intuitions.

— Trudy n'a pas l'intention de partir ? s'enquiert Angus.

— Elle refuse. Elle prétend qu'elle n'a nulle part où aller. Ce qui dans son cas est un peu vrai, je crois.

— Dommage. Elle pourrait se révéler utile dans pas mal d'endroits.

— Oui, à ensorceler son petit monde, approuve Will.

— Une arme redoutable.

— Tu as vu le journal aujourd'hui ? Roosevelt a envoyé un télégramme à Hirohito.

— Oui, dit Angus. On verra bien si c'est efficace. À quoi t'occupent-ils au bureau ?

— Ils ont distribué une circulaire il y a quelques semaines pour nous annoncer que notre devoir militaire supplante désormais les intérêts au quotidien de la firme, mais que nous sommes censés garder contact avec eux pendant les combats, s'ils ont lieu. Ils nous fourniront un numéro de téléphone à appeler pour signaler nos coordonnées. Je ne crois pas qu'ils sachent ce qu'ils font.

Tous deux observent Trudy qui tourbillonne sur la piste, rieuse, ses bras d'ivoire posés gracieusement sur les épaules de son cavalier. Après cette danse, le souffle court, radieuse, elle informe Will qu'il est « le grand chef »…

— Un type très important, et il a l'air de beaucoup m'apprécier. Il m'a décrit la situation. C'est horriblement ironique. Ceux qui n'ont rien à craindre, c'est les plus rasoirs. Les Allemands, bénis soient leurs cœurs de bronze, et les Italiens, avec leurs drôles de vilaines manières. Ils sont neutres… Tu savais ? On va s'ennuyer comme des rats morts à Hong-Kong sans fêtes qui valent le déplacement.

— Ainsi, cela t'intéresse quand c'est lui qui te parle de la guerre ?

— Bien sûr, mon chéri. Lui sait de quoi il parle.

L'orchestre attaque « The Best Things in Life Are Free », et Trudy proteste.

— Il tape comme un sourd sur son clavier, dit-elle du pianiste. Je pourrais monter là-haut et jouer mieux que lui…

Mais elle n'en a pas l'occasion : un bonhomme courtaud armé d'un porte-voix traverse la salle de danse et gravit les marches du podium.

— Tous les employés de l'American Steamship Line sont priés de se rendre au rapport le plus vite possible. Je répète, tous les employés de l'American

Steamship Line sont priés de remonter à bord immédiatement.

S'ensuit un long silence, puis, sur la piste, les couples se défont, alors qu'au bar les hommes descendent de leurs tabourets et tirent sur le bas de leurs chemises. Un certain nombre se dirigent d'un pas incertain vers la porte.

— Je déteste l'accent américain, dit Trudy. Il est tellement bête.

Elle semble avoir oublié son grand amour pour les Américains.

— Trudy, dit Will. C'est sérieux. Tu comprends ?

— Tout ira bien, mon chéri, lui assure Trudy. Qui s'intéresse à notre minuscule pays ? Ce sont des racontars d'alarmistes.

Elle réclame encore du champagne.

Dominick s'approche et vient lui chuchoter quelque chose à l'oreille. Tout en lui parlant, il fixe Will des yeux.

— Bonsoir, Dominick ! dit-il.

— Bonsoir !

Laconique. Dominick est un de ces Chinois curieusement plus anglais que les Anglais, alors que, en fait, il ne les porte pas spécialement dans son cœur. Après avoir frotté ses culottes sur les bancs des meilleures écoles britanniques, maintenant qu'il est de retour, il se déclare choqué par la grossièreté des mœurs des habitants de Hong-Kong, la cohue grouillante des rues, l'habitude de cracher, la kyrielle inculte des coolies et des poissonniers. Semblable à une plante en serre, il s'épanouit seulement dans les cercles les plus raffinés, autour de serviettes damassées et de verres en cristal au son argentin – Will aurait bien voulu le voir, les reins ceints d'un tablier en caoutchouc, servir de la soupe à la louche à des bouchers et autres gaillards, dans une échoppe à nouilles, le genre d'établissement éclairé par une ampoule nue dangereusement suspendue à un fil.

— Très mauvaise nouvelle, n'est-ce pas ? lui lance Will.

— Transitoire, comme toutes les autres.

Dominick appuie ces paroles d'un geste lent de sa paume d'une blancheur marmoréenne, geste qui exprime parfaitement le dénigrement. Will se prend à se demander si ces mains ont jamais été sollicitées pour quelque chose de plus dur que la rédaction d'une lettre de château sur papier cartonné crème ou la manipulation d'une coupe de champagne. Il observe leurs messes basses. Ils sont bien assortis (même si le hasard de leur consanguinité rend leur relation platonique) mais Will suppose qu'une pareille alliance les mènerait au désastre, car les pâles lueurs électriques de leurs forces vitales s'annuleraient mutuellement.

Dominick déclare tout à trac :

— Ce n'est pas si mal pour Trudy et moi, tu sais. Les Japonais sont plus proches de nous que les Anglais. Au moins ce sont des Asiatiques.

Will se retient de rire quand il s'aperçoit que Dominick parle sérieusement.

— Tu es l'être le moins asiatique que je connaisse, repartit-il d'un ton conciliant.

Dominick plisse les paupières :

— Tu ne sais pas de quoi tu parles.

— Vous racontez n'importe quoi tous les deux, intervient Trudy. Je ne veux pas entendre un mot sur cette horrible question de nationalité… Cela me rend malade. (Elle recoiffe les mèches de Will qui lui tombent sur le front.) Tout ce que je sais, c'est que les Japonais sont un peuple tout à fait spécial.

— Tu ne devrais pas dire des choses pareilles, proteste Dominick. Vraiment pas.

– Oh ! et puis zut ! s'exclame Trudy. Prends un autre verre et tais-toi.

C'est la première fois que Will voit Trudy s'irriter contre Dominick. Peu après, à sa demande, ils partent, mais pas avant qu'elle ait déposé un baiser sur la joue de Dominick, afin de lui montrer qu'elle lui a pardonné.

Le dimanche, au réveil, ils vont en ville prendre un *dimsum*. Il y a une curieuse tension dans l'air, et les marchés en plein vent grouillent de clients qui, la mine morose, remplissent leurs paniers. De retour à la maison, ils écoutent la radio. Les amahs s'agitent dans tous les sens, de véritables moulins à paroles. Will en a mal à la tête. On lui téléphone du bureau pour lui signifier que toute activité est suspendue jusqu'à nouvel ordre. Trudy et lui passent une mauvaise nuit à se tourner et à se retourner, à se réveiller l'un l'autre dans leur agitation, à respirer bruyamment.

Lundi 8 décembre. Le *drrrring* brutal du téléphone. Angeline appelle Trudy et Will : par un appel radiophonique diffusé à l'intention de tous les Japonais, son mari vient d'apprendre l'entrée en guerre imminente de leur pays contre la Grande-Bretagne et les États-Unis. Les ingénieurs ont reçu l'ordre de faire sauter tous les ponts le long de la frontière des Nouveaux Territoires[1]. Alors qu'ils n'ont pas encore bien digéré la nouvelle, encore abrutis de sommeil, s'élèvent les hululements des sirènes, suivis des bruits stridents des avions d'abord lointains puis de plus en plus proches, amplifiés par les détonations sourdes des bombes.

1. Zone située sur le continent, que la Grande-Bretagne avait, en 1898, louée pour 99 ans au gouvernement chinois de l'époque et qui était venue s'ajouter à la bande côtière cédée aux Anglais par le traité de 1841, après la guerre de l'Opium.

Le téléphone sonne une deuxième fois. La force des Volontaires de Hong-Kong au complet se trouve à son poste à trois heures de l'après-midi. Ils allument la radio et Will s'habille sous les yeux de Trudy encore au lit. Elle est pâle et silencieuse.

— C'est de la folie de sortir avec ce qu'il se passe dehors, dit-elle. Comment vas-tu faire pour arriver jusqu'au bureau ?

— J'irai en voiture.

— Mais tu ne sais pas dans quel état sont les rues. Tu pourrais recevoir une bombe ou quelqu'un pourrait…

— Trudy. Il faut que j'y aille. Je ne peux pas rester planté là.

— Tu plaisantes ou quoi ? Et puis je n'ai pas envie d'être toute seule.

— Ne nous disputons pas, dit-il avec douceur. Tu n'as qu'à appeler Angeline. Va la voir chez elle. Qu'elle t'envoie un houseboy pour t'accompagner. Je te téléphonerai dès que possible. Il serait aussi plus prudent de faire des provisions de victuailles.

Il embrasse ses joues fraîches et la quitte.

En ville, il passe devant le King's Theater. La salle de cinéma semble encore ouverte. On y donne *My Life with Caroline*. Et si incroyable que cela puisse paraître, il y a des gens qui font la queue devant le guichet.

Le bureau de Will, transformé en QG, est une véritable ruche. Les Volontaires jouent des coudes pour s'allouer fiévreusement un coin de bureau avec un sentiment d'urgence dont Will n'avait jusqu'ici jamais eu idée. Dehors, la ville baigne dans une étrange quiétude que rompt de façon intermittente l'explosion des bombes. Il s'assoit et attend les ordres. Au-dessus d'une table est accrochée une carte de la colonie britannique. Une fine ligne en pointillé relie Gin Drinkers Bay à Tide Cove en passant par la redoute de Shing Mun : c'est la première ligne de défense, la ligne des Buveurs de Gin. Un tunnel en béton a été creusé au sud du Jubilee Reservoir d'où les soldats peuvent grimper dans des bunkers pour tirer. « Cette ligne devrait nous permettre de tenir un bon moment, lance à Will un type qui a remarqué qu'il étudie la carte. Elle ne sera pas commode à percer. » Sur le mur, quelqu'un a épinglé des extraits dactylographiés du discours du général Maltby datant du matin même : « L'évidence s'impose à vous tous que l'épreuve pour laquelle nous avons été stationnés ici approche à grands pas. Je compte sur chacun de mes soldats pour donner le meilleur de lui-même. Mon armée doit montrer l'exemple d'un courage hardi à tout le reste de l'Empire britannique qui combat pour la vérité, la justice et la liberté dans le monde. »

Soudain, la radio grésille et fait entendre la voix de Roosevelt. « Vos gueules ! » crie un des Volontaires. On monte le volume. Roosevelt annonce l'attaque de Pearl Harbor. Un silence de plomb s'abat sur la salle.

Après la déclaration, la friture s'intensifie puis le présentateur conclut : « C'était le président Roosevelt, des États-Unis… »

— C'est bon pour nous, commente un peu plus tard un des Volontaires. Cela signifie que les Américains sont dedans, qu'ils le veuillent ou non.

— Cela signifie que la guerre a encore pris de l'ampleur, laisse tomber un autre d'un ton neutre.

Novembre 1952

Elle était paranoïaque. Elle l'avait toujours été. Lorsqu'elle ouvrait une porte ou ramassait un verre de vin, elle prenait soin de frotter le fin dessin déposé par la graisse de ses doigts, à croire que Scotland Yard était à ses trousses. Elle préférait ne laisser derrière elle ni trace, ni fragment, ni la moindre particule de sa personne. Quand elle se passait les doigts dans les cheveux, elle gardait ceux qui lui restaient dans la main pour les jeter à la poubelle. Et quand elle se coupait les ongles, elle enroulait les rognures dans un mouchoir en papier et jetait le tout dans les toilettes.

Cette fibre paranoïaque se révélait très utile. Martin, préoccupé par son travail et les systèmes de canalisation de l'eau, ne s'étonna aucunement de voir ses absences se répéter avec une régularité inusitée. Il faut que j'achète du Darjeeling, le jeudi je suis en visite à St Stephen's Hospital, le mercredi il y a le déjeuner avec mes amies… Elle veillait à ce que leur intimité se réduise au strict minimum. Quand elle y pensait, elle n'en revenait pas d'être dans la peau d'une de ces femmes dont elle avait entendu parler par sa mère et ses amies, une de ces femmes capables de passer des bras d'un homme aux bras d'un autre en l'espace d'une même journée. Une de ces femmes susceptibles d'être renvoyées de la colonie et rapatriées en Angleterre sur le premier paquebot, comme une malpropre.

Le pire, c'est qu'elle n'éprouvait aucun remords, ou si peu. Elle qui pensait autrefois que celles qui entretenaient des liaisons étaient des femmes immorales se fichant éperdument de la société et des bonnes manières, et de toutes les valeurs qui comptaient vraiment. Et pourtant, c'était bien elle qui couchait avec un homme, un homme qui, en plus, ne semblait même pas l'apprécier. Alors que Martin était un chic type. Sa bonté était indéniable. Il se montrait bon avec elle. L'aimait-il ? Mystère. Toujours est-il qu'il était content d'avoir une épouse au foyer et de pouvoir rentrer chez lui se mettre les pieds sous la table, mais de là à en déduire que son bonheur était lié à elle en tant que personne… Elle avait parfois l'impression qu'en l'épousant il l'avait glissée dans une case étiquetée « épouse » et avait continué son chemin comme si de rien n'était. Toutefois elle était assez raisonnable pour se rendre compte qu'elle était la fautive dans l'histoire. Martin n'était coupable que de négligence mineure. Elle, elle abusait de sa gentillesse.

Mais si mauvaise conscience elle avait, elle était étouffée par l'émoi que suscitait au fond d'elle-même Will dès qu'il s'approchait d'elle, divisait l'espace qui les séparait en deux, puis de nouveau en deux, s'avançant à sa rencontre avec ces yeux aux paupières lourdes et à l'expression sardonique. C'était pour elle un narcotique, cette sensation ; elle ne pouvait pas s'en passer longtemps.

Claire s'efforçait de devenir invisible, afin d'être d'autant plus visible quand elle était avec Will. Elle parlait de moins en moins, ne fréquentait pas les autres épouses, ne quittait jamais l'appartement sans absolue nécessité. Ses jours tournaient autour de lui, de leur prochaine rencontre, de leurs prochains dialogues, de ses prochaines caresses. Parfois, il se refusait à elle. Elle venait s'étendre auprès de lui, et il roulait sur le côté et s'endormait, la laissant seule, le souffle brûlant, saisie par le vertige de la frustration. Elle le voulait à elle toute seule, et elle voulait qu'il la possède à son tour, mais il tournait autour d'elle à pas légers… Il refusait d'imprimer sa trace en elle. Alors qu'elle désirait tant être marquée par lui, au fer rouge.

Chez Will, quand ils étaient au lit, elle finit par se rendre compte que quelqu'un dans l'appartement du dessus jouait la même chanson en boucle. Un air mélancolique qu'elle ne connaissait pas et dont les paroles lui parvenaient, incompréhensibles, à travers l'épaisseur du plafond. Elle ne lui en parla pas, comme si elle préférait garder ce détail pour elle seule, comme si cette chanson était une partie de lui à laquelle elle seule aurait eu accès.

Lui acheter un cadeau devenait une telle histoire qu'elle en perdait tous ses moyens. Elle avait par exemple voulu lui offrir des pantoufles, mais à la réflexion les semelles lui parurent glissantes, de sorte qu'elle se figura une scène de chute : Will mourant de traumatisme cérébral et elle restant éplorée, meurtrie de regrets et de désir. Au final, elle lui acheta à la place une nouvelle théière. Il la confia à Ah Yik, sans commentaire.

Noël approchant, elle devint de plus en plus anxieuse. Elle ne comprenait pas Martin. Une personnalité fade au cœur simple, capable d'aimer sans être aimé de retour. Elle était malheureuse. Will refusait qu'elle lui téléphone pendant les fêtes.

C'était pour lui, disait-il, une période douloureuse. Beaucoup de souvenirs. Aussi l'appelait-elle pendant la journée, rien que pour entendre la sonnerie. Il lui arrivait de décrocher. La voix tendue, agacée. D'autres fois, le téléphone sonnait, sonnait, sonnait, et elle imaginait l'amah hochant la tête, sachant très bien, avec ce sixième sens féminin, qui appelait. C'était drôle, la façon dont ce sens transcendait les différentes cultures.

Le supérieur hiérarchique de Martin, Bruce Comstock, l'ayant invité à son Beach Club de Shek O où il louait un bungalow le samedi, ce matin-là ils prirent des serviettes de plage et leurs maillots, abaissèrent toutes les vitres de la Morris de fonction de Martin, et roulèrent jusqu'à l'autre extrémité de l'île.

Une route étroite taillée dans le massif rocheux. Sur la gauche, la paroi abrupte et verdoyante de la montagne, fumant presque de chaleur. Sur la droite, la mer et le ciel à perte de vue. Des bateaux blancs posés çà et là sur les flots, tels des jouets minuscules dans une baignoire géante.

— On se dirait sur la côte italienne ou, en tout cas, c'est ainsi que je l'imagine, dit-elle.

— C'est magnifique, n'est-ce pas ? dit Martin.

Elle plongea la main dans son sac pour en sortir le foulard de Melody Chen, qu'elle noua autour de sa tête à la façon d'un fichu.

— C'est nouveau ? s'enquit Martin.

— Oui, répondit-elle sans sourciller. Je l'ai acheté chez un de ces vendeurs ambulants d'Upper Lascar Row. Tu sais, le quartier avec les boutiques de curry et les marchands de tapis.

— Il te va bien.

Ils continuèrent en silence.

Le Beach Club était un établissement sans prétention, qui avait vu de meilleurs jours. Ils retrouvèrent les Comstock au bar où ils burent un verre avant que les dames aillent passer leurs maillots dans les vestiaires.

Minna Comstock affichait une petite cinquantaine superbe. Depuis que ses deux enfants étaient à l'université, elle menait sa vie avec une redoutable énergie. Elle jouait deux fois par semaine au tennis, et au golf à Fanling quand c'était le « Ladies' Day ». Au vestiaire, elle se déshabilla sans manifester la moindre pudeur. Elle avait un corps encore ferme, bien que des bouts de chair flétrie pendouillent sous ses seins, ses bras, son ventre. À croire qu'elle avait la peau trop large pour son corps.

— Je me suis acheté un joli maillot chez Wing On, avança Claire. Ils ont beaucoup d'articles.

— Habillez-vous british ! aboya presque Mme Comstock. Ici tout est coupé pour les Chinoises, ce n'est pas pour nous. Ils taillent trop petit. J'achète uniquement chez Marks & Spencer et je rapporte toujours une tonne de vêtements, de la bonne marmelade, des couteaux convenables, ce genre de choses. Vous avez vu ce qu'ils appellent un couteau ici ? Un instrument barbare : le hachoir !

Elle leva une jambe musclée et posa le pied sur un banc afin de s'oindre d'huile solaire. Puis, tendant à Jane le flacon visqueux, elle ajouta :

— Prenez-en. Cela vous protégera des rayons du soleil.

Mme Comstock était bronzée aux endroits les plus bizarres : sur les mollets entre la ligne supérieure des chaussettes et l'ourlet du bermuda ; sur les bras entre ses manches courtes et l'endroit où devaient s'arrêter ses gants de golf.

— Merci, dit Claire.

Elle se passa un peu de lotion sur le visage. Elle n'aimait pas tellement les bains de soleil, trouvant tout à fait curieuse la mode actuelle de se faire griller comme une bête à la broche.

Sur la plage, l'intérieur des bungalows en bois tapissés de drap blanc ménageait un espace agréable et aéré, équipé de cintres pour accrocher les peignoirs et d'étagères pour les sacs.

— Nous avons le vingt-trois, dit Bruce. Vous pouvez y laisser vos affaires pendant que nous nous baignons.

Il y avait aussi des transats et une glacière. Bruce leur prépara en cachette des gin tonics (« C'est du vol, ce qu'ils vous taxent au bar », murmura-t-il) et ils s'installèrent confortablement pour boire.

— Comme c'est agréable, commenta Claire. On ne pense à rien d'autre qu'à se détendre.

À l'instant même, elle tressaillit en reconnaissant Locket qui courait vers la mer dans un maillot blanc à pois rouges. Puis elle vit les Chen prenant l'apéritif sur la terrasse du club en compagnie de plusieurs autres personnes. Melody Chen était coiffée d'une capeline en paille et de lunettes de soleil qui lui donnaient une allure de star de cinéma.

— Si vous voulez bien m'excuser, dit-elle aux Comstock. Je viens d'apercevoir des gens à qui je dois dire bonjour.

Elle mena Martin jusqu'à la table des Chen.

— Bonjour, dit Victor Chen en levant vers elle des yeux plissés contre le soleil. Oh ! mais c'est… (Une pause.) Je vous présente les Silva, poursuivit-il d'un ton mondain en montrant d'un geste le couple assis auprès de lui. Michael est le meilleur obstétricien de Hong-Kong. Et voici Dave Bradley, qui travaille pour la chaîne NBC. Il vient des États-Unis. Melody et lui s'entendent un peu trop bien à mon goût. (Il se tourna vers les autres convives.) Je vous présente le professeur de piano de Locket.

Claire opina avec un sourire. Mme Chen laissa échapper un petit cri :

— Locket !

Comme mue par un ressort, elle jaillit de son siège pour filer sur la plage en direction de Locket, sur le point d'être avalée par une vague géante. Le groupe la regarda courir sur le sable.

— Victor, dit Claire. Mon mari, Martin Pendleton.

— Bien sûr, dit-il sans hésiter.

— Enchanté de faire votre connaissance, dit Martin, souriant et mal à l'aise.

Après avoir grondé Locket, Melody Chen remonta vers la terrasse en déclarant :

— C'est incroyable qu'ils n'acceptent pas le personnel dans ce club. Cette règle est vraiment trop stupide. C'est tout simplement épuisant de m'occuper d'elle sans Pai. Pardon, je veux dire Francesca…

Se tournant vers Mme Silva avec des airs de conspiratrice, elle poursuivit à voix basse. Claire hésitait entre suivre la conversation de Martin avec Victor Chen, ou celle de sa femme avec son amie.

— … avec Bruce Comstock…

— … des figurines en cristal autrichiennes que ma mère m'a offertes…

— … un très bon banquier…

— … tout le monde essaye les petites paysannes de la Chine rurale, mais elles ne savent pas ce que c'est qu'une casserole et leur cuisine est immangeable, il faut tout leur apprendre, absolument tout… Je lui ai donné un nouveau nom, Francesca, vous comprenez, j'ai très envie d'aller en Italie…

Claire restait plantée là, prise au piège d'un de ces moments où tout le monde autour de vous est plongé dans des conversations qui vous excluent. Elle avait la désagréable impression d'être oubliée.

— Quel ravissant foulard, lui lança brusquement Mme Chen. J'en ai un qui lui ressemble un peu.

Une expression indéfinissable passa comme un nuage sur son visage.

— Merci, acquiesça Claire avec un sang-froid qui l'étonna elle-même.

Elle avait oublié le foulard. Elle se tapota la tête, la gorge soudain nouée par la panique.

— Merci beaucoup, répéta-t-elle.

— C'est un Hermès ? s'informa Melody Chen. J'adore les coloris – orange et marron, ma palette favorite… Automne, vous savez.

— Oh ! non, je l'ai acheté ici. Pour quelques sous, à un vendeur de rues. Si cela vous intéresse, je peux vous indiquer où…

— Eh bien, ça fait illusion, interrompit Melody Chen. Quand on est grande comme vous, on peut porter n'importe quoi.

Elle but une gorgée de son Martini.

— Bien, entonna poliment M. Chen, brisant le bref silence. Nous étions ravis de vous voir…

Cette nuit-là, Claire ne ferma pas l'œil. Elle se leva dès que la respiration de Martin devint bruyante et traversa la chambre pieds nus pour se mettre à la fenêtre. Sous la plante de ses pieds, les lattes en bois vernis étaient lisses et fraîches, sans un grain de poussière à force d'être briquées chaque jour par Yu Ling. Son corps était encore brûlant après son bain de soleil sur la plage, à croire que les feux de l'astre couvaient sous la peau de ses bras et de ses jambes. Elle entrouvrit doucement la fenêtre dont les charnières grinçaient et observa les points de lumière qui émanaient sans doute d'insomniaques comme elle. Une petite brise soufflait et l'air humide de la nuit la caressa comme une grande main froide. Sa tête bourdonnait. Elle n'avait pas pu se concentrer sur quoi que ce soit depuis sa rencontre avec les Chen. Elle était convaincue que les Comstock avaient trouvé son comportement étrange. N'avait-elle pas vu Minna échanger avec Bruce un drôle de regard quand elle avait renversé son verre pour la seconde fois ? Elle n'avait rien dit à Martin, ne sachant pas quelle aurait été sa réaction. « Mon chéri. Je suis une voleuse et je crains que les Chen s'en soient rendu compte. Mais je ne vole plus, ne t'inquiète pas. » Il la prendrait pour une folle. D'ailleurs elle l'avait peut-être été. Elle appuya son front au carreau froid. À son avis, Melody Chen n'avait pas fait le lien. Et de toute façon, elle n'irait pas accuser Claire de voler sans preuve, si ? Claire contempla la nuit noire et se demanda si c'était la même nuit que chez elle, en Angleterre.

DEUXIÈME PARTIE

Le 9 décembre 1941

C'est donc cela, la guerre. Ce qu'il appellerait d'ordinaire un trajet en voiture. Il conduit jusqu'à Causeway Bay un camion rempli de tourets de câble, plus cinq ou six ouvriers chinois accroupis à l'arrière. À ses côtés, son passager, Kevin Evers, sait apparemment ce qu'il y a à faire avec tous ces câbles, ou ce qu'il faut dire aux ouvriers. Au QG, c'est à présent la pagaille, le téléphone et la radio ne cessent de sonner et de brailler. L'aéroport vient d'être bombardé. On déplore la perte de vingt-cinq avions, et la tension n'en finit pas de monter. Will a reçu l'ordre de livrer les tourets et de rentrer dare-dare. Evers jacasse tout haut par nervosité.

Les rues présentent au moins l'avantage d'être désertes, sans trafic ou presque, quoiqu'il y ait beaucoup de piétons. Une femme frappe un homme avec un cabas en toile à sac et ses petits poings en poussant des cris de rage, tant et si bien que l'homme se désengage et s'enfuit en courant. Les pillages ont commencé.

Il n'arrive pas à croire que, il y a quelques jours à peine, il était à une soirée en smoking, une coupe de champagne à la main, échangeant des bons mots avec Trudy et son petit cercle.

À Causeway Bay, il trouve facilement l'édifice où il doit livrer les tourets. Ils sont en train de décharger le camion quand les sirènes se remettent à hurler. Tout le monde se précipite à l'intérieur tandis que le son strident se noie dans le bruit énorme de l'explosion. La terre sous leurs pieds tressaille. Evers respire bruyamment. Lorsqu'ils appellent le QG, on leur recommande de rester où ils sont, les bombardements allant sans doute s'intensifier ; qu'ils garent le camion dans un endroit sûr et se réfugient dès qu'ils le peuvent dans un appartement de Montgomery Street qui servait de cantonnement. De la pointe émoussée de son crayon, il écrit le numéro de la rue sur un bout de papier souillé d'huile : 140. Cela lui dit quelque chose.

À l'adresse indiquée, ils sonnent à la porte, une amah terrifiée leur ouvre et s'efface pour les laisser entrer avant de sortir de sa veste une enveloppe froissée. Ils lisent avec une boule dans la gorge :

« *Qui que vous soyez,*

« *Bienvenus chez nous. Nous espérons que vous vous sentirez comme chez vous en ces temps difficiles. Nous sommes un couple britannique. Nous nous sommes installés à Hong-Kong il y a sept ans et y avons été très heureux. Aussi espérons-nous que ceci n'est pas le dernier chapitre de notre vie ici. Nous avons, comme on nous l'a demandé, migré sur les hauteurs, et nous souhaitons sincèrement que notre appartement vous offre un abri sûr. Nous faisons par ailleurs appel à votre esprit de solidarité et nous vous prions de vous montrer aimables avec notre amah, soigneux avec nos meubles et de ne pas fumer.*

« *Bien cordialement, Edna et George Weatherly.* »

— Aaah ! s'exclame soudain Will.

— Quoi ? s'étonne Evers en allumant une cigarette et en en offrant une à Will, pour faire bonne mesure.

— Rien.

C'est juste qu'il les connaît. Il est même venu prendre un verre chez eux, dans cet appartement. C'était au début, quand il venait de débarquer, au cours des semaines qui avaient précédé sa rencontre avec Trudy, avant tout ce qui s'était passé ensuite, puisqu'il eût été impossible qu'elle fréquentât des gens comme les Weatherly. Des gens charmants, respectables, pour qui Hong-Kong représentait la grande aventure de leur existence. Originaires d'un petit village des Cotswolds, ils s'extasiaient encore devant l'immensité du monde et n'en revenaient pas d'avoir atterri en Extrême-Orient. Will était tombé sur eux dans une boutique anglaise de Causeway Bay où ils achetaient du thé, quelques semaines après son arrivée et, après une brève conversation, ils l'avaient invité. Des gens vraiment très gentils. Il ne les a jamais revus une seule fois avec Trudy. Ils n'évoluaient pas dans le même monde.

Ils jouent à pile ou face afin de savoir qui aura le lit. Will dormira par terre.

— Tu n'as qu'à dormir dans le lit de la vieille chouette, lui dit Evers en indiquant du menton la petite chambre de l'amah à l'arrière.

— Je ne suis pas dans la panade à ce point, réplique Will d'un ton badin. Elle en a assez bavé pour que je ne lui pique pas son pieu en plus.

— Je pensais à toi, c'est tout, commente Evers avec un haussement d'épaules. Tu crois qu'elle pourrait nous préparer à bouffer ?

Will fouille dans son sac. Trudy, assez chinoise pour être obnubilée par la nourriture, a veillé à y glisser quelques conserves alors qu'il lui assurait qu'il n'aurait besoin de rien.

— J'ai du corned-beef et des carottes.

L'amah est trop contente d'avoir quelque chose à faire. Elle cuit une dose de riz avec la viande et les légumes. Ils mangent – elle emporte un bol dans sa chambre –, les deux hommes s'assoient dans l'alcôve de la salle à manger, devant la radio qui les abreuve de nouvelles d'une voix désincarnée.

« Les ponts à la frontière du Nord ont été détruits pour empêcher l'avance des forces nippones… » Par la suite, un témoin racontera à Will la scène surréaliste – les Britanniques s'obstinant à poser leurs bâtons de dynamite sous le nez des Japonais, lesquels s'employaient avec la même détermination à construire un autre pont destiné à remplacer le premier une fois que celui-ci aurait sauté, les deux camps s'ignorant soigneusement, sans s'interroger sur ce que faisaient les autres, ni même tenter de les arrêter. « Avec ça, tout est dit, lui confiera cet homme, un policier. C'est tout simplement fou ! »

Pendant la nuit, les murs tremblent et l'appartement est éclairé par les lueurs des incendies provoqués par les bombes. Au souffle court d'Evers, Will sait qu'il ne dort pas plus que lui.

Le lendemain matin, Evers reste longtemps sous la douche.

— Dieu sait quand je pourrai en reprendre une, dit-il en s'essuyant avec une serviette des Weatherly avant de la jeter dans un coin. Crois-tu que le petit déjeuner est compris ?

— Il t'arrive de penser à autre chose qu'à la bouffe ?

— À quoi veux-tu que je pense d'autre, mon vieux ? Dans des moments comme celui-ci, il faut s'en tenir à l'essentiel – manger, chier, pioncer. Sinon tu perds la boule.

Ils téléphonent au QG pour cueillir les ordres. Personne ne peut rien leur dire.

« Restez où vous êtes », aboie une voix. Puis ils entendent un bruit d'objets qui tombent et des hommes qui crient. La ligne est coupée.

— C'est bon de savoir qu'ils ont la situation en main, renifle Evers.

— Nous sommes des civils. Je suis sûr que les huiles de l'armée savent ce qui se passe.

— On peut l'espérer.

Ils décident de tenter une sortie. Montgomery Street est vide, ce qui semble normal puisque, dans ce quartier résidentiel d'expatriés européens, tout le monde est parti se réfugier en altitude ou sur le continent chinois. Les rares magasins – une boulangerie, une cordonnerie – sont fermés et il n'y a pas de lumière à l'intérieur. Leurs vitrines, déjà sales, sont recouvertes d'un duvet de suie et de crasse soulevées par les bombes. À travers l'une d'elles toutefois, Will aperçoit une tarte aux œufs dont le dessus jaune et brillant est attaqué par les moisissures. Une mouche vient s'y poser et marche sur le moisi en agitant ses antennes. À cet instant, le ronflement d'un avion au-dessus de leurs têtes lui fait plisser instinctivement les yeux.

À leur retour, ils trouvent l'amah envolée, sa chambre aussi propre que si elle n'avait jamais habité là.

— Il n'y a rien à faire ici, s'exaspère Evers. On devrait essayer de rentrer au QG. Je vais devenir dingue à tourner en rond entre quatre murs.

Le soir venu, ils refont leurs sacs et descendent dans les rues crépusculaires. Les ordures commencent à s'amonceler çà et là sur les trottoirs. Des vagues de puanteur s'élèvent de la chaussée. Une voiture accélère brusquement quand elle arrive presque à leur hauteur, et son conducteur, un Chinois, détourne son regard en passant devant eux. Ils arrivent en vue du camion et Will note à voix haute que les portières sont ouvertes quand ils l'entendent. Le sifflement. Evers redresse vivement la tête. Will le regarde contempler la chute de la première bombe sur un immeuble à moins de cinquante mètres. À croire qu'ils se trouvent dans un film au ralenti. Evers hurle : « Attention ! » et se jette à plat ventre par terre. Will l'imite aussitôt. La terre s'ouvre sous eux et s'écroule. Il est comme frappé par une force colossale. Il a les oreilles qui bourdonnent et les yeux qui piquent atrocement. L'instant d'après – alors qu'il reprend à peine ses sens –, les voilà rampant tous les deux en direction de l'abri le plus proche : le camion. Alors que tout s'ébranle et tonne dans un fracas de fin du monde, Will remarque que leur véhicule a été vandalisé. Il n'a plus de pneus, ni, comme il peut le constater par les portières ouvertes, de volant. Evers lui hurle quelque chose d'autre : c'est une zone civile ici, alors pourquoi bombardent-ils ? Will n'entend pas la suite parce qu'il songe au camion sans pneus et combien cela leur sera difficile d'avancer avec la terre qui tremble comme ça, et puis tout devient blanc.

Le 15 décembre 1941

Il revient à lui égaré et frigorifié. Au-dessus brille une lumière gigantesque. Les draps sont comme de la glace sur ses membres gonflés. Il redoute la vue de son propre corps.

Pourtant il se sent soulagé. Il n'est pas mort. Puis la mémoire lui revient. Evers. Il ne se rappelle plus. Il a tellement mal partout qu'il a l'impression que sa tête va éclater. Il soulève le drap. Son genou gauche a la taille d'un melon. Autour du pansement, des bourrelets de chair violette, noire, blême, meurtrie.

Jane Lessig, qu'il connaît pour l'avoir rencontrée plusieurs fois à des soirées, s'approche tout de blanc vêtue. Will croit voir un ange.

— Enfin, dit-elle. On était inquiets pour vous, vous savez.

— À boire…

— Pas d'eau pour l'instant. Ordre de la faculté.

Il ne s'est jamais senti aussi mal de sa vie.

— J'ai tellement honte.

— Et pourquoi donc, mon Dieu ? dit-elle en remontant son lit d'un cran d'un air perplexe.

— C'était trop court, tente-t-il d'expliquer. Pas comme à la guerre.

— Vous racontez n'importe quoi.

Il voit bien qu'elle n'a pas compris ce qu'il veut dire. Il réessaye :

— Evers ?

— Ne vous inquiétez pas pour lui, laisse-t-elle tomber avant de lui tourner le dos et de s'éloigner sans se retourner.

Il alterne entre demi-veille et sommeil comateux.

Il aperçoit Trudy dans une robe blanche, telle une mariée, telle une infirmière, tel un linceul. Elle lui éponge le front. Mais elle est blonde. Ce n'cst pas Trudy.

— Écoutez, murmure la merveilleuse Jane Lessig. Vous n'êtes pas un Volontaire. Vous êtes un civil qui traversait la rue au mauvais moment et qui a été accidentellement victime d'une bombe…

Elle veut lui éviter d'être pris comme prisonnier de guerre et envoyé dans un camp POW. Personne ne sait encore très bien qui va être envoyé où, mais à son avis les civils seront de toute façon mieux traités que les soldats. Il hoche la tête pour montrer qu'il comprend, puis il oublie. Elle lui répète la même chose chaque jour, à la manière d'une incantation qui lui sauvera la vie.

Jane Lessig lui apporte un bol de pudding.

En allant à la fenêtre, quand il s'est levé pour la première fois, il a été étonné de voir qu'il boitait.

— Je boite ! s'exclame-t-il à l'intention de Jane Lessig.

— Oui, et même joliment.

— Je me sens beaucoup mieux. À mon avis, je ne devrais pas tarder à sortir.

— Ah ! on croit ça ? rétorque-t-elle vivement. Ce sont les docteurs qui décideront, n'est-ce pas ?

Il se sent vraiment mieux. Au moment de sa visite, le Dr Clark trouve Will habillé et prêt à partir.

— Je ne sers à rien ici.

— Will, dit le médecin. Dehors le monde n'est plus le même. La péninsule de Kowloon est assiégée et ici nous essayons de tenir le plus longtemps possible. Les pertes sont énormes. Savez-vous où aller ?

— Chez Trudy ? se demande-t-il tout haut.

— Elle est venue tous les jours, lui dit le médecin. Mais je ne lui ai pas permis de vous voir. J'ai pensé que ce serait trop pénible pour elle. Vous n'êtes pas à votre plus fringant. Elle m'a dit de vous informer qu'elle logeait chez Angeline et passerait un peu plus tard dans la journée.

— Bon, alors je vais l'attendre.

Le médecin lui jette un drôle de regard et acquiesce de la tête. Il a terminé d'examiner le genou de Will.

Trudy est entrée dans la pièce, elle n'est plus la même. Il n'arrive pas tout de suite à déterminer ce qui a changé chez elle, puis il comprend : elle ne porte ni rouge à lèvres ni bijoux, et elle est vêtue de teintes tristes. Il le lui fait observer, parce qu'il faut bien dire quelque chose et qu'il préfère ne pas parler de sa blessure, de l'hôpital, de la guerre. C'est bizarre d'être timide avec Trudy. Il n'a pas envie de paraître diminué devant elle.

— Je préfère ne pas attirer l'attention, lui explique-t-elle. On marche sur des œufs en ville tant on a peur de tomber sur un Jap. Papa est parti pour Macao. Il a insisté pour que je l'accompagne, mais j'ai tenu bon. (Elle s'approche de la fenêtre.) Il se fait du souci pour moi, ajoute-t-elle en baissant les yeux et en tripotant l'étoffe de sa robe. S'ils gagnent, je redoute des brutalités inimaginables.

— Comment es-tu parvenue jusqu'ici ?

— Angeline m'a déposée. Nous campons chez elle sur le Peak, alors que tout le quartier est censé avoir été évacué. Il paraît qu'on est trop exposées, pourtant nous nous sommes débrouillées pour que personne ne remarque notre présence, et c'est très tranquille. Elle a les chiens et son houseboy, plus les amahs et le chauffeur. Nous sommes bien protégées…

Les riches font toujours ce qu'ils veulent, songe-t-il… Une pensée hors de propos.

— … Ça vous met à cran, comme une partie de poker, continue-t-elle. Tu ne sais jamais quand tu vas être obligée de t'avouer battue, et les gens, il faut voir comme ils se déchirent entre eux. Ce pauvre vieil Enderby, il s'est fait écharper par des sikhs parce qu'il les regardait soi-disant de travers. Ce charmant vieux monsieur…

Elle se tait un instant, puis s'informe :

— Comment te sens-tu ? Je suis là à causer, causer de ma petite vie, alors que tu…

Sa voix s'éteint.

— Evers est mort, dit-il. Mais tu ne le connaissais pas. Il était avec moi quand la bombe nous a eus.

Trudy le dévisage, impassible.

— Tu as raison. Je ne le connaissais pas.

— Il faut tout me dire. Quelles sont les nouvelles ?

— À en croire Angeline, nous ne sommes pas sur la bonne voie. Apparemment, ils s'attendaient à ce que les Japonais attaquent par le sud, par la mer, alors qu'ils ont au contraire massé leurs troupes au nord et n'ont eu aucun mal à balayer nos défenses sur leur passage. Je t'assure, c'est horrible, dehors.

(Elle a la voix qui tremble.) Ce matin, en venant ici, j'ai vu le cadavre d'un bébé sur un tas d'ordures. Il y en a partout, des ordures et des cadavres, et quand ils les font brûler, on croirait respirer l'odeur de l'enfer. J'ai vu une femme battue à coups de piquets de bambou puis traînée par les cheveux. Elle se contorsionnait sur le sol, moitié traînée, moitié rampant, et hurlant à la mort. Des lambeaux de peau se détachaient de son corps. Les femmes sont priées de porter des serviettes hygiéniques afin… tu sais… si un soldat essaye de… Tu sais bien. Les gens d'ici et les Japonais pillent tout ce qui leur tombe sous la main et se conduisent très mal. Ils sont partout à Kowloon, ils ne savent plus ce qu'ils font. Nous envisageons de migrer vers un des hôtels, pour participer davantage à ce qui se passe. Il y aura du monde, on aura les informations. Le Gloucester est plein comme un œuf, mais ma vieille amie Delia Ho a une chambre au Repulse Bay et elle propose de nous la laisser parce qu'elle part pour la Chine. Nous pourrions la partager avec Angeline, qu'en penses-tu ? Il y a aussi l'American Club. Ils ont sorti des lits de camp et il y a du monde aussi là-bas. Ils ne doivent pas manquer de victuailles, les connaissant. Les Américains sont comme ça. Personne ne veut rester dans son coin par les temps qui courent.

— Cela ne me paraît pas une mauvaise politique, émet Will.

— D'après Dommie, les Japonais ne vont pas tarder à s'établir sur l'île tout entière. Il dit que peu importe ce que l'on fait.

— Un vrai rayon de soleil, ce Dommie.

— Personnellement, je pense qu'il s'en fiche. (Trudy part d'un éclat de rire perçant.) Il attend de voir comment les choses évoluent avant de choisir son camp. Il apprend le japonais à toute allure.

— C'est un jeu dangereux qu'il joue là, tu t'en rends compte ? Il n'y a pas de quoi rire.

— Oh ! et puis zut ! (Trudy vient s'asseoir à côté de lui.) Ces blessures te font perdre ton sens de l'humour. Dommie est capable de survivre à n'importe quoi, comme toi et moi. Il ne lui arrivera rien. Quand pourras-tu sortir ?

— Bientôt, je crois. Ils ont hâte d'être débarrassés de moi. Ils ont des malades beaucoup plus graves, je suppose.

— Mais toi, tu peux marcher ?

— Oui, répond-il un peu sèchement. Ne t'inquiète pas pour moi.

Le Dr Clark autorise sa sortie à contrecœur.

— Si ce n'était pour Trudy, lui dit-il en remmaillotant son abdomen et son genou de pansements propres, j'aurais refusé de vous lâcher. Je sais qu'elle s'occupera bien de vous.

Trudy est assise au bout du lit.

— Vous oubliez un détail : vous avez besoin de lits, ajoute-t-elle. Will va en libérer un. Je suis dans votre camp, docteur. J'ai été infirmière deux semaines. Vous vous rappelez ?

— Bien sûr, dit le médecin en riant. Comment aurais-je pu oublier ? (Sa mine s'allonge de nouveau.) Trudy, il faut changer ses pansements une fois par jour et nettoyer la peau et les plaies avec de l'eau oxygénée diluée dans de l'eau. Une infirmière va la préparer pour vous. N'écoutez pas ce que vous dira Will, qui prétendra ne pas en avoir besoin, c'est très important.

— Vous pouvez compter sur moi, acquiesce Trudy, je serai un modèle d'efficacité.

Une fois chez Angeline, elle l'oblige à se mettre au lit en dépit de ses protestations : il se sent tout à fait bien. Leur chambre est en désordre. Les vêtements de Trudy débordent de sa valise posée par terre et ses affaires de toilette sont éparpillées sur le rebord des fenêtres, du lavabo, autour du lit. Des modèles réduits d'avions sont suspendus au plafond. Sur le bureau en bois s'accumulent des piles de romans policiers pour écoliers.

— C'est la chambre de qui ?

— De Giles, mon filleul. Tu le connais ?

— Je ne l'ai jamais vu.

— Il est toujours en pension. Et en attendant que les choses se tassent ici, on l'a envoyé dans la famille de Frederick en Angleterre.

— Ah ! dit-il.

De la fenêtre se déverse dans la pièce une lumière poudreuse.

— Je pourrais sans doute faire l'aller et retour à pied jusqu'à Central.

— Ne fais pas l'idiot. Il faut te reposer.

Mais il va mieux, et elle le voit bien. Ils ne tardent pas à s'aventurer dehors, dans les rues désertes, devant les magasins fermés, où quelques rares piétons se dépêchent de se rendre d'un point à un autre, le dos rond et les yeux au sol.

— Il y a eu des quantités incroyables de pillages, fait-elle observer. Et le gouvernement rationne le riz. J'ai été témoin de choses extraordinaires. J'étais dans Gloucester Street quand j'ai vu des policiers tirer en l'air pour disperser une foule. Je me suis demandé tout de suite : où vont donc ces balles ? Quand elles retombent, elles peuvent frapper n'importe qui, peut-être même tuer ?

— Trudy, ma chérie. Personne d'autre que toi n'aurait une idée pareille.

— Sans doute pour une bonne raison. Je suis une sotte dans beaucoup de domaines.

Ils marchent encore un peu.

— On ne dirait plus notre ville, tu ne trouves pas ?

— C'est une ville morte.

Ils se prennent par le bras et rentrent pour trouver Angeline en larmes à la cave. Les amahs ont préparé un maigre repas de riz et de légumes chinois avec quelques minuscules morceaux de porc salé. Ils mangent en buvant du thé si pâle qu'il tient presque de l'eau chaude. Les tentacules invisibles de la réalité se resserrent autour d'eux.

Les jours suivants se déroulent dans un cadre spartiate mais bien ordonné, chaque jour étant vécu par eux comme le dernier, tous les détails de la vie exacerbés par une sensation d'irréalité. Ils se nourrissent pour garder leurs forces, écoutent les dernières nouvelles à la radio et descendent faire des courses au centre de rationnement où la distribution intermittente de provisions semble obéir aux lois du hasard. Un jour, on leur donne du pain et de la confiture, le deuxième, des bananes, et le troisième, des torches électriques. Ils prennent ce qui s'offre et pour le reste fréquentent le marché noir, Trudy et Angeline, à elles deux, détenant un gros paquet d'espèces. L'atmosphère y est électrique, la clientèle peste contre les prix et insulte à tue-tête les vendeurs, lesquels ont parfois l'élégance d'afficher une mine penaude derrière leurs étalages d'articles aléatoires – conserves de corned-beef, petits paquets de sucre, ustensiles de cuisine. Le prix du riz crève tous les plafonds : il vaut de l'or. La terre tremble de temps en temps et la nuit est éclairée par les incendies. Les cadavres s'empilent dans les rues, devant des femmes en pleurs. Dominick fait des sauts chez eux pour leur apporter des victuailles qu'il se procure on ne sait comment, et ils ont la délicatesse de ne pas lui poser de questions. Il leur conseille de rester chez Angeline le plus longtemps possible. Personne n'est venu les inquiéter, ce qui est très bon signe. Quelques autres familles tiennent le coup chez elles. À cause de sa jambe, Will ne peut pas aller bien loin. Le chauffeur d'Angeline s'arrange pour rapporter le journal quand il peut, et les nouvelles ne sont pas gaies : l'avance des Japonais est non seulement inexorable mais aussi d'une rapidité stupéfiante.

– Je trouve incroyable qu'ils arrivent encore à imprimer le journal tous les jours, commente Angeline.

Elle n'a pas pris de bain depuis plusieurs jours et commence à sentir. Elle ne sait pas où est son mari. La dernière fois qu'il a donné signe de vie, c'était il y a une semaine : il était aux côtés des Volontaires sur le Mount Nicholson.

– On devrait aller au Repulse Bay, tu ne crois pas ? demande Trudy.

– C'est tellement bizarre pour moi, lui répond Will, d'être ici à me tourner les pouces pendant que les autres sont en train de se battre.

– Tu es blessé, voyons. Tu ne ferais que les gêner. Regarde, moi, je te supporte, mais uniquement parce que tu me tiens chaud la nuit. Je ne pense pas que les autres voudraient s'encombrer de toi.

Le lendemain, au réveil, le personnel s'est volatilisé. Trudy ne s'en étonne aucunement.

– Les rats quittent le navire. Ce qui m'étonne, en revanche, c'est que les chiens nous restent fidèles.

Elle se met à laver les assiettes laissées à tremper dans l'évier. Il se lève pour l'aider.

— Toi, assieds-toi, lui ordonne-t-elle. Ils ont tenu bon plus longtemps que je n'aurais cru. Angeline a toujours été infecte avec ses domestiques, même si elle les paye deux fois plus que le tarif en vigueur.

— Au fait, qu'est-il arrivé à Ah Lok et Mei Sing ? s'informe Will, se souvenant tout à coup du couple de bonnes de Trudy.

— Je leur ai dit qu'elles devaient partir, mais comme elles s'obstinaient à rester, j'ai fini par m'enfermer dans l'appartement et j'ai attendu qu'elles se découragent et s'en aillent. Il y a eu des pleurs et des grincements de dents – tu les connais. Elles ont de la famille, j'en suis sûre, et seront plus en sécurité auprès d'eux qu'avec moi.

— C'est toi leur famille, Trudy.

— Mais non, pas vraiment. Et ce serait beaucoup plus risqué pour elles d'être avec moi. Une fois qu'elles se seront fondues dans la foule, personne n'ira les embêter. C'est à moi qu'ils vont s'intéresser, parce que je traîne avec vous autres, les étrangers.

— Ça a dû être très dur de les renvoyer de force, dit-il en avançant sa main vers la sienne.

Elle le repousse d'un geste.

— Pas du tout. Will, s'il te plaît, pas de sensiblerie. Je ne le supporterais pas.

— Quel jour sommes-nous ?

— Presque Noël. Le 20, je crois. (Elle a l'air mélancolique.) Normalement, à cette époque de l'année il y a des fêtes tous les soirs… Will ?

— Trudy.

— Il y a certaines choses que j'ai été obligée de cacher, mais je voudrais que tu saches où. S'il m'arrive malheur, tu les récupéreras.

— Comme quoi ?

— De l'argent, beaucoup d'argent, que mon père m'a donné avant de partir pour Macao, et des bijoux. Le tout vaut une très grosse somme… de quoi vivre pendant des années.

— J'en prendrai bonne note, mais je n'en ai pas besoin, si c'est ce que tu sous-entends. Je n'ai pas besoin de plus.

— Et j'ai loué un coffre à la banque, la banque principale. Deux personnes en dehors de moi y ont accès. J'ai donné leur nom. Toi et Dominick. Le seul problème, c'est que vous devez signer tous les deux, à moins que l'un de vous soit mort. C'est une bonne raison pour vous entendre. Quoique je ne sache pas comment cela se passe en temps de guerre. Il y a une clef. Elle est dans le pot qui est sur le rebord de la fenêtre de ma chambre, chez moi, dans mon appartement. Je l'ai rentré à l'intérieur et il y a seulement de la terre dedans. La clef est cachée tout au fond, il faut creuser. Bon, mais même si tu ne la trouves pas, il y a toujours moyen d'ouvrir le coffre… cela prendra seulement un peu plus de temps. La paperasse, tu comprends.

— C'est noté.

— Il ne faut pas que tu oublies. C'est vrai, il ne faut pas !

À cet instant, Angeline surgit de sa chambre à coucher en robe de chambre. Ils lui annoncent la disparition des domestiques. Elle se laisse tomber dans un fauteuil.

— Cela me dépasse, répète-t-elle plusieurs fois.

Puis :

— Ils étaient avec moi depuis des années.

Et enfin, reprenant soudain son sens pratique :

— Ils ont emporté des choses ?

Ils n'ont pas pensé à vérifier. Dans le garde-manger, ils retrouvent leurs maigres réserves – riz, pommes de terre, oignons, farine, sucre, quelques pommes – intactes.

— Les domestiques n'ont décidément pas de chance, fait observer Will. Ils sont toujours les derniers à qui on dit merci, et les premiers qu'on accuse.

Angeline rétorque :

— Quand il s'agit de se maintenir en vie… Cela m'étonne qu'ils n'aient rien volé. À leur place, je n'aurais pas hésité.

— Buvons quelque chose, propose Trudy.

— Ce sont les mots les plus sages que j'aie entendus cette semaine dans ta bouche, la complimente Will.

Il va chercher une bouteille de scotch – au moins ils ne risquent pas d'être à court de whisky. Ils se versent à boire, allument la radio. Une voix lit un appel de Churchill. « Les yeux du monde vous regardent. Nous comptons sur vous pour résister jusqu'au bout. L'honneur de l'empire est entre vos mains. »

— Ils nous abandonnent, déclare Trudy. Ils ne vont pas lever le petit doigt pour venir à notre secours. Qu'est-ce que Churchill et ces foutus Anglais croient que nous pouvons faire ?

Ses yeux sont durs, presque vitreux. Mais Will voit qu'ils sont aussi embués de larmes.

Chaque jour, des tracts tombent du ciel largués par des avions nippons qui bourdonnent au-dessus de leurs têtes en vomissant leur littérature de propagande sur la colonie, enjoignant les Chinois et les Indiens à ne pas se battre et à se rallier aux Japonais dans une « sphère de coprospérité de la Plus Grande Asie Orientale ». Ils les ramassent dès qu'ils tombent à terre, puis en font des piles, si bien que le matin de Noël Trudy se réveille en déclarant qu'ils devraient en faire du papier peint. Dans leurs robes de chambre, ils passent des chants de Noël sur le phonographe, se préparent des grogs et, dans un fol accès de prodigalité festive, terminent le fond de farine pour se faire des crêpes et de la colle afin de tapisser les murs de tracts nippons : un geste de dérision lugubre. Sur l'un d'eux, un dessin d'une Chinoise assise sur les genoux d'un gros Anglais avec une légende, en caractères chinois déchiffrés par Trudy, « Les Anglais violent vos femmes depuis des années, il faut que cela cesse », ou quelque chose de la même eau.

— Mmm, dit-elle. Tu nous trouves ressemblants ?...

Elle s'assied sur ses genoux, se pend à son cou, bat des cils.

— Siou plaît, sir, vous payer un p'tit coup ?

— Mais non, c'est Frederick et moi, enchérit Angeline. Regarde comme cet Anglais est enrobé.

C'est la première fois depuis des jours qu'elle mentionne son mari.

Sur un autre tract, deux Asiatiques se font face et échangent une poignée de main.

— « Les Japonais et les Chinois sont des frères. Ne vous battez pas. Soyez avec nous », traduit Angeline.

— Ils ont l'air d'avoir oublié Nankin, fait remarquer Trudy. Ils n'étaient pas si fraternels, il me semble.

— Je me sens... oppressée, se plaint Angeline. Tu ne crois pas qu'on devrait dénoncer Will, ma chérie ?

— À mon avis, ce type-là, c'est Dominick, dit Will en indiquant du doigt un Chinois sur le tract.

— Ce n'est pas un sujet de plaisanterie, repartit Trudy avec une moue dédaigneuse. Comment crois-tu que nous nous procurons autant de nourriture ? Dommie s'occupe de nous, et au point où nous en sommes, j'avoue que je me fiche bien de la façon dont il s'y prend.

— Bon, j'ai compris, mais cela ne signifie pas que je suis d'accord, dit Will. Pourquoi ces satanés tracts sont-ils si grossiers et méchants ?

Ils entendent le bruit d'une voiture qui remonte la ruelle. Leurs épaules se tendent. Trudy court à la fenêtre et écarte prudemment le rideau.

— Dommie ! s'écrie-t-elle avec soulagement en s'élançant vers la porte d'entrée.

— Quand on parle du diable, soupire Will en s'asseyant.

Dominick entre en déroulant l'écharpe qui lui réchauffe le cou.

— Joyeux Noël et tous mes vœux, dit-il, l'œil toujours languide en dépit des hostilités.

— Joyeux Noël à toi aussi, lui lance Will.

— Je vous ai apporté quelques petites gâteries pour les fêtes.

Il extirpe de son panier comme des trophées le *South China Morning Post*, du jambon de canard en boîte, un paquet de riz, une miche de pain, deux pots de confiture de fraise et un cake. Les deux femmes applaudissent comme des enfants.

— Tu peux nous préparer un festin avec tout ça, Trudy ? lance Dominick.

Il s'étale dans un fauteuil et dispose élégamment ses jambes et ses bras autour de lui, tel un fauve de retour de la chasse.

— Je ne sais pas faire la cuisine, tu le sais bien, proteste Trudy en s'emparant vivement du journal. « Jour de fête », lit-elle à voix haute. C'est le gros titre. « De toute son histoire, Hong-Kong n'a jamais connu de Noël aussi étrange, d'une austérité jamais... »

— On dirait que Hong-Kong n'existait pas avant l'arrivée des Anglais, coupe Dominick.

— Tais-toi, je lis, grommelle Trudy. « Les modestes célébrations organisées pour aujourd'hui manqueront d'éclat… Un incident plaisant s'est produit au Parisian Grill peu avant l'heure de la fermeture hier soir, quand un Volontaire qui se trouve être pianiste, entré pour manger un morceau avant de reprendre son poste de combat, a joué des airs bien connus repris en chœur par toutes les personnes présentes. »

Elle lève les yeux avant d'ajouter :

— Il y a du monde au Grill et je n'en suis pas ? Ça c'est la meilleure ! Je suis cloîtrée sur le Peak alors qu'il y en a d'autres qui s'amusent ? Tu es sorti, Dommie ? Tu oses sortir sans moi !

— Trudy, il ne fait pas bon mettre le nez dehors pour les femmes en ce moment. Il vaut mieux que tu restes cachée ici, bien en sécurité. Bon, maintenant, tu peux raccommoder mon pantalon et me préparer mon repas.

Elle lui jette le journal à la figure.

— Quelles sont les nouvelles ? demande Will.

— Pas formidables pour l'Angleterre, répond Dominick d'un ton neutre. Les Britanniques ne font pas le poids. Les Japonais sont bien supérieurs en effectifs et en puissance de feu. Ils ont déjà envahi l'île. Ça grouille de Japs dans tous les coins. L'attaque s'est produite la nuit du 18. L'armée britannique ne s'appuie plus que sur les Volontaires, qui ne sont même pas de vrais soldats et qui ne savent pas quoi faire. D'autant que la chaîne de commandement ne fonctionne plus très bien. Et puis il y a le paludisme, qui commence à faire des ravages.

Will note que Dominique prend soin de ne pas se solidariser avec l'Angleterre.

— Si je comprends bien, nous sommes dans le pétrin, commente Will.

— Oui, repartit Dominique sans s'émouvoir. Vous êtes dans un fichu pétrin. À mon avis, ce n'est plus qu'une question de jours. Le gouverneur est un âne. Il a rejeté une proposition de cessez-le-feu en proclamant la supériorité britannique. Ce type joue l'autruche. J'ai eu des informations par notre cousin Victor, qui est toujours au courant de tout. Il est encore chez lui…

— Tu veux des crêpes ? interrompt Trudy.

— Non merci, dit Dominick. Je ne peux pas rester longtemps.

— Que fais-tu de tes journées ? s'enquiert Angeline. Je veux dire, quand tu n'es pas en train de chercher de quoi nous nourrir.

— Vous ne pouvez pas imaginer tout ce qui se passe dehors. Vous êtes bien tranquilles ici dans votre bunker douillet. En ville, partout, c'est horrible. Je fais de mon mieux pour garder la tête hors de l'eau.

Dominick a un visage lisse et frais, des yeux d'onyx noir. Will, bien malgré lui, le trouve très beau.

— Si nous apprenons la reddition, déclare Will, nous partirons, car je suppose que le Peak sera le premier quartier à être mis à sac.

— Et au premier uniforme que vous voyez dans la rue, n'hésitez pas une seconde, fuyez ! confirme Dominick.

— Y a-t-il autre chose que nous puissions faire ? interroge Angeline.

— Non, pas vraiment. Vous avez de l'argent, n'est-ce pas ? Au pire, réfugiez-vous dans un hôpital, c'est l'endroit le plus sûr. Vous savez où ils se trouvent. Il y a aussi l'usine de la Britannic

Mineral Water Works à Kowloon qui a été convertie en un abri temporaire. Mais faut-il encore arriver jusqu'au port. À la réflexion, il est préférable de rester sur l'île. Une coutume nippone veut qu'après une victoire les soldats soient autorisés à trois jours de totale liberté. Ils ont le droit de faire tout ce qu'ils veulent. Je pense que c'est la période la plus dangereuse. Efforcez-vous de rester à l'intérieur.

Dominick marque un temps de pause et ajoute en regardant Will :

— Ce qui me fait penser que j'ai un cadeau de Noël pour toi.

Il sort pour aller à sa voiture et revient avec une canne, splendide, en noyer poli, à la poignée de cuivre.

— Désolé, je n'ai pas eu le temps de l'emballer. Mais je me suis dit que tu serais content de l'avoir. (Il esquisse un sourire en coin en tendant la canne à Will.) Tiens, mon vieux.

— Merci, dit Will.

Il la suspend au bras du fauteuil qu'il occupe.

— Et moi alors ? proteste Trudy. Il n'y a rien pour moi ?

— Cette canne est comme tombée du ciel, l'informe Dominick. Elle m'a accroché l'œil sur le marché noir, et j'avais tout juste assez pour la payer. Elle ne m'a pas coûté cher. Sans doute les cannes ne sont pas trop en demande en temps de guerre.

— Ça, c'est drôle, commente Will. J'aurais cru tout le contraire, vu le nombre d'infirmes qu'elle produit à la pelle.

— A priori, je serais d'accord avec toi.

Trudy change de sujet :

— D'après le toubib, Will ne gardera pas de séquelles. Il n'aura plus besoin de canne dans quelques semaines, c'est vrai, n'est-ce pas, Will ? On s'en servira pour remuer les bûches dans la cheminée.

Après le départ de Dominick, ils demeurent silencieux, en proie à une sensation de vide. Il fait froid. Le soir tombe.

— Mets donc un disque, dit Angeline. J'ai envie d'entendre de la musique et de danser, et de me sentir normale.

— Et à boire ! enchérit Trudy. C'est Noël, après tout !

Elle va chercher des verres propres, elle allume des bougies, elle dispose sur la table canard, pain, confiture. Ah ! comme il est bon, leur dîner de Noël, le whisky réchauffant leurs joues et leurs cœurs.

Trudy et Angeline dansent, le phonographe égrène des chants de Noël. Will applaudit, remplit leurs verres. Ils boivent et dansent dans le salon frisquet de la vieille demeure d'Angeline aux lueurs crépusculaires, jusqu'au moment où, totalement ivres, ils se dirigent en titubant vers les chambres et s'écroulent. Au lit, Trudy est gentille avec Will, ses mains et sa bouche le caressent partout, tant et si bien qu'il oublie son genou douloureux et le plafond qui tournoie au-dessus d'eux. Noël 1941. Un jour mélancolique, passé dans une atmosphère d'expectative inquiète. Jamais il ne l'oubliera.

Le lendemain matin, Angeline frappe à leur porte. Will ouvre, vaseux, avec un goût de torchon humide dans la bouche. Bizarrement, Angeline garde son bras en l'air, comme si elle avait été changée en pierre.

— Bonjour, lui dit-il en songeant qu'il ne l'a jamais vue aussi pâle.

— Bonjour. Ça y est. C'est fini. Je viens de l'entendre à la radio. On a capitulé.

Le 26 décembre 1941

Trudy tient à tout prix à retrouver Dominick. « Il saura ce qu'il faut faire », ne se lasse-t-elle pas de répéter.

— Restons ici tant que c'est encore possible, propose Will qui s'efforce de la calmer. Cela finira par s'arranger. Les Japonais ne peuvent pas gagner contre l'Angleterre, l'Amérique, la Hollande et la Chine. C'est une question de temps.

— Ça t'embête que je descende en ville pour voir si je tombe sur lui ? À moins que j'essaye de joindre Victor, enchaîne-t-elle, têtue. Toi, il vaut mieux que tu restes ici.

— Je te ralentirais, je sais, concède-t-il, sachant que Trudy est sourde à tout appel à la raison. Mais tu ne sais même pas par où commencer à chercher. Tu ne les trouveras ni l'un ni l'autre. Reste donc ici tranquille et attends la suite. On va s'en sortir, tu vas voir.

Elle se tourne vers lui, le visage décomposé.

— Et en attendant ? lui crache-t-elle presque à la figure. Qu'est-ce que tu crois que nous devrions faire pendant que les Japs font tout et n'importe quoi à n'importe qui ? Ils vont pulluler partout, ces sales fourmis de Japs. Qu'est-ce que tu crois que l'Amérique et la Hollande et cette bonne vieille Angleterre vont faire ? Tu crois que tu peux m'aider ? Avec ta jambe ? On n'a pas le choix.

Après un instant d'hésitation, il la prend par une épaule et de son autre main la gifle.

— Calme-toi. Tu es hystérique.

Elle s'effondre par terre, en larmes.

— Will, dit-elle à travers ses doigts. Oh ! Will. Qu'est-ce qu'on va devenir ?

Il se lève péniblement et pose un genou à côté d'elle.

— Trudy, ma chérie. Je vais m'occuper de toi, malgré ma mauvaise jambe, malgré cette satanée blessure. Je te le jure.

Un peu plus tard, alors qu'il lui a fait couler un bain et apporté un verre de scotch, quelqu'un frappe. Les femmes étant à l'étage, il se dirige vers la porte et vérifie qui est là avant d'ouvrir. Un blond en uniforme de soldat.

— Qui est là ? s'écrie Will.

— S'il vous plaît, sir. Je m'appelle Ned Young, des Winnipeg Grenadiers. Je suis canadien.

Il ouvre.

— Entrez. Vous êtes blessé ? Vous êtes seul ? Qu'est-ce que vous fichez dans ces parages ?

— J'étais dans ce camion avec les autres, et j'ai réussi à sauter en route. Depuis, je cogne à toutes les portes.

Le soldat est à peine sorti de l'adolescence. Boutonneux. Son pantalon est souillé, et il ne sent pas la rose.

— Tu as mangé ?

— Rien ces derniers jours, sir.

Il réussit à avoir l'air à la fois poli et affamé.

— Tiens, assieds-toi dans la salle à manger. Je vais aller te chercher quelque chose…

Il prend une assiette, y empile du pain et les reliefs du canard. Il y a de la bière. Il en ouvre une. Remplit aussi un verre d'eau. Le garçon se jette dessus. Il n'a pas la bouche assez grande.

— Il y en a encore. Ne t'inquiète pas, dit Will. Tu n'auras plus faim après ça.

— C'était horrible là-bas, dit le garçon, la bouche pleine, en pleurs. Horrible ! Nous étions dans la montagne, dans des tranchées.

— Ne parle pas. Mange et essaye de te détendre.

Comme s'il était sourd, le garçon poursuit :

— J'ai vu mon pote… ses entrailles… il est encore en vie. Il me parle, et ses entrailles… et l'odeur… elles cuisaient. Ses entrailles cuisaient. Une odeur de rôti. J'ai vu une femme la tête arrachée, avec son enfant assis à côté d'elle, nu, le dos couvert de merde et de mouches. On a été obligés de l'abandonner. Ils nous ont pas permis d'emmener l'enfant. J'ai jamais vu ça. C'est pas ce qu'on nous avait dit, il y a un mois à la base en Jamaïque où on a reçu notre entraînement. On mangeait des bananes en pensant à rien. Ils nous ont dit qu'on ne verrait pas le feu une fois ici. (Il pleure sans discontinuer, mais sans cesser pour autant de manger.) Et je n'ai rien eu à boire pendant des jours et des jours. J'avais envie de crever. Pourtant j'ai sauté de ce camion. Parce que j'ai vu comment ces Japs vous traitent. C'est pas des êtres humains, ce qu'ils font aux autres. C'est pas humain. Je les ai vus arracher un bébé du ventre de sa mère. Je les ai vus couper des têtes et les planter sur des piquets de barrière.

Angeline entre à ce moment-là.

— Qui donc… ?

Le garçon se lève d'un bond, toujours en pleurs, toujours mastiquant.

— Bonjour, Madame. Je m'appelle Ned. Ned Young, de Winnipeg.

— Je vois, dit Angeline, qui s'assied.

Will apprécie pour une fois sa sophistication un peu apprêtée qui, Dieu sait, avait pourtant eu le don de l'irriter en temps de paix.

— Ned Young, répète Angeline après le jeune Canadien. Où étais-tu ? As-tu vu des Volontaires ?

— On a perdu. On a capitulé. J'ai vu que des Japs. Ils ont un matériel incroyable. Des chaussures de marche, des ceintures avec des aliments lyophilisés et des cartes d'état-major. Nous on n'avait rien de tout ça. Nous, on nous a donné du rhum pour le petit déjeuner. Nous, on nous a déposés sur l'île il y a des semaines en nous disant que nous allions avoir le temps de nous entraîner sur le terrain.

— Qu'as-tu vu en ville ?

Ils ont soif de nouvelles ; le Canadien a soif de réconfort.

— Il y a des émeutes, des morts. Ça pue partout, ça donne envie de mourir. C'est terrible, cette odeur, et les gens, ils sont terrifiés. Et il y a les salauds qui en profitent pour voler et mettre le feu. Ils en profitent avant que les Japs fassent main basse sur ce qui reste.

— Tu vas te reposer, Ned, lui dit Will, comprenant que ce garçon ne leur sera d'aucune utilité, du moins dans cet état. Tu vas prendre un bain et dormir. Il y a un lit en haut. On te réveillera s'il le faut.

Angeline le conduit dans une chambre du haut. Quand elle redescend, Will éprouve le besoin de sortir respirer un peu d'air frais. Les récits du garçon ont fait pénétrer des visions d'horreur entre ces murs.

— Je sors, annonce Will. Ma jambe va mieux, et je vais voir ce qui se passe. Je deviens fou enfermé ici.

— Très bien, opine Angeline. Mais ne va pas trop loin. Trudy te réclamera à son réveil.

Le ciel est toujours bleu, des oiseaux gazouillent doucement. Hormis une volute de fumée çà et là, le quartier est tranquille, beau comme jamais, avec ses larges rues pavées et ses haies vertes parfaitement taillées. En se tenant derrière un garde-fou qui bloque l'accès au bord de la falaise, il contemple Hong-Kong qui s'étale à ses pieds. Et un peu plus loin les eaux du port qui chatoient sous l'azur. Tout est si calme : il entend le bruit de sa propre respiration.

— C'est l'heure exquise, articule-t-il, en s'étonnant d'avoir parlé à haute voix.

Il retrouve Trudy et Angeline à la cuisine, occupées à vider les bouteilles de whisky dans l'évier.

— Ne te fais pas de souci, on s'est beurrées d'abord. Et on en a gardé pour toi et ton nouveau copain, le jeune Ned Young.

— Qu'est-ce qu'il y a de pire qu'un Jap ? Un Jap soûl. N'est-ce pas ? Ne jette pas les bouteilles vides. Elles pourraient nous être utiles.

— On a réfléchi, Will, commence Trudy, et on pense que le mieux c'est de rester ici puisqu'on n'a nulle part ailleurs où aller, mais nous pensons aussi que toi et Ned vous devriez rester cachés. On voit bien que vous n'êtes pas chinois. À moins qu'il soit nécessaire de venir à notre rescousse. Angeline et moi, on se ferait passer pour les domestiques de la maison. Peut-être nous laisseront-ils tranquilles.

Will penche la tête sur le côté :

— Ah bon ? Tu brosses là un scénario riche en situations comiques, en effet, mais je ne crois pas que ce soit une bonne idée.

— Je sais que cela semble dingue, mais où irions-nous ? À ton avis, qu'est-ce qu'on devrait faire ?

— On pourrait descendre en ville voir ce que font les autres.

— Mais on risque de ne pas trouver d'endroit où dormir, et rien à manger.

— Eh bien, dit Will. Mettons que nous prenions la voiture de bonne heure demain matin et que nous descendions à Central pour voir ce qui s'y passe. Ensuite, il nous suffira de remonter ici.

— Tous ?

— Ned ne devrait pas bouger, après ce qu'il a traversé, mais toi et Angeline, venez si vous voulez.

Le lendemain, ils s'entassent à quatre dans la voiture, car Ned n'a pas voulu qu'ils le laissent tout seul dans la maison. Propre à présent, il est attifé de vêtements prélevés dans la garde-robe de Frederick. Son visage enfantin émerge d'une chemise à l'étoffe diaprée tandis que sa taille mince est épaissie par les bourrelets d'un pantalon taillé pour accueillir une bedaine plus imposante, bourrelets qu'il a serrés tant bien que mal au moyen d'une ceinture en crocodile.

La route descend en lacet des hauteurs de la ville, et aux virages ils aperçoivent brièvement le port et le quartier de Central, étrangement semblables à eux-mêmes, sauf qu'il n'y a pas de voiture. Une fois en bas, devant les immeubles vides, dans les avenues désertes, ils se taisent.

— Allons au Gloucester, finit par dire Trudy. Il y aura sûrement du monde.

Ils se garent et descendent à pied Connaught Road. Ned touche la main de Will et fait un signe. Entre deux immeubles, un cadavre d'homme, recroquevillé sur lui-même, les habits couverts de sang. Ils passent en silence.

— C'est horriblement silencieux, murmure Trudy.

— Pas une seule voiture, personne, opine Will.

Mais l'intérieur du Gloucester est plein à craquer. Jamais ils n'ont vu une foule pareille dans le hall de ce palace. Les gens dorment sur les canapés, sur le marbre du sol, derrière la rangée de plantes en pot soigneusement repoussées et alignées sur un seul côté, telle une haie verdoyante limitant cet étrange camp de réfugiés. Des grooms en livrée s'affairent avec leurs plateaux en argent, servant du café à cette clientèle peu orthodoxe avec une bonne volonté remarquable.

— Tiens ! Delia Ho ! s'écrie Trudy. Moi qui la croyais partie pour la Chine. Et voilà Anson et Carol. Et Edwina Storch avec Mary. Le monde entier est ici !

On entoure les nouveaux venus, leur demandant où ils étaient passés, qu'ont-ils vu ?

— On ne peut pas vous aider, dit Angeline. On se cachait chez moi.

— Sans être dérangés ? s'informe un Américain.

— Tout à fait, confirme Trudy. Mais on a mangé comme des chiens. Il y a de la nourriture ici ?

Il n'y a pas grand-chose, hélas ! L'hôtel fait tout son possible pour nourrir ses hôtes avec ce qu'il reste dans les réserves. Trudy s'assied à côté de Delia qui lui propose de partager son riz au lait. Elle en donne quelques cuillerées à Will, puis voyant que Ned est parti se terrer dans un coin, elle l'appelle pour lui signaler qu'il y en a pour lui aussi.

— Le café est infect. Ils l'ont préparé avec l'eau des puits.

— Que se passe-t-il ? demande Will à Dick Gubbins, un businessman américain qui, avant les derniers événements, était toujours au courant de tout.

— J'étais à l'American Club, je suis venu ici pour voir si je pouvais apprendre quelque chose. Ils ont commencé à tout saccager pour célébrer leur victoire. Mitzy, la vieille chouette qui tenait le magasin d'antiquités sur Carnavon Road, a été poignardée par un soldat ivre pour trois fois rien, parce qu'elle ne lui a pas tendu son sac assez vite, ou je ne sais quoi. (Il baisse d'un ton :) Et tu sais comment ça a tourné à l'hôpital…

— Non.

— C'est épouvantable. Pire que des sauvages, des bêtes, tout simplement. Les sœurs ont été violées, les infirmières aussi, les médecins passés à la baïonnette dès qu'ils tentaient de s'interposer. Il leur est en principe interdit de toucher au personnel médical, mais tu penses, va dire ça à une meute assoiffée de sang. Drew McNamara y est allé pour essayer de nettoyer le carnage et arrêter les responsables, mais comment faire dans un tel chaos? Selon la loi internationale, la police est censée être en mesure de maintenir l'ordre, mais la vieille police de Hong-Kong, tu penses… Je n'ai pas vu beaucoup de flics d'ailleurs. C'est de la folie là-bas, je te dis. Les Japonais se servent des gardiens de la paix britanniques pour monter la garde devant leur consulat. Je ne pense pas qu'ils ont le sens de l'ironie.

« Les Chinois et les Indiens devraient pouvoir circuler librement. Le cousin de Trudy, Victor Chen, tu sais. Il fait du bon boulot en jouant les intermédiaires dans l'espoir de réduire la violence et les pillages. Les Européens des pays neutres ne devraient pas être embêtés, mais on ne sait jamais. Les Japs ont réclamé des prostituées, alors qu'ils ont déjà fait main basse sur les bordels de Wanchai. Avec un peu de chance, ça va les fatiguer un peu. Si tu tombes sur un de ces ivrognes fous à lier, il va faire des moulinets avec son sabre et tant pis s'il te coupe la tête. Ils réclament à tout le monde de l'argent, des montres, des bijoux. Normalement, ils doivent organiser une parade pour la victoire le 29.

— Sait-on ce qu'ils comptent faire de nous ?

— Non. Mais si tu peux aller en Chine, à ta place je n'hésiterais pas. J'essaye moi-même de trouver un moyen de passer, pour moi et quelques-uns de mes hommes, en fait.

— Je ne comprends pas pourquoi Trudy ne part pas.

— Et tu devrais partir aussi, mon gaillard. Il n'y a rien pour toi ici, si ? Écoute, je te souhaite bonne chance, et quand tout cela sera terminé on trinquera, d'accord ? Téléphone-moi si tu passes un jour par New York.

Ils échangent une poignée de main, puis Gubbins s'éloigne en laissant dans son sillage un parfum bien américain de prospérité et de confiance en l'avenir.

Trudy s'approche de Will.

— Tu te souviens de Sophie Biggs et de son mari. Tu sais, on est allés à une fête chez eux, il n'y a pas longtemps, lui dit-elle. Eh bien, son mari parle un peu le japonais et il a discuté avec quelques soldats dans la rue. Comme ils ont estimé qu'il leur manquait de respect, ils lui ont tiré dans le genou. Et encore, il a eu de la chance, d'après Sophie. Il n'est pas très en forme, parce que les hôpitaux ont été bombardés et n'ont plus de personnel. Delia dit qu'ils vont bientôt installer des barrages militaires, on ne pourra plus franchir ces postes de contrôle sans laissez-passer. Tu crois qu'on devrait remonter chercher nos affaires ? Ou c'est mieux de rester là-haut ? C'est plus convivial ici, je trouve. Je deviens folle dans notre casemate sur le Peak.

— Je pense que ce serait plus agréable en effet d'emménager en ville. Mais il n'y a pas de place pour nous ici. Ce serait trop bête de dormir par terre alors que nous avons de bons lits qui nous attendent. Gardons nos forces pour la suite des événements. Qui sait quand nous pourrons dormir de nouveau en paix ?

— Donc à ton avis nous devrions rester chez Angeline ?

— Je ne vois pas où nous pourrions aller en ville. Et je ne vais certainement pas rester ici, déclare-t-il avec un geste circulaire. Cet endroit est une véritable poudrière. Ça risque de chauffer, et pas à cause des Japonais.

— Ah ! tu fais le cynique. Je croyais que c'était mon rayon. (Mais elle se garde de le contredire.) C'est drôle, on est en guerre, mais jusqu'ici on n'a fait qu'attendre qu'il arrive quelque chose.

— Tu n'as pas envie qu'il arrive quelque chose, Trudy. Nous voulons tous que la vie reste assommante et surtout qu'il ne se passe rien.

— Tu sais très bien ce que je veux dire. On reste enfermés à se regarder en chiens de faïence. C'est cela, la guerre ? Je me demande ce que Vivian Leigh fabrique à cette heure-ci ?

Il lui donne une petite tape sur les fesses en disant :

— Elle dort à poings fermés.

Edwina Storch s'approche, escortée de son amie Mary.

— Comment allez-vous, ma chère ? lance-t-elle à Trudy.

— Très bien, ma chérie. Et comment cela va pour vous tous ?

— On n'a pas à se plaindre. Il ne nous reste plus qu'à savoir à quelle sauce nous serons mangés.

— C'est comme avancer dans des sables mouvants, vous ne trouvez pas ? se risque Trudy.

— Mais vous, vous êtes de celles qui s'en tirent

toujours, rétorque Edwina d'un ton lourd de sous-entendus.

Trudy marque un temps, puis riposte gaiement :

— Vous aussi. Je parie que lorsque tout cela sera fini nous trinquerons toutes les deux au champagne.

— Je l'espère bien, dit Edwina. Vous êtes chez vous ?

— Non, chez Angeline, l'informe Trudy. Je ne sais pas si c'est la meilleure solution, mais c'est là où nous sommes.

— Bon, eh bien, je suis sûre qu'on se retrouvera bientôt.

— Je l'espère bien, rétorque Trudy en souriant.

Après le départ des deux femmes, Trudy fait une grimace à Will et lui tire la langue.

Ils récupèrent Ned et Angeline. Trudy embrasse toutes les joues à la ronde, puis en remontant la rue à pied jusqu'à leur voiture, ils sont stoppés par un étalage qui vient de se matérialiser devant eux, comme surgi de nulle part. Il y a du riz, du *choi sam*, qui est du chou chinois, et des ramboutans, le tout à des prix faramineux. Ils gagnent enfin leur voiture et roulent sur le chemin du retour avec la plus grande prudence en évitant les grandes artères, avec l'impression de former une nouvelle famille, une famille d'étranges orphelins.

Le courant est coupé la veille du nouvel an. Will a effectué avec la voiture plusieurs sauts rapides en ville afin de glaner quelques informations et des victuailles, en faisant de son mieux pour ne pas tomber sur des Japs. Et tout s'est bien passé, sauf un jour où Ned et lui, très fiers de leur exploit, remontaient avec un sac de riz, des graines de melon et du corned-beef. Un soldat nippon surgit brusquement devant la voiture et leur fit signe de s'arrêter. Will sentit son sang se glacer dans ses veines.

— N'ouvre pas la bouche, recommanda-t-il à Ned.

Le soldat leur ordonna d'ouvrir le coffre. Il contempla le sac de riz, puis il les regarda et leur signifia de sortir de la voiture. En agitant le canon de son fusil, il leur fit comprendre qu'ils devaient vider leurs poches et ôter leurs bracelets-montres.

— Américains ? brailla-t-il.

— Anglais.

Le soldat éclata de rire. Vingt-deux ans tout au plus. Un visage large, candide.

— Nous gagner ! s'exclama le soldat en remontant sa manche pour révéler cinq bracelets-montres à son bras pâle.

Que pouvaient-ils dire ? Le type leur prit leur argent, leurs montres, le riz et le corned-beef. Will et Ned remontèrent dans la voiture et rentrèrent. Ils estimaient qu'ils avaient eu de la chance.

La veille du nouvel an, Will se réveille, appuie sur l'interrupteur : rien. Plus d'électricité. Le téléphone marche par intermittence.

Trudy refuse d'accueillir cette nouvelle avec une mine d'enterrement.

— Qui a besoin de tous ces gadgets ? dit-elle. Ils ne donnent que plus de travail. Et tout est tellement plus joli à la lumière des bougies... (Une pause.) Je pense qu'on devrait organiser une fête. Une vraie bombance de nouvel an, et inviter tous ceux qui campent comme nous sur le Peak. Je vais voir qui je peux trouver et on va se préparer un pique-nique à tout casser !

Dans la même rue qu'eux, il y a les Miller, des Américains ; ils sont six en tout, plus six ou sept domestiques : deux ou trois amahs, une amah-nounou, une cuisinière, un houseboy et un jardinier. Ils passent de temps en temps pour leur communiquer une information ou simplement pour bavarder un peu. Trudy et Will se rendent chez eux pour les inviter et insistent pour qu'ils amènent tout le monde, serviteurs et bébé compris.

— Ils n'auront qu'à rester dans la cuisine et participer de loin. Je ne vous conseille pas de les laisser tout seuls… vous risquez de ne plus les trouver en rentrant !

Les Miller sont un peu interloqués, mais ils acceptent d'apporter ce qu'ils peuvent et de faire circuler l'invitation.

Sur le chemin du retour, Trudy déclare :

— Cela me rappelle l'histoire du village à la soupe. Tu la connais ?

— Non, dit Will. Quel village ?

— Il y avait un village qui avait un chef, et ce chef souhaitait donner une grande fête autour d'une grande soupe commune. Il demande à chacun d'apporter quelque chose pour la soupe – un morceau de viande ou un légume ou ce qu'ils veulent. Mais comme tout le monde pensait que les autres allaient apporter quelque chose de bon, ils ont tous apporté un caillou, en se disant que personne ne remarquerait rien. Et en fin de compte, c'est bien cela la tragédie, la soupe n'était pas délicieuse du tout… (Elle s'interrompt.) Je ne sais pas pourquoi je te raconte cette histoire. Sauf que les habitants de ce village n'étaient sûrement pas chinois, car aucun Chinois ne montrerait si peu de respect pour la nourriture.

— Tu as peur que les Miller apportent des cailloux ?

— Mais non, espèce d'idiot. J'ai peur que les gens ne soient pas honorables.

La fête est réussie au-delà de leurs espérances. Sans que le mot ait été donné, comme d'un commun accord, ils se présentent tous vêtus de leurs plus beaux atours, comme s'ils cherchaient à rendre un dernier hommage au monde tel qu'ils le connaissaient. Ils convergent vers la maison d'Angeline, des phalènes attirées par la flamme d'une bougie, chargés de mets fins remontés de celliers secrets — une caisse de champagne (« Pourquoi pas ? lance le généreux mécène. Sinon il risque de finir dans la baignoire d'un Jap »), cinq poulets fraîchement égorgés, des sardines, un petit sac de riz, du cresson, du fromage, des bananes. Et comme on est encore à Hong-Kong, ils ont amené leurs domestiques pour préparer et servir toutes ces bonnes choses.

— Un vrai festin, déclare Trudy en examinant la table.

— La proverbiale table chargée de victuailles, prononce Will.

— Je n'irai pas jusque-là, mon chéri. (Elle dépose un baiser sur sa joue.) Tu n'as pas l'impression d'être en vacances ? Tu n'as pas besoin d'aller au bureau. Je n'ai pas besoin de faire semblant d'occuper mon temps. On est totalement libres.

Le jeune Ned Young, qui a pris de l'assurance, tire Will à part.

— Cette Trudy est incroyable, dit-il. Où tu l'as trouvée ? J'ai jamais vu une fille pareille.

Des messieurs en smoking et des dames en robe longue se prélassent dans les fauteuils, ou par terre, buvant de la bière ou du thé dans des gobelets de fortune – pots à confiture, boîtes de conserve – et grignotant des crackers et des sardines. Comme le phonographe ne marche pas sans électricité, certains se lèvent pour chanter ou jouer du piano. L'instrument est atrocement désaccordé, mais la musique est adorable, les voix charmantes.

Peu avant minuit, ils se rassemblent autour de la plus grosse chandelle du salon et comptent les secondes.

— Dix, neuf, commencent-ils.

Trudy les interrompt pour suggérer :

— Et si on prolongeait ce moment ? Et si on comptait jusqu'à cinquante ? Qu'est-ce qu'on a de mieux à faire ?

Comme cela convient à tous, ils recomptent :

— Cinquante, quarante-neuf, quarante-huit…

Et puis, un curieux phénomène se produit. À partir de trente-quatre, l'humeur se modifie. Ils ont tout à coup la sensation de progresser vers quelque chose d'important. Tandis qu'ils récitent les chiffres, leurs voix enflent, prennent de l'ampleur, s'imprègnent d'une sorte de détermination, de sorte qu'une fois dans les vingt, puis dans les dix, ils chantent à pleins poumons, comme s'ils entonnaient un chant guerrier. Arrivés à « cinq, quatre, trois, deux, un… », ils poussent des hourras et s'étreignent : ils ont réveillé leur courage. Les femmes s'essuient les yeux et les hommes se distribuent de grandes claques dans le dos.

— Bonne année, mon chéri, dit Trudy en embrassant Will. Pourvu que ce soit le pire nouvel an de notre vie.

Sur ces paroles, elle lève son verre et, s'adressant aux autres :

— Le moment est venu d'enterrer l'argenterie et de ranger le linge fin. Cela se terminera un jour, mais nul ne sait quand.

Les convives partent au petit jour, ou restent là, rivés aux nombreux canapés et fauteuils, pris entre la peur de sortir et l'envie de rentrer chez eux. Trudy est aux petits soins. Elle leur sert de l'eau, elle leur dit des mots gentils. Et finalement ils trouvent en eux la force de se lever, de secouer la torpeur de l'alcool et de se lancer dans la nuit, sous un ciel d'où peut fondre d'un instant à l'autre un bombardier nippon.

Le 4 janvier 1942

Quatre jours après le nouvel an, Trudy revient avec un tract à la main.

— Ils font des rafles, annonce-t-elle avant de lire à haute voix : « Depuis que les Japonais occupent Hong-Kong, les étrangers ressortissants de gouvernements ennemis ont bénéficié de l'autorisation de circuler dans presque tous les quartiers de la colonie » – quelle générosité ! Ensuite il y a un blabla sur les généraux et l'ordre militaire, puis : « Tous les civils ressortissants de pays ennemis sont appelés à se rassembler le 5 janvier sur la plaine des Manœuvres de la caserne Murray. » Tu as le droit de prendre tes effets personnels, mais ta maison est laissée à ta seule responsabilité. Les ennemis sont les Britanniques, les Américains, les Hollandais, les Panaméens et toute nationalité ayant eu le mauvais goût d'entrer en guerre contre nos occupants…

Elle lève les yeux et ajoute :

— Je crois que je m'en tire.

— Tu crois vraiment ?

— Tu vois bien, je n'appartiens à aucune de ces catégories. J'ai caché mon passeport britannique. Ils n'y verront que du feu. Ce n'est pas parce qu'on n'aime pas les origamis qu'on est en guerre contre les Japonais. Mais toi, il va falloir que tu y ailles, à moins que tu ne voies une autre solution ?… (Elle fronce les sourcils.) La Chine ? On peut essayer de te faire passer ?

— Non, je préfère rester à Hong-Kong, c'est mieux. Ils vont être obligés de se soumettre aux lois internationales. S'ils nous arrêtent, il faut qu'ils nous enregistrent et préviennent nos gouvernements… (Il hausse les épaules.) Reste le problème de Ned…

Pendant leur maigre repas, riz et chou cru salé, ils décident de faire passer le Canadien pour un Anglais.

— Tu n'as qu'à dire que tu as perdu ton passeport. Une bombe est tombée sur ta maison, ou quelque chose dans ce style. Reste la question de l'accent… Tu crois que les Japonais remarqueront ?

— Je pourrais faire semblant d'être américain ? suggère l'intéressé.

— Sauf qu'on ne connaît pas d'Américain disposé à te prendre sous son aile. Il vaut mieux que tu restes avec Will et que tu ne l'ouvres pas.

Trudy répète que, pour sa part, elle ne quittera pas Hong-Kong.

— Angeline, toi, tu peux aller avec Will et Ned, puisque Frederick est anglais. Tu comptes comme anglaise. Tu as ton certificat de mariage quelque part, non ? Je peux très bien me débrouiller toute seule sans toi. Beaucoup d'amis de ma famille m'ont proposé de m'héberger. Je ne serais pas seule.

Trudy caresse le bras de son amie.

— Je vais rester avec toi. Tu veux ? dit Angeline.

— Will, commence Trudy, pourquoi ne feindrais-tu pas de travailler pour le gouvernement ? Les fonctionnaires de la colonie ne sont pas obligés de se présenter à l'appel.

— Ma chérie. Rien n'est plus facile à vérifier. Et s'ils découvrent que je mens, ce sera pire.

— À ton avis, ils vont vraiment te retenir ? Ils ne vont pas simplement inscrire ton nom, te donner une petite tape sur l'épaule et te renvoyer chez toi ?

— Je pense que s'ils nous regroupent c'est pour nous garder. Sans doute organiseront-ils une espèce de camp de réfugiés, en attendant de savoir quoi faire de nous. J'ai entendu parler d'échanges collectifs entre gouvernements. Peut-être nous échangeront-ils contre des Japonais vivant dans d'autres pays. Mais comme tout cela a des chances de prendre un certain temps, il vaut mieux nous entendre sur un moyen de communiquer entre nous.

Après le déjeuner, Will et Trudy montent préparer une valise.

— Tu as besoin de quoi ? D'une brosse à dents, tiens… (Elle lui en donne une neuve.) De la poudre dentifrice. Les indispensables. Un peigne… Je n'aime pas quand tu es décoiffé. D'un autre côté, il ne faudrait pas que tu sois trop beau et que tu deviennes le chouchou de ces dames.

— Tu ne veux pas venir avec moi ?

La question lui brûle les lèvres depuis ce matin. Il est bouleversé à la pensée qu'il va la quitter. Cela fait des mois qu'ils se voient tous les jours et qu'il n'a pas passé plus de quelques heures sans respirer l'odeur de sa peau, de ses cheveux. Il trouve désormais toutes les autres femmes grotesques et fades — soit elles sont trop grasses, soit elles parlent trop fort, soit elles sont d'une lenteur exaspérante. Un après-midi, peu après son arrivée à Hong-Kong, Simonds et lui, de derrière leurs bureaux, avaient observé, comme hypnotisés, une petite scène triviale : Mlle Tsai, leur intendante, faisant bouillir de l'eau puis la versant dans un Thermos. Mlle Tsai était une femme d'une finesse extraordinaire. Elle portait des lunettes cerclées de fer. Ses cheveux coupés court étaient souvent luisants de graisse. Simonds s'était tourné vers lui – c'était avant sa rencontre avec Trudy – en disant : « Je ne comprends pas comment on peut trouver les Chinoises séduisantes. Elles sont tout en bras et en jambes, sans rien entre. » Will regrette que Simonds n'ait pas vu Trudy, n'ait pas pu apprécier son charme langoureux. Il avait donné sa démission du bureau à l'époque où il commençait à sortir avec Trudy, résolu à trouver la belle et pulpeuse Anglaise de ses rêves afin de fonder une famille. C'était sans doute une affaire entendue à cette heure. Will sait que, pour lui, elle serait trop ronde, trop exubérante, à côté de la silhouette longue et gracile de Trudy.

Elle réfléchit à sa question, quelques secondes seulement, puis se remet à préparer son bagage :

— Pourquoi irais-je m'enfermer dans une cage alors que rien ne m'y force ?

— Tu ne sais pas à quoi la vie va ressembler ici. Au moins dans un camp tu auras plusieurs repas par jour et un lit pour dormir.

Il ne se résout pas à la supplier ouvertement de venir rien que pour la garder auprès de lui. À la place, il lui présente sa proposition comme des vacances à bas prix.

Une fois la sacoche de Will terminée, elle se met à plier des vêtements dans la sienne.

— Je préfère tenter ma chance ici, dit-elle. Tu ne sais pas ce qui t'attend dans un camp. Les Japs sont parfois brutaux. Et puis ce sera bien pour toi d'avoir quelqu'un dehors. Je viendrai t'apporter des petits paquets et des nouvelles du monde. Le Lusitano

Club accueille les Portugais, même les métis comme moi. Ils ont des logements décents. Si les choses tournent mal, j'irai. Et Dommie s'occupera de moi.

– On pourrait se marier, propose-t-il. Je m'occuperai mieux de toi.

Elle lève les yeux. Son expression effraye Will par son impassibilité délibérée.

– Tu ne sais pas ce qui peut t'arriver. Au moins nous serons ensemble, insiste-t-il.

Elle continue à plier ses lainages. Ses gestes sont rapides et précis.

– Tu sais ce que les Chinois pensent des Anglais ? lance-t-elle peu après, comme s'il ne lui avait rien dit.

– Non, pas vraiment, j'espère seulement que Dominick n'est pas représentatif.

Trudy fait sonner son rire cristallin.

– Si, un peu, même s'il ne faut pas prendre les choses à la lettre. Ne sois pas trop dur avec lui. Il a ses raisons. Beaucoup de Chinois pensent que les Anglais sont mal élevés et arrogants quand ils se vantent de leur glorieux passé, alors que notre civilisation est tellement plus ancienne et plus admirable. Et puis ils sont radins. Je n'ai jamais vu un Anglais proposer de payer l'addition, alors que le plus pauvre des Chinois aurait honte de laisser quelqu'un d'autre casquer si c'était lui qui avait lancé l'invitation. C'est bizarre, tu ne trouves pas ? Je préfère de beaucoup nos usages. Nous autres Chinois, nous ne sommes pas idiots. Nous savons que la majorité des Anglais ne pourraient jamais se permettre le luxe de mener le même train de vie dans leur pays, et cela rien que parce que leur monnaie est plus forte que la nôtre. Ils se prennent pour les seigneurs et nous pour leurs serfs. N'empêche, chez eux, ils seraient des rien-du-tout. Ils vivent à tempérament, sous de fausses identités. Tu n'es pas très anglais, Will. Tu es la générosité même, et tu es aimable et modeste. Je suis tellement heureuse que tu ne sois pas comme tes compatriotes.

— Dis-moi, je ne sais pas si c'est un sujet de conversation qui convient en ces circonstances. Je veux dire, est-ce le moment ?

— Je sais, je sais, s'impatiente-t-elle, comme s'il était à côté de la plaque. Je veux juste dire que les gens d'ici se fichent pas mal de ce qui peut arriver aux Britanniques. D'un autre côté, ils n'aiment pas non plus les Japonais. Tout ce qu'ils veulent c'est qu'on leur fiche la paix. Ils veulent juste gagner un peu d'argent, recevoir un peu d'amour et mourir avec quelque chose dans le ventre. Voilà tout.

Il met toujours un certain temps à assimiler les raisonnements de Trudy, tant ils sont imprévisibles, comme sortis de la bouche d'une enfant, une enfant exceptionnellement douée. Will se rend compte alors de son degré d'intelligence. Et de son sens pratique. Il la regarde plier une robe du soir et, après une légère hésitation, un châle assorti.

— Tu as vu mes escarpins argentés ?

— Je ne savais même pas que tu en avais.

Il ne lui demande pas pourquoi elle estime utile de se munir d'une robe du soir en pleine guerre.

— Je regarde toujours devant moi, déclare brusquement Trudy, jamais en arrière. Je déteste les photos, les journaux intimes, les coupures de presse. Pour quoi faire ? Je ne comprends pas comment on peut tenir un journal, par exemple, quelle horreur !

Tant de véhémence, c'est surprenant.

— J'ai toujours tenu un carnet pendant mes voyages.

— Un carnet de voyage, c'est autre chose.

— J'y notais mes impressions, des descriptions des gens que je rencontrais.

— J'espère que je ne suis pas dedans.

Après un temps de pause, il réplique :

— Tu serais déçue.

— Les gens sont tellement horribles quelquefois, n'est-ce pas ? dit-elle. Si dans l'avenir nous ne sommes plus ensemble, ne pense pas à moi avec haine. Si tu ne peux pas te souvenir de moi avec tendresse, oublie-moi. C'est ce que j'essaye toujours de faire. Surtout ne pas juger. Et prendre en compte l'ensemble de la situation.

— Qu'est-ce que tu me chantes ? Tu me donnes le tournis à passer du coq à l'âne.

Elle aurait aussi bien pu lui donner un formidable coup de poing dans le ventre. Il est incapable de jouer les flegmatiques, mais il ne peut pas lui dire non plus ; ne me quitte pas.

— Si tu m'aimes, tu sais exactement qui je suis.

— Trudy, tu n'es pas cette personne. Je t'assure.

— Et toi, tu n'es pas stupide, mon amour… (Elle lui tend sa sacoche.) Tiens, te voilà fin prêt pour la grande aventure.

Sur la vaste étendue verte de la plaine des Manœuvres, il voit avec stupeur que les autres ont presque tous emporté d'énormes valises bourrées à craquer d'affaires au point qu'ils ont dû les ficeler solidement pour les fermer. Un rigolo a même pris ses clubs de golf. Les gens attendent assis sur leurs bagages en buvant du thé dans des Thermos, l'air hagard. Il y a aussi, ce qui est étonnant, accroupis à l'ombre, des Chinois aux épaules chargées de ballots rose et rouge.

Will a caché de l'argent dans son pantalon, ainsi que quelques anneaux et bracelets en or. Trudy l'a obligé à les prendre. « L'or, c'est ce qu'il y a de mieux. Les gens acceptent toujours l'or. » Sa voix flûtée carillonne encore à ses oreilles. À part ça, il n'a que sa petite sacoche, n'ayant emporté que l'essentiel. Ned est toujours accoutré des vêtements de Frederick que lui a donnés Angeline : le jeune Canadien a fait vibrer la fibre maternelle des deux femmes.

Trudy s'est arrêtée juste assez longtemps pour permettre à Will et à Ned de descendre de voiture. Après un léger baiser, elle a redémarré pied au plancher. Un adieu fait de vent. Il reste un moment figé sur place, Ned piétinant à ses côtés, manifestement mal à l'aise, puis il ramasse sa sacoche, embarrassé à l'idée que le jeune homme ait été témoin d'une scène de séparation aussi peu chaleureuse. Il reconnaît de loin les Trotter, les Arbogast. Il s'approche de Hugh Trotter et lui présente Ned, en expliquant sa situation.

— Ça sent le roussi, dit Hugh, sans paraître le moins du monde concerné par la situation délicate du jeune Canadien. Il paraît qu'à la banque ils brûlent des titres pour éviter qu'ils tombent entre de mauvaises mains.

— C'est très mauvais pour nous, opine Will.

— Tu sais qu'il y a deux jours ils ont créé de toutes pièces un gouvernement pour les civils chinois… Ils l'ont intitulé le Département civil de l'armée nippone et ils tentent de réorganiser les choses, le gaz, l'eau et l'électricité, pour que tout marche comme avant. Ils veulent que tout le monde retourne au travail, rouvre les boutiques. Sauf nous. Nous, nous sommes leurs prisonniers.

— Dans ce cas, pourquoi y a-t-il des Chinois ici ? s'étonne Will en balayant du regard la foule des autochtones. Ils ne vont quand même pas recenser la colonie tout entière ?

— Non, il s'agit d'un malentendu. Les Japonais ne se sont pas rendu compte que les Chinois de

Hong-Kong se considèrent comme des ressortissants britanniques. Comme ils sont arrivés en masse, c'est la panique, et ils ne savent pas quoi en faire. Je crois qu'ils ne veulent que les *gweilos*, pardonne-moi l'expression. Les Chinois, si tu veux mon avis, ne vont pas tarder à rentrer chez eux.

Will remarque alors un groupe d'enfants qui joue un peu plus loin – que font-ils là ? Tous les enfants sont censés être partis depuis des mois. Hugh suit la direction de son regard.

— Oui, bien sûr, les enfants, dit Hugh. Leurs parents sont des cons, qu'est-ce que tu veux. Je les accuserais d'excès de sentimentalisme. Ils n'ont pas voulu se séparer de leurs petits chéris. Ils n'ont pas voulu voir la vérité en face. J'espère seulement que les conditions de vie seront correctes.

— On peut l'espérer, en effet.

— Tu as su que Millicent Potter est devenue aveugle ?

— Non, je l'ignorais.

— Son enfant a été tué dans ses bras, par un éclat de shrapnel. Son mari dit qu'elle a perdu la vue d'un seul coup. Elle lui revient quelquefois, mais pas souvent.

— C'est horrible.

— Et Trudy ? s'informe Hugh. Elle n'est pas mêlée à tout ça, je suppose ?

— Comme elle est moitié portugaise, moitié chinoise, elle n'a rien à craindre, en principe.

— C'est bon pour nous d'avoir quelqu'un dehors. Elle pourra nous apporter des victuailles et faire passer des messages. Pour le moment, nous avons toujours notre amah et le houseboy. Je leur ai donné plus d'argent qu'ils n'en verront pendant leur vie entière pour qu'ils ne nous lâchent pas. J'espère qu'ils ne vont pas filer avec. Mais qu'y peut-on ?

Hugh lui adresse un sourire froid en ajoutant :

– Ironique, non ?

Reggie Arbogast les rejoint.

— La situation n'est pas brillante, tu as raison. En plus, les Japonais sont en train de l'emporter aux Philippines, en Malaisie et en Birmanie. Ils gagnent trop de terrain.

À cet instant, un cavalier nippon surgit à cheval.

— En rang, tous ! crie-t-il. Un seul rang. Pas de Chinois.

La foule hésite et se déplace lentement telle une masse informe, à la manière d'une méduse, se dit Will, se figurant l'immense espace vert vu du haut du ciel. Fluide, elle ondule et frémit sur les bords, comme un animal marin de forme indéfinie.

— Un seul rang ! Pas de Chinois ! aboie le soldat, plus fort.

Il galope autour d'eux, sabre au clair. Les Chinois parmi eux ramassent leurs affaires et se poussent sur le côté tandis que s'effectue le tri racial.

— Comme un troupeau, dit Hugh à Will. On est du bétail.

Will prend soudain conscience de sa tenue : un pantalon en toile solide, deux chemises l'une sur l'autre, un pull-over et une veste. Il lui faudra peut-être les porter longtemps, songe-t-il soudain. Il se félicite d'avoir choisi une ceinture épaisse et lourde. Le cuir et le métal se révéleront peut-être utiles.

Après quelques tours, le soldat tourne bride et s'en va. La foule est silencieuse. Une femme s'assied sur sa valise et fond en larmes.

— Reprends-toi, lui dit son mari. Ce n'est que le début.

Ils les regroupent par nationalités et les font marcher à la queue leu leu. Will regarde les Américains s'éloigner, suivis des Hollandais et des Belges. Ils font patienter les Britanniques qui passent en dernier. Les Japonais semblent leur en vouloir tout spécialement.

Ils marchent pendant des heures, dans des rues méconnaissables enfouies sous les montagnes de détritus qui s'élèvent devant des immeubles carbonisés. La puanteur de chairs en décomposition et d'excréments est insupportable. Les mères et les enfants marchent avec les hommes. Les bébés pleurent. Le long des rues s'alignent les autochtones qui contemplent en silence l'improbable défilé des Occidentaux sous le nouveau règne oriental. Quelques-uns crachent sur leur passage, mais la majorité se contente de regarder. Will lit le soulagement sur les visages : ils sont heureux de ne pas être les victimes, pour cette fois. Les plus âgés expriment parfois de la pitié. Un brave des braves dans la cohorte des étrangers essaye d'entraîner ses compatriotes à entonner le *Hail Britannia*. Mais sa voix s'éteint doucement sous le regard d'acier d'un soldat qui ralentit le pas pour se positionner à la hauteur du braillard. Le silence retombe, rompu seulement par le frottement des pieds sur le sol et la respiration lourde des vaincus.

On les pousse comme du bétail dans le Namp Ping Hotel, qui manifestement servait de bordel il n'y a pas si longtemps. Aux murs du hall défraîchi et crasseux, la peinture rouge pèle entre des panneaux de caractères chinois dorés.

On commence par leur ordonner d'ôter leurs montres et autres bijoux et de les placer dans un grand sac. Puis un soldat japonais leur indique du bout de son fusil la cage d'escalier pour leur faire signe de monter.

Ce sont moins des chambres que des réduits, et c'est à ce moment-là que ça se gâte, les gens se ruant pour s'approprier un coin d'espace, alors que de toute façon, quelle que soit leur célérité, il leur faudra le partager, à quatre ou cinq par pièce. Les moulures en stuc, attaquées par le salpêtre et l'humidité, s'effritent au moindre frottement. Des lits en fer pourvus chacun d'un matelas plus mince qu'une galette et d'un édredon, le *mintoi*, souillé de grosses taches de teinte cuivrée. Des cafards de belle taille, paniqués par le déferlement humain, se carapatent dans les coins. Le sol est mouillé, gluant. C'est le chaos : les gens réclament du papier hygiénique, des serviettes, de l'eau potable, sans se rendre compte que personne n'est là pour leur procurer quoi que ce soit. Certains ne semblent pas même s'être aperçus que le temps des amahs et des chauffeurs était révolu. Les cabinets se bouchent presque instantanément et les couloirs se remplissent d'une odeur nauséabonde. Will et Hugh mettent sur pied des équipes de nettoyage. Certains refusent d'y participer, ou ne respectent pas les horaires. Will dit aux autres de ne pas s'inquiéter, qu'il y aura bientôt tellement à faire que tout le monde sans exception sera obligé de mettre la main à la pâte. Les Japonais restent en retrait – parfois amusés par le chaos, parfois indifférents, posant les pieds sur la table et se servant d'enfants chinois comme serviteurs, les envoyant leur chercher des bières et des calamars.

La première nuit, ils n'ont rien à manger. Ils vont se coucher le ventre creux, avec dans les oreilles les pleurs des enfants et les respirations rauques de leurs parents. Will glisse les mains sous ses aisselles et, au son des ronflements du jeune Ned – un bruit étrange, saccadé, presque un aboiement –, se demande ce que Trudy peut bien être en train de faire.

Il n'est pas long à le découvrir. Ce n'est pas la poudre dentifrice qui est une denrée rare, mais la nourriture. La nourriture est un luxe. Les Japonais leur présentent le soir un baquet de soupe de riz diluée et un nombre insuffisant de bols ébréchés et de cuillères. Surnagent dans l'eau marronnasse des morceaux de viande bouillie et des légumes pourris. Le premier soir, plusieurs femmes refusent d'y toucher. Le lendemain, tout le monde prend sa part. Ils s'aperçoivent qu'en jetant des pièces de monnaie aux Chinois dans la rue depuis le balcon ils peuvent se faire « livrer » de la nourriture, au petit bonheur la chance, puisque beaucoup disparaissent avec l'argent. Ceux qui ont encore leurs amahs ou leurs houseboys à leur service leur lancent des pièces et reçoivent en retour, par la même voie des airs, du poisson et des légumes.

L'hôtel est entre les mains d'un certain lieutenant Ueki, un petit bonhomme à lunettes rondes et moustaches. Un homme indéchiffrable, comme ne tarde pas à le constater Will qui, en qualité de délégué, demande à lui parler au sujet des conditions d'hygiène, entre autres. L'entretien est tendu et d'une extrême politesse.

Ueki occupe le bureau du gérant de l'hôtel, derrière la réception. Il accueille Will assis derrière une table métallique, une bouteille de whisky ouverte et un cendrier où se consume une cigarette devant lui. Le ventilateur dont les pales tournent lentement au plafond ne parvient même pas à mouvoir l'épais nuage de fumée.

Will le salue en pliant le buste jusqu'à l'horizontale, afin de se conformer aux usages. Ueki esquisse un léger hochement de tête.

— Je voudrais vous faire part de plusieurs problèmes pratiques, commence Will.

— Parlez !

— Les toilettes sont sales, et nous n'avons rien pour les nettoyer. Pourriez-nous nous fournir des brosses et de la poudre à récurer ? Et une ventouse pour déboucher le cabinet, cela nous aiderait beaucoup.

— Je vais voir ce que je peux faire.

– Mme Aitken est enceinte de huit mois. Peut-on lui trouver un meilleur lit ? Elle dort avec deux autres personnes. Les autres aussi, on se serre tous à plusieurs sur les lits.

Sauf la grosse secrétaire australienne qui refuse de partager le sien, mais ça c'est une autre histoire.

— Bien.

Ueki agite une main. Will ne sait pas si cela veut dire oui ou non.

— Et la nourriture, poursuit Will d'un ton hésitant.

— Oui ?

— Les rations sont insuffisantes.

Le petit lieutenant dévisage Will.

— Vous fumez ?

Il lui présente un mince étui à cigarettes en argent, sans doute prélevé dans les poches d'un ami de Trudy.

Will en prend une et se penche en avant vers le briquet d'Ueki.

— Savez-vous où j'ai appris votre anglais ?

— Non, mais il est excellent, le complimente Will qui songe qu'en l'occurrence il ne se montre ni hypocrite ni obséquieux, seulement honnête.

— Un missionnaire anglais au Japon. Il m'a instruit pendant trois ans.

— Les missionnaires font du bon travail,

approuve Will en regrettant aussitôt ces paroles stupides.

— C'était un homme bon. Pour lui, je vais vous aider.

Will le remercie, puis reste assis quelques instants avant de s'apercevoir qu'on lui a signifié son congé. Il se lève, remercie de nouveau.

Rien de concret ne sortira de cet entretien.

Dans ce lieu improbable, cet ancien bordel, les détenus se racontent tout ce qu'ils savent, directement ou par ouï-dire, sur les événements des derniers jours. Comme ils n'ont rien d'autre à faire, ils tentent de recomposer a posteriori, à partir de récits épars, une histoire possédant un semblant de cohérence sur les heures confuses avant la capitulation.

Regina Arbogast, une femme du monde à la beauté délicate, qui avait débarqué sur la plaine des Manœuvres dans un rickshaw et avec une suite de sept malles – elle n'avait pu en garder qu'une, les six autres étaient reparties avec ses domestiques –, n'a à la bouche que des histoires atroces arrivées à des amis ou à des amis d'amis. Elle vitupère, elle crie au scandale.

— Les Chinois sont ceux qui souffrent le plus. Ils sont sans défense, sans un gouvernement digne de ce nom pour garantir leur sécurité. On les a gardés si longtemps sous notre protection qu'ils sont démunis. Toutes les filles ont été violées, mais les Japonais ont peur de toucher aux Anglaises. Ils savent qu'à la fin cela leur retombera dessus.

Regina s'était réfugiée chez son amie May Gibbon, où elle avait continué à vivre sur le même pied jusqu'au jour où des gangsters chinois avaient ligoté tous les membres de la maisonnée pour cambrioler à loisir. Elle ne cesse de se répandre en lamentations sur le vol de ses bijoux, qu'elle ne pourra jamais remplacer. Tant et si bien que son mari, un importateur qui a très bien réussi dans les affaires, finit par exploser :

– Pour l'amour du ciel, Regina, tais-toi ! Je t'achèterai tous les bijoux de Chine une fois que tout ça sera terminé.

Elle regarde son mari d'un œil mauvais et chuchote à son amie Patricia Watson : tout le monde est contre elle, son mari plus que n'importe qui, il a été intenable. Patricia esquisse un sourire, contente d'elle. Elle a réussi, par un heureux hasard, à garder ses objets de valeur, ici même, à l'hôtel : elle les a posés sur le parquet devant elle, et les Japonais, refusant sans doute de se déshonorer en se baissant pour les ramasser, ont curieusement omis de les lui confisquer.

Une jeune femme, Mary Cox, raconte que son mari a été réquisitionné par des soldats japonais : ils l'ont forcé à nettoyer les rues après l'enlèvement d'un monceau de cadavres qu'on y avait traînés en semant des membres comme s'il s'agissait de morceaux de viande – ils devaient débarrasser les corps avant que l'infection gagne les canalisations d'eau. Il était rentré couvert de sang et de bouts de chair en putréfaction, et il avait pleuré avant de s'effondrer sur le canapé. Le lendemain matin, il avait disparu. Elle ne l'a pas revu depuis. Son petit garçon de deux ans, Tobias, ne la lâche jamais. Il a toujours sa main posée sur elle et de son autre main il tient un petit avion. Il n'a pas articulé une parole depuis Noël. Un autre homme, émacié par l'angoisse, raconte qu'il descendait Carnavon Street avec sa femme quand des soldats s'étaient approchés et emparés d'elle en le menaçant, lui, de leurs fusils. Il ne l'a pas revue non plus.

— Moi qui pensais, dit-il, que les Japonais étaient le peuple le plus pacifique, le plus serein de la Terre, avec leurs estampes de fleurs de cerisiers et le raffinement de leur cérémonie du thé. Comment peuvent-ils se révéler aussi brutaux ?

— Un soldat est un individu à part, avance Hugh, il n'est pas représentatif de la totalité d'un peuple. Et la guerre fait de nous tous des bêtes.

— Comment peux-tu dire une chose pareille ? s'écrie Regina Arbogast. Ils sont tous plus brutaux les uns que les autres. Tu ne verras jamais un soldat britannique se conduire comme ces animaux se conduisent avec nous.

— Comme tu as raison, ma chère, opine Hugh.

Et la conversation s'arrête là.

Le lendemain, Mickey Wallace entre dans le hall où une poignée d'entre eux sont assis, plongés dans un état d'hébétude. Il saigne des oreilles. Ses yeux sont fermés, cernés de chair bleuâtre. Il était sur le toit et regardait en bas lorsque des Japonais ont repéré sa présence. Ils sont montés comme des flèches et l'ont roué de coups : personne n'a le droit de regarder les Japonais de haut – au sens figuré comme au propre, puisqu'ils sont seuls à pouvoir regarder les autres depuis une quelconque hauteur. Cette particularité qui, à propos des questions de taille, virait à l'obsession, à cause naturellement de la leur, fort petite, finira par être si bien intégrée par les détenus que par la suite, longtemps après la guerre, ils se surprendront à vérifier machinalement le placement des uns par rapport aux autres, sur les marches d'un escalier par exemple.

Et leur cruauté est d'autant plus terrifiante qu'elle est imprévisible. En chemin vers son poste, un soldat, soûl et furieux d'avoir perdu au jeu, frappe un petit enfant. Le petit a le nez et trois dents cassés. Le supérieur de l'ivrogne chasse le petit et sa mère. On ne les revoit jamais. Le corps du délit a disparu. En montant l'escalier, Will aperçoit dans l'allée entre l'hôtel et l'immeuble voisin un cadavre recouvert d'une couverture, dont dépasse une mèche de cheveux blonds. Il est trop loin pour voir de qui il s'agit. Le temps qu'il descende, le cadavre s'est volatilisé. Au point qu'il se demande s'il n'a pas rêvé, mais il sait bien que non. Un autre jour, Hugh Trotter vient lui chuchoter : « Je crois que je deviens fou. J'étais sur le balcon en train de fumer une cigarette, quand dans une allée entre les immeubles, j'ai vu deux hommes en décapiter un troisième. » Il a la voix qui tremble, mais son visage est calme. « J'ai vu le sang gicler, l'homme à genoux tomber en avant, les mains ligotées dans le dos. Je suis prêt à jurer que je l'ai vu. » Comment peut-on le supporter ? « Je suis parti. Je n'avais pas envie de les voir nettoyer. » Comment peut-on ne pas perdre la raison ?

Des insultes mineures s'ajoutent aux grandes. Ils subissent les attaques des plus gros moustiques que Will ait jamais vus, dont l'émergence est favorisée par l'eau croupie qui se répand dans les rues à cause du mauvais entretien des canalisations. Il est couvert de piqûres, rouges, gonflées, douloureuses. Quand il les tue, ils éclatent comme des baies de sang… le sang de leurs nombreuses victimes. La vermine s'insinue dans leurs minces matelas. Ils tentent en vain de la combattre en faisant tremper les pieds des lits en fer dans des bols remplis d'eau et de camphre. Ils trouvent des charançons dans leur riz. La diarrhée est un autre fléau, l'eau n'étant pas potable, jusqu'à ce qu'ils trouvent de vieilles boîtes de conserve afin de la faire bouillir. Ensuite, ils se brûlent la langue à vouloir boire le plus vite possible. Mais une langue râpeuse est un faible prix à payer pour étancher sa soif.

À travers les carreaux sales de leurs fenêtres, ils regardent les soldats japonais soûls, qui vomissent sur les trottoirs, soutenus par des prostituées chinoises : ils n'en finissent pas de célébrer leur victoire. Parfois, ils traînent un malheureux coolie et lui ordonnent de nettoyer, mais en général le vomi reste à pourrir dans la rue. Will se dit qu'ils ont de la chance de ne pas être en été : l'odeur serait intenable.

Il ne se rappelle pas ce qu'est respirer de l'air frais. On dirait que la puanteur de l'urine, des excréments, l'odeur fétide et lourde des déjections humaines tapissent l'intérieur de ses narines. Sa peau, ses cheveux, ses doigts sont imprégnés d'une odeur de merde, et il a beau se laver, elle ne part pas. Ses mains ont palpé les parois d'une cuvette de WC : pour le déboucher, il a bien fallu brasser la masse de vomi, de merde et de pisse. La plomberie n'est pas prévue pour supporter les eaux sales de cinq cents réfugiés de plus en plus malades – car c'est ce qu'ils sont, même si dans une autre vie ils étaient banquiers ou avocats. Les gardiens sont cruels, sauf un. Un jeune garçon déguisé en soldat. Un visage large et placide. Toujours le sourire aux lèvres, un sourire d'excuse. Il baisse les yeux quand ses collègues frappent les détenus ou les piquent avec leurs baïonnettes. Il parle anglais, certes mal, mais surtout jamais en présence des autres gardiens.

Trudy ne vient jamais le voir, alors que d'autres amoureuses se débrouillent pour venir saluer, ou laissent au moins un message. Il se surprend à prononcer son nom à tout bout de champ, comme si à force de le répéter, telle une parole magique, il réussirait à lui prêter une réalité, à la garder en vie. Son parfum au jasmin s'efface peu à peu pour ne devenir qu'un lointain souvenir : les odeurs ne restent pas longtemps dans la mémoire. La nuit, il se tourne et se retourne sur son grabat dans l'espace réduit que lui laisse la promiscuité, et la chaleur du corps de Trudy lui manque, Trudy lui manque. Il ne lui en veut pas, pas encore. Dieu sait comment cela se passe dehors.

Ned devient fou. Le jeune homme se trouve loin de chez lui, loin de toute source de tendresse et de réconfort. Il ne parle plus, il touche à peine à la nourriture. Son visage est livide, il est bouffi. Will l'oblige à marcher tous les jours, pourtant chaque jour, il s'enferme plus profondément en lui-même.

Les autres s'accoutument rapidement à leurs nouvelles conditions de vie. Les êtres humains sont ainsi faits, ce sont des créatures d'habitudes. On dirait qu'ils sont détenus depuis des mois, alors qu'une petite semaine seulement a passé depuis leur arrivée à l'hôtel. Les businessmen traînent des pieds, la chemise sur le pantalon, le complet oublié dans leur valise. Les femmes du monde font la lessive au coude à coude avec les institutrices et les boutiquières. Un marché noir s'organise. Comme certains ont beaucoup d'argent, Arbogast et Hugh Trotter créent un fonds commun de sorte que tout le monde reçoive à manger. Les gens donnent ce qu'ils veulent. Ils achètent du pain noir russe pour six dollars de Hong-Kong la demi-livre, du lait en poudre, des graines de soja, des carottes, parfois du beurre, dont ils étalent une couche infime sur leur pain. Et cette tartine, ils la mastiquent longtemps, savourant chaque milligramme de la précieuse graisse. De jeunes Chinois qui introduisent clandestinement la marchandise doivent passer devant les gardiens japonais, lesquels ne sont pas dupes et prélèvent ce qu'ils veulent dans ces maigres provisions. « Taxe », dit chaque fois l'un d'eux en riant à sa blague stupide. Ce gardien-là en prend presque la moitié.

— À tant diviser les portions, personne n'a plus rien, se plaint la femme de Trotter à l'adresse de Will. Tu ne crois pas qu'on devrait les tirer au sort pour qu'au moins une personne puisse manger à sa faim, pour une fois ?

Will hausse les épaules. Il n'a aucune intention de prendre son parti. À part lui, il note qu'elle est toujours aussi boulotte. Une poignée de femmes se portent volontaires pour faire la cuisine – la première est Mary, la mère de Tobias, l'enfant mutique, celle qui n'a pas revu son mari. Douce et tranquille, elle ne profite pas de sa position pour voler de la nourriture pour elle et son fils, bien que Will ne le lui aurait pas reproché. Les « cordons-bleus », comme elles se surnomment elles-mêmes, leur présentent des plats surprenants : des sandwichs au pain noir, brocolis et sauce aux huîtres, de la soupe au lait condensé où nagent des prunes, des légumes verts avec des fragments d'omelette. Elles se sont procuré un réchaud. Le soir, pendant que leur dîner cuit, elles se relaient, par petits groupes, pour veiller la flamme bleue.

Curieusement, une vie qui leur semble presque normale s'instaure. S'ils évitent les gardiens, ces derniers les laissent en général en paix, trop occupés à boire, à baiser et à piller. Des rumeurs circulent concernant leur prochain lieu de détention. Certains, même, s'illusionnent en pensant qu'ils vont être rapatriés. Les autres, plus réalistes, espèrent être installés plus confortablement pour attendre la fin de la guerre. Mais eux aussi pensent que ce n'est qu'une question de semaines, ou même de jours.

Le 21 janvier 1942

Au bout de deux semaines et demie, finalement, les ordres arrivent. Le Dr Selwyn-Clarke, le directeur des services de santé, a réussi à persuader les Japonais de transférer les civils sur le site de la Stanley Prison, vide jusque-là. Cette prison étant située sur une baie au sud de l'île, le médecin pense que l'air marin réduira les risques d'épidémie. Les femmes, tout excitées, refont leurs valises et, en dépit de la saleté repoussante, leurs lits – les bonnes habitudes se perdent difficilement, même en temps de guerre. Les hommes tentent de soutirer des informations aux gardiens, qui les envoient au diable. Will oblige Ned à se lever et veille à ce que son nom soit bien compté.

On les aligne devant l'hôtel, puis on les fait grimper dans de gros camions. En chemin, les enfants regardent par le hayon à claire-voie et s'exclament quand ils passent devant les endroits qu'ils reconnaissent. Même si c'est dur pour ces enfants, leur compagnie est merveilleuse : ils jouent avec des riens, des cailloux en guise d'osselets, se poursuivent en poussant des cris de joie. Les femmes, assises sur leurs bagages à l'arrière du camion, paraissent indifférentes aux cahots de la route qui font trembler leurs chairs flasques. Les mondaines ont la même mine hagarde que les bonnes et les nounous.

Dehors, au bord de la route, les immeubles ne tardent pas à être supplantés par des arbres tandis qu'ils traversent Aberdeen et pénètrent dans la péninsule de Stanley, le long d'une route qui serpente dans la montagne au-dessus de la mer. Un paysage désert. Tout paraît si paisible, comme si la violence de ces dernières semaines n'avait pas atteint ces falaises.

Les camions franchissent un portail et s'arrêtent dans une cour entre trois édifices primitifs à trois étages dont les murs ont été fraîchement badigeonnés respectivement d'un grand A, d'un grand B et d'un grand C. Avec le canon de leurs fusils, les soldats leur font signe de descendre. Ils les regroupent de nouveau par nationalités, les alignent et les enregistrent — nom, âge, pays d'origine, marié ou célibataire, et ainsi de suite. Un appel qui deviendra bientôt, au fil des semaines et des mois, une routine abrutissante.

Total : 60 Hollandais ; 290 Américains ; 2 325 Britanniques ; puis quelques divers : Belges, Russes blancs, épouses étrangères, par exemple Akiko Maartens, une Japonaise mariée à un Hollandais – elle refuse de l'abandonner. Les gardiens lui crachent dessus et se moquent d'elle, la reconnaissant pour l'une des leurs et la couvrant de ce que Will perçoit comme des obscénités, auxquelles elle fait la sourde oreille, résolument stoïque aux côtés de son mari, déterminée à patienter comme les autres. Jamais un seul mot de japonais ne tombe de ses lèvres, mais ses courbettes et ses manières la trahissent au premier coup d'œil. Tous les ressortissants des nations ennemies ont été rassemblés à Stanley pour y être internés. Will revoit des visages qu'il n'a pas vus depuis cette journée sur la plaine des Manœuvres. On s'écrie : « Je te croyais mort ! » On sourit. On est soulagé de se revoir vivants. Will reconnaît Mary Winkle, la petite compagne d'Edwina Storch, qui semble comme interloquée. En revanche, il ne voit nulle part Edwina. Les Américains et les Hollandais ont été internés dans des hôtels différents des Britanniques, les Belges dans les bureaux de leur consulat – ils sont si peu nombreux. Mais d'après ce que peut glaner Will, ils ont vécu à peu de chose près la même expérience qu'eux : ils sont tous sales et affamés. Il demande des nouvelles de Dick Gubbins, le businessman américain avec lequel il avait parlé au Gloucester, mais personne ne sait ce qu'il est devenu. Avec un peu de chance, il aura réussi à passer la frontière vers la Chine.

Les Américains ont d'une façon ou d'une autre obtenu la baraque la moins vétuste. Dès qu'ils ont reçu la consigne, ils se concertent rapidement pour se répartir les tâches, commandent des meubles à l'extérieur, distribuent les lits et les provisions, commencent à construire un garde-manger. Tout cela dans la bonne humeur, au point qu'on croirait parfois une bande de campeurs en pique-nique. Apparemment, ils se sont dotés d'un gouvernement, sans doute pendant leur détention à l'hôtel. Le premier soir, ils profitent des dernières lueurs, assis devant leur baraque dans des poses décontractées, sur des chaises bricolées, et ils rient, bavardent, boivent des verres de thé pâle infusé à partir de sachets introduits clandestinement.

« Les Américains ont peut-être la meilleure baraque, déclare un type que Will a déjà vu quelque part, et qui pousse les autres vers la porte du bâtiment D, mais on n'y peut rien. Il paraît qu'ils ont une salle de bains par chambre. Apparemment, ils sont dans les petits papiers des Japs. Peut-être une entente au niveau de leurs gouvernements respectifs… Notre propre police a eu le deuxième choix, et elle ne laissera pas sa baraque aux femmes et aux enfants. Ils sont arrivés déjà depuis quelques jours pour préparer le terrain et se sont réservé la meilleure part. À mon avis, ils seraient plus à leur place dans le camp de prisonniers de guerre à Sham Shui Po, mais voilà, ils ont échoué avec nous autres civils, et que peut-on y faire ? » Will se contente d'opiner de la tête. Il est trop fatigué. Ned et lui se traînent jusqu'en haut de l'escalier puis entrent dans une pièce. « Vous ne pouvez pas dormir ici, c'est notre chambre », grogne quelqu'un dans le coin. « Très bien », marmonne-t-il, et ils continuent jusqu'à ce qu'ils trouvent une pièce vide où déposer leurs sacoches.

On les divise en plusieurs groupes, mais ils sont quand même trop nombreux, de plus en plus nombreux. Des groupes de trente-cinq sont orientés vers les anciennes loges des geôliers, des groupes de cinquante vers des bungalows, tandis que, dans les baraques, ils s'entassent à six ou sept par pièce. Certaines n'ont même pas de lits. Des gens se ruent sur les anciennes loges qui sont un peu moins exiguës et un peu mieux meublées, mais au bout du compte, elles sont plus peuplées. Deux et parfois trois couples mariés se partagent la même chambre. Souvent plusieurs familles. Les célibataires sont mieux lotis dans un sens, sauf sur le chapitre des salles de bains : cent personnes par cabine de douche, une crasse inimaginable. Will se retrouve dans une ancienne cellule de deux mètres carrés, avec Ned et un certain Johnnie Sandler, un playboy qui traînait toujours au Gripps, en smoking, une beauté blonde au bras droit et une chinoise au bras gauche. D'ailleurs, si incroyable que cela puisse paraître, il a toujours sa « belle gueule », malgré son pantalon malpropre et sa chemise effilochée. Et il est le premier à se précipiter pour rendre service, refaire les lits, bouger les valises. Il est étonnant de voir la façon dont la vraie nature des individus se révèle au bout de quelques semaines d'adversité. Les missionnaires sont les pires. Ils volent de la nourriture, se défilent des corvées, se plaignent sans cesse.

Le premier jour, une fois que chacun a trouvé sa place, ils se rassemblent tous dans la grande cour centrale et s'assoient sur la terre battue. Ils ont peur de manquer quelque chose, un repas, une distribution quelconque, des nouvelles. Hugh Trotter réunit les Britanniques autour de lui et explique à ses compatriotes qu'il leur faut se constituer un gouvernement et établir une quelconque forme d'ordre. Will et lui en ont discuté au préalable, et ils se sont aperçus qu'ils partagent les mêmes idées.

— Pourquoi ne pas élire Hugh comme notre représentant ? suggère Will.

Après un moment de réflexion, un murmure d'approbation court dans la foule.

— Que tous ceux qui sont d'accord avec cette proposition crient « Oui ».

Will regarde autour de lui. Il s'élève un chœur de « Oui ».

— Des « Non » ?

Silence. Au moins pour leur intronisation dans le domaine de la politique, ils font l'unanimité. C'est déjà quelque chose.

Hugh nomme plusieurs autres personnes à la tête des sous-comités. Ils s'entendent sur la question du logement et des sanitaires, la répartition des corvées et de la nourriture, les problèmes de santé et de la présentation des doléances. Will est nommé au logement, en qualité de médiateur de conflits éventuels.

La première nuit, le sommeil ne leur vient pas facilement, tant ils se sentent perdus dans leur nouvel environnement. Ceux qui ont la chance d'être couchés dans un lit sont gênés par d'étranges grincements. Will est allongé par terre, dans la crasse, sa sacoche sous la tête et ses vêtements de rechange en guise de couvertures. Le béton est froid, malgré la couche supplémentaire qu'il a rajoutée sous lui. Il n'arrive pas à dormir plus de dix minutes d'affilée. Quel soulagement de voir la lumière du soleil blanchir le carreau et de se dire qu'il peut cesser de jouer à cache-cache avec Morphée.

Des affichettes sur les murs au rez-de-chaussée leur annoncent que leurs chambres seront l'après-midi même soumises à une inspection pour lutter contre la contrebande. Beaucoup remontent en catastrophe cacher le mieux possible leurs objets de valeur, dans l'espoir qu'ils échappent à l'œil de lynx des inspecteurs.

— Je n'ai rien d'intéressant à saisir, dit Will à Ned, et toi non plus, d'ailleurs.

Aussi continuent-ils vers le réfectoire. À l'heure dite, Will, Ned et Johnnie se taisent en regardant un petit soldat rondouillard palper leurs affaires avec le canon de son fusil. Il soulève une chemise en coton particulièrement soyeuse, appartenant à Johnnie, et la secoue avec insolence tout en braillant quelque chose en japonais à son acolyte.

— Il va au bal, commente Johnnie.

Le soldat pivote sur ses talons et aboie un ordre – manifestement celui de se taire jusqu'à ce qu'il en ait terminé avec eux. Puis il jette la belle chemise sur le sol crasseux.

Ils s'en sortent plutôt bien, comparé aux autres. Ils ont seulement dû céder quelques boutons de manchettes en or (« Je pensais qu'ils pourraient me servir de monnaie d'échange », dit Johnnie avec un haussement d'épaules), une petite boîte à outils que Johnnie, encore lui, a réussi à se procurer, avec une pince, un marteau et des ciseaux ; et un bonnet en laine.

– Vous avez tellement mal fait votre valise qu'ils n'ont rien voulu de ce que vous avez là, fait observer Johnnie à Will et Ned après le départ des deux soldats. Mes félicitations !

– Heureusement que nous sommes plus grands qu'eux, commente Will, sinon on n'aurait plus rien à se mettre sur le dos.

– Ils peuvent prendre les vêtements des femmes. Ils seraient mignons tout plein dans de jolies robes en popeline, non ?

Ils se réunissent dans les couloirs pour évaluer les pertes. Quelques-uns sont catastrophés d'avoir vu disparaître des objets de famille, d'autres très fiers d'être parvenus à cacher leurs trésors.

– C'est pas vrai ? Vous les avez planqués où ? Dans votre cul ? raille Harry Overbye.

Un déplaisant personnage se pavane parce qu'il bénéficie de l'avantage d'avoir dehors une amoureuse chinoise qui lui procure tout ce qu'il veut. Il a aussi une épouse, qu'il a renvoyée en Angleterre. Comme pour mieux prendre une maîtresse. Mais personne ne fait attention à lui.

– Pendant que nous y sommes, dit Will. Je suis en train d'organiser un système de nettoyage qui nous rendra la vie plus agréable. Dès qu'on m'apportera les produits, je dresserai une liste. Tout le monde ici sera volontaire, j'en suis sûr, pour rendre cet endroit aussi propre que possible.

Overbye émet un reniflement, mais les autres approuvent d'un marmonnement sonore.

— Bien, dit Will. Ce n'est pas le Ritz, mais pour le moment, il faudra s'en contenter.

— Quel doux euphémisme, fait observer Johnnie.

Will est de plus en plus soucieux au sujet de Ned. Il ne parle plus, il faut lui soutirer presque chaque mot. Il affirme se sentir bien, mais il maigrit à vue d'œil, il perd ses cheveux, il a le regard éteint. Il reste couché pendant la journée et n'a plus d'appétit.

— Typique d'un traumatisme, diagnostique le Dr MacAllister à qui Will confie son inquiétude. Il a reçu un tel choc qu'il a perdu toute capacité à réagir à ce qui lui arrive. Personne ne peut prédire quand il se sortira de cet état. Et notre environnement n'est guère idéal pour un convalescent.

Quand Will suggère qu'on pourrait lui administrer un fortifiant, le médecin lève les bras au ciel :

— Mais je n'ai rien ! Même pas de l'aspirine ! J'ai déposé une demande auprès de Selwyn-Clarke et de nos gardiens pour qu'ils me procurent au moins les médicaments basiques, mais je n'ai pas encore reçu de réponse. Tout ce que je peux te conseiller, c'est de le surveiller. Hélas, nous ne pouvons pas faire plus.

À l'heure du dîner, ils se rassemblent dans le réfectoire, où les regroupements par pays sont presque caricaturaux. Un grand échalas de businessman américain du nom de Bill Schott a été élu représentant du camp auprès des Japonais, par nul autre que… les Japonais. Il se lève et prononce un petit speech :

— Les Japonais ont décidé que nous devions nous charger du nettoyage de la cuisine et de la popote en général. Comme ces jobs seront forcément convoités, on va établir un roulement afin que tout le monde ait la possibilité d'y travailler…

Il ne précise pas la raison pour laquelle ces emplois sont a priori alléchants, mais a conscience qu'avoir de la nourriture à portée de main est un privilège.

— Nous allons aussi distribuer les corvées du ménage, non seulement de nos chambres et dortoirs, qui feront l'objet d'une inspection régulière, mais aussi de la cour, la corvée de balayage, entre autres. Il m'a été assuré que ces tâches ainsi que nos conditions de vie se conformeront à la Convention de Genève, même si, techniquement, le Japon n'est pas tenu de la respecter puisqu'il ne l'a jamais ratifiée. Ils disent que c'est uniquement parce qu'ils sont de bonne volonté. Ils vont nous donner à manger, conformément à la Convention, soit environ deux mille calories par jour. J'ai posé la question des communications avec le monde extérieur : nous aurons le droit de recevoir des lettres et des paquets certains jours de la semaine. Je ne sais pas s'il faut les croire mais, en tout cas, ils ont dit qu'ils étaient disposés à le faire. Nos gouvernements seront avertis de notre détention ici et de nos conditions de vie, et de temps en temps nous aurons des inspections de la Croix-Rouge. Dans le meilleur des cas, il y aura des rapatriements et des échanges de prisonniers… (Il marque une pause.) Aucun délai, aucune date n'ont été fixés. Je vous rappelle que nous sommes en guerre. Je crois qu'il faut parler en semaines, sinon en mois. En attendant, j'espère que nous pourrons vivre tous ensemble dans la bonne entente et dans une atmosphère d'entraide. Si quelqu'un parmi vous a des critiques ou des commentaires à formuler, je vous en prie, n'hésitez pas à venir me trouver. Je m'efforcerai de plaider votre cause auprès de la direction du camp, mais n'oubliez pas que nous ne sommes pas en position de force. Toujours est-il que je vous souhaite à tous beaucoup de courage. Nous devons agir en sorte que nos pays soient fiers de nous.

Il se rassied. Un lourd silence s'ensuit. On n'entend que le bruit des souffles qui se relâchent. Puis des mains se lèvent. Schott se remet debout pour répondre aux questions.

— Savez-vous combien de temps nous serons ici ?

— Aucune idée, et je le regrette, croyez-moi.

— Avons-nous droit à posséder de l'argent ? Peut-on en faire venir de dehors ? s'informe un Hollandais.

Schott rit. Lui-même est un homme très riche. Il a déjà, pour les Américains, obtenu de nombreux avantages, que les autres groupes, naturellement, envient et convoitent.

— À mon avis, vous pouvez vous procurer ce que vous voulez, tant que vous le gardez secret, ou que vous voulez bien partager avec eux. En fait, je n'en sais rien. On nage en eaux troubles. Il vaut mieux ne pas aborder cette question officiellement. Faites fonctionner votre bon sens.

— Peut-on écrire des lettres à ceux qui sont dehors ? s'enquiert Hugh Trotter.

— Je ne crois pas. Vous pouvez toujours essayer, mais attendez-vous à ce que vos lettres soient interceptées ou si lourdement censurées qu'elles ne voudront plus rien dire… Vous vous serez donné du mal pour rien. Je poserai la question, mais cela m'étonnerait. Si j'arrive à mettre Ohta, le directeur du camp, de bonne humeur, je vous promets de lui demander.

Les questions fusent, pressantes et angoissées, sur des détails de la vie quotidienne. Will commence à manger.

— Et moi ? s'exclame soudain Ned à ses côtés.

C'est la première fois qu'il ouvre la bouche de la journée.

— Que veux-tu dire ?

— Je suis enregistré comme britannique. Mais en réalité aucun Ned Young ne sera jamais reconnu par le gouvernement britannique. Et personne chez moi ne sera au courant de ma présence ici. Où sont tous les Canadiens ?

— Tes compatriotes sont sans doute tous au camp des prisonniers de guerre à Sham Shui Po. Moi aussi je trouve curieux qu'il n'y ait aucun civil canadien, mais ils sont peut-être tous rentrés au pays à temps. De toute façon, tu es mieux loti ici qu'avec les gars de l'armée. Et ne t'inquiète pas, il y a des centaines d'Edward Young en Angleterre. C'est un nom tout ce qu'il y a de plus banal. Tu verras bien. Ce serait trop compliqué de tout changer pour que tu rejoignes tes camarades.

— Non, non, dit Ned. Tout est gâché maintenant. J'ai tout gâché. C'est ma faute, tu crois pas ? Personne sait que je suis ici. Personne. Ma mère sait même pas si je suis encore en vie.

— Calme-toi. Tu es ici et bien en vie. C'est ce qui compte. Ne t'inquiète pas pour ces histoires de nationalité.

— C'est facile à dire pour toi, rétorque vivement le garçon. Tu es parmi les tiens. Moi, je suis seul.

Sur ces paroles, il se lève et s'en va.

— Il a besoin de réfléchir, intervient Johnnie. Laisse-le un peu seul. Ça va aller.

Will regarde la silhouette de Ned qui s'éloigne et soupire :

— C'est dur pour lui. Je crois qu'il n'a même pas dix-huit ans. Et le voilà à l'autre bout du monde, seul, sans espoir.

— Bienvenue au club, sourit Johnnie. Le camp Stanley, c'est bonjour tristesse. Et nous ne sommes encore qu'au deuxième jour.

Après le dîner, Johnnie et lui retournent dans leur chambre. Sur le lit de Will, ils trouvent un paquet emballé avec soin, ainsi qu'un mot. Il n'est pas signé, mais ils savent qu'il est de Ned.

« Je te souhaite bonne chance. Ne t'inquiète pas, et merci pour tout. »

Il a laissé toutes les affaires qu'on lui a prêtées.

— Comment croit-il qu'il va pouvoir sortir d'ici ? commente Johnnie en s'asseyant sur son lit.

— Dieu seul le sait. Son mot est tellement laconique, sans doute pour ne pas nous attirer des ennuis. Je crains le pire. Il n'a aucune idée de cette ville. Il n'a aucun ami. Il ne sait pas un mot de chinois. Même s'il réussit à sortir de l'enceinte du camp, il est perdu. Sans compter qu'il a laissé tous ses vêtements…

— Preuve qu'il n'a pas toute sa tête, avance Johnnie.

Will froisse le bout de papier avant de le fourrer dans sa poche.

Le lendemain matin, pendant le petit déjeuner, quelques détenus discutent des bruits de détonation qu'ils ont entendus pendant la nuit, du côté de la clôture sud.

Février approche. Il fait froid. Le climat subtropical de Hong-Kong dispensant d'installations de chauffage, l'hiver est toujours insidieux avec ses frimas qui vous surprennent au milieu de la nuit ou quand vous restez trop longtemps en plein air. Trudy n'a toujours pas donné signe de vie. Cela fait maintenant plus de trois semaines qu'il ne l'a pas vue. C'est à la fois décourageant et embarrassant, car il ne sait que répondre à ceux qui demandent de ses nouvelles. Les amahs, les houseboys, les petites amies et les épouses chinoises essayent au moins de prendre contact avec leurs détenus. Comme le droit de visite fait toujours l'objet de négociations interminables, les gardiens les renvoient souvent avec leurs paquets. Mais ils sont néanmoins autorisés à laisser des messages signalant leur passage.

Will s'emploie plutôt à rendre leur logement plus habitable pour l'hiver. Ils bénéficient désormais de lits et de méchantes couvertures, mais la nuit, le mercure chute. Jusqu'ici, jamais le froid à Hong-Kong ne lui a paru autre chose qu'une divine fraîcheur, mais c'était à l'époque où il avait un manteau pour sortir et chez lui des murs épais. Au camp, tout le monde s'ingénie à conserver sa chaleur corporelle, en se recroquevillant, en dormant tout habillé, et dans les salles de bains où l'on grelotte, ils sont très peu à oser se laver. Quand Will se brosse les dents, l'eau du robinet est glacée. Il dépose une requête auprès des autorités du camp : des couvertures et, surtout pour les enfants qui se prennent les pieds dans les frusques de leurs parents, des petits manteaux. Il met sur pied une équipe de calfeutrage : il s'agit de boucher toutes les fissures des murs avec un torchis de boue et de feuilles. Mais cela ne fait guère de différence et n'allège en rien la pesanteur des jours.

Trudy, quand elle se manifeste, le fait de manière inattendue.

Will patiente dans la queue du réfectoire quand un soldat vient le chercher pour l'emmener dans le bureau d'Ohta, le directeur du camp.

S'attendant à recevoir une réponse à sa demande de couvertures et manteaux, Will esquisse un mouvement de recul quand on lui annonce qu'il a de la visite. Jusqu'à nouvel ordre, en principe, les détenus n'ont pas le droit d'en recevoir. Cela dit, Trudy a toujours fait exception à la règle.

Ohta, un bonhomme corpulent au teint luisant dont les yeux flous surveillent Will derrière les verres opaques de crasse de ses lunettes cerclées de fer, lui indique la chaise en face de lui. Il est vêtu d'une tenue de safari à la mode nippone, c'est-à-dire qu'aussi bien les manches de la vareuse que le pantalon sont longs.

— Vous avoir visite.

— Pas possible ?

— Nous avoir pas encore autorisé visites.

— Je sais. D'ailleurs je ne suis pas au courant de celle-ci.

Les yeux flous d'Ohta jettent une étincelle.

— Vous soif ?

— Oui, merci.

Will sait qu'il vaut mieux ne jamais dire non.

Ohta adresse un signe à la sentinelle en émettant une sorte d'éructation. Le soldat verse du whisky dans de petits verres poussiéreux.

— *Kampai !* braille Ohta en levant une petite main grasse et rose. Il boit cul sec, en renversant la tête en arrière avec un petit grognement de cochon. Will l'imite, avec moins de conviction. Ohta secoue la tête, comme s'il voulait se débarrasser d'une toile d'araignée collée à son front :

— Bien ! s'exclame-t-il avant de procéder à une deuxième tournée. La visite... épouse à vous ?

— Je n'ai aucune idée de qui peut bien vouloir me voir.

— Une femme, une Chinoise.

— Trudy Liang ?

— Oui, Mlle Liang pour vous.

— Ah ! soupire Will dont le cœur s'est mis à battre plus fort. Merci beaucoup.

— Je dire à elle que pour cette fois être bon. Spécial pour elle.

— C'est que c'est quelqu'un de spécial, vous ne trouvez pas ?

Ohta le dévisage un moment en silence, puis répond :

— Personne être spécial. Tous ils être pareils, les détenus et les non-Japonais. Pareils !

— Oui, bien sûr, opine Will, préférant ne pas contredire le directeur, qui lui semble pourtant bien lunatique. Je dis ça parce qu'elle est spéciale pour moi. (Il se rattrape comme il peut.)

Ohta se lève et dit :

— Attendre vous ici.

Au bout de quelques minutes au cours desquelles Will boit de minuscules gorgées de whisky qui lui brûlent le gosier et lui calment les nerfs, le gardien lui ordonne de le suivre. Il le conduit dans une petite pièce meublée d'une table et de cinq chaises, dont une est occupée par Trudy, l'air totalement déplacée dans ce cadre misérable. Elle est amaigrie, habillée sans élégance. Les cheveux tirés en arrière, un chignon tout simple, aucun maquillage. Et malgré tout, il se dégage d'elle une impression de luxe tranquille et de privilèges.

— Mon chéri ! Tu m'as tellement manqué.

Sans se permettre de lui reprocher sa négligence

à son égard, il se contente de l'interroger sur ce qu'elle a fait depuis leur séparation.

— Frederick est mort. Je suis restée avec Angeline. Elle refuse de parler, elle n'ouvre plus la bouche depuis des semaines maintenant. Je lui répète qu'elle doit se ressaisir, pour Gile, mais elle ne m'écoute pas. Elle veut le faire venir ici, mais est-ce un endroit pour un enfant ? Elle refuse de partir pour l'Angleterre, où elle n'a pas de famille sinon celle de Frederick. De toute façon, elle ne pourrait pas partir, tu me diras, et la famille de Frederick était opposée à son mariage. Tu vois, c'est pas commode, comme situation. Bien, voilà à quoi j'ai passé mon temps. En plus de me fabriquer de nouveaux repères dans cette nouvelle société…

— Tu as assez à manger ? Dominick s'occupe toujours de toi ?

— Les Japonais sont des gens très bizarres, poursuit-elle en ignorant sa question. Chaque fois qu'ils pillent une maison, ils défèquent dans toutes les pièces. Ils paraît que c'est la coutume. Horrible, tu ne trouves pas ? La maison de Marjorie Winter est devenue une infection… Elle s'en est aperçue en montant chercher des provisions. L'odeur ! La ville tout entière pue. Eh bien, voilà au moins une coutume japonaise qui ne me plaît pas du tout. C'est tellement incroyable ! Ils ont cette ravissante cérémonie du thé et ces jardins merveilleux, et puis ils font une chose pareille. Et bien sûr, toutes les femmes ont une peur panique de se faire violer. On ne peut plus se déplacer seule. J'ai un chauffeur.

— Ned est parti. Il a essayé de s'évader, mais à mon avis, il a été abattu. Il devenait fou.

Le visage de Trudy s'allonge :

— Ne me raconte pas des trucs aussi atroces, mon chéri, c'est déjà assez insupportable comme cela.

On ne peut pas trouver un autre sujet de conversation ? Quelque chose de plus léger, si possible. Tu sais que je suis obligée de me battre en permanence, pour la moindre broutille. C'en est inconvenant. Au moins ici, tu n'as pas cet inconvénient. Il te suffit de faire la queue, et on te donne à manger.

— Tu as l'air d'en savoir long sur les conditions de vie ici, lui rétorque-t-il d'un ton cinglant.

C'est la première fois qu'il se montre désagréable avec elle depuis le début de la visite. Elle encaisse mais il voit bien qu'elle se sent blessée.

— Tu as besoin de quelque chose en ville ?

— La pénurie est sévère à Hong-Kong ?

— Oui, mais je peux mettre Dommie sur le coup. Nous trouvons de quoi manger, mais tout est hors de prix. Quand je pense que les Japonais ont bombardé les entrepôts, j'ai envie de pleurer. Il y avait de quoi nourrir plusieurs armées, tout est parti en fumée. On raconte que cela sentait la cuisine à des kilomètres à la ronde. Rien que d'y penser, ça me donne faim. L'avantage, c'est que je ne risque pas de grossir. Tu n'aimes pas les femmes rondes, n'est-ce pas, Will ? Eh bien, tu peux être content... (Elle papote presque gaiement.)... Les conditions de vie à Sham Shui Po et Argyle sont abominables, paraît-il. Ils font payer les militaires. Tu as de la chance d'être ici. Cette Jane à l'hôpital t'a sauvé, je crois. Elle a été très avisée.

— Crois-tu que je devrais plutôt être interné dans un camp pour prisonniers de guerre ? lui lance-t-il d'une voix dure. Tu me prends pour un lâche ?

— Tu es fou ? s'exclame-t-elle, stupéfaite. Bien sûr que non.

Will se dit qu'il a perdu la faculté de lire dans les pensées de Trudy. Mais déjà elle est passée à un autre sujet :

— Tu te rappelles notre vie il y a seulement trois mois ? Le Conder's Bar, le Gloucester, le Gripps, les cocktails, les fêtes. Tu arrives à croire, toi, que c'est si court ?

— Non. Au fait, tu as des nouvelles de ce qui se passe dans le reste du monde ? Impossible ici d'obtenir des informations sérieuses. Cela nous rend dingues.

— Carole Lombard est morte dans un accident d'avion. Jusqu'ici, c'est la plus grande nouvelle de l'année. (Elle fait une grimace devant sa mine renfrognée.) Pardon, tu trouves que je suis insolente, peut-être ? Bon, alors, si tu veux. La vérité, c'est que la réalité est très sombre, très très sombre, mon chéri. Je vais essayer d'avoir des détails à te transmettre. Tout ce qu'il y a dans les feuilles de chou japonaises, c'est de la propagande. D'après eux, tout va très bien. Pour le reste, nous pouvons nous procurer du riz à l'un des quatorze dépôts. Cela occupe le plus clair de notre temps, rien que pour nous nourrir. On envoie les bonnes faire la queue devant un dépôt, et on part faire la queue à un autre, en espérant que la chance sourira à l'une d'entre nous. Voilà. Pas des nouvelles bien excitantes, n'est-ce pas ? Quoi d'autre ? Après ton internement dans le camp, pendant quelques jours, ils ont pratiqué une curieuse forme de démocratie. Ils nous ont encouragés à visiter nos palaces et nous ont invités, par exemple, dans le hall du Pen, à contempler des ouvriers assis dans les fauteuils, en train de boire du thé ! Ils étaient là grâce à l'argent pillé chez nous, et venaient voir comment vivaient les nantis. Incroyable ! Quant aux informations, c'est très difficile d'en obtenir. Dans le journal, on lit que les Japonais sont victorieux sur tous les fronts, un point c'est tout. (Elle marque une pause.)

Dommie se débrouille bien, il fraternise avec les Japonais. Il a l'air de se prendre pour l'un des leurs. Il fait des affaires avec Victor maintenant, plutôt louches, mais tout ne l'est-il pas en ce moment ? Quand je passe le voir dans ses bureaux – il a des bureaux à Central – il ouvre toujours une bouteille de champagne. Et je vois un peu Victor. C'est grâce à lui que j'ai pu venir te voir. Il s'est arrangé avec un type avec qui il est en affaires.

— Dommie n'avait encore jamais travaillé. Et tu me dis maintenant qu'il est dans les affaires ?

— La guerre transforme les gens. En fait, c'est ce qui pouvait lui arriver de mieux. Il s'est... comment dire ? Il a trouvé sa voie.

Elle rit, un drôle de rire.

— Il devrait être prudent. Quand tout cela sera fini, il faudra qu'il rende des comptes. Et Victor aussi.

— Dommie ne raisonne pas de cette manière. Il vit au jour le jour... Tu le connais. Victor, c'est différent. Je suis convaincue qu'il se couvre un maximum.

— Tu devrais avertir Dommie et lui dire de voir pour une fois un peu plus loin que le bout de son nez. Qu'il se méfie donc de Victor.

Elle agite une main impatiente :

— J'ai été convoquée dans une suite du Regent par un Japonais. Un certain Otsubo. Il fait partie de la police militaire. Il paraît que c'est bien d'avoir ces types-là dans sa poche. Figure-toi qu'il a un chrysanthème à la boutonnière en guise d'insigne ! Il cherche un professeur d'anglais. Crois-tu que je devrais me proposer ?

— Toi aussi tu vas pactiser avec l'ennemi ? dit Will.

— Cela me fait horreur. Tu me connais.

— Je sais, chérie, et moi je t'aime quand même.

— Très drôle, mon grand sot.

Les voilà qui se chamaillent, deux amoureux qui n'ont rien de mieux à faire, comme au temps où ces petites choses avaient leur importance.

— Ce n'est pas trop risqué ? s'inquiète-t-il au bout d'un moment.

— Angeline m'accompagne. Elle me servira de chaperon, ne te fais pas de souci. (Elle marque une pause.) Je vais te faire rire… Je suis obsédée par deux mots, je n'arrive pas à m'en débarrasser depuis une semaine : la ploutocratie et l'oligarchie. Figure-toi que je ne sais même pas ce qu'ils signifient. J'ai dû les entendre quelque part. Toi qui es si intelligent, peux-tu me le dire ?

— La ploutocratie, c'est le gouvernement par les plus riches, et l'oligarchie, c'est le gouvernement par un petit nombre d'hommes très puissants. En fait, cela veut dire plus ou moins la même chose. Pourquoi crois-tu que ces mots t'obsèdent ainsi ?

— Je n'en sais rien, dit-elle.

Et s'empressant d'oublier la question de Will, elle poursuit :

— J'aurai un statut de professeur, tu comprends. Ce Japonais, c'est une huile, à ce qu'il paraît, en fait c'est lui qui dirige la police militaire. Il s'est installé au Matsubara. Ils ont rebaptisé tous les palaces de Hong-Kong. Et le Peninsula s'appelle maintenant le Toa ! Je parviendrai peut-être à grappiller quelques passe-droits. Ce qui nous facilitera l'existence.

— Peut-être.

Elle s'est s'exprimée à la deuxième personne du pluriel, mais ce « nous » le laisse songeur. Il n'a plus qu'une envie à présent, c'est qu'elle s'en aille. Il est fatigué. N'empêche, elle ne s'est pas plus tôt levée pour partir qu'il se sent abandonné.

— Je te reverrai ?

— Bien sûr. Et la prochaine fois je t'apporterai des trucs, ce que je trouverai, évidemment, si tu penses que cela peut t'être utile. Peut-être la semaine prochaine, s'ils ne sont pas aussi pointilleux sur les visites.

Elle s'éloigne, d'une rare élégance malgré la simplicité de sa mise et l'austérité ambiante. Il respire l'odeur de jasmin qu'elle laisse dans son sillage.

Cinq sentinelles se tiennent en faction autour de leur baraque. Elles patrouillent dans la cour, effectuent des tournées d'inspection et se rappellent constamment aux détenus qu'elles surveillent. En général, ces gardiens les laissent tranquilles. Sauf un. Fujimoto, un type très maigre qui pue le poisson. Celui-là est cruel. Il les oblige à balayer la cour ou à faire cent *jumping jacks* alors qu'ils sont si fatigués qu'ils arrivent à peine à tenir debout. Fujimoto en veut particulièrement à Johnnie, pour une raison mystérieuse d'ailleurs, et chaque fois qu'il le voit, il l'arrête et lui ordonne de laver les WC ou de creuser des trous – toutes tâches absurdes qu'il lui impose rien que pour montrer son pouvoir. Cela dit, sa cruauté est relative comparée au véritable sadisme de ceux qui sont chargés de lutter contre les activités de résistance. Qu'une rumeur circule au sujet de la fabrication d'un transistor, et les trois hommes accusés de recel de pièces détachées sont traînés à l'autre bout du camp. Un seul revient, à moitié mort, les os fracturés, un œil sorti de son orbite. Il mourra peu après à l'infirmerie.

— Ils l'ont laissé revenir vivant en guise d'avertissement, dit Hugh Trotter. Au moins, ça, c'est clair !

La malnutrition leur sape toutes leurs forces. Ils devraient en principe recevoir deux mille quatre cents calories par jour, ils en reçoivent à peine cinq cents par personne – un grand bol de riz pour un réfectoire entier. Parfois, ils ont droit à quelques protéines, de l'anguille de mer ou du rouget, mais comme le poisson est souvent pourri, il se dissout à la cuisson pour produire une matière gélatineuse. Tout le monde est atteint par une maladie ou une autre, la pellagre, la dysenterie. Les plaies ne cicatrisent pas, les dents pourrissent, les ongles ne poussent plus. Will a les paupières si lourdes qu'il a toujours les yeux à moitié fermés. Il a les jambes et les bras en plomb. C'est à peine s'il a la force de se lever de son grabat, surtout en fin d'après-midi quand le temps se traîne en longueur. Il se fixe des tâches à accomplir. D'autres somnolent toute la journée, mais Will se rebiffe contre l'empire de cette affreuse léthargie.

— Ce temps dont on dispose, ne faut-il pas en faire quelque chose d'utile ? dit-il à Johnnie. Quand on nous demandera plus tard ce qu'on a fait de tout ce temps pendant notre captivité, je ne veux pas être obligé de répondre : j'ai dormi.

— Quel brave garçon, commente Johnnie. Industrieux comme une bonne petite abeille.

Mais il est le premier à aider Will, et il ne se plaint jamais.

La semaine suivante, Trudy est de nouveau – mais cette fois avec d'autres – autorisée à lui rendre visite. Elle est de très bonne humeur. Le chef de la police militaire d'occupation l'a engagée pour deux cours d'anglais hebdomadaires, qu'elle doit lui donner dans la suite du palace où il est « stationné ».

— Tout ce qu'ils ont à manger… Tu n'en croirais pas tes yeux, chuchote-t-elle. Je m'empiffre afin de tenir jusqu'à la visite suivante. Il m'a aussi convoquée dans la maison qu'il a réquisitionnée sur le Peak, l'ancienne maison des Baylor. Il s'en sert comme résidence secondaire pour le week-end. Tous les domestiques sont restés. Ils étaient fous de joie de me revoir ! C'était d'ailleurs très bizarre. Quand je suis arrivée, il tirait à l'arc sur la pelouse. Il a demandé pour moi une coupe de champagne. On aurait dit qu'il mimait une scène de la vie d'un lord anglais. Quand on voit ça, on a presque la sensation d'être revenu à une existence normale. Et, avec moi, il veut seulement parler, bavarder, tu vois, pour améliorer son anglais oral. Bien entendu, il me soutire par la même occasion des informations. Il me prend pour une conne, mais je m'en fiche, du moment que je peux engloutir des bananes, du poisson frais et du riz à gogo ! Tu sais, je ferais n'importe quoi, moi… pour de la nourriture. En réalité, Otsubo ne pense qu'à se remplir les poches. Il s'attend à ce que je lui procure mon aide, sans m'en apercevoir, ou en le sachant parfaitement. C'est une tradition martiale millénaire, je suppose, ce privilège que s'accordent les officiers de s'enrichir sur le dos des vaincus.

— Et Angeline et toi, vous allez donner des cours à ce type ?

— Il n'a pas voulu d'Angeline, sous prétexte qu'il n'avait besoin que d'un seul professeur, mais je lui rapporte des tonnes de nourriture. J'ai dit à cet individu que j'habitais chez elle et que je devais lui prouver ma reconnaissance. Il veut aussi que je lui apprenne les bonnes manières de table occidentales. C'est trop drôle, tu ne trouves pas ? Il veut tout savoir, se servir du couteau à poisson, des petites cuillères. Alors qu'il n'arrive même pas à prononcer correctement les mots *bien se tenir à table*. L'autre soir, on a mangé du homard. Il voulait savoir comment il fallait s'y prendre. Quand il m'a vue le casser à coups de marteau, il a cru que je me fichais de lui.

— Tu fais des dîners au homard avec ce type ?

— C'est pas ce que tu crois… Dommie était là aussi. Ils sont les meilleurs amis du monde. C'est écœurant. Moi, je suis là pour manger à l'œil, un point c'est tout. Je t'ai rapporté une part du butin, mon chéri. Regarde.

Elle jette un regard par-dessus son épaule pour vérifier que le gardien a le dos tourné, et ouvre un sac en toile contenant des fruits, des conserves de viande et un petit paquet de riz.

— J'ai glissé des cigarettes au gardien à l'entrée pour qu'il ne m'embête pas, mais je ne voudrais pas que celui-ci me repère. Et, s'il te plaît, ne sois pas trop généreux, garde-les pour toi. C'est pour toi, pas pour le petit Oliver ou la pauvre Priscilla, même s'ils sont tout maigres et adorables. C'est pour toi, et je ne te les donnerais pas si je les savais destinés à d'autres. Il faut avoir une peau de rhinocéros, Will, on est en guerre.

— Qu'est-ce qui peut te faire penser que je n'ai pas la peau épaisse ?

— Tu es trop gentil, c'est cela ton problème. Les gens dans ton style ont du mal à survivre dans des époques comme la nôtre.

— Mais tu dînes avec ce type, répète-t-il obstinément.

— Oui, dit-elle, en articulant bien, lentement, comme s'il était un peu débile. Je ne suis pas en position de l'envoyer sur les roses. Il faut que je reste dans ses petits papiers.

— Mais tu peux rester en bons termes avec lui sans pour autant te conduire…

— Tu ne sais pas comment c'est dehors, le coupe-t-elle. On n'a pas le choix. Il faut s'entendre avec ces horribles gens jusqu'à ce qu'on les batte. Prends une prune et tais-toi.

Comme il ne s'en saisit pas assez vite, elle la reprend et plante ses dents dans la chair du fruit. Du jus coule sur son menton. Will la regarde et trouve qu'elle ressemble à un animal.

Quand il pleut, c'est encore plus dur de se lever. Par un mardi humide et froid, Will est allongé sur sa couchette. Il écoute le martèlement des gouttes sur le toit. Il n'est pas triste, seulement immobile. Le mur gris en face de lui se perle d'eau tant il est poreux. Une flaque se forme sur le sol en béton. Il ne pensait pas s'habituer si vite à cette existence. Autour de lui, les détenus, traînant les pieds, se disputent au sujet de la distribution des vivres, des petits larcins, de la répartition des corvées.

Au camp, la couleur est absente. Leurs vêtements se sont depuis longtemps décolorés. La nourriture dans leurs gamelles est uniformément marron. Les murs en béton grisâtres. Will a la nostalgie du rouge, du magenta, du jaune tournesol, des verts étincelants. Heureusement, il y a le ciel : le ciel est bleu, parfois clair et d'une limpidité cristalline, d'un bleu merveilleux. Et puis il y a la mer : turquoise striée d'écume blanche. Il lui arrive de rester planté derrière la clôture, abîmé dans la contemplation du paysage d'une beauté à vous couper le souffle – l'horizon, les flots, les nuages. Il se souvient alors que le Dr Selwyn-Clarke avait choisi ces baraques à cause de l'air marin susceptible de prévenir les épidémies de choléra et autres infections. Hélas, l'air pur ne compense pas le manque de vitamines et de protéines.

Johnnie entre, trempé par la pluie.

— Quelle belle journée, soupire-t-il en se laissant tomber assis sur son lit de camp.

— Tu peux me dire ce qu'on fout ici ? plaisante bêtement Will, qui n'a plus l'énergie de se montrer imaginatif.

— Je préférerais être chez moi, c'est sûr. (Il s'anime.) Il paraît que les paquets de la Croix-Rouge sont arrivés. Ils les distribueront peut-être après le dîner.

— Qu'est-ce qu'il y a dedans ?

— De la bouffe, mon vieux ! Quelquefois du chocolat. Des diversions. Les enfants ne parlent que de ça. Je vais peut-être devoir arracher son paquet à une petite fille.

Au cours de l'après-midi, Will entend les cris du petit Willie Endicott qui traverse le camp en courant sur ses jambes maigres comme des baguettes.

— Les paquets ! Les paquets ! Les paquets sont là ! crie le petit, ivre de joie à la perspective de manger.

Par la fenêtre, Will regarde les bras du garçonnet, mouchetés de blanc : sa mère, qui a peur du paludisme, recouvre ses piqûres de moustique infectées de pâte dentifrice, une des denrées les plus rares du camp.

On entendrait une mouche voler au-dessus de la file d'attente, tant la tension est grande. Quand vient leur tour, le gardien leur tend un paquet emballé dans du papier kraft et attaché par de la ficelle. Les uns après les autres ils se retirent dans leurs chambres, trépignant d'excitation.

— C'est Noël !

Will a du mal à ouvrir le sien. Ses ongles sont aussi mous que le papier. Il réussit finalement à défaire les nœuds. Il range avec soin la ficelle – tout peut servir, on ne jette rien – et dévore des yeux le paquet si prometteur.

— On dirait qu'il a été emballé par un scientifique ! s'exclame Johnnie.

Six barres de chocolat, vaguement moisies, mais peu importe. Un grande boîte de biscuits McVities, du café, du thé, pas mal de sucre, du lait en poudre, des chaussettes en laine et une écharpe. Des articles d'usage courant qui leur paraissent aussi précieux que des pièces d'or. Il y a un bonus : un jeu d'échecs miniature et, caché à l'intérieur, un petit bout de papier couvert d'une écriture ronde de jeune fille.

Johnnie, qui, pour rire, a noué l'écharpe autour de sa tête à la façon d'un turban, lit à haute voix :

— « Nous pensons et prions pour vous. Ne vous laissez pas abattre et gardez votre courage. Je m'appelle Sharon et si vous le pouvez, écrivez-moi. Je suis blonde, j'ai les yeux bleus et, les autres le disent, un joli sourire. » Quelle ravissante écriture, dit Johnnie en reniflant le papier. Elle a bien calculé son coup, juste assez pour que la censure ne confisque pas sa prose et pour bien faire passer quand même son message. Regarde, elle a aussi mis son adresse.

— Merveilleux, dit sèchement Will. Sharon du Sussex, notre bienfaitrice.

— Je vais aller la voir dès que je rentre, affirme Johnnie en glissant le bout de papier dans la poche de sa chemise. Tout à fait le genre de fille qui ferait une bonne épouse.

— Et moi ?

— Tu as déjà une amoureuse. Ne sois pas égoïste. Sharon est à moi.

Johnnie enfourne une barre de chocolat entière dans sa bouche.

— Tu sais jouer aux échecs ? s'enquiert Will qui a déjà commencé à disposer les pièces sur l'échiquier.

— Pour de l'argent ?

— Non, mais c'est bon pour ton équilibre mental. Nos cerveaux vont finir par pourrir ici.

Johnnie est son premier ami, se dit soudain Will. Il n'en a pas eu jusqu'ici dans la colonie. Il n'en avait pas besoin. Il avait Trudy. C'est agréable d'avoir un ami.

Le lendemain matin, Will aperçoit le petit garçon de l'hôtel, Tobias, accroupi seul devant les toilettes avec son avion.

— Tu as aimé le chocolat ? lui demande Will.

Pas de réponse.

— Où est ta mère ?

Le garçon se contente de le regarder avec des yeux ronds, le visage blême, ses cheveux blonds ternes collés à son crâne. Il bouge lentement l'avion en bois usé, le jouet tel un prolongement de son bras.

— Ta mère est malade ?

Le garçon fond en larmes.

— Ne t'inquiète pas. Si elle est aux toilettes, elle ne va pas tarder à en sortir.

À cet instant, la porte s'ouvre à la volée. Fujimoto surgit, la main sur sa braguette : il est en train de se reboutonner. Will se recule d'instinct, mais le gardien l'ignore et continue son chemin.

— Je suppose qu'elle n'est pas là. Viens, on va aller chercher ta maman.

Will lui tend la main. Le garçon regarde par terre et fait non de la tête avec une vigueur surprenante.

— Écoute…

C'est alors que la porte se rouvre, laissant cette fois le passage à Mary Cox. D'abord, elle cille des paupières, puis, voyant Will, elle porte la main à sa bouche, et se détourne.

— Viens, mon chéri, dit-elle à Tobias. Allons dîner.

Elle passe devant Will sans le regarder et, traînant l'enfant par la main, d'un pas rapide gagne l'autre bout du couloir. À la dernière seconde, dans le coude du couloir, elle se retourne et le fixe droit dans les yeux, le visage durci par une expression de férocité glaciale où, toute honte bue, se lit le refus catégorique de tout semblant de remords.

Ainsi soit-il, songe Will. Voilà donc le début de notre métamorphose. Voilà pourquoi certains survivent et d'autres pas.

Il rapporte à Johnnie ce qui est arrivé à Mary Cox.

— Ce genre de choses est inévitable, dans un sens, tu ne crois pas ? Quand on n'a plus rien, on cherche ce qu'on peut encore monnayer. Ce qu'on a à vendre qui pourrait bien rencontrer une demande.

— Je te trouve bien cruel.

— C'est la guerre qui est cruelle. Je refuse de larmoyer. Et toi, tu ne vas pas t'y mettre, mon vieux. On n'a pas besoin de pleurnichards. Ça n'apportera rien à personne.

Pourtant Will ne parvient pas à chasser de son esprit l'image du petit Tobias patientant avec son avion devant les toilettes.

À l'heure du dîner, ils assistent à une autre scène déchirante, d'une nature toutefois différente. Regina Arbogast accuse une mère de voler du chocolat et des biscuits dans la cantine de la Croix-Rouge et exige qu'elle soit jugée. Hugh Trotter lui explique que s'ils ont mis sur pied un système de justice, c'est pour traiter d'affaires plus graves, comme les mauvais traitements des gardiens ou le vol dans les cuisines, mais elle refuse de l'écouter.

— Toi et tes sales enfants vous vous goinfrez ! Ils auraient dû être envoyés en Angleterre il y a des mois. Ils n'ont rien à faire ici, à nous ôter le pain de la bouche ! Ils n'ont rien à faire ici.

La mère a la mine contrite.

— Regina, lui dit-elle. Je ne t'ai rien volé, en plus toi aussi tu as une famille. Comment peux-tu parler comme ça des enfants ?

— Mes enfants sont bien élevés, pas comme les tiens. Les tiens ne sont pas mieux que des animaux ! Et les miens sont en Angleterre, là où est leur place !

— Mais les tiens sont grands. Je n'ai pas pu envoyer Sandy et Margaret. Ils sont trop jeunes pour être séparés de leur mère.

— Tu aurais dû partir avec eux !

— Toi non plus, tu ne devrais pas être ici, dans ce cas, réplique la mère à bout d'arguments. Il ne devrait y avoir que les hommes. Les femmes et les enfants étaient censés être déjà partis. Par conséquent, toi aussi tu pompes les ressources communautaires.

— Ce qu'il faut entendre ! s'exclame Regina, que Will sent sur le point de lever la main sur la pauvre femme. Toi et les tiens, vous avez toujours été des profiteurs. Reggie a été en affaires avec ton mari et il m'a toujours dit que c'était un homme vulgaire, toujours prêt à vous jouer des tours de cochon, toujours à tirer profit des situations.

— Attention ! intervient Hugh Trotter qui jusque-là s'est tenu à l'écart, estimant qu'il n'a pas à s'en mêler. Pas d'attaque personnelle ! Restons-en à ce qui nous occupe aujourd'hui.

— Ce qui nous occupe aujourd'hui, répète Regina entre ses dents d'un ton offusqué, c'est que cette *bonne femme* m'a volé des choses qui m'appartiennent et toi tu refuses de prendre ma défense.

– Bon sang, Regina ! s'écrie Hugh en levant les bras au ciel. Tu sais bien que nous sommes des réfugiés ! Nous ne possédons plus rien en propre, aucun de nous. Ce que nous avons, ce sont des paquets qui nous ont été distribués. Tu ne peux pas te montrer plus généreuse ? Nous sommes tous dans la même galère.

– Tu m'insultes maintenant ! Tu oses ? crie-t-elle d'une voix aiguë. Nous ne sommes pas dans la même galère. Je ne serai jamais dans la même galère que cette *bonne femme*. Elle et moi, on n'est pas du même monde.

Les Américains observent la scène de loin, consternés. Parfois Will a mauvaise conscience de les admirer autant. Il a l'impression d'être un traître. En réalité, ce n'est pas tant de l'admiration de sa part que la sensation d'être l'un des leurs. En dépit de son amour déclaré pour les Américains, Trudy ne les aime pas tant que cela – Will pense qu'ils sont trop démocratiques à son goût. Elle préfère que se dressent entre les classes au moins de petites barrières. Ici, toutefois, leur système est incontestablement supérieur à tous les autres. Même dans ce camp misérable, ils respirent l'abondance et la richesse. Bill Schott a la fibre autocratique, sans aucun doute, mais il se débrouille pour procurer à ceux de son groupe plus que le strict nécessaire, certes en grande partie grâce à sa vaste fortune, mais cela relève tout de même de l'exploit. Dans le camp britannique, ceux qui auraient les moyens d'aider les autres le font rarement, préférant accumuler des réserves pour des temps encore plus difficiles. Les Américains ont pour habitude de tout partager, mais il faut avouer qu'ils sont moins nombreux et moins fauchés, ce qui favorise le désintéressement.

Regina Arbogast tape du pied comme une petite fille en s'égosillant :

– C'est intolérable ! Il n'y a plus de moralité ! C'est désespérant. Je vais devoir prendre la situation en main moi-même.

Sur ces paroles, elle s'éloigne en poussant des soupirs outrés.

– Un peu de distraction est toujours bienvenu, commente Johnnie. Quel phénomène ! Il va falloir l'avoir à l'œil.

Du riz, du riz, rien que du riz. Au bout de deux mois, c'est là leur seul sujet de conversation. Pour le préparer, ils déploient des trésors d'imagination. Une fois moulu, on se sert de sa farine. On en fait des bouillies, en l'allongeant le plus possible d'eau. Personne ne parle d'autre chose que de nourriture. Pendant une semaine entière, une semaine de rêve, ils reçoivent tous les jours de la viande de porc. Puis ils apprennent qu'un élevage de porcs vient d'être fermé dans le voisinage : les animaux étaient contaminés par on ne sait quelle maladie. On leur donne à manger les carcasses. Malgré tout, certains continuent, en prenant soin de la faire bouillir longtemps, de consommer cette viande infâme. Faute de grives, on mange des merles.

Les détenus infusent des petits bouts d'écorce en guise de thé et après avoir fait sécher des herbes sur des draps tendus, ils les hachent menu et les roulent dans du papier pour les fumer. Ils sont terriblement amaigris, les visages des hommes sont émaciés, les femmes ont l'air de vieilles. Certains, à cause de la malnutrition, souffrent de douleurs intenables dans les pieds, au point de ne plus pouvoir marcher.

D'autres déraisonnent, incapables de résister à la pression de l'adversité. Reggie Arbogast vient trouver Will pour lui parler de sa femme qui s'est finalement murée dans le silence. D'après lui, elle a toujours eu un faible pour Will… Tendresse dont ce dernier ne s'était pas aperçu, et qui n'est en tout cas pas réciproque. Il accepte néanmoins de lui rendre visite.

Il n'a pas plus tôt ouvert la porte qu'un tableau surréaliste s'offre à ses yeux : Regina Arbogast assise au bord de son lit dans une robe du soir rouge écarlate, le chignon hirsute, les yeux barbouillés de noir. En regardant de plus près, il voit qu'elle s'est maquillée avec un morceau de charbon de bois. Son rouge à lèvres du même rouge intense que sa robe, mal mis, déborde autour de sa bouche.

— Madame Arbogast, dit-il.

Elle reste assise de guingois : une marionnette grotesque.

— Regina, dit-il. Il faut sortir un peu. Il fait un temps magnifique aujourd'hui.

Elle le regarde.

— Will, finit-elle par prononcer, en montrant des dents maculées de rouge.

— Oui, Regina ? L'air frais vous fera du bien.

— Will. Vous êtes un type bien, vous au moins. Je vous ai toujours admiré. Vous êtes venu à Hong-Kong, mais vous avez su rester intègre contrairement aux autres.

— Merci, Regina. Je ne sais pas…

— Les autres ont été gâtés-pourris par Hong-Kong. La vie est trop facile ici. On a des domestiques en pagaille, on vit aux frais de la princesse. Tout vous est servi sur un plateau. Les gens ici deviennent mous comme des sybarites.

— Regina, ce n'est pas bon de remâcher le passé. Vous devriez plutôt penser à autre chose. Je crois avoir entendu dire que des femmes du camp sont en train de monter une pièce de théâtre. Vous devriez participer…

— Pouah ! s'exclame-t-elle en toussant et en expectorant par terre. Cette bande de truies !

Il s'assied, jugeant plus sage de ne pas la provoquer davantage.

— Ces stupides dindes ! Elles croient qu'en apprenant par cœur des répliques stupides elles vont oublier où elles sont et la tragédie que nous sommes en train de vivre. Je leur crache à la figure.

Et elles vous rendent la pareille, songe Will.

— Qu'aimeriez-vous faire alors ?

Elle ouvre de grands yeux.

— Qu'est-ce que vous croyez, enfin, bordel de merde ? Me tirer d'ici et rentrer en Angleterre !

Will sourit intérieurement en se disant que la mondaine Regina Arbogast semble s'être métamorphosée en docker.

— Tss-tss, Regina, ce langage de charretier, dit Reggie qui surgit à cet instant sur le pas de la porte.

Des cernes noirs creusent ses yeux profondément enfoncés dans leurs orbites. Le médecin a diagnostiqué une carence en vitamine C, mais les agrumes sont introuvables dans le camp.

— Oh ! la ferme, Reggie ! lui aboie son épouse.

Will se lève pour prendre congé.

— Non, vous, vous restez, ordonne Regina. Reggie peut aller voir ailleurs si j'y suis. J'en ai plus rien à foutre maintenant. J'ai des choses à vous dire, Will, c'est important que vous les sachiez.

— Regina, je ne pense pas que Will…

— Reggie !

Reggie Arbogast tourne vers Will un visage affligé, comme pour dire : Tu vois à quoi je me heurte ? Puis il s'en va. Will le suit des yeux. Il est tenté de l'imiter.

— Regina ?

— Will, à votre arrivée, vous m'avez paru un jeune homme promis à un grand avenir, déclare-t-elle d'un ton plein de morgue, reprenant son rôle de grande prêtresse de la haute société. Reggie avait pu juger vos qualités au travail et il ne tarissait pas d'éloges à votre égard. Je vous aurais volontiers invité à ma table tous les soirs.

Les dîners de Regina Arbogast étaient très courus à Hong-Kong, autant par la table somptueuse qu'en raison de la liste restreinte des invités.

Trudy n'avait pas été de celles que Regina impressionnait, au contraire, elle se moquait de toutes ses initiatives. « Regina et ses chichis ! Elle est d'une prétention ! disait-elle. Savais-tu qu'elle était vendeuse dans une boutique à Manchester avant d'épouser Reggie ? Elle peut toujours prendre de grands airs. Il paraît que Reggie était un homme charmant avant que cette pimbêche lui mette le grappin dessus. »

— C'est très gentil à vous, Regina.

— Mais qu'est-ce qui vous a pris de vous acoquiner avec cette Liang ? Vous ne saviez pas... à propos de son passé ? Ah ! elle vous a tout de suite repéré. Elle ne perd pas le nord, celle-là. Elle vous a enlevé alors que vous aviez à peine débarqué. Vous savez quel sobriquet on lui donne, n'est-ce pas ? La reine de Hong-Kong ! (Elle rit.) C'est risible ! Avec ses mœurs et ses drôles de manières d'Eurasienne, elle se croit supérieure à tout le monde. Pardonnez-moi, mais je la trouve imbuvable. Je suppose que l'amour rend aveugle.

Will ne voit pas pour quelle raison cette femme lui parle comme s'il faisait partie de son petit cercle de mondaines, comme s'ils étaient en train de papoter autour d'une tasse de thé au Peninsula...

— Je ne sais pas si le moment est bien choisi pour ce genre de commentaire, avance-t-il.

— Écoutez. J'ai une idée. Vous me prenez pour une tête de linotte, eh bien, vous avez tort, dit Regina Arbogast en se penchant en avant. Reggie a rencontré le nouveau gouverneur dès son arrivée. Le gouverneur Young, un rendez-vous secret, la première semaine. Le jour du Tin Hat Ball. Il tenait à faire la connaissance des personnages clefs de la colonie pour leur demander conseil. Il était nouveau, comprenez-vous, il ne savait rien de la façon dont tout cela fonctionnait. Il savait en revanche que la guerre menaçait Hong-Kong, tout en préférant ne pas l'ébruiter de crainte de provoquer la panique générale chez les imbéciles. Donc, à cette réunion… (Regina se penche en arrière sur le lit.) Vous m'écoutez bien ?

Will la regarde, tout à la fois exaspéré et dévoré de curiosité.

— Regina.

Elle se penche de nouveau vers lui :

— À cette réunion fut abordée, entre autres questions, celle de savoir ce qu'il devait advenir de la Crown Collection qui se trouvait à la Résidence du gouverneur. Une collection qui, comme vous le savez peut-être, comprend des œuvres d'art d'une valeur inestimable. Des antiquités chinoises, pour la plupart, objets de litige d'ailleurs, les Chinois estimant qu'ils ont été volés. Des manuscrits anciens, des vases, des objets de la plus haute antiquité. D'après Reggie, ils ont des centaines et des centaines d'années. Bon, mais pour en revenir à cette réunion, il fut décidé que la collection devait être cachée en lieu sûr, un lieu que trois personnes seulement devaient connaître. Trois personnes avec des professions différentes, pour que l'on puisse compter sur la survie d'au moins l'une d'elles en cas de grabuge.

Will, bien malgré lui, est de plus en plus intrigué.

— Reggie fut l'un des trois, dit Regina avec un petit sourire plein de fierté. Il m'en a parlé. Mais il ne m'a pas indiqué le lieu de la planque. Ni qui sont les deux autres. (Son sourire s'efface.) Il se montre toujours d'un tatillon sur ces fariboles... L'honneur... la parole donnée... C'est un patriote dans l'âme, que voulez-vous, c'est dans son sang. Je crois qu'il préférerait plutôt me sacrifier. Et même sacrifier ses enfants. Le gouvernement est bien tombé, à mon avis, il ne dira jamais rien. Une vraie tombe...

Elle se lève et marche jusqu'à la porte en traînant la savate.

— Je n'ai pas une seule paire de chaussures convenables dans cet endroit, et je n'en ai trouvé nulle part. Vous ne connaîtriez pas quelqu'un qui pourrait m'en procurer ? Tout ce que j'ai, ce sont ces vieilles pantoufles. On dirait une poissonnière.

— Regina, pourquoi m'avoir dit tout cela ?

Elle sourit, coquette... grotesque.

— J'ai un pressentiment, Will. Je sais qu'il se passe des choses en ville. Les secrets et les complots y vont bon train. Et puis, je voulais tout simplement que vous soyez au courant...

Elle prend ses mains dans les siennes. Ses mains sont sèches et froides, une vraie peau de serpent. Elle ajoute :

— Prenez-le comme un cadeau, Will.

Trudy reparaît la semaine suivante élégamment vêtue d'un tailleur et d'un chapeau, avec le plus énorme paquet que Will ait jamais vu.

— C'est tellement bizarre en ville, lui confie-t-elle en enlevant ses gants et en s'asseyant. Tu n'imagines pas la brochette d'individus qu'il y a dehors. Ces Russes qu'on ne pouvait pas voir en peinture, ils sont partout. Encore plus antipathiques qu'avant. Ils se prennent pour des caïds maintenant que tout le monde est parti. Ils sont même pires que les Suisses toujours si vertueux. Je suis allée à un dîner où il y avait le docteur... tu sais, Selwyn-Clarke, le conseiller médical officiel du nouveau gouverneur japonais, Isogai... Il y avait aussi sir Vandeleur Grayburn, toujours aussi charmant, quoique très pessimiste sur tout ce qui se passe, et cette Russe, tu sais, tu te souviens d'elle, voyons, Tatiana, on la voyait déjà partout, eh bien, elle tourne mal, elle boit trop, elle a la langue trop bien pendue, et elle a eu le toupet de lui sortir les pires vacheries, au malheureux docteur, tu vois, sous prétexte qu'elle est mariée maintenant à un Chinois qui est comme cul et chemise avec la Kempeitei et qu'elle ne craint plus rien, ou du moins le croit-elle... Bien sûr, elle n'est pas venue avec lui au dîner. Si tu veux mon avis, elle l'a épousé comme on contracte une assurance vie. Je te jure, je vais lui tirer moi-même une balle quand tout cela sera terminé.

– Où se tenait ce dîner ?

– Chez lui, chez eux, chez les Selwyn-Clarke, mais c'est motus et bouche cousue, tu vois. Il a été obligé de feindre une réunion d'organisation du ravitaillement, ce qui n'était pas vraiment faux, mais il y avait des gardes à la porte, et ils étaient là pour écouter, alors ce n'était pas vraiment un dîner mondain. Et tu sais qui est mort ? Crumley, tu sais, l'Américain qui était toujours au Grill ? Je me rappelle le jour où il nous a raconté qu'à un pique-nique à Shek O il a ouvert la bouche, et hop ! un papillon s'y est engouffré et il l'a avalé, eh bien, maintenant, il est mort. Il avait avalé un papillon et il est mort. Tu vois le genre de pensée qui me tourne dans la tête en ce moment…

Son débit est de plus en plus rapide, ce qu'elle dit des gens est décousu, souvent absurde.

— … Otsubo m'adore et me donnerait la lune si je la lui demandais. Regarde tout ce que je t'apporte ! Du jambon, du café, du sucre, du lait en poudre. J'ai dégoté la confiture de fraise. Et du miel, tu te rends compte. Tu as de bonnes raisons d'être jaloux maintenant, mon chéri…

Mais elle est plus maigre, plus pâle que la dernière fois. Ses lèvres sont gercées, ses cheveux mal peignés, ternes, noués en un chignon sans grâce. Son chemisier est trop grand pour elle, le col bâille sur sa nuque, comme si elle était en train de s'y enfoncer.

— … J'ai essayé de définir quel genre d'homme il est, et je crois que je tiens la réponse. Tu vois, quand tu dis quelque chose et qu'il ne comprend pas, il te fait répéter, et te fera répéter jusqu'à ce qu'il comprenne vraiment, alors que d'autres se contenteraient d'acquiescer à la deuxième ou troisième explication. Lui, rien ne l'arrête, c'est un fonceur, il n'a que faire des conventions sociales. C'est sans doute pourquoi il a réussi une si belle carrière. Un homme très méticuleux…

— Mais tu manges ? Tu as l'air famélique.

— J'ai emmené Otsubo à Macao et j'ai commandé pour lui des « haricots », tu sais, ces bébés souris que les non-initiés prennent pour des haricots ? Il a adoré. Et on dit que les Chinois mangent n'importe quoi !

— Je me fiche bien de ça… tu as une mine de déterrée. (Il lui saisit la main.) Je me fiche qu'il soit fou de toi et que tu sois forcée de faire des choses que tu n'as pas envie de faire… Tout ce qui compte pour moi, c'est toi… que tu ailles bien.

Elle laisse échapper un éclat de rire.

— Et comment sais-tu que je n'ai pas envie de les faire, ces choses ? Et si j'étais consentante ?

Elle pousse le paquet vers lui.

— Tiens, dit-elle. À manger.

— Viens ici, au camp, avec nous, je m'occuperai de toi.

— Will chéri. (Elle prend son visage en coupe dans la paume d'une main.) C'est trop tard. J'ai pris goût à la liberté. Je suis finalement parvenue à mettre mon pied à l'étrier, maintenant il faut que je tienne bon.

La porte s'ouvre pour laisser le passage à Edwina Storch chargée d'un gros paquet.

— Bonjour, lui lance Trudy. Tu es venue voir Mary ?

— Oui, acquiesce Edwina. Bonjour, Will. Comment allez-vous ?

— Bien, merci. Mary va aussi bien que possible étant donné les conditions. Son courage et sa bonne humeur sont contagieux.

— Oui, elle est remarquable, opine Edwina. Quelle horrible situation.

Puis, étudiant le paquet de Trudy d'un œil expert, elle ajoute :

— Tu as là une belle ration de confiture, Trudy. Et du café ! Tu dois connaître quelqu'un de très important.

À cet instant Mary Winkle fait son entrée. Les deux femmes s'embrassent, l'une grande et forte, l'autre petite et menue. Elles migrent dans la pièce voisine.

Trudy garde les yeux fixés sur la porte qui vient de se refermer.

— Je n'arrête pas de la rencontrer ces temps-ci, explique-t-elle. Elle place ses pions pour l'après-guerre.

Trudy marque une pause avant de conclure :

— Mais je crois que je l'aime bien.

Will lui prend la main. Elle a l'air perdue.

— Tu sais quelle est ma plus belle qualité ? lui demande-t-elle.

— De toutes celles que je te connais, je ne saurais dire, ma chérie.

— Je vois toujours ce qu'il y a de bon chez les autres. Je les aime dès que je vois s'ouvrir une fenêtre sur leur âme et que je perçois leur être lumineux. Je suis tombée amoureuse de tant de gens de cette manière. L'ennui, c'est que je cesse de les aimer tout aussi vite. Dès que je vois ce qui est mauvais en eux.

« Sais-tu que j'ai eu le coup de foudre pour toi ? Ce soir-là chez les Trotter. Je t'avais déjà repéré, évidemment, une tête nouvelle, et beau garçon avec ça, tu penses. Et quand tu t'es mis au piano et que tu as commencé à jouer quelques notes, c'était si beau, et sans prétention en plus, tu ne jouais pas pour impressionner la galerie. Tu étais tout seul dans cette salle qui surplombait le jardin. Je suis passée par là en allant aux toilettes, c'est là que je t'ai vu. Et que je suis tombée amoureuse de toi. Ensuite j'ai renversé mon verre sur ma robe exprès, pour pouvoir te rencontrer.

— Trudy chérie.

Elle se lève.

— Je ne le supporte pas, susurre-t-elle d'un seul trait. C'est trop insupportable.

Elle pivote sur ses talons et s'éloigne en jetant par-dessus son épaule :

— Mange ce que je t'ai apporté…

La porte claque derrière elle. Sa voix, encore, étouffée par le bois du battant :

— … Tu dois garder tes forces.

Le son de sa voix s'amenuise en même temps que celui de ses pas.

— Johnnie, il faut que je sorte d'ici.

Ces mots tombent de ses lèvres le soir même de la visite de Trudy alors qu'ils sont couchés et que déjà la respiration de son compagnon ralentit au seuil du sommeil. Un brusque silence, puis le bruit de souffle reprend.

— Tu veux t'évader ?

— Oui. Je suis en train de la perdre.

— Je vois.

— Tu m'aideras ?

— Évidemment.

Sa question se révèle en fin de compte inutile. Comme toujours, Trudy trouve la solution.

— Je t'ai obtenu une permission d'une semaine. Otsubo m'a filé un laissez-passer où il est précisé que tu dois travailler pour lui. C'est pas magnifique ?

— Quel genre de travail ?

Elle écarquille les yeux comme pour dire que là n'est pas la question.

— Comment veux-tu que je sache ? T'occuper de problèmes de secrétariat dont seul toi, l'inimitable Will Truesdale, puisses te dépêtrer. Arroser les plantes. Flatter les Japonais. Qu'est-ce que ça peut faire ? Cela te sort d'ici ! Tu n'es pas fou de joie ? Moi qui pensais que tu me serais reconnaissant !

— Que faut-il que je fasse ?

— Je ne te savais pas aussi empoté. Rien ! s'écrie-t-elle. Strictement rien. Je pensais que ça te plairait de sortir un peu voir ce qui se passe dehors. Personne d'autre n'a cette chance, et tu le sais très bien.

— Bon, eh bien, merci, dit-il. C'est gentil de ta part.

— Tu verras comment on vit maintenant dehors, ce à quoi ressemble ma vie désormais.

— On devrait peut-être échanger nos places, avance-t-il. Tu n'as qu'à venir passer deux semaines ici.

— *Peut-être*, dit-elle en français, la langue qu'elle emploie quand elle cherche à s'esquiver.

C'est ainsi que le lundi suivant Will se retrouve à poireauter devant le bungalow de la sentinelle. Depuis une semaine, il a l'impression de recevoir un traitement de faveur. Ohta lui a apporté une copie de la permission écrite en essayant de lui tirer les vers du nez.

— Otsubo convoquer toi, dit Ohta.

— En effet.

— Lui diriger gendarmerie.

— Oui.

— Toi avoir talent spécial ?

— Oui.

Ohta reste un moment immobile debout devant lui, s'attendant à ce que Will lui livre un supplément d'information. Comme Will ne souffle mot, il jette le papier par terre et lui crie qu'il devra attendre devant le portail le lundi suivant. Après cette visite, Will remarque que non seulement les gardiens se montrent plus polis mais surtout qu'ils ont cessé d'un seul coup de le soumettre à des brimades et des fouilles au corps.

Trudy vient le chercher en décapotable et refuse de lui céder le volant, même si elle est un véritable danger public, faisant crisser les pneus et prenant ses virages trop larges.

— Voilà ce qui arrive aux gens qui ont toujours eu un chauffeur, dit-elle à Will quand il réussit enfin à la convaincre de le laisser conduire.

— Tu as l'air en forme, lui dit-il en lui jetant un coup d'œil.

Elle est vêtue d'une robe printanière et d'un chapeau de paille jaune à large bord.

— J'ai retrouvé mon ancien tailleur et il m'a confectionné quelques petites choses. Il a horriblement besoin de travail, et moi je suis censée me faire belle en vue de plusieurs réceptions.

Il ne pose pas de question.

Elle l'emmène au Peninsula.

— On ne dit plus « le Pen » mais le Toa, n'oublie pas.

Trudy est accueillie par des sourires et des courbettes tandis qu'elle traverse de son pas gracieux et léger le monumental hall d'entrée du palace, à présent peuplé de soldats et meublé de tables en acier.

— Otsubo a une suite ici. C'est là que nous logeons, Dommie et moi. Otsubo a réquisitionné un bâtiment entier sur Barker Road rien que pour lui. On est mieux ici que dans le trou à rats que nous avions dehors. On a de la veine. Tu ne peux pas imaginer les conditions de vie en ville, à deux ou trois familles par logement. C'est épouvantable, mais je suppose que c'est à la guerre comme à la guerre. Mon appartement est occupé par un officier, un petit officier de rien du tout, c'est vexant, tu ne trouves pas ? Moi qui trouvais mon appartement plutôt joli.

— Comment va ton père ?

— Très bien, répond-elle d'un ton dont la froideur étonne Will. Très bien.

— Comment te procures-tu de l'argent ?

Maintenant qu'il est dehors, Will envisage les questions de survie sous un tout autre angle qu'à l'intérieur du camp.

— Nous avons le droit de tirer un peu d'argent chaque semaine, mais c'est délicat. Même si ce ne sont pas de grosses sommes, cela fait bizarre qu'ils sachent que tu as un compte en banque solvable. Il vaut mieux ne pas trop éveiller leur curiosité. Il n'y a pas de règle, et même s'il y en avait une, elle pourrait changer à tout moment.

— Es-tu obligée de te débrouiller toute seule ? Otsubo n'est-il pas la panacée ?

Trudy réfléchit. Elle contracte les commissures de ses lèvres vers le bas en une moue qui donne envie à Will de couvrir de baisers son visage volontaire.

— Mmm… Pas une panacée, on ne peut pas vraiment compter sur lui. Il te fait une faveur, puis il a des regrets. Il te donne un truc, ensuite il veut le reprendre. Et tu as du mal à le persuader de te le laisser. Ce n'est pas un homme généreux. Les hommes de pouvoir le sont rarement… Nous y voilà.

Elle ouvre une porte donnant sur une pièce qui semble à Will un palais comparé à sa cellule du camp de Stanley. Une suite dont les grandes fenêtres regardent les flots bleus de la mer mouchetés de voiles de jonques et de sampans. Tapis moelleux, rideaux de soie doublés. Les ventilateurs au plafond tournent paresseusement.

— Bienvenue au Peninsula !

Trudy fait la révérence.

— Regarde-moi ça, dit-il en s'asseyant au bord du lit. Un vrai lit avec des vrais draps ! Des rideaux aux fenêtres ! Et je parie qu'il y a du papier toilettes aux cabinets !

— C'est possible. Et maintenant, tu veux bien me remercier, espèce d'ingrat ? Depuis que j'ai concocté ce petit arrangement, je n'entends que plaintes et soupçons. Dis-moi merci.

Leurs retrouvailles sont adorables. Un soleil de fin d'après-midi se déverse de biais par la fenêtre. L'horizon trace une ligne plate à la lisière du ciel et de la mer, les bateaux se balancent dans les eaux de l'immense rade de Hong-Kong. Et Trudy. Trudy est là, à son côté. Il a tant pensé à elle, elle lui a tant manqué, la douceur de sa peau, le parfum de son haleine. Il a l'impression de se mouvoir dans un rêve. Elle est silencieuse, plus que d'habitude, et elle semble nerveuse, comme surexcitée. Leur faim d'amour n'est pas rassasiée par la seule étreinte charnelle.

Après, elle ramène le drap sur elle et s'assoit sur le lit.

— Dis-moi la vérité… Avec qui tu couches à Stanley ? Quelle pute américaine a volé ton cœur ? Ce n'est pas possible que tu sois resté sage tout ce temps, pas toi, pas avec ton tempérament. Qu'y a-t-il comme autre distraction dans cet horrible camp ?

— Mon tempérament ne se réveille que lorsque je suis avec toi.

Pour sa part, il se garde de lui poser la question. Quelle que soit la réponse, il n'aura pas envie de l'entendre. S'il parvient à préserver une petite part de sa personne pour lui tout seul, tout ira bien, peut-être. Il ajoute :

— Ce sont des choses auxquelles tu ne dois pas penser, et moi je n'y penserai pas non plus.

C'est un rameau d'olivier qu'il lui tend. Il ne faut surtout pas gâcher ce temps précieux qu'ils ont ensemble.

Elle se détend, elle se blottit dans ses bras.

— C'est affreux, dit Trudy. Les Japonais courtisent les Chinois qui sympathisent avec leur régime, ou qui font semblant, par intérêt. Ils donnent ces dîners absurdes où ils portent des toasts au champagne qui n'en finissent pas à leurs collaborateurs, dont ils chantent les louanges comme s'ils étaient des bienfaiteurs de la société. C'est surréaliste, je t'assure. Victor Chen est copain comme cochon avec les Japonais et essaye par tous les moyens de gagner un maximum d'argent sur leur dos. Mais je suis inquiète pour Dommie. Victor se sert de lui.

« À l'un de ces dîners, un vieil ami de notre famille, David Ho, s'est levé pour porter un toast à la supériorité panasiatique. Remarque, il était autrefois marié à une Australienne, à laquelle il était tout dévoué, jusqu'au jour où elle est morte, il y a quelques années de cela. Depuis il s'est remarié, coup de chance pour lui, avec une Chinoise. Quel lâche, ce David. Si je ne l'avais pas vu de mes propres yeux, je ne l'aurais pas cru. Ses enfants font leurs études en Australie. Je ne sais pas comment il va pouvoir les regarder dans les yeux maintenant. Tu verrais ça, ces dîners sont vraiment tordants. Ils se tiennent dans la salle de bal du Gloucester et se voudraient très chic, alors qu'ils sont du plus mauvais goût. Des films de propagande, du mauvais vin, et une bande d'hypocrites. L'horreur, quoi.

— Dans ce cas, pourquoi y vas-tu ?

Elle se lève. Tout dans son attitude exprime la réprobation.

— J'avais oublié ce que c'était que d'avoir ma conscience dans mon lit. Tu vois, Will, quelquefois, on est obligé d'agir contre sa propre volonté. On ne peut pas toujours vivre en parfaite harmonie avec son intégrité.

Il l'entend tourner un robinet. Elle a toujours adoré prendre des bains. Parfois, elle passait tellement de temps dans la baignoire qu'elle en sortait la peau toute fripée, le visage pareil à un phare.

— Comment est l'eau ici ? crie-t-il pour se faire pardonner.

Le temps qui leur est imparti est trop court pour déterrer les vieux griefs.

— Pas mal, compte tenu de l'état des choses. Rien de pire qu'un bain tiède, tu ne trouves pas ? Tu veux venir ?

Elle y verse du Badedas. L'eau fume et mousse. S'en élève une odeur pétillante et vive comme un citron fraîchement pressé. Ensemble, ils s'y glissent, ils dérapent. Ils se lavent l'un l'autre en prenant soin de ne pas frotter trop fort, en prenant soin de maintenir leur humeur aussi légère que les bulles qui flottent autour d'eux.

C'est un monde étrange – une contrefaçon de société libre. Visages pincés, épaules crispées par le soupçon. Chacun s'efforce de se conformer et de passer inaperçu. Personne n'est naturel : les Américains parlent à voix basse, les Britanniques prennent l'air modeste, les Chinois jouent les timides. D'un commun accord, tous évoluent dans une ambiance feutrée, tous sauf Trudy et Dominick. Ce dernier se joint à eux pour le déjeuner. En les retrouvant dans le hall de l'hôtel, il embrasse Trudy sur les deux joues et salue Will d'un signe de tête distant.

— Bonjour, chérie, dit-il à Trudy en lui tendant une grande enveloppe joufflue. De la part de Victor. Il t'embrasse.

Trudy pâlit.

— Il m'embrasse, vraiment ?

En quittant l'hôtel, Trudy et Dominick descendent l'avenue en se pavanant et en riant aux éclats… Les rois de Hong-Kong.

— Si tu te conduis comme si rien ne pouvait t'atteindre, les gens te laissent tranquille, mon chéri, explique Trudy à Will. Crois-moi, j'ai souvent vérifié cette théorie.

Elle sort un calepin bleu sale couvert de tampons :

— Et ce truc-là aide, énormément. C'est Otsubo qui me l'a donné. Quand je leur sors ça, les soldats ont intérêt à me traiter avec respect sinon gare à eux. En général, quand ils voient son tampon, ils se pétrifient et me le rendent comme s'il leur brûlait les doigts, et puis ils me font des courbettes plus bas que terre, c'en est presque gênant. Mais on finit par y prendre goût.

— Et Dommie ?

— Il en a un avec le tampon de son protecteur. Tous les gens « bien » en ont un.

Son rire est douloureux.

— Et que pense Otsubo de ton idée de me sortir du camp ? Est-il au courant ?

— C'est lui qui a tout arrangé. À vrai dire, je ne crois pas qu'il soit du genre jaloux. De toute façon, vous n'allez pas passer beaucoup de temps ensemble. De la cuisine chinoise, cela te plairait ? J'ai assez envie de manger des nouilles.

— Des nouilles chinoises ?

— Les autres cuisines sont infectes en ce moment, car il n'y a plus aucun cuistot qui sache les préparer.

— Tu sautes des repas ?

— Mon chéri, si tu sautes un repas, c'est la lumière qui s'éteint pour toute la journée. Tous les Chinois savent cela. Je ne le ferais qu'en cas d'extrême nécessité. Dommie connaît un endroit où ils vous servent de délicieuses nouilles dans du bouillon qui a mijoté pendant des siècles. Il est meilleur à deux heures du matin, parce qu'il a cuit toute la journée, mais par les temps qui courent, on vous regarde d'un drôle d'œil si vous mettez le nez dehors aussi tard sans être escorté par un de nos grands chefs.

— Et le Grill ? C'est toujours ouvert ?

— Oh ! on y va encore. C'est assez rigolo, d'ailleurs. Et pas tout japonais. Il y a des groupes d'Américains et de Britanniques, et il ne fait pas bon demander ce qu'ils font là, mais les Japonais, pour une raison ou pour une autre, ne les embêtent pas. Et puis il y a les autres, ceux de la Croix-Rouge, quelques Allemands. Je t'assure, en ce moment, on voit à Hong-Kong toutes sortes de personnages très *intéressants*. La guerre a secoué le cocotier. Ceux qui sont restés accrochés sont singuliers, c'est le moins qu'on puisse dire. Il y a cette femme, Jinx Beckett, elle est américaine. Je ne suis pas arrivée à savoir comment elle a échoué ici ni pourquoi elle n'est pas à Stanley avec vous tous, mais je sais qu'elle n'est ni banquière ni haut fonctionnaire. Tu vas tomber sur elle, c'est sûr. Elle fourre son nez partout. Il y a encore des fêtes. On danse encore au Gripps, sauf que les Japonais font taire l'orchestre de temps en temps pour projeter leurs films de propagande à se tordre de rire. Tout ce qu'il faut savoir sur la supériorité panasiatique, tu te rends compte ? Ils n'ont pas l'air de comprendre qu'ils passent leurs films à des Blancs ! Ironique, non ?

Will vient d'apercevoir un kiosque à journaux. Cette vue le sidère.

— Des journaux ! J'en rêve. Que sont devenues nos feuilles de chou anglaises ?

— Un Suédois les a reprises, sous haute surveillance nippone, l'informe Dominick. Avec les résultats escomptés. De vrais torchons. Mais je suppose que tu les veux quand même.

— Oui, dit Will en cueillant le *Standard* et le *News*.

Trudy paye et lui chuchote :

— C'est de la propagande. Ils impriment ce qu'on leur dit d'imprimer.

— Sois discrète, s'il te plaît, chérie, lui glisse Dominick.

Puis, se détendant subitement, il se tourne vers Will :

— Alors, quel effet cela te fait de te retrouver en liberté ?…

Ils ont à peine échangé quelques marques de politesse.

— … Est-ce aussi atroce au camp qu'on le raconte ? Si l'on en croit le journal, vous êtes traités mieux qu'au Ritz.

— Ce n'est pas le Pérou. Mais je ne sais pas si on est mieux dehors. Tous ces gens qui rasent les murs.

— Et c'est vrai qu'Ashbury fait sa lessive comme un chauffeur de pousse-pousse ?

Cet homme, autrefois un banquier hautain, Will l'a en effet vu à quatre pattes par terre, s'escrimant à se cultiver un potager de fortune, ou bien occupé à suspendre son linge de corps à sécher, sa femme étant presque toujours alitée.

— Oui, en effet, mais il mérite l'estime. C'est surprenant cette dignité que l'on parvient à garder dans des circonstances extraordinaires.

— Nous ne nous appartenons plus, c'est bien vrai, commente Dominick en regardant autour de lui. Mais il y en a qui s'appartiennent encore moins que d'autres.

Will se tait. Trudy reprend :

— Mais c'est mieux d'être libre, non ? Il faut être attentif à tout, mais personne ne nous donne des ordres pour ce que nous devons faire ou quand nous devons manger. Les services se remettent en place. Les prix alimentaires qui montaient en flèche commencent à se stabiliser. On peut tirer de petites sommes d'argent. Les transports publics remarchent, la poste aussi, plus ou moins, et les gens reprennent tant bien que mal la routine, même si c'est très dur. Il arrive encore que l'on tombe sur un cadavre en pleine rue, ce qui est très désagréable. Et les Japonais sont terribles avec les coolies, beaucoup plus cruels que les Chinois l'ont jamais été, pauvres bougres. En plus, ils en renvoient à la pelle sur le continent. Je crois qu'ils ont l'intention de réduire de moitié la population.

— Rien n'est facile par les temps qui courent, commente machinalement Dominick. Ah ! voilà le restaurant de nouilles.

Après le déjeuner, Dominick part travailler, « si l'on peut dire », fait-il remarquer, plus languissant que jamais. Quant à Trudy et Will, ils vont faire des courses. En ce moment, Trudy passe les marchés au peigne fin en quête de trésors disparus dans les pillages.

— J'ai vu des objets que je sais provenir de chez mes amis ! s'exclame-t-elle en fouillant parmi le bric-à-brac amoncelé sur une table à tréteaux. La pendule en bronze doré des Ho, et ce magnifique poignard qui était suspendu au-dessus de la cheminée des Chen. J'aurais voulu les racheter, mais je n'avais pas assez d'argent. Ces sales bêtes, ces rats, poursuit-elle en baissant la voix, ils ont pris tout ce qu'ils ont pu transporter, puis ont laissé le champ libre aux autochtones qui ont nettoyé toutes les maisons. Il y a de quoi pleurer, à voir ces navires à destination du Japon qui appareillent avec à leur bord toutes ces belles choses que nos amis ont patiemment collectionnées. Des voitures, des meubles, des bijoux ! Combien d'épouses de soldats jouent maintenant à la dînette avec le service Wedgwood de quelqu'un d'ici ?

— Crois-tu que je trouverais des vivres pour le camp ?

— Cela dépend des jours, l'approvisionnement est irrégulier. Quelquefois il y a du lait en poudre, d'autres fois des cageots de moutarde ! On verra bien ce qu'il y a. (Elle marque une pause.) Dans un sens, c'est libérateur, cette existence réduite au strict minimum. Qu'on était donc frivoles avec nos robes et nos pique-niques !

— Toi et Dominick paraissez ne manquer de rien, vous avez assez à manger, vous êtes logés, et plutôt confortablement, avance-t-il en s'efforçant de ne pas avoir l'air de juger qui que ce soit.

— C'est vrai, réplique-t-elle d'un ton insouciant. Mais comme on pourrait perdre tous ces avantages demain, il faut bien en profiter au jour le jour, non ?

Elle traverse Pottinger Street pour s'engouffrer dans une venelle.

— Il y a une boutique pas loin où on trouve des trucs incroyables.

— Qu'est-ce qui est le plus demandé ?

— La nourriture, surtout. Mais maintenant, il y a des gens qui spéculent sur l'or. Après ça, on ira au marché.

Quand Trudy pousse la porte, une clochette carillonne. À l'intérieur, il fait très sombre et l'air est imprégné d'une forte odeur de bois de teck et d'huile à encaustiquer. Un magasin de curiosités aux vitrines malpropres où, sous le verre rayé, sont exposés toutes sortes de bibelots orientaux. Trudy échange quelques mots en cantonais avec la vendeuse, laquelle file aussitôt dans l'arrière-salle en raclant la toile de ses pantoufles par terre.

— Qu'est-ce qu'on cherche ici ?

— Oh ! juste une petite course pour mon maître. Tu sais.

— Que de mystère, souffle Will.

La vendeuse aux pantoufles revient accompagnée d'un petit bonhomme au dos voûté vêtu d'un pyjama en soie noire. Il a l'air acariâtre. Trudy s'exprime de nouveau en cantonais et trace dans l'espace la forme d'un grand rectangle. Le bonhomme hausse les épaules et secoue la tête. La voix de Trudy devient perçante. Sur une dernière tirade furieuse, elle quitte les lieux.

Dehors, le feu du soleil est aveuglant après la pénombre crépusculaire du magasin.

— Bon, alors, on va chercher à manger ?

Elle lui donnera des explications en temps voulu.

— Oui, à manger, acquiesce-t-elle en lui prenant le bras, comme pour lui signifier sa reconnaissance. Quelquefois, j'ai l'impression que tu pourrais être chinois.

Le marché est inchangé — les vieilles, toutes fripées sous leurs grands chapeaux de coolie et leurs blouses noires, crient pour attirer les chalands. Ici, un panier de légumes ; là, du caillé de soja dans des bassines d'eau laiteuse, des graines germées jaunes. Et cette odeur, astringente avec une pointe de saumure : l'arôme de la terre et de l'eau dont les légumes sont encore imprégnés. Il n'y a pas si longtemps, Will accompagnait Trudy au marché le week-end, Trudy qui, parmi le peu de souvenirs laissés par sa mère, gardait celui d'un de ses conseils : ne jamais s'estimer trop snob pour aller acheter soi-même sa nourriture.

Comme si elle lisait dans ses pensées, Trudy lui dit :

— Au moins de temps en temps, pas tout le temps. Et tu peux être sûr et certain qu'on ne rencontrera personne de connaissance. Mais je m'en fiche. C'est l'essentiel, non ? Choisir ses oignons, le poisson qu'on va retrouver dans son assiette et veiller à ce qu'il soit vidé correctement.

— Comment se fait-il qu'il n'y ait pas de pénurie ? s'informe-t-il alors qu'elle se courbe pour inspecter des radis.

— Il y en a une, et les prix d'ailleurs s'en ressentent : ils sont exorbitants. Les paysans des Nouveaux Territoires se donnent un mal fou pour venir jusqu'en ville parce qu'ils savent qu'ils tireront de leur marchandise cinq ou six fois plus qu'à la campagne. Tout est concentré ici. Ils arrivent avec dix pastèques, des sacs entiers de cresson. C'est bon pour l'âme de se replonger dans les choses élémentaires. Travailler la terre, planter, vendre ce qu'on en tire pour quelques sous, acheter quelque chose de vraiment indispensable.

Une fois qu'ils ont un plein panier de conserves, légumes et cigarettes, le tout destiné à être rapporté à Stanley par Will, Trudy l'emmène se promener en voiture dans le quartier haut du Peak, pour lui montrer les maisons bombardées et les rues défoncées. Les murs s'écroulent, les trottoirs sont transformés en tas de briques.

— C'est pas croyable les dégâts que les bombes ont faits. Ils commencent quand même à reconstruire. Ils ont fait venir des esclaves de Chine, qu'ils appellent des « volontaires », pour réparer les rues et tenter de sauver ce qu'il y a à sauver des bâtiments. Certains ont été réquisitionnés par les militaires japonais, ceux-là ont l'air pimpants.

Ils passent devant une maison qu'une douzaine de coolies est en train de repeindre en blanc.

— Le roi de Thaïlande possède un éléphant qui a appris à peindre.

— Encore une de tes histoires invraisemblables.

— Non, c'est vrai. Mon père m'a dit qu'il l'a vu peindre de ses yeux.

— Un éléphant a repeint le palais royal ?

— Sûrement pas ! Juste les dépendances et les granges, des édifices secondaires.

— Suis-je bête.

Ils viennent de s'arrêter à la hauteur d'un endroit qui attirait jadis tous les touristes de Hong-Kong, pour la bonne raison qu'on y a une vue plongeante sur le port.

— On descend de la voiture ?

Ils restent debout derrière une barrière en fer branlante, avec sous les pieds du gravier mêlé de terre et dans les narines l'arôme métallique de l'air encore froid et humide en cette fin d'hiver. Elle s'appuie contre lui, les cheveux soulevés par le vent, tandis qu'ils contemplent loin en contrebas les flots verts de la rade et l'alignement des blocs blancs des bâtiments coloniaux du front de mer.

— À voir la ville au loin, si silencieuse, elle paraît tellement paisible, tu ne trouves pas ? lance Trudy, songeuse. La mer à Hong-Kong a une couleur comme nulle part ailleurs : presque vert bouteille. À cause, je crois, du reflet de la montagne dans l'eau.

Après une pause, elle continue :

— Il y a quelques mois, elle était rouge sang. Il y a des bateaux et des cadavres par le fond, je suis sûre qu'il y en a encore tellement… C'en est choquant, la vitesse à laquelle s'est opéré le retour à la normale, comme la vie reprend vite ses droits.

— Et la maison d'Angeline ?

— Elle a réussi à la garder. Je ne sais pas pourquoi elle descend si rarement en ville. Le Peak grouille d'officiers japonais, ils ont pris toutes les maisons qui tiennent debout, et je ne vois pas comment elle peut se sentir en sécurité par ici. De temps à autre, on déjeune tous les trois ensemble, Dominick, Angeline et moi. On fait semblant que rien n'a changé.

— Mais elle va bien ?

— Pas vraiment. Aucun de nous ne *va bien*.

Ils retournent à l'hôtel, où Trudy range le contenu du panier à provisions dans la valise de Will.

— Tu vas avoir un succès fou en rentrant au camp.

— Il faut trouver des moyens de nous ravitailler. Les enfants souffrent de graves carences en vitamines et en protéines.

Le téléphone sonne. À peine a-t-elle soulevé le combiné qu'elle articule d'une voix neutre :

— Victor… Oui, je l'ai eu. Dommie me l'a donné… Je sais, je fais de mon mieux… Je te rappelle dès que je peux, mais s'il te plaît ne me téléphone plus à ce sujet.

Elle raccroche d'un coup sec.

— Ça va ? demande Will.

— Regarde comme je suis frugale, Will, dit Trudy en esquivant sa question.

Elle se met à écraser des grains de café dans un petit plat qui va au four.

— C'est la troisième fois que je les écrase. C'est d'un laborieux. Tu n'es pas fier de moi ?

Ils boivent à petites gorgées le café amer brûlant, sans lait, sans sucre.

— Oh ! j'ai failli oublier. Je voulais te montrer quelque chose.

Elle va prendre dans le tiroir de la table de chevet un journal plié en deux.

— Cet éditorial a été publié dans ce journal ridicule le jour de la Saint-Valentin. Dommie voudrait que je le fasse encadrer…

Elle lui lit à haute voix :

— « Les Eurasiens sont la plaie de toutes les colonies britanniques. Ce qualificatif s'applique sans discrimination à tous les enfants des mariages mixtes et aux enfants de ces enfants, et à leurs enfants et ainsi de suite. Que l'Angleterre, entre autres grandes puissances occidentales, ait préféré les maltraiter plutôt que de les accepter et de tirer profit de leurs talents, voilà qui est stupéfiant aux yeux de ceux qui s'intéressent à leur situation. Les Eurasiens peuvent en effet se révéler d'un grand secours à ces puissances, en servant d'agents de liaison entre le pouvoir en place et la population autochtone… »

Elle lève les yeux du journal et lance :

— Tu veux que je continue ?

— Je peux voir ?

Elle lui tend le journal. Il lit rapidement. Un éditorial politiquement débile.

— Le plus drôle, c'est que la semaine avant qu'il sorte j'ai parlé à Otsubo de ce que c'est que d'être eurasienne.

— Ah ! bon ?

— Oui, curieux, non ? Je lui ai raconté comment les autres enfants me montraient du doigt et se moquaient de moi. Quelquefois, des Européens m'arrêtaient dans la rue pour me prendre en photo comme une bête dans un zoo.

— Ce sont de mauvais souvenirs, en effet, mais ces gens, les petits comme les grands, n'étaient que des brutes incultes.

— Tourne la page, ordonne-t-elle en indiquant le journal.

— Encore ton influence ?

— Non, juste un autre exemple des absurdités auxquelles nous sommes soumis tous les jours. Tu vois l'article sur les mouches, là ? Si tu attrapes deux taels de mouches et si tu l'apportes au bureau du district, tu as droit à un *catty* de riz. Tu peux pas savoir le nombre de gens que j'ai vus avec ces petits sacs de mouches. C'est dingue. Les Japonais sont encore plus bizarres que les Anglais. Jamais je n'aurais imaginé un truc aussi aberrant.

Sans même un temps de pause, elle se tourne vers lui :

— Savais-tu que j'avais huit ans quand ma mère a disparu ? Huit, c'est le chiffre porte-bonheur des Chinois. Je me suis toujours demandé si ce n'était pas parce que je ne suis qu'à moitié chinoise. Et la moitié de huit, c'est quatre, qui est un chiffre horrible. Il est associé à la mort. Le savais-tu ?

— Tu te souviens bien d'elle ?

— Bien, non, seulement des petites choses. Elle ne sortait pas beaucoup, pour la simple raison qu'elle n'était reçue nulle part. Elle n'était pas anglaise, tu vois, alors les Anglaises se fichaient d'elle, et les *taï-taï* l'exécraient. Et elle, elle n'était ni assez forte ni assez sûre d'elle pour faire face. Comme elle avait très peu d'amies, elle restait à la maison, où elle s'habillait merveilleusement et n'avait rien d'autre à faire qu'à papoter avec les domestiques. Je les soupçonne d'ailleurs de l'avoir méprisée. Mon père l'adorait, il l'avait épousée contre l'avis de sa propre famille, mais il était tellement occupé qu'il n'avait pas le temps de s'occuper d'elle. Elle m'emmenait parfois au jardin botanique, ou prendre le thé au Gloucester. Elle portait des gants et un de ces petits chapeaux qu'on appelle un tambourin. Et, bien sûr, des jupes droites. Elle voulait toujours que je sois vêtue à la perfection. Elle était très belle. Mais je crois qu'elle était aussi très triste.

— Tu ne m'avais encore jamais parlé d'elle.

— Mes souvenirs sont flous... Je me rappelle qu'il lui arrivait d'évoquer devant moi son enfance. Elle avait été très pauvre. Et elle s'en amusait. Elle ne pouvait pas manger de soupe, par exemple, parce que la soupe, pour elle, rimait avec pauvreté. Quand elle était petite, chez elle, on faisait bouillir de l'eau et on jetait dedans ce qu'on avait sous la main, un peu de sel ou autre chose, et on appelait tout le monde à table. Elle ne voulait pas que je grandisse sans me rendre compte que j'avais beaucoup de chance de ne manquer de rien, mais en même temps, je crois qu'elle était attirée par ce sentiment qu'ont les riches d'être à l'abri du malheur, d'être en quelque sorte indestructibles. Elle ne partageait pas ce sentiment, évidemment, mais elle aurait bien voulu que moi je l'éprouve, tout en se demandant avec angoisse si cela durerait. Et elle ne se trompait pas, n'est-ce pas ? Je ne suis pas à l'abri du malheur. J'ai fait un long chemin déjà, mais le monde n'est plus le même et je ne suis plus certaine de qui je suis ni de ce que je peux faire.

Après l'amour, ils restent étendus dans le lit. Elle s'écarte de lui, comme pour prendre ses distances, et fixe le plafond. Puis soudain jaillit d'elle un flot de paroles, un flot soudain libéré, une fontaine à confidences qu'elle n'arrive plus à juguler.

— J'ai toujours su, mon amour, que j'étais un caméléon. J'ai été une enfant terrible parce que mon père m'a laissé la bride sur le cou. Il ne savait pas quoi faire de moi, il se sentait tellement coupable de me voir grandir sans la présence d'une mère. Tant que ma mère était avec nous, j'avais été une petite fille sage. Forcément, c'est ce qu'elle attendait de moi. Mais en grandissant, chaque année, je devenais quelqu'un d'autre, selon l'homme avec qui je sortais. Si j'étais avec un voyou, je me conduisais en femme de voyou. Si j'étais avec un artiste, je me transformais en muse. Et quand j'ai été avec toi, pour la première fois – je suis sûre que je ne suis pas la première à te l'avoir dit – je suis enfin devenue un être humain à part entière. Tout Hong-Kong s'est demandé comment un type comme toi avait pu s'encombrer d'une femme dans mon genre. Tu le sais, n'est-ce pas ?

Elle se dresse sur un coude, ses cheveux de bronze doré engloutissant ses épaules.

— Mais à présent les circonstances ne sont plus les mêmes, et j'ai repris mon ancienne incarnation et suis de nouveau cette femme qui sort avec un homme parce que ça l'arrange et pour nulle autre raison que cette raison vénale. Au fond je ne suis guère différente de cette fille que je prétends mépriser, cette Russe, Tatiana. En fait, on est comme des sœurs, elle et moi. Nous avons tant de choses en commun. Je suis sûre que personne n'est étonné. Tu comprends ?

— Tu dramatises, dit-il. Tu raisonnes de travers.

Elle se tait. D'une main, elle repousse ses cheveux en arrière. L'autre papillonne devant sa bouche.

— Tu ne pourras jamais me reprocher de ne pas t'avoir dit. C'est dit, voilà. Il faut que tu saches.

Le téléphone sonne.

Trudy soulève le combiné. Sa bouche se contracte pour former une ligne droite.

— Oui. Bien sûr. Je m'en charge.

Elle raccroche et se tourne vers lui, impassible.

— Quant on parle du loup… Otsubo souhaite te rencontrer.

Et elle ajoute en français :

— *Intéressant, non ?*

— Tu crois ?

— Je ne connais pas ses intentions. Mais il faut obéir aux ordres, non ? Tu n'es pas fâché au moins ? Ce n'est pas comme si nous avions le choix. Dommie sera là-bas, lui aussi.

Après un autre bain commun brûlant et silencieux, ils s'habillent sans échanger un mot – Trudy a déposé devant Will un de ses vieux costumes et ils ont ri en voyant qu'il flottait dedans, le seul accès de gaieté de cet après-midi tendu. Ils sont bientôt assis dans le salon privé d'un restaurant de Tsim Sha Tsui autour d'un petit bol en porcelaine décoré de dragons rouges et débordant de cacahouètes. Trudy boit à un rythme soutenu de minuscules gorgées de champagne. Will allume une cigarette.

— La cuisine est bonne ?

— L'endroit ne paye pas de mine, mais ils servent le meilleur poisson de Hong-Kong.

Il a remarqué les seaux en métal à l'entrée où nageaient paresseusement de gras invertébrés inconscients de leur sort.

— Il est amateur de cuisine chinoise ?

— Apparemment, c'est un goût qu'on acquiert, dit-elle en pianotant sur la table avec ses ongles. Dommie est en retard, l'imbécile. Pourquoi ne peut-il jamais être à l'heure ?

— Tu dînes souvent avec Dominick ?

— Tous les soirs.

— Pourquoi autant de sièges autour de la table ? On dirait un banquet. Qui d'autre vient ?

— Ils se déplacent en meute, mon chéri. Il faut toujours qu'il soit entouré de ses flatteurs attitrés et de ses espions.

— Et monsieur est en retard.

À cet instant la porte s'ouvre pour laisser le passage à une file d'hommes qui se déploient en éventail dans la salle. L'identité d'Otsubo ne fait aucun doute : les autres restent debout tant qu'il n'est pas entré, pour qu'il puisse choisir son siège.

— Otsubo-san, dit gaiement Trudy en se levant. Vous êtes en retard, comme d'habitude.

Elle est ravissante dans son fourreau en soie rouge tomate, ses cheveux relevés en chignon.

Par respect pour les règles de la courtoisie, Will se lève.

— Heureux de faire votre connaissance. Je suis Will Truesdale.

— Otsubo, réplique le Japonais d'un ton bourru en indiquant d'un geste à la compagnie que tout le monde peut s'asseoir. M. Chan n'est pas là ?

— Il ne va pas tarder. L'heure n'est pas propice à la circulation en ville.

Trudy prend place entre Otsubo et Will.

Petit et trapu, le Japonais est certes vêtu d'un costume de flanelle coupé à la perfection, mais ses cheveux tondus, comme il sied à un militaire, laissent transparaître un crâne huileux et luisant, et il a de petits yeux globuleux qui affleurent dans un visage bouffi aux traits épatés. Bref, un homme peu avenant. À ses côtés, la silhouette gracile de Trudy rappelle à Will un splendide flamant rose.

Les sbires d'Otsubo s'attablent dans l'anonymat qui convient aux humbles sujets d'un souverain. Ils causent entre eux, mais à voix basse, afin de ne pas obliger Otsubo à parler fort pour se faire entendre. Il commande du cognac.

— Otsubo devient très chinois dans ses goûts, entonne Trudy de sa voix flûtée. Il a adopté notre cognac XO.

— Il y a de bonnes choses en Chine, approuve Otsubo. Et au moins ce sont des produits asiatiques.

Un silence respectueux plane dans la salle.

— Que voulez-vous manger ? finit par demander Trudy. Des ormeaux ? Des ailerons de requin ? Me laisserez-vous l'honneur de choisir ?

Otsubo acquiesce de la tête et Trudy commande dans un cantonais rapide. Elle maîtrise toutes les langues à la perfection : le cantonais, le shanghaien, le mandarin, le français, l'anglais. Quelques visages se tournent vers elle, impassibles. Elle doit être un mystère pour ces hommes, sans doute originaires du fin fond de la campagne japonaise, des conscrits envoyés dans un pays lointain, à la langue et aux coutumes totalement étrangères aux leurs, où une femme comme Trudy brille en société tel un papillon étincelant. Ils boivent leur bière au goulot et fument cigarette sur cigarette. On ne leur propose même pas de cognac.

Dominick fait une entrée précipitée.

— Otsubo-san, dit-il en s'inclinant. Pardonnez-moi mon impolitesse. J'avais une affaire des plus urgente à régler.

Will n'a jamais vu à Dominick une mine aussi déconfite.

— Vous êtes de nouveau en retard, lui reproche Otsubo. Pas bon pour les affaires. Pas bon non plus pour le reste.

— Je sais, je sais. Mes professeurs à Harrow me grondaient souvent pour cette même raison.

Trudy confiera par la suite à Will que les Japonais sont enchantés à l'idée que Dominick ait fréquenté les meilleures écoles en Angleterre : ils sont curieux de connaître tous les détails. Et Dominick ne manque jamais une occasion de faire valoir cet atout. « Ils adorent et détestent à la fois. Est-ce que ce n'est pas toujours le cas ? »

Il présente une boîte à Otsubo :

– Un modeste témoignage de ma reconnaissance pour tout ce que vous avez fait pour moi, et pour Hong-Kong.

Otsubo le remercie par une sorte de grognement, mais ne tend pas la main vers la boîte. Dominick, rebuté par ce manquement élémentaire aux règles de politesse, a spontanément un mouvement de recul, puis, se ressaisissant, il prend discrètement son siège.

– Peut-être plus tard, glisse-t-il à Will, comme s'ils étaient complices en bonnes manières, comme s'ils appartenaient à une humanité plus raffinée que ce Japonais.

Will se détourne, réticent à s'associer à Dominick de quelque façon que ce soit : il n'a pas envie d'être aussi crétin que lui ! Trudy verse du thé à la ronde.

– Monsieur Truesdale, lui dit Otsubo en anglais.

Pour la suite, toutefois, il lui parle par l'intermédiaire de son interprète.

– Comment trouvez-vous la vie dans les camps ? s'enquiert le traducteur, un frêle jeune homme à lunettes et à l'accent si discret qu'on le perçoit à peine.

Will hésite. Est-il prudent de donner son opinion en toute franchise ?

– C'est correct dans l'ensemble, répond-il. Hélas, en dépit de la meilleure volonté de la direction, nous manquons de nourriture et de médicaments. Vous savez, il y a aussi des femmes et des enfants avec nous, et cela change beaucoup de choses…

Otsubo écoute attentivement la traduction et hoche la tête avant de mitrailler l'interprète de mots japonais.

– Quel dommage, traduit l'interprète. Nous allons voir ce que nous pouvons faire.

Will trouve que l'interprète a l'air nerveux.

Le premier plat arrive. Une entrée traditionnelle chinoise : une salade de méduse. Will sait grâce à Trudy qu'un repas en Chine se déroule selon un ordre particulier. Pour commencer, une entrée froide, par exemple des pieds de cochon et une salade de méduse. Puis une entrée chaude, mettons des crevettes en croûte de sésame, un aileron de requin ou bien une soupe de pastèque. Ensuite vient le premier plat principal, une « spécialité de la maison » comme le canard pékinois, une viande – du porc à la sauce aigre-douce ou du bœuf braisé au *choi sam* –, un poisson, un légume, avec pour terminer des nouilles ou du riz frit, selon la région. Les Chinois n'ont pas de dessert sucré. À la rigueur une crème au lait de coco, ou, pour les affamés, des beignets de pomme trempés dans de l'huile bouillante puis immédiatement saisis dans de l'eau glacée.

Otsubo se sert en premier, puis fait tourner la « Lazy Susan » vers ses hommes à qui il donne la préséance. Trudy feint de ne pas s'apercevoir de l'insulte. Quand vient son tour, elle sert Will et Dominick avant de prendre sa part, une minuscule cuillerée de tentacules ambrés recouverts de sauce moutarde.

Après avoir mastiqué un bon moment, Otsubo reprend la parole, et l'interprète traduit :

– Il y a dans les camps beaucoup de personnalités de renom, n'est-il pas vrai ? Des gens importants dans les affaires et la bonne société ?

— Sans doute, dit Will. Mais nous sommes tous à égalité face aux circonstances. Personne n'est supérieur à personne dans les camps.

— Ce doit être bizarre pour eux de vivre ainsi. Ils doivent avoir du mal à accepter d'être descendus aussi bas dans l'échelle sociale.

— En effet, c'est dur pour eux.

Trudy, qui jusqu'ici a fait preuve d'un mutisme peu coutumier, lance soudain :

— Comme ce pauvre Hugh Trotter ! Je n'arrive pas à croire que cet homme merveilleux soit obligé de laver ses propres chaussettes. À mon avis, il ne s'était jamais même préparé un sandwich au jambon.

Ils continuent de déguster la salade de méduse. Un mets froid et caoutchouteux.

Otsubo rompt de nouveau le silence :

— Y a-t-il un homme du nom de Reggie Arbogast ? Un homme d'affaires ? Un homme qui a des liens avec le gouvernement ?

— Oui, Reggie est bien un des nôtres.

Otsubo considère Will d'un air pensif, puis, par l'intermédiaire de l'interprète, s'informe :

— C'est un de vos amis ?

— *Ami* est un terme un peu exagéré. Nous sommes en bons termes, et ce qui nous est arrivé nous a rapprochés en quelque sorte.

— Prenez encore un verre.

Le traducteur remplit à ras bord de whisky le verre de Will.

— Merci.

Will lève son verre à la santé d'Otsubo.

— *Whisky good*, dit le Japonais en anglais, en prononçant whisky « ouailleski ».

— Oui, excellent.

— Buvez. Ce soir vous êtes libre.

— On s'en est pas trop mal tiré, commente Will en tenant la porte pour Trudy.

La nuit est fraîche, l'air pur fouette leurs visages après l'atmosphère enfumée de la salle.

— Oui, dit Trudy.

Elle semble de bonne humeur, soulagée d'avoir ce dîner derrière elle et son laissez-passer encore dans son sac.

— Oui, répète-t-elle, mieux que je craignais.

— C'est un bonhomme intér…

Une voiture s'immobilise devant eux. Une vitre s'abaisse. Une main potelée surgit et fait signe à Trudy de monter. Elle grimace horriblement, comme sur le point de vomir, puis l'embrasse sur la joue et grimpe dans la conduite intérieure.

— À tout à l'heure, mon chéri, dit-elle. Ne m'attends pas.

Aux petites heures du jour, vers trois heures, alors qu'il dort d'un sommeil agité, la porte s'ouvre doucement et Trudy traverse la chambre sur la pointe des pieds pour se rendre dans la salle de bains. Il allume la lampe de chevet, écoute le bruit de l'eau qui coule et attend qu'elle vienne le rejoindre après ses ablutions. Quand elle se glisse entre les draps, il remarque qu'elle a une ecchymose jaune autour de l'œil gauche. Quelque chose dans son attitude le met en garde : il ne doit pas en faire tout un plat !

— Tu as un bel œil au beurre noir, ma parole, se contente-t-il de dire.

— Il est imprévisible, celui-là, réplique-t-elle en tendant le bras pour éteindre la lampe, les plongeant tous les deux dans une pénombre grise crépusculaire où le seul son audible est celui produit par leurs souffles.

Après plusieurs longues minutes, alors qu'il est sur le point de se laisser glisser dans le sommeil, engourdi par la douceur d'être couché dans un vrai lit auprès du corps de Trudy dont il retrouve la voluptueuse chaleur, elle murmure :

— Quand je dis imprévisible, je veux dire qu'il est un amant imprévisible. Tu avais compris ? Il n'est pas méchant, au fond.

Son corps luit dans la clarté blanchâtre de la lune, ses cheveux de laque noire, sa peau d'ambre sombre : pourquoi pense-t-il à un scorpion ?

Il ne peut pas laisser passer ce qu'elle vient de lui dire. Il se dresse sur son séant. Elle le regarde, interloquée.

— Trudy.

Il ne sait quels mots employer. Puis il se lance :

— Il faut que tu saches qu'il y a une limite, dit-il en prenant son menton dans sa main. Il y a une limite à ma sophistication.

— Oh !

— Je ne suis pas celui que tu voudrais que je sois. Pas à cet instant en tout cas.

— Je devrais faire attention, me montrer plus prudente, avoue-t-elle, contrite. Pardonne-moi, mon chéri. Je suis ivre. Ne nous disputons pas.

— D'accord.

Elle s'assied à son tour et allume la lampe de son côté.

— Je suis incapable de dormir. Parlons un peu. Essayons de redevenir les amants d'avant. Juste un peu ?

— C'est impossible.

Il la prend dans ses bras, sa tête au creux de son épaule. Elle sent le tabac et l'alcool. Il le lui dit.

— Je sens la pute. (Elle se pelotonne contre lui.) Je t'ai dit que Frederick était mort, mais je ne t'ai pas dit comment.

— Non, tu ne m'as pas dit comment.

— Eh bien, voilà, il a réussi à revenir à Hong-Kong. Son régiment a été massacré, mais comme il était le chef – je ne me rappelle plus son grade – ils l'ont épargné et lui ont permis de rentrer à pied, sous bonne escorte. Ils l'ont autorisé à rentrer, mais ils l'ont obligé à transporter… (Sa voix se brise.) Ils l'ont obligé à couper les oreilles de tous ses camarades, à les mettre dans un sac. Il paraît que ses mains étaient rouges de sang et que le sac dégoulinait. Et l'odeur… Je n'arrête pas d'y penser, cela m'obsède, la puanteur de ce sac visqueux, et l'épuisement de cette longue marche…

« Et puis la faim, la famine… C'était avant qu'ils rétablissent le commerce. Les rumeurs, les abominables rumeurs. Les animaux familiers qui disparaissaient. Même des… (Elle a un haut-le-cœur.)… Même des bébés, il paraît.

— Trudy, tu ne peux pas porter le malheur du monde sur tes épaules.

— Et ce dîner ridicule, ce grand tralala dont je t'ai parlé, celui avec nos petits potentats locaux qui faisaient tout leur possible pour se mettre le nouveau régime dans la poche, ce dîner où un ami de ma famille, qui a épousé une Australienne, a dénoncé la race blanche, tu te rappelles ? Le dîner que Victor a organisé ?

— Oui, bien sûr.

— Je ne t'ai pas tout dit. Nous étions donc attablés dans nos plus beaux habits et faisions de notre mieux pour ne pas nous sentir trop hypocrites, pour ne pas avoir l'impression que nous capitulions comme des lâches tout en espérant pouvoir nous regarder de nouveau dans la glace après tout cela, et puis à un moment donné – tout le monde était passablement ivre – Dominick a lancé une remarque stupide. Je ne me rappelle même plus ce qu'il a dit, mais c'était bête et malin, tu sais comme il est.

— Je sais.

— Alors le Japonais qui avait organisé ces agapes, un dénommé Ito, le directeur du ministère des Finances du Gunseicho, tu sais, le gouvernement militaire nommé par Tokyo… il était assis à la même table que Dommie. Bon, il s'est levé et s'est dirigé vers Dommie d'un pas martial… dans un silence total car personne ne parlait plus, sans doute à cause de son attitude, je ne sais pas. Bref, il s'est planté devant Dommie et l'a giflé. Fort !

Elle fait glisser le bord du drap à plat entre ses deux mains, comme si elle cherchait à le lisser.

— Et le bruit de cette gifle, tu vois, on aurait dit un coup de pistolet. Toutes les têtes étaient déjà tournées vers lui, mais un murmure de consternation a couru dans la salle. Je crois. Je ne me rappelle plus. En tout cas, Dommie n'a rien dit. Sa joue est devenue de plus en plus rouge. Je voyais bien qu'il se retenait de toutes ses forces. Il a détourné le visage, puis il a soulevé sa coupe de champagne et en a bu une gorgée. Et cette fois, je m'en rappelle, la salle tout entière a poussé un soupir de soulagement et chacun a repris tant bien que mal le fil de sa conversation. Et Victor, l'immonde sangsue, n'a pas levé le petit doigt.

« Pourtant c'était comme si on avait tous été giflés. Dommie veut toujours jouer les types décontractés, mais ses mains ont tremblé le reste de la soirée. Je sais que tu le trouves trop froid, mais tu ne le connais pas. Pas vraiment. Moi, je le connais depuis toujours et je peux te dire qu'il est fragile, un rien peut le briser. Je suis là pour le protéger, pour le sauver de lui-même si je peux. Il n'a que moi. On prend soin l'un de l'autre. S'il lui arrive de faire des choses moches, c'est qu'il a ses raisons. Pas comme Victor, qui est haïssable parce qu'il ne pense qu'à lui et à l'argent. Dommie se déteste lui-même, il peut se permettre d'être horrible…

Après une légère hésitation, elle poursuit :

— Je n'ai jamais raconté cette histoire à personne, Dominick a toujours été un peu dérangé. Enfant, vers douze ans, il s'est produit un incident avec les bonnes. Il les avait forcées à… faire des choses, et il leur avait fait des choses, et, bref, on les avait surpris. Quelqu'un les avait vus. Ses parents étaient morts de honte. Ils ont mis à la porte les bonnes, des jeunes filles qui venaient de Chine, en leur versant un dédommagement, et lui, ils l'ont envoyé en Angleterre. Il était encore trop jeune pour cela. Ses parents n'étaient pas faits pour avoir des enfants. C'est comme cela qu'il est parti. Il ne parlait même pas bien anglais, et avec ses drôles de vêtements et son accent… Ses camarades, je ne sais comment, ont eu vent de ce qui s'était passé ici, et les plus grands… ils l'ont forcé à faire la même chose. Ils l'ont obligé… tu sais. Tu sais comment c'est dans ces écoles anglaises. Il m'a tout avoué un soir qu'il était ivre mort. Je ne sais pas s'il se rappelle m'avoir confié tout cela. Mais tous les deux, on a toujours été comme frère et sœur. Après cela, il n'a plus jamais été pareil. Comment pourrait-il en être autrement ? Et voilà pourquoi il déteste les Anglais, la principale raison en tout cas, même si lui-même est tellement anglais que c'est à se demander ! C'est très compliqué. Et finalement, c'est comme pour nous tous une question de survie, non ?

— Certaines choses sont parfois plus importantes que le simple fait de survivre, énonce Will.

Il s'en veut de se montrer aussi pompeux, mais c'est plus fort que lui. Il cherche à la mettre en garde, non pour sa propre satisfaction, mais pour son bien à elle. Penser qu'elle défend un salaud comme ce Dominick ! Dans l'esprit de Will, sa loyauté la rend aveugle.

— Dis donc cela à un condamné conduit à la guillotine, rétorque-t-elle d'un ton passionné. Dis donc cela à quelqu'un que l'on s'apprête à fusiller. Je suis sûre et certaine qu'ils ne pensent tous qu'à une chose : comment se tirer de là ! Survivre à cet instant, voilà tout ce qui compte pour eux. Toi, tu peux peut-être te permettre le luxe de méditer sur la dignité de l'âme, mais… oh ! et puis on s'en fiche…. Je suis incapable de t'expliquer, de justifier… Alors, à quoi cela rime ?

— Tu n'as pas besoin de te justifier vis-à-vis de moi.

Elle agite ses mains devant elle, tout doucement, comme pour repousser l'air, pour écarter d'elle la réalité.

— Cette nuit est interminable. Je me sens comme Schéhérazade.

— Tu as peur que je te tue au lever du soleil ?

— Tout change quand vient la lumière, tu ne crois pas ?

Par la suite, il se demandera ce qu'elle voulait dire exactement par là.

Ils s'endorment, somnolent du moins, en prenant soin de ne pas se déranger mutuellement.

Au matin, tout en buvant son café, elle lui tend ses pieds à masser.

— La vie se présente sous un meilleur jour le matin, tu ne trouves pas ?

C'est sa manière de faire la paix. En ajoutant de la crème à son café, elle en renverse quelques gouttes dans la soucoupe : ses mains tremblent légèrement.

— *Mon amour*, dit-elle en français.

— Oui ?

— *Une question pour toi.*

— Oui ?

— Le brave général s'intéresse à moi pour un certain nombre de raisons. L'une d'elles étant que je suis plutôt jolie. Mais, comme tu sais, les jolies femmes sont légion à Hong-Kong. Si son intérêt pour moi ne fléchit pas, c'est qu'il cherche à se garantir son avenir. Un type ambitieux, cet Otsubo. Il estime que je peux l'aider. Comme il a les dents longues, il n'est pas question qu'il se satisfasse d'une belle montre et autres babioles : il vise beaucoup plus haut. Il n'hésiterait pas à s'approprier des terres si le gouvernement le permettait, mais voilà, le gouvernement ne le permet pas, et lui ronge son frein.

Elle marque un temps de pause, avant de reprendre :

— Tokyo a en particulier l'œil sur l'inestimable Crown Collection de Hong-Kong. Il paraît qu'elle compte les plus précieuses pièces d'antiquité chinoises, des objets sans prix qui sont devenus un enjeu politique. Et cet enjeu se révèle d'autant plus terrible que ces objets demeurent introuvables. Il est probable qu'ils ont été cachés avant que la guerre arrive jusqu'ici. Les Chinois souhaitent récupérer leur patrimoine, les Japonais convoitent la collection pour son immense valeur, et les Anglais estiment qu'elle leur appartient de droit. Difficile de voir clair dans un pareil sac de nœuds.

« Mais, bon, en résumé, Otsubo est persuadé que quelques-uns des détenus de Stanley pourraient lui donner des renseignements qui lui permettraient de localiser la collection. En fait, c'est surtout Reggie Arbogast qui l'intéresse : il connaîtrait la planque.

Si tu veux mon avis, Otsubo toucherait une récompense princière s'il mettait la main dessus et acheminait toutes ces merveilles de l'art chinois jusqu'au Japon. Tu ne peux pas imaginer la pagaille qui règne ici à la suite de tous ces pillages. On voit surgir sur les marchés des pièces magnifiques qui partent pour une bouchée de pain, alors que d'un autre côté on traite de la bimbeloterie avec tous les égards que l'on doit à des objets précieux, on l'emballe avec soin, on la fait transporter à Tokyo. Tu vois, on ne sait plus où l'on en est. Sauf Otsubo qui, lui, est décidé à retrouver la collection. Il m'envoie sans cesse chez les brocanteurs, au mont-de-piété, pour faire parler les gens. Jusqu'ici sans résultat. Mais tu comprends maintenant pourquoi il t'a offert cette permission et tenait à dîner en ta compagnie.

— Qu'est-ce qui l'incite à penser que je sais quoi que ce soit ?

— Il a entendu dire que tu étais très populaire au camp. Tu as été élu chef de je ne sais plus quoi, non ?

— Je ne vois vraiment pas le rapport.

— Tu sais quelque chose ?

La question, posée ainsi tout à trac, le prend au dépourvu.

— Tu aimerais que je sache quelque chose ?

— Cela veut-il dire que oui ?

Il se lève. Ce dialogue de sourds lui répugne.

— Trudy, nous ne sommes pas en guerre l'un contre l'autre.

— Non, mais nos intérêts sont peut-être divergents. Will, tu dois me rendre service.

— Tout ce qui est à moi t'appartient.

Cette déclaration sonne faux aux oreilles de Will, elle lui laisse un mauvais goût dans la bouche, tandis que sous ses yeux le visage de Trudy se décompose, désespéré. Que lui inspire-t-elle à présent ? De l'amour ? Ou de la pitié ?

— Alors, tu vas nous aider ?

Que pouvait-il faire ? Elle ne réclamait rien pour elle-même. Ce « nous »... elle parlait en *leur* nom. Il l'avait déjà perdue.

TROISIÈME PARTIE

Le 2 mai 1953

Mlle Edwina Storch, une véritable institution à Hong-Kong, donnait de temps à autre un déjeuner de dames à son domicile des Nouveaux Territoires. Directrice émérite d'une école primaire réputée de Pok Fu Lam, elle était, en outre, connue pour son expertise en matière de porcelaine chinoise. Elle avait été aussi un peu diplomate… Toujours est-il qu'elle vivait retirée dans une vieille demeure avec ses bergers allemands, sa basse-cour, un couple de Chinois âgés qui la servaient, et une autre vieille fille anglaise, sa compagne de toujours, Mlle Winkle. Elles venaient parfois déjeuner au Ladies' Recreation Club, où Claire les avait vues au milieu d'une cour d'autres expatriées. Elle avait aussi vu Mlle Winkle arranger avec une habileté consommée un bouquet d'œillets au cours d'art floral de Mme Beazley à la YWCA de Duddell Street. Mlle Winkle était petite et frêle, avec des os d'oiseau, alors que Mlle Storch était une femme forte, aux jambes aussi épaisses que des poteaux. Toutes deux affectionnaient les jupes sous le genou et les chemisiers blancs à col Claudine. Elles partaient parfois pour de longues randonnées dans la campagne, chaussées de gros souliers et escortées par leurs grands chiens. Une invitation d'Edwina Storch, cela ne se refusait pas, manifestement, même si Claire n'avait pas encore compris exactement pourquoi. Aussi, quand elle reçut le carton par la poste, un beau vergé crème avec une couronne dorée gravée en relief – un peu excessif, sembla-t-il à Claire, pour une ancienne institutrice –, accepta-t-elle sans hésiter, poussée par la curiosité.

Claire arrêta sa voiture devant le portail de bois peint en blanc. Il lui fallut descendre de son véhicule, ouvrir la barrière, puis la franchir au volant avant de sortir de nouveau pour la refermer, en rabattant un petit crochet dans le piton du piquet extérieur – elle aurait volontiers laissé le portail ouvert, sachant qu'une vingtaine d'autres femmes étaient comme elle conviées à ce déjeuner. Puis elle remonta une allée poussiéreuse, passant devant de beaux arbres et une balançoire suspendue à une grosse branche, avant d'atteindre enfin la maison : une imposante bâtisse de pierre en si piteux état qu'elle semblait sur le point de se désagréger. Négligeant le perron et la porte grillagée entrouverte, Claire, se guidant au son de la musique et des voix, contourna la maison pour se diriger vers le jardin qui se trouvait derrière.

Contre le mur était dressée une table accueillant un seau à glace, un assortiment de verres dépareillés, un grand bol de punch et un plat de petits sandwichs aux œufs-mayonnaise qui attiraient déjà les mouches. Cinq autres convives, arrivées avant elle, bavardaient. Claire n'en reconnaissait aucune. Mlle Storch s'avança pour lui souhaiter la bienvenue, lentement : elle marchait avec une canne.

C'était une de ces personnes si contentes d'elles-mêmes qu'elles se permettent toutes les excentricités. On n'avait pas intérêt à s'étonner si elle décidait de vous servir du vin dans une tasse à thé, par exemple, à moins de ne pas craindre de passer pour une « affreuse bourgeoise ». Ainsi Claire n'allait pas tarder à goûter au charme d'un repas composé de tourte au lapin, sandwichs à la tomate sur pain blanc et crème glacée, consommé autour d'une table couverte d'une nappe en coton tachée, sous la bâche fatiguée d'une tente qui avait vu des jours meilleurs. À côté de chaque assiette ébréchée, un éventail en bois de camphrier sculpté attendait d'être déployé dans la chaleur d'étuve. Debout, autour de la table, des femmes s'éventaient déjà en buvant de la citronnade tiède et en piquant des cure-dents dans des saucisses miniatures et des carrés d'ananas.

— Je suis si heureuse de faire votre connaissance ! s'exclama Mlle Storch. Il y a des siècles que je veux vous inviter.

— Tout le plaisir est pour moi, mademoiselle Storch, répliqua Claire. J'ai entendu monts et merveilles à votre propos.

— Edwina, je vous en prie, et appelez Mlle Winkle Mary. Ne perdons pas de temps en chichis inutiles.

— Merci, c'est très gentil à vous...

Claire se sentait mal à l'aise sous le regard inquisiteur de Mlle Storch. Des gouttes de transpiration coulaient dans son décolleté.

— ... Vous donnez souvent des déjeuners ? demanda-t-elle. J'en ai souvent entendu parler, mais je ne savais pas s'ils...

Elle laissa sa phrase en suspens, ne trouvant pas les mots appropriés.

— Mary et moi habitons si loin de tout, quoique ce soit notre choix... Mais, voyez-vous, nous aimons voir nos amis, et les gens ont du mal à venir jusqu'ici.

Nous avons donc eu cette idée de donner des déjeuners régulièrement. Apparemment, elle est bonne puisque nous avons toujours du monde. Les gens font l'effort. Tout le monde finit par passer nous voir. Nous avons eu quelques gouverneurs, des lords et des ladies, des voyageurs venus d'Angleterre.

— Il y a longtemps que vous êtes à Hong-Kong ?

— Plus longtemps que vous ne pouvez l'imaginer, ma petite.

— Oh !

Cette exclamation avait échappé à Claire quand un grand doberman s'était brusquement matérialisé à côté d'elle et lui avait collé son museau dans la main.

– Je vous présente Marmaduke, le petit chéri, dit Mlle Storch d'un ton affectueux. Avec lui, au moins, on se sent en sécurité. Il a un appétit d'ogre.

— Vous avez d'autres chiens, je crois ?

— Nous en avons sept en tout, mais à cette heure ils sont en vadrouille. Ils rentreront ce soir quand ils auront faim. Nous les avons adoptés après la guerre. Il y avait tellement d'animaux errants. Nous n'avons pas eu le cœur de leur fermer notre porte, et en fin de compte nous en avons beaucoup trop. Il y a huit perruches dans la maison, et trois chats qui rêvent de les croquer. Ah, et je crois qu'il y a aussi une tortue d'eau douce quelque part dans la cuisine.

— Avez-vous passé la guerre à Hong-Kong ?

— Oui, quelle folie ça a été. Et l'après-guerre alors…

Mlle Storch rajusta ses lunettes. Derrière les verres embués par l'humidité, ses gros yeux avaient l'air de lui sortir de la tête. Son visage charnu était rouge.

— Un de mes amis…

Claire s'interrompit.

— Oui ? insista Mlle Storch.

— Un de mes amis l'a aussi passée ici. Mais ce que je dis est idiot. Des milliers de gens ont vécu la guerre à Hong-Kong. Veuillez m'excuser.

Sur ces paroles, Claire la salua d'une vague courbette et s'éloigna vivement. Marmaduke la suivit quelques pas, puis, constatant qu'elle n'avait pas de friandise pour lui, partit en quête d'une meilleure cliente. Claire avait le cœur qui cognait à tout rompre. Elle erra un moment, comme en transe, avant de se laisser tomber sur une chaise. Qu'est-ce qui lui avait pris tout à l'heure ? Sans doute la chaleur accablante, l'intensité du regard de Mlle Storch et ses propres pensées qui retournaient sans cesse à Will s'étaient-elles liguées pour lui faire oublier toute prudence.

Elle se leva pour cueillir un éventail sur la table. Une fois remise de ses émotions, elle jeta discrètement un regard du côté de Mlle Storch. Cette dernière était en grande conversation avec une autre femme et semblait n'avoir même pas remarqué l'étrange conduite de Claire.

Assise, l'éventail aidant, elle se sentit plus fraîche et inspecta attentivement le cadre qui l'environnait. C'était un endroit charmant. Elle admira le superbe chêne, ses branches séculaires étendues au-dessus de la pelouse qui roulait au loin telle une douce houle verte vers un majestueux paysage de montagnes.

— On ne se dirait pas à Hong-Kong, n'est-ce pas ? dit une voix derrière elle.

Claire tressaillit de surprise.

— Pardon, je ne voulais pas vous faire peur.

Elle se tourna pour se retrouver face à une petite dame, des lunettes pendues au cou.

— Mary Winkle, se présenta-t-elle.

— Excusez-moi. Je suis Claire Pendleton. Merci de votre invitation.

— Tout le plaisir est pour nous. Comme nous aimons voir du monde, nous faisons de notre mieux pour les appâter avec un bon repas.

Une minuscule servante chinoise s'avança avec l'air d'attendre des ordres.

— Voulez-vous boire quelque chose ? Dites ce que vous voulez, Ah Chau vous l'apportera.

— Une citronnade, s'il vous plaît.

— Une citronnade ! répéta Mlle Winkle d'une voix forte.

Ah Chau disparut sur un hochement de tête de sa patronne.

— Elle est un peu sourde depuis la guerre. Les Japonais l'ont malmenée.

— Comme c'est triste, dit Claire. C'est gentil à vous de la garder.

— Elle fait partie de la famille. Quand j'étais au camp de Stanley, elle m'apportait à manger toutes les semaines, alors que les siens n'avaient pas assez. Et elle est restée avec Edwina, qui elle était libre.

— Toutes ces histoires que j'entends sur la guerre. C'est extraordinaire.

— Ce n'était sans doute pas tellement mieux en Angleterre, d'après ce qu'on raconte.

— Nous étions à l'abri. Nous étions rationnés, mais sinon, ce n'était pas si mal. Je me rappelle le hurlement des sirènes, et d'avoir couru avec maman aux abris.

— Oui, les sirènes et l'impression qu'on a un nœud dans l'estomac dès qu'elles retentissent.

— Comme dans un mauvais rêve, dirait-on.

Une cloche sonna.

— Le déjeuner est servi !

Elles se dirigèrent toutes vers la tente.

Pendant le déjeuner, Claire, médusée, vit Edwina Storch, à sa droite, cueillir une des tomates dont la pyramide tenait lieu de centre de table et croquer dedans comme dans une pomme, sans se formaliser du jus rouge qui coulait sur son chemisier blanc.

Mlle Storch remarqua son étonnement.

— C'est tout simplement succulent, ma petite. Prenez-en une. Sucrées à point. Elles viennent de mon potager. Vous les trouverez aussi dans la soupe, on profite des dernières.

— Non merci, refusa Claire. Mais je trouve merveilleux que vous puissez faire pousser vos propres légumes ici, à Hong-Kong.

— Oh ! pour rien au monde je ne voudrais vivre ailleurs. J'ai été trop gâtée. Si je retournais en Angleterre, ils m'accuseraient d'être devenue chinoise, et ils auraient raison.

— Vous pensez ne jamais y retourner ? s'informa Claire qui pour une raison ou pour une autre se sentait en confiance auprès de la vieille dame.

— Retourner à quoi ? Je n'y ai plus personne, et la famille que je me suis constituée est ici.

Claire prit une cuillerée du potage froid à la tomate.

— Puis-je vous poser une question impertinente ? dit-elle.

— À la condition que je puisse refuser d'y répondre, acquiesça Mlle Storch.

— Sur quoi vous fondez-vous pour lancer vos invitations ? Nous ne nous étions encore jamais rencontrées, et même si j'étais ravie de venir, je n'arrive pas à comprendre comment vous avez appris mon existence.

Mlle Storch partit d'un bon rire.

— Quand on reçoit, il faut voir les choses en grand. Quelle barbe de retrouver toujours les mêmes têtes. Ce qu'il faut, c'est un mélange, de nationalités, de professions, de personnalités. Comme vous le savez, la vie à Hong-Kong peut devenir mortellement ennuyeuse, la bonne société y étant si restreinte. Et il faut bien s'amuser un peu quand on est vieux, vous ne pensez pas ?

Une dame chinoise interpella à cet instant Mlle Storch avec un accent américain :

— Je me suis laissé dire que vous aviez une collection de porcelaines Song du Shaanxi digne d'un musée. Il vous arrive de la montrer ?

— Quelquefois, sourit Mlle Storch.

La Chinoise attendit en retenant son souffle. En guise de réponse, le sourire de Mlle Storch s'élargit.

La rousse à la gauche de Mlle Storch profita du silence pour élever encore un peu plus la voix. Depuis le début du repas, elle s'exprimait avec grandiloquence sur la cause des femmes et la condition des immigrants.

— Avez-vous entendu la nouvelle ? Le gouvernement met en place une commission d'enquête qui doit étudier comment nous débarrasser une bonne fois pour toutes de ceux qui ont collaboré avec les Japonais. On en a assez de ces ordures qui veulent se faire oublier et font semblant de n'avoir jamais pactisé avec le diable.

— Eh bien, vous au moins, vous ne mâchez pas vos mots, commenta Mlle Storch. Il y a eu des opportunistes, sans aucun doute. Mais en général les gens cherchaient seulement un peu de travail rémunéré, de quoi mettre du pain sur la table. À mon avis, ceux qui devraient être poursuivis sont ceux qui n'avaient pas de soucis financiers et cherchaient seulement à s'enrichir encore davantage sans se soucier des autres. La cupidité et la malhonnêteté vont main dans la main, en temps de guerre comme en temps de paix.

— Ils devront répondre de leurs crimes devant une haute autorité, rétorqua la rousse avec l'air de savourer ses propres paroles.

— Il n'est pas toujours possible de trouver des preuves, d'autant que l'époque ne favorisait pas l'archivage, intervint une autre femme, celle-là plutôt bien en chair. On ne sait toujours pas, par exemple, où est passée la Crown Collection.

— Sans doute vont-ils se fonder sur des témoignages, avança Mlle Storch.

— Mais pourquoi maintenant ? s'étonna Claire. Si longtemps après la guerre ?

— Ce n'est pas officiel, naturellement, répondit Mlle Storch, mais des événements récents font que cette commission survient à point nommé. Les plus en vue, comme le général Sakai, celui qui a dirigé l'offensive nippone, et le colonel Tanaka, ont été exécutés ou emprisonnés, mais selon moi on déploie un peu trop de zèle à traquer les civils qui se sont montrés trop amicaux avec leurs nouveaux maîtres et qui à présent jouent aux innocents. J'ai l'impression que l'on réactive inutilement de vieilles animosités.

— Vous êtes donc au courant ? s'informa la rousse.

— Je suis avertie depuis déjà un certain temps, car je serais peut-être en mesure de fournir certains renseignements…

Sur ces paroles énigmatiques, Mlle Storch se leva en ajoutant :

— Qui veut venir admirer mon nouveau Crosley ? On me l'a livré la semaine dernière. Le beurre y conserve toute sa fraîcheur et il se décongèle automatiquement.

De toute évidence, l'affaire de la commission d'enquête était un sujet clos.

Ces dames s'attardaient à bavarder autour d'une tasse de thé et des petits choux à la crème lorsque, tout d'un coup, Mlle Winkle vint se pencher sur son épaule :

— Claire, nous feriez-vous l'honneur de nous jouer quelque chose ? Nous avons entendu beaucoup d'éloges sur votre talent.

Claire rougit.

— Je ne suis pas du tout une bonne pianiste, protesta-t-elle. J'enseigne, certes, mais je joue rarement pour moi-même.

— Vous donnez des cours à Locket Chen, n'est-ce pas ?

— Oui, depuis quelques mois.

— Et cela vous plaît ? Et ses parents, Victor et Melody, comment les trouvez-vous ?

— Je n'ai pas eu le plaisir de lier avec eux très ample connaissance, étant donné qu'ils sont rarement là quand je viens donner ma leçon.

— J'imagine qu'ils sont très occupés.

— Vous les connaissez ? s'enquit Claire.

— Si je les connais ? dit Mlle Winkle d'une voix changée où pointait une intonation quelque peu étrange. Oui, je peux dire que nous les connaissons. En tout cas, Edwina connaît très bien M. Chen.

— Si vous le souhaitez, je leur transmettrai vos amitiés, dit Claire en trempant ses lèvres dans sa tasse.

Par bonheur pour elle, tout le monde eut l'air d'avoir oublié ses talents de pianiste. Quant à Mlle Winkle, elle fut appelée en cuisine pour une histoire de biscuits. Claire en profita pour ramasser son foulard et son sac et prendre congé.

Le 5 mai 1953

« Les autres se sont toujours attendus à ce que je sois méchante, égoïste, mesquine, et moi j'ai toujours fait de mon mieux pour me conformer à ce qu'on attendait de moi. Je me fonds dans le jugement des autres, si je peux me permettre cette expression. Je pense que le regard des autres est ce qu'il y a de plus important pour la plupart d'entre nous. Nous vivons tous en société. Nous vivons sous le regard des autres et nous désirons être tels qu'ils nous voient, même si c'est à notre détriment. » Elle rit, elle lève son visage vers lui. Ses yeux, sa peau, brillent, il ne voit qu'eux. « Qu'en penses-tu ? »

Il se réveilla en sursaut, respira l'air brûlant, puis, entrouvrant les yeux, vit les pales du ventilateur tourner mollement au plafond. Il revenait peu à peu à la surface. Sa peau était couverte de transpiration, les draps du lit trempés. La voix de Trudy sonnait encore à son oreille, cristalline, vibrante, tandis que l'ombre fugace de son corps se mouvait au fond de son sommeil. Il avait oublié combien il aimait ses brusques déclarations, cette façon qu'elle avait de philosopher autour d'une boisson fraîche aux moments les plus incongrus, avec des éclairs de génie.

Elle l'attendait, elle s'attendait à ce qu'il la sauve.

Qu'en était-il à présent de son histoire à lui ? se demanda-t-il. Il y avait Claire maintenant. Malgré tout, elle était devenue importante pour lui. En elle, il se reconnaissait tel qu'il avait été dans sa jeunesse : elle était immature, encombrée de préjugés stupides, ignorante à en être adorable, mais rachetée par moments par une belle lucidité. La naïveté de Claire agissait tel un baume sur les plaies de ses désillusions. L'amour n'était-il pas une forme dérivée du narcissisme ? Elle aussi lui apparaissait en rêve, cherchant à supplanter l'autre femme, celle qui le hantait jour et nuit. Claire et sa blonde et familière féminité, une jeune beauté anglaise à côté de la beauté exotique de Trudy. Trudy belle et ténébreuse comme un scorpion.

La nuit à travers les vitres était un velours noir. Il se leva et ouvrit les fenêtres sur le bienfaisant anonymat des ténèbres. Les odeurs chaudes de Hong-Kong montèrent par vagues dans la chambre, chargées d'arômes corporels et du sel de la mer, même à cette altitude. Jamais l'air n'était limpide et sec, toujours humide et collant, mais pas de manière déplaisante. Au fond de l'obscurité, une lueur clignotait : un paquebot ? Un autre insomniaque ?

Il entendit de nouveau la voix de Trudy. Plus désespérée à présent, plus perçante.

Il sut alors que le moment était venu de passer à l'action.

Le 7 mai 1953

La fièvre du couronnement avait gagné Hong-Kong. La princesse Élisabeth, d'une minceur impériale, et son beau prince consort enflammaient l'imagination des expatriés comme des autochtones. La ville se couvrit soudain d'affiches annonçant des ventes « spécial couronnement », les tailleurs vantaient la confection de robes « belles pour le couronnement », des pièces de monnaie et des timbres commençaient à circuler figeant d'avance l'événement. Les dames de la bonne société organisaient des soirées et des thés de couronnement, et les palaces louaient leurs salles pour des bals « comme à la Cour ». Claire se surprenait à attendre chaque matin avec impatience la sortie des journaux afin d'y découvrir tous les détails des préparatifs.

Elle était depuis toujours fascinée par les princesses d'Angleterre, allant jusqu'à dévorer le récit de leur gouvernante, Marion Crawford, un livre qui avait fait scandale en livrant des détails croustillants sur leur vie intime. Et voilà que la princesse allait devenir reine !

Hong-Kong organisait des grands défilés et des remises de décoration. Les premières pages du *South China Morning Post* et du *Standard* étaient chaque jour consacrées au couronnement imminent. Il y aurait une fontaine illuminée sur Statue Square, un arbre de Mai couleur bleu roi surmonté d'une couronne, quatre lions symbolisant le Royaume-Uni et quatre torches représentant la flamme de l'unité du Commonwealth. Le tout devait être confié jour et nuit à la bonne garde d'envoyés personnels de Sa Majesté. Il y aurait aussi l'inauguration d'un Coronation Garden à Kowloon, planté d'hydrangeas bleus et de nénuphars rouges et blancs pour composer un drapeau anglais à l'échelle d'un jardin. En outre, les journaux abondaient en avertissements triviaux : les services de la ville priaient par exemple les habitants qui possédaient des terrasses ou des balcons de veiller à les consolider ou à les étayer s'ils avaient l'intention de recevoir des amis le soir du couronnement.

Claire prêtait la plus grande attention aux informations touchant aux initiatives de la poste confrontée à la déferlante de demandes en timbres commémoratifs. Des guichets spéciaux allaient être ouverts en grand nombre. Elle comptait bien se rendre à la poste de Des Voeux Road pour acheter les siens. Elle avait aussi mis quelques dollars de côté pour des assiettes commémoratives en l'honneur de la princesse Élisabeth.

Quand elle fit part de son excitation à Will, celui-ci éclata de rire.

— Qu'est-ce que ça peut te faire ? Elle va porter une couronne parce qu'il se trouve qu'elle est née là où elle est née, voilà tout. Et aussi parce que son oncle a eu la bonne idée de tomber amoureux d'une femme que tout le monde désapprouve.

Claire ne lui cacha pas que ses paroles la choquaient.

— J'ai l'impression d'entendre parler un communiste, Will. Si j'étais toi, je n'irais pas le crier sur les toits.

— Que tu peux être sotte quelquefois.

Puis, déposant un léger baiser sur son front, il murmura avec tendresse :

— Ma petite sotte chérie.

Huit mois s'étaient écoulés depuis leur première étreinte. Ils avaient pris des habitudes, une sorte de rythme, sans pour autant que le sentiment de nouveauté fût émoussé. Avant chaque rendez-vous, Claire avait encore les paumes qui la picotaient délicieusement et elle guettait sa propre image sur toutes les surfaces réfléchissantes. Les horaires réguliers de Martin leur laissaient amplement le temps de se voir, mais c'était le travail de Will qui la déconcertait.

— Ils ne te demandent jamais rien, lui dit-elle un jour. Ils ont deux autres chauffeurs, des Chinois. Pourquoi t'ont-ils engagé alors ?

— Je leur suis utile à ma manière, répondit-il, refusant de lui donner davantage d'explication.

D'un autre côté, l'oisiveté de Will leur permettait de passer ensemble de longs après-midi dans son petit appartement, une fois Ah Yik envoyée à travers la ville dans d'interminables courses. Avec la petite dame chinoise, Claire marchait sur des épines. Elle se sentait tellement gênée d'être la maîtresse de Will qu'elle n'osait même pas la regarder dans les yeux. Elle se torturait chaque fois pour trouver quelque chose à lui dire, ou à ne pas lui dire, et se résignait mal à ignorer carrément sa présence. Elle consulta Will à ce sujet, et son attitude la contraria.

— Cela n'a aucune importance, dit-il. Elle est d'une discrétion et d'une loyauté à toute épreuve.

— Ce n'est pas ce qui m'inquiète.

— Tu t'inquiètes de l'opinion qu'elle a de toi ? la taquina-t-il.

— Je me sens gênée, Will. C'est tout.

— Je comprends. Mais elle se fout pas mal de ce que nous faisons. Elle a vu bien pire.

— Comment cela ?

— Elle est à mon service depuis des années.

— Tu es en train de me dire… (Elle s'interrompit.) Ça ne fait rien.

Au fond, elle préférait rester dans l'ignorance.

— Pourquoi te soucies-tu tant du sort de la reine ? interrogea-t-il brusquement.

— C'est notre reine. Quelle question ! Pourquoi est-ce que je ne m'intéresserais pas à elle ?

— Tu as foi dans l'empire ?

— Bien sûr, dit-elle, tout en s'avouant à elle-même qu'elle ne savait pas très bien de quoi il voulait parler.

Il se dressa sur un coude, soudain plus impliqué dans la conversation.

— Bon. Maintenant : crois-tu que la reine se soucie de toi, de ce que tu deviens ?

— Quoi ? Tu poses vraiment des questions bizarres, Will. Parfois je ne te comprends pas du tout.

— Je veux simplement savoir si, à ton avis, la reine, ou plutôt la future reine, prend ton bien-être à cœur.

— Ses sujets sont si nombreux, je suis sûre qu'elle souhaite le bonheur de chacun d'eux.

— Tu te considères comme son fidèle et loyal sujet ?

— Oui, répondit-elle, exaspérée. Pourquoi es-tu si têtu ? Ce sont des choses qui comptent beaucoup pour nous autres sujets britanniques, tu devrais le savoir, et la plupart des gens partagent mes sentiments.

Will sourit, un sourire alangui.

— Et moi, je pense que cette ravissante péronnelle de Lizzie n'a pas tant d'égards pour toi que tu le crois.

— Tu es incorrigible ! N'en parlons plus, tu veux ? Cela me met de mauvaise humeur. Méchant, va ! Voilà, à cause de toi, je suis en colère.

Il rit. Il adorait qu'elle le gronde.

Mais Will était lunatique, coutumier de surprenantes sautes d'humeur.

Un jour, elle avait fermé la porte à clef derrière eux. À l'instant même où le léger déclic de la serrure se fit entendre, il pivota sur lui-même, le visage crispé par une rage incontrôlée.

— Je te l'ai déjà dit ! Ne ferme jamais ma porte à clef. Ouvre-la, tout de suite !

Elle obtempéra, rouge de honte, avec la détestable impression qu'elle venait de se faire taper sur les doigts.

Un peu plus tard, elle tenta de l'interroger sur la violence de sa réaction.

— Pourquoi étais-tu à ce point furieux quand j'ai verrouillé la porte tout à l'heure ? Il n'y avait pourtant pas de quoi s'énerver.

— C'est une longue histoire, répondit-il. Mais, surtout, je t'en supplie, ne recommence jamais.

Il ne lui offrit ni excuse ni la moindre explication.

Chez lui, elle ne savait pas trop comment se comporter, mais dès qu'il l'attirait dans le lit ou la prenait dans ses bras, elle oubliait tout et se disait que cela lui suffisait : l'incertitude, toutes les petites humiliations et la culpabilité, tout cela en valait largement la peine.

Un nouvel élément entrait désormais en ligne de compte : Claire désirait un enfant.

C'était venu tout à coup. Pendant des années, elle avait posé sur les petits braillards un regard au mieux indifférent, puis quelque chose en elle avait changé, et désormais, de toutes les fibres de son corps, elle voulait un bébé, un petit corps chaud et odorant à serrer dans ses bras, à couvrir de baisers. Elle avait hâte que son ventre enfle, gonfle, devienne énorme, la proie de minuscules et mystérieux coups frappés de l'intérieur, et de se dire qu'elle était en train de donner la vie.

Elle voyait des bébés partout, sur le dos des Chinoises qui les portaient dans une écharpe, sur la pelouse du Ladies' Recreation Club où jouaient les chères têtes blondes. Alors montait en elle le chagrin de se sentir si peu femme, comme si on lui avait arraché une partie vitale d'elle-même. Elle surveillait son cycle et pleurait chaque fois que des gouttes de sang tachaient son linge. Lorsqu'une autre femme lui annonçait un heureux événement, son estomac se nouait d'envie, de regret, de manque.

Et, bien sûr, elle voulait l'enfant de Will. La pensée qu'elle pourrait attendre celui de Martin, sans se révéler totalement répugnante, lui paraissait une possibilité lointaine, à peine envisageable. Martin vivait comme dans une autre sphère, si loin de la sienne qu'elle était parfois étonnée de le trouver couché près d'elle le matin, au réveil. Son odeur lui était étrangère, sa peau trop moite, trop charnelle. Elle repoussait ses avances. Lui se pliait placidement à ces refus. Elle ne l'en méprisait que davantage, et se méprisait par ricochet elle-même. Avait-elle toujours été aussi cruelle ? Comment en était-elle arrivée là ? Martin se contentait de travailler plus dur, de passer plus de temps au bureau, comme s'il cherchait à lui laisser la voie libre. Pourquoi agissait-il ainsi ? Pourquoi agissait-elle ainsi ?

Le 8 mai 1953

Une occasion de mieux connaître les Chen se présenta. Non que Claire l'eût provoquée.

Cela se passa d'une façon très bizarre. La mère de Locket entra dans le salon de musique après la leçon, l'air harassé. Elle n'était plus tout à fait la même depuis quelque temps. Elle restait le plus souvent enfermée dans sa chambre et semblait être presque toujours à la maison quand Claire venait donner son cours à Locket. En outre, elle était devenue d'une maigreur presque inquiétante.

En voyant Claire, elle eut comme un sursaut de surprise.

– Oh ! madame Pendleton. Comment allez-vous ?

– Très bien, merci.

Claire commença à ranger ses partitions. L'heure était terminée. Locket avait filé dès que son professeur s'était écartée du clavier.

– Dites-moi, dit Mme Chen. Vous ne seriez pas libre à dîner ce soir, par hasard ? Vous et votre mari ? Je sais que je m'y prends un peu tard.

Claire était sans voix.

– Je serais ravie de vous avoir. Victor et moi donnons ce petit dîner, voyez-vous…

C'est alors que Claire comprit. Une invitation de dernière minute. Un couple de convives s'était désisté et elle avait besoin de trouver des bouche-trous.

— Je crains que…

— S'il vous plaît, acceptez ! s'écria Mme Chen. Ce sont des amis charmants. Il y aura aussi des gens du gouvernement, je suis sûre que M. Pendleton trouvera à qui parler.

Une carotte qu'elle agitait sous le nez de Claire…

— Bien, finit-elle par dire, sachant que Martin serait trop content d'aller à ce dîner.

— Ah ! vous me faites très plaisir. On se retrouve au Golden Lotus, un restaurant cantonais de Central, à huit heures. Nous avons un salon privé.

— Merci de nous avoir invités, conclut Claire.

— Tu crois qu'ils vont nous faire manger des chenilles et des pattes de poulet ? plaisanta Martin quand elle le mit au courant du brusque changement de programme.

— Qui sait ? dit Claire. En tout cas, moi, je n'y toucherai pas.

Elle regarda Martin passer son peigne sous le robinet avant de se coiffer.

— Quelle chemise dois-je mettre ? s'enquit-il.

— Je ne sais pas pourquoi nous allons à ce dîner, vraiment, je ne sais pas, pesta Claire.

Mais Martin était déjà parti explorer sa commode en quête d'une chemise adéquate. Elle contempla son visage dans la glace de la salle de bains. Elle avait les traits tirés. Elle se poudra le nez et se pinça les joues.

Le dîner ne fut pas une réussite. Claire ne savait pas quoi dire à ces hommes et à ces femmes qui échangeaient des considérations de haute volée sur la marche du monde. Et puis ils parlaient tellement d'eux-mêmes !

D'une ponctualité irréprochable, ils étaient arrivés les premiers après les Chen : leurs hôtes attendaient en buvant un cocktail debout au coin du bar.

— Je suis si heureuse que vous ayez pu venir ! s'exclama Melody Chen en venant à leur rencontre.

Les formes anguleuses de son corps amaigri étaient adoucies par une ravissante robe en mousseline de soie verte aux manches évasées. Elle portait aux oreilles des pendants d'émeraude et au doigt la plus grosse émeraude que Claire avait jamais vue. Elle ne pouvait détacher son regard de la pierre.

— Bonsoir… Melody, articula Claire non sans effort, n'ayant pas l'habitude de l'appeler par son prénom.

Après mûre réflexion, elle avait conclu qu'elle ne pouvait guère continuer à lui donner du Mme Chen à une soirée mondaine.

— Melody, répéta-t-elle, je vous présente mon mari, Martin Pendleton. Vous vous êtes déjà rencontrés, brièvement, au Beach Club.

Martin et Melody Chen se serrèrent la main.

— Il paraît que vous travaillez pour le Département des Eaux, dit M. Chen en entraînant Martin vers le bar.

Son épouse complimenta Claire sur sa robe, une robe toute simple qu'elle avait déjà portée à la soirée chez les Arbogast sur le Peak, ce soir lointain où elle avait vu Will pour la première fois.

— Elle est très jolie. J'adore le blanc, c'est vrai, c'est si frais.

Melody s'exprimait sur le ton de la sincérité. Elle avait dû être jolie autrefois, mais à présent elle avait le visage fané, si émacié qu'on devinait la forme de son crâne sous la peau parcheminée.

Les Chen étaient des hôtes parfaits, charmants, gais et accueillants. Ils les présentèrent à tous les convives à mesure de leur arrivée. Pourtant Claire ne parvenait pas à se débarrasser d'un vague mais tenace malaise.

Elle fut placée à côté d'un certain M. Anson Ho, qui dirigeait des usines de textile à Shanghai et en ouvrait de nouvelles à Hong-Kong. Cet homme montrait avec ostentation qu'il ambitionnait de développer son affaire à grande échelle et que les Britanniques n'étaient pour rien dans sa prospérité.

— Les Chinois ont l'esprit d'entreprise, répétait-il à qui voulait l'entendre. Nous nous arrangeons toujours pour faire de l'argent. L'ancien gouvernement ne laissait pas assez d'opportunités à la population locale. Les Britanniques sont arrogants mais il faut qu'ils admettent maintenant que nous vivons dans une autre époque. Les Chinois de Hong-Kong doivent se gouverner eux-mêmes.

Son nez rougeaud et bourgeonnant témoignait d'un goût immodéré pour le cognac. D'ailleurs, il en avait déjà bu pas mal et s'exprimait avec de grands gestes. Les conversations autour de la table roulaient sur les communistes et la partition de la Corée – « Rhee joue avec le feu » –, et on glosait sur les dernières nouvelles de Birmanie. En face de Claire, Belle, une Américaine, soi-disant journaliste, décréta que le port de Hong-Kong était inférieur à ceux de Sydney et de Rio. Belle fumait en prenant des attitudes théâtrales. Quand elle demanda son opinion à Claire à propos de ces questions portuaires, cette dernière porta sa serviette à ses lèvres, s'essuya la bouche et se leva en demandant qu'on l'excuse. Elle fila se réfugier aux toilettes.

Quelle ne fut pas sa surprise d'y retrouver Melody Chen, se tordant nerveusement les mains sous le robinet du lavabo, le regard fixé sur son reflet dans la glace. Melody tressaillit à la vue de Claire. Son émeraude était posée sur le rebord de porcelaine.

— Quelle pierre magnifique, commenta Claire. Je n'en ai jamais vu d'aussi belle.

— Je suis obligée de l'enlever pour me laver les mains, dit Melody en se les séchant. Les émeraudes sont des pierres fragiles et j'ai toujours peur de la casser. En plus, elle est un peu trop grande.

Elle cueillit la bague et la glissa aisément à son doigt.

— C'est la barbe ! conclut-elle.

— Vous avez perdu beaucoup de poids, approuva Claire. Vous n'êtes pas souffrante, j'espère ?

— Non, non, je vais très bien, répondit Melody en esquivant son regard. Il faut juste que je me repose. Victor prétend que je passe ma vie à courir.

Claire, consciente de lui barrer le passage, ne se poussa pas pour autant.

— J'espère que vous vous amusez ? reprit la Chinoise en s'écartant pour contourner Claire. Victor et moi sommes très heureux que vous ayez pu vous libérer. Nous sommes ravis des progrès que fait Locket... Vous êtes la bonne fée de son éducation musicale.

Elle tint la porte entrouverte un moment pour conclure :

— C'est une agréable soirée, n'est-ce pas ?

Le battant se referma derrière elle.

Claire souleva la première serviette de la pile et essuya la pellicule d'eau qui restait dans la cuvette du lavabo. La porcelaine fut vite étincelante.

Quand elle revint à table, les convives se livraient à des réminiscences de la guerre et l'après-guerre.

— Ce que j'ai trouvé extraordinaire, disait Melody, c'est de voir combien, au lendemain de la guerre, Hong-Kong s'est révélée une ville chaleureuse. On accueillait tout le monde à bras ouverts, et cette bonne ambiance a perduré alors même que les réfugiés commençaient à affluer de derrière la frontière. Mais aujourd'hui, quand ils réussissent à passer, ils ne sont plus les bienvenus. Ils sont trop nombreux, et il circule trop d'histoires regrettables. Notre sympathie a ses limites. Savez-vous que Betty Liu a hébergé six cousins pendant une année entière ? Elle les a finalement envoyés au Canada, mais ça n'a pas été sans mal. En attendant, elle avait dû embaucher trois bonnes supplémentaires !

— Du grain à moudre pour la rubrique « Arrivées et Départs », commenta Belle, se référant à la page mondaine du *Post* qui tenait le journal des visites des personnalités descendant au Gloucester.

— C'est comme la marée, les Chinois vont et viennent de la Chine à Hong-Kong selon le tour que prennent les événements historiques, fit observer Victor. Mais rien ne change jamais vraiment, au fond.

— Où étiez-vous à l'époque des Japonais ? À Hong-Kong ? s'enquit Belle en s'adressant à Melody.

— Oh ! non. Victor est prévoyant, il m'avait envoyée en Californie chez ma meilleure amie d'école qui habite Bel Air. J'attendais Locket à l'époque.

— Très habile de sa part. Victor a toujours été un homme très avisé, approuva Belle.

Chacun avait sa petite contribution à apporter à ce pot-pourri de souvenirs, à croire qu'ils avaient grandi ensemble, alors qu'ils venaient des quatre coins de la planète. Mais ils avaient ceci en commun qu'ils parlaient la même langue, celle en usage dans « le monde ».

— Oui, j'ai beaucoup de chance, approuva Melody. Victor est un mari très prévoyant.

Les traits de son visage étaient figés tandis qu'elle prononçait ces mots. Il s'ensuivit un bref silence gêné.

— Eh bien ! s'exclama Victor. Mon sixième sens me souffle à l'oreille que nous devrions jouer à un jeu. N'est-ce pas votre marotte à vous autres Anglais après un bon dîner ? enchaîna-t-il en se tournant vers Claire. On m'oblige toujours à jouer aux charades ou à faire le cheval. Je ne sais pourquoi, vos compatriotes appellent cela se divertir.

Claire ouvrit la bouche pour se défendre, mais aucun son n'en sortit. Tous les regards étaient braqués sur elle. La seule phrase qui lui venait à l'esprit était absurde : « Les communistes sont à la porte, les communistes sont à la porte. » Comme une ritournelle obscène.

— Vous pouvez parler, Victor ! lança finalement Belle, volant au secours de Claire. Je vous ai vu défoncer le crâne d'un singe vivant pour lui manger sa cervelle. Drôle de gastronomie, qu'en pensez-vous ?

— Bien dit ! intervint un Français. Pour se défendre, le mieux c'est d'attaquer !

Tandis que la tension se dissolvait dans les propos décousus des convives, Claire s'efforçait de calmer les battements de son cœur et de se ressaisir. Elle avait hâte, désespérément hâte, que cette soirée se termine, et cela même si elle sentait sur elle le regard compatissant de Melody Chen à qui elle parvint à glisser un petit sourire.

À leur retour chez eux, Martin avait le vin bavard alors que Claire, au contraire, était mutique. Après de brèves ablutions, ils se déshabillèrent et se glissèrent entre les draps.

— Tu n'as pas remarqué, dit-elle enfin, la gêne, plusieurs fois pendant le dîner ?

— Non, je n'ai rien remarqué.

Elle aurait volontiers roué de coups la poitrine de ce mari trop placide, au cœur insensible.

Il posa une main tranquille et sereine sur l'épaule de Claire. Elle se détourna, de nouveau silencieuse.

— Claire…

— Martin, je suis épuisée, l'interrompit-elle. S'il te plaît.

Il se tut, se tourna sur le côté, remonta la couverture jusqu'à son menton.

— Bonne nuit, chérie, dit-il avec douceur.

Claire ne savait pas qui elle détestait le plus : Martin ou elle-même.

Le lendemain, quand elle raconta à Will combien elle avait trouvé belle l'émeraude de la bague de Melody, une ombre étrange passa sur son visage.

— Un caillou inoubliable, prononça-t-il. Je sais de quoi tu parles.

— Une émeraude coûte très cher ?

— Celle-ci n'a pas de prix.

— Tu connais cette bague ? Elle l'a depuis longtemps ?

Il rit : un rire bref, violent.

— Vous les femmes, avec vos bijoux. Vous êtes bien toutes les mêmes.

— L'autre jour, j'ai déjeuné chez Edwina Storch, ajouta-t-elle. Tu la connais ?

Une ombre passa de nouveau sur son visage. Ils étaient allongés côte à côte dans le lit.

— Oui, depuis très longtemps. Elle faisait partie de la colonie avant tout le monde. C'est une femme sympathique, je suppose, même si on ne sait pas très bien comment elle est parvenue à éviter d'être jetée au camp de Stanley pendant la guerre. Mais c'est une survivante, sans aucun doute.

Après une pause, il reprit :

— Tu t'es bien amusée ? Le tapage à ces déjeuners entre femmes où l'on ne cause que chiffons doit être infernal.

— Ah ! parce que tu crois ça ? Que l'on ne parle que de nos robes et de cuisine ?

— Je me trompe ?

— Crois-moi si tu veux, nous avons discuté très sérieusement politique et réparations de guerre.

— Et amahs, compléta-t-il en lui mordillant l'épaule. Et où trouve-t-on le meilleur gigot, et comment faire plaisir à votre…

Elle posa sa bouche contre la sienne.

— Tais-toi, mon chéri, dit-elle, frissonnant à l'idée d'être une femme capable de pareille fermeté.

Puis elle reprit :

— J'ai trouvé la conversation très intéressante. Il paraît qu'une commission va enquêter sur les gens qui ont collaboré avec les Japonais pendant la guerre et qu'il va y avoir des procès. Tu connais, toi, des gens qui ont collaboré ?

— Mais qu'as-tu donc aujourd'hui ? J'ai l'impression de subir un interrogatoire. D'où te vient tout à coup cette curiosité malsaine ?

— Ne fais pas l'idiot. Je voudrais juste savoir. On dit que la guerre crée des circonstances favorables aux pires agissements et je voudrais juste savoir si tu connaissais quelqu'un qui a commis des crimes et s'en est tiré sans être inquiété.

— Non, et je m'en félicite.

— Ce doit être horrible de vivre avec ces terribles secrets.

— Sûrement, dit-il. Parfois on doit avoir envie de mourir.

Après un temps de silence, il s'enquit d'un ton hésitant :

— Bon, pour parler d'autre chose, je ne sais pas ce que tu en penses, mais je dois me rendre à Macao pour régler une affaire ou deux. Envisagerais-tu de m'accompagner ? Crois-tu que tu pourrais inventer une excuse pour t'échapper toute une nuit ?

Elle n'avait jamais vu Will aussi timide. Elle en fut touchée. D'habitude, il ne lui demandait rien. En fait, d'habitude, il n'était pas tellement gentil avec elle.

La veille du voyage à Macao, Claire ne trouva pas le sommeil. Et quand enfin le moment de se lever arriva, elle se sentait vidée, légèrement étourdie même. Elle avait raconté à Martin que les membres de son club avaient organisé une randonnée dans les Nouveaux Territoires pour observer les oiseaux et qu'elle passerait le week-end chez l'une d'elles, à Sai Kung.

En retrouvant Will sur le quai des ferries, elle eut peur qu'il lui trouvât mauvaise mine. Dès qu'il eut le regard détourné, elle se pinça les joues et se mordit les lèvres.

Ils longèrent le front de mer en direction de l'embarcadère. Une foule se pressait à l'entrée. Des policiers bloquaient le passage. Will partit en éclaireur pendant que Claire attendait devant les guichets, follement inquiète à la perspective d'être surprise par une personne de connaissance.

Will revint en disant :

— Triste histoire. Un homme s'est jeté à l'eau. Un cuistot qui venait de perdre son emploi. Ils l'emmènent à l'hôpital, pourtant il est mort.

— Quelle horreur.

— Oui. Mais ils vont tout nettoyer, et la voie ne va pas tarder à être libre.

La mer était verte, l'atmosphère imprégnée d'une forte odeur de saumure. En montant sur les planches de l'embarcadère, elle repéra quantité de détritus qui flottaient à la surface de l'eau. *Quelqu'un vient de mourir ici aujourd'hui*, songea-t-elle. Une mort affreuse, dans ces flots souillés de papiers gras et de pelures d'orange à vous soulever le cœur.

Montée à bord déjà très nerveuse et pleine d'appréhension, le tangage du bateau acheva de la rendre mutique. Prostrée sur son siège, la tête vide, elle s'efforça de garder le regard posé sur un point à l'horizon. Deux hommes robustes et burinés, en débardeur et pantalon crasseux, allaient et venaient sur le pont, enroulant et déroulant des cordages autour des taquets, puis ils repoussèrent le bordage du quai, sans cesser un instant de communiquer entre eux par des cris. Ils avaient la peau tellement tannée par le soleil qu'on aurait dit du cuir. Leurs dents étaient jaunes et craquelées.

À quelques pas de Claire se tenait un couple avec un bébé. La mère avait l'air épuisée, le bébé pleurait. Claire sentit monter en elle une horrible nausée. Elle détourna les yeux. Le bébé, sans doute lui aussi victime du mal de mer, ne cessait de vagir. Un homme vêtu d'un tricot de corps lisait le journal. En première page s'étalait la photographie des deux sapeurs anglais qui défrayaient en ce moment la chronique pour avoir assassiné une Chinoise. Ils avaient été condamnés à mort la veille, les premiers Européens depuis la guerre à subir ce châtiment.

— Ils ont des visages si jeunes, fit-elle remarquer à Will.

— Ils n'ont que ce qu'ils méritent, répliqua-t-il. Ce n'est pas tolérable. Ils pensent qu'ils peuvent traiter les Chinois comme des animaux. Il faut que ce genre de chose cesse. Le monde a changé.

— La femme qu'ils ont tuée était une amah de la caserne.

Tout en prononçant ces mots, Claire se demanda ce qui la poussait à insister à ce point, alors qu'elle sentait combien Will était réticent et irrité par cette affaire.

— Et alors ? dit Will d'un ton glacial.

C'était la première fois qu'il lui parlait aussi sèchement.

Par la suite, il lui raconta une histoire. Une famille anglaise avait gardé à son service leur amah alors qu'ils étaient en captivité pendant la guerre. Elle leur apportait du ravitaillement autant qu'elle le pouvait au camp de Stanley, dans un grand panier à pique-nique. Cela faisait seize ans qu'elle était avec eux, depuis qu'elle était toute gamine, et ces gens s'étaient montrés très bons avec elle. Aussi, quand ils avaient été internés dans ce camp, elle avait tenu à leur témoigner sa loyauté. Elle venait chaque semaine, régulièrement, avec de la nourriture, jusqu'au jour où elle ne parut pas. Le lendemain, la famille reçut le panier à pique-nique. Avec une petite main coupée, enveloppée dans des torchons sales. « Une blague, ils trouvaient ça drôle, bien sûr, dit Will. En fait, peu de Japonais se révélaient vraiment sadiques, mais c'étaient ceux-là qui nous obsédaient, c'était de ceux-là qu'on se souvenait. On n'a jamais su ce qui s'était passé exactement, si elle avait commis un impair ou une bêtise ou n'avait tout simplement pas eu de chance. »

Cette histoire lui tint lieu d'excuse. Elle savait qu'il ne lui en devait aucune. C'était de la part de Will une façon de lui exprimer sa tendresse.

Au terminal des ferries de Macao, les visiteurs étaient accueillis par le portrait en pied du gouverneur, Joaquim Marques Esparteiro, superbe avec sa moustache et son chapeau blanc.

— Quel homme distingué, commenta Claire, souriante.

Une fois les formalités du débarquement terminées, ils sortirent au milieu d'une cohue inimaginable. Des hommes hurlants se tassaient contre les barrières métalliques et agitaient les bras comme s'ils se noyaient :

— Taxi ! Taxi ! Voiture ! Conduire vous !

Will en prit un à l'écart – aussi à l'écart qu'il était possible de l'être au milieu de cette marée humaine – et discuta le prix de la course en cantonais. Chaque fois qu'elle entendait tomber de ses lèvres si familières ces sons étrangers, Claire éprouvait une sorte de tiraillement dans son bas-ventre, plus vaste que le désir. Le chauffeur de taxi, comme s'il avait lu dans ses pensées, lui adressa un sourire lubrique qui découvrit une denture jaune et chaotique. Elle se détourna vivement et Will, qui avait compris, la prit par les épaules.

— Allons-y, lui dit-elle, reconnaissante.

— Une petite minute, lui murmura-t-il avant de terminer la négociation.

Dans le taxi, la chaleur était intenable. Will abaissa les vitres. La voiture gagnant de la vitesse, le vent s'engouffra dans l'habitacle, chargé de milliers d'invisibles particules qui lui fouettèrent le visage. Mais elle n'osait se plaindre, à l'orée même de leur escapade.

Claire n'en revenait pas de se trouver à l'extrême de l'Extrême-Orient, dans les bras de son amant. Épouse adultère. Elle regardait la foule des piétons qui coulait le long des rues. Aucun d'eux ne savait. Son secret était en sécurité ici, au milieu de ces visages asiatiques impassibles, de cette activité incessante qui n'avait cure de ses infidélités.

Le taxi les déposa devant le Lisboa Hotel, à deux pas de la place Largo do Senado.

— C'est le centre de la ville, lui dit Will. Et là-bas, tu verras l'église des pères jésuites, São Paolo, c'est une ruine, il n'en reste que la façade blanche.

— La guerre ?

— Non, un incendie dans les années 1880. On voit encore très bien les ornements et les statuettes. C'est d'une très grande beauté, tu verras.

Le hall de l'hôtel était vétuste, mais grandiose. Will paraissait chez lui.

— Tu es venu souvent ici ?

— Autrefois, répondit-il. Cela fait longtemps.

Un groom chinois les conduisit à leur chambre. Quand la porte se referma, ils se regardèrent, soudain saisis par une timidité nouvelle.

— Tu n'es plus tout à fait le même ici, avança-t-elle.

— En effet.

Dans la lumière déclinante du jour dont les rais frémissants filtraient à travers les vitres poussiéreuses de la chambre, ils se laissèrent glisser dans le plaisir de la redécouverte. Leurs corps, par la grâce de ce déplacement dans l'espace, semblaient offrir à leurs caresses mille nouveaux chemins. Leurs baisers n'en étaient que plus voluptueux.

Après l'amour, les premières paroles de Will furent pour dire :

— Nous sommes presque comme un vieux couple, venu changer un peu d'atmosphère.

— C'est bien.

Cette tendresse si peu coutumière chez Will la déconcertait.

— Oui, c'est bien.

— Qu'as-tu à faire ici ?

— Je dois rendre une visite à quelqu'un.
— Je suis invitée ? s'enquit-elle.
— Si tu le souhaites, dit-il en enroulant une mèche des cheveux de Claire autour de ses doigts. Peu importe.

Ils prirent un taxi jusqu'au cimetière. Will régla la course et descendit de voiture. Le pavillon du gardien semblait à l'abandon sous sa peinture tout écaillée. Un grand écriteau portant des caractères chinois rouge vif se balançait sur son toit.
— Un cimetière ! s'exclama Claire. Tu me gâtes.
— Sais-tu comment les Chinois enterrent leurs morts ? dit-il sans relever son ironie.
— Non. Leurs coutumes sont très différentes des nôtres ?
— Oui, dit-il tout en consultant une carte peinte sur le mur et en suivant du doigt une ligne sinueuse. Voilà, allons-y.
Il faisait lourd. Claire s'efforçait d'inspirer le moins profondément possible, de crainte que les émanations des morts entrent en elle. Depuis qu'elle était à Hong-Kong, elle devenait superstitieuse. Ils marchaient entre les tombes – des pierres grises de taille moyenne où se superposaient les inscriptions en anglais et en chinois – selon un parcours compliqué de marches de pierre taillées dans la colline.
En passant, elle déchiffrait tout haut :
— *Ci-gît William Walpole, frère de Henry*. Pas d'autre famille, sans doute. Il est mort en 1936, à l'âge de quarante-trois ans. Et celle-ci. *Margaret Potter, notre bien-aimée*. Celle-ci me plaît bien. Je crois que j'aimerais une épitaphe très simple comme celle-ci.
Mais quand Will reprit la parole, ce fut comme si elle n'avait rien dit :

— C'était difficile après la guerre, tu sais, de faire le tri des morts. Les fosses communes étaient pleines. Ce fut très dur pour les familles. Ils ne pouvaient pas inhumer convenablement les êtres qui leur étaient chers.

— La cérémonie des funérailles apaise la douleur.

— Oui, on ne les a pas inventées pour rien. Les gens ont besoin d'accrocher leur chagrin à quelque chose, et de rester actifs. Partout dans le monde, la mort s'accompagne d'un rituel. Il redonne l'espoir aux hommes, il leur assure qu'ils partagent la même condition.

— En des temps civilisés, dit Claire. Les gens sont différents quand c'est la vie qui est en jeu, et non la mort.

Will tourna vers elle un visage étonné :

— En effet, en des temps civilisés... car en d'autres temps, tous les coups sont permis.

Son visage s'éclaira d'un large sourire :

— Ma petite sauvageonne, tu es magnifique aujourd'hui.

— Peux-tu me dire ce que nous cherchons ?

— Un vieil ami.

Ils ne s'arrêtèrent qu'une fois arrivés au sommet.

— Les Chinois aiment construire leurs cimetières à flanc de colline. Ils pensent que cela leur est plus favorable. L'esprit de caste qui régit leur société trouve un écho jusque dans la mort : le haut du panier reste le haut du panier.

À mesure qu'ils montaient, les pierres tombales étaient remplacées par de petits monuments funéraires, des constructions parfois très élaborées, équipées de tours, de portails, de portes sculptées, semblables à des demeures ou à des temples. À l'intérieur de certains, on voyait briller des urnes en porcelaine.

— Est-ce qu'elles contiennent des cendres ou des ossements ? interrogea Claire.

— Des ossements. Le crâne est posé dessus.

Il inspectait chaque construction, très attentivement. Soudain, il se figea.

— Nous y sommes.

Un monument en stuc blanchi à la chaux dont la porte en bois s'ornait d'un heurtoir de fer forgé en forme de dragon. Au-dessus du linteau, la paroi portait une inscription en caractères chinois dorés.

— On n'a rien apporté, dit Claire.

— On n'est pas ici pour apporter quoi que ce soit, repartit Will. Nous sommes ici pour prendre au contraire.

Il poussa la porte, mais se tint sur le seuil, immobile, comme s'il attendait quelque chose.

— Will ! s'exclama Claire, scandalisée. Tu déranges les morts !

— Tu veux dire que je les apaise, dit-il en entrant dans le tombeau.

Le 12 mai 1953

Les souvenirs qu'elle devait conserver de Macao restèrent vagues. La chaleur torride, un bon restaurant portugais où ils s'assirent sur des bancs en bois et où, entre des murs qui s'effritaient, on leur servit des petits pains chauds croustillants, des carafes de vin rouge, du « poulet africain » et la fameuse tarte aux œufs de Macao. Will lui chanta à l'oreille une ritournelle d'enfant. Will n'était plus le même depuis qu'ils étaient à Macao. Elle se rappellerait le cimetière, et la descente de la colline, Will aussi vif qu'un chat. L'intérieur du tombeau baignant dans une fraîcheur obscure et une forte odeur d'encens. Leurs pas soulevant des nuages de poussière.

— C'est là qu'est enterré Dominick, avait déclaré Will.

— Qui est Dominick ?

— Un homme qui fut, je crois, incompris. Par moi le premier. Du moins, c'est ce que je me dis quand je suis d'humeur charitable. Il a eu un triste destin. À la fin, sa famille ne voulait plus rien avoir à faire avec lui. Ils l'ont enterré ici tout seul, loin des siens qui reposent à Hong-Kong. Il n'était pas de Macao, et c'est pourtant ici qu'il a échoué. Un exil involontaire.

— Il est mort pendant la guerre ?

— Quelque chose comme ça. Peut-être à cause de la guerre, avait dit Will en laissant ses doigts courir sur l'autel poussiéreux. Qui sait ? C'est tellement compliqué… Au final, peu importe, n'est-ce pas ? Où il repose, ce qu'il a fait… Tout ce qu'il a fait a été oublié par presque tout le monde.

Puis il avait craché sur le cercueil.

Will avait soustrait un objet du tombeau, un objet qu'il avait aussitôt glissé dans sa poche d'un geste si nonchalant qu'elle n'avait pas osé lui demander ce que c'était. Mais ensuite leur vie reprit son cours normal : ils déjeunèrent dans un bon restaurant, firent la sieste, burent du champagne au bar de l'hôtel, se promenèrent dans les rues de Macao. Claire avait de nouveau l'esprit tranquille. Ils étaient venus se distraire, passer du temps ensemble. Will avait retrouvé son ironie grinçante. Ils rentrèrent à Hong-Kong. Pas une seule fois il ne refit allusion à ce qui s'était passé au cimetière.

Le 13 mai 1953

La semaine suivante, le jour de sa leçon, Claire ne trouva pas Locket chez elle.

— Elle est partie quelque part ! Je ne sais pas où ! s'exclama la bonne qui lui ouvrit, sans avoir l'air de s'inquiéter outre mesure.

Elle attendit dans le salon de musique une bonne demi-heure puis elle se leva. De la fenêtre de la salle de bains, alors qu'elle se lavait les mains, elle aperçut Melody Chen. Elle était assise dans le jardin et écrivait une lettre, en larmes. Discrètement, Claire ramassa ses affaires et s'en alla.

La semaine suivante, au petit déjeuner, Yu Ling leur apporta le journal. L'événement du jour était la publication de la liste des décorations accordées par la reine.

— *Victor Tsing Yee Chen*, lut à haute voix Claire. Regarde, Martin ! Victor Chen a été décoré de l'ordre de l'Empire britannique.

— Eh bien, ça, opina Martin, impressionné. Les OBE [1], on ne les distribue pourtant pas comme des bonbons.

1. Order of the British Empire.

— En plus, cela remonte loin, dit-elle en lisant rapidement l'article. Savais-tu que son grand-père avait joué un rôle important dans l'ouverture de la Chine au reste du monde ?

— Tu le féliciteras de ma part quand tu iras chez eux. C'est aujourd'hui, ton jour de leçon ?

— Oui, mais tu sais, je le vois rarement. En général, il n'y a personne d'autre dans la maison que l'enfant et les domestiques.

— Bon, mais je suis sûr qu'aujourd'hui est un grand jour pour lui. Il doit être très fier.

— J'ignorais qu'on l'accordait aux étrangers, dit-elle.

Chez les Chen, ce jour-là, elle perdit pour la première fois patience avec Locket. La leçon avait été un cauchemar.

— Locket, si tu ne travailles pas, tu ne feras jamais de progrès, dit-elle en se levant brusquement pour enfiler sa veste.

Elle avait les tempes qui battaient tant son élève lui avait cassé les oreilles en tapant sur le clavier sans pitié, ni pour son professeur ni pour la musique. L'insupportable vacarme n'avait été interrompu que par les silences imposés par la fastidieuse lecture de la partition, que manifestement la fillette n'avait même pas regardée depuis la dernière leçon.

— Oui, madame Pendleton, dit Locket en repoussant son tabouret en arrière.

— C'est une perte de temps, autant pour toi que pour moi, si tu ne touches pas au piano d'une semaine à l'autre.

Locket pouffa derrière sa main – elle possédait cette irritante manie des Asiatiques qui consiste à rire dès qu'ils se sentent embarrassés.

— Ce n'est même pas la peine que je vienne.

À mesure qu'elle parlait, Claire se sentait gagnée par une colère disproportionnée. La fillette butait sur les accords les plus simples et se révélait incapable d'assimiler les bases les plus élémentaires du solfège. Alors qu'elle avait à sa disposition… un Steinway !

— Je vous demande pardon, madame Pendleton.

Locket avait déjà la main sur la poignée de la porte.

— Et c'est très mal élevé de ta part de me montrer aussi ostensiblement que tu attends mon départ.

À cet instant, Victor Chen pointa la tête dans l'entrebâillement.

— Qu'est-ce qui se passe ici ? dit-il d'un ton peu amène.

— Je n'ai pas assez travaillé, Baba, dit Locket. Et Mme Pendleton me gronde.

— Mais tu serais aussi « mal élevée » ? insista Victor Chen.

Claire ouvrit la bouche, mais aucun son n'en sortit.

— Mme Pendleton trouve que c'est mal élevé de rester devant la porte, énonça Locket.

Finalement, Claire réussit à prononcer :

— En effet. J'ai l'impression qu'on a hâte de me voir quitter les lieux.

— Locket, tu peux aller dans ta chambre. Je suis sûr que tu as des devoirs à terminer, dit-il sans regarder la fillette.

Locket, qui n'attendait que ça, s'esquiva.

– Vous êtes-vous amusée l'autre soir au dîner ? lança alors Victor Chen à Claire. Avez-vous trouvé nos amis sympathiques ?

Elle acquiesça. Puis, soudain, la mémoire lui revint.

— Je vous félicite, s'empressa-t-elle de dire. Pour votre décoration. Les vôtres doivent être fiers de vous.

Victor Chen traversa le tapis en direction de Claire comme s'il ne l'avait pas entendue. Il approcha la bouche de son oreille, à croire qu'il allait lui chuchoter un secret. Elle retint sa respiration.

— Il paraît qu'on vous voit beaucoup ensemble, Truesdale et vous, murmura-t-il.

Il posa sa main sur la tête de Claire et l'attira doucement vers lui en ajoutant :

— Est-ce l'amour ?

Dans ses intonations perçait une violence presque palpable. Elle se recula vivement, trébucha au bord du tapis, rétablit son équilibre, ramassa son sac.

— Transmettez-lui mes salutations ! lui cria Victor alors qu'elle s'élançait hors du salon de musique. Et n'oubliez pas de lui demander s'il a l'intention de revenir travailler. Nous ne l'avons pas beaucoup vu ces derniers temps…

Elle sortit en courant. Dehors, la chaleur formait comme un mur épais contre lequel elle eut l'impression de se heurter.

— … Et demandez-lui de vous parler de Trudy !…

La voix de Victor Chen résonnait dans le vestibule.

— … Il vous doit bien ça !

Il rit, un rire sonore, saccadé, plein d'aigreur.

Elle descendit la ruelle à vive allure, dépassa l'arrêt d'autobus et continua de courir. Ses oreilles bourdonnaient. Elle n'entendait plus rien. Une fois éloignée de la maison des Chen, elle sentit refluer en elle la vague de panique qui avait menacé de l'engloutir. Elle entendit de nouveau les bruits autour d'elle, les moteurs des voitures, le gazouillis des oiseaux, et elle ralentit le pas. Elle était inondée de sueur, sa chemise collait à son dos. Elle tira l'étoffe et l'agita de manière à s'éventer. Alors, avec la soudaineté d'un cataclysme, une vague de chaleur sembla jaillir du bas de sa colonne vertébrale, telle une fusée chauffée à blanc qui explosa dans sa tête.

— Claire ?

La voix semblait venir de très loin.

— Claire ?

— Will ? dit-elle en se débattant dans les ténèbres.

— C'est Martin, dit son mari. Qui est Will ?

— Martin, dit-elle. Où suis-je ?

La lumière était intenable à présent. Une douleur fulgurante lui vrillait les tempes tandis que, tout autour d'elle, le noir virait au blanc.

— Tu es à la maison. L'amah des Chen t'a trouvée dans la rue et t'a ramenée ici. Yu Ling m'a téléphoné au bureau. Tu as vaguement ouvert un œil, tu as bu de l'eau puis tu t'es rendormie.

— Je me suis évanouie.

— Sûrement. Comment te sens-tu maintenant ? Tu es blanche comme un linge.

Elle ferma les yeux.

— Mal, prononça-t-elle, la mémoire lui revenant soudain. Oh ! Victor…

Elle referma la bouche.

— Victor Chen ? proposa Martin.

— … Il a été si gentil. Je l'ai vu à la fin de la leçon.

— Bon, c'est bien, approuva Martin. Tu n'as pas oublié de le féliciter ?

— Si, j'ai oublié, je n'ai fait que le croiser.

— Oh ! dit-il en marquant une pause. Bon, je vais te laisser te reposer. Tu as besoin de quelque chose ?

— Non, ça va aller.

— C'est-à-dire…

Il piétinait à son chevet.

— … J'ai beaucoup de travail…

— Vas-y, lui dit-elle. Cela ne sert à rien de rester ici. Je me sens déjà beaucoup mieux.

Il se pencha pour appuyer ses lèvres contre son front.

— Chérie, dit-il.

Et il s'en fut.

Le lendemain, le téléphone sonna à l'instant où Claire se préparait à sortir. C'était Melody Chen.

— J'ai su que vous vous étiez sentie mal devant la maison, dit-elle. Je voulais juste savoir si vous étiez remise.

— C'est très gentil de votre part, dit Claire.

Que pouvait-elle ajouter ?

— Tout va bien, alors ? insista Melody.

— Oui, oui. Je suis désolée de…

Claire laissa sa phrase en suspens. Elle venait de se rappeler l'haleine brûlante de Victor Chen contre sa joue. Et Melody pleurant dans le jardin.

— Mais vous vous sentez tout à fait bien maintenant ? demanda Melody.

Le silence se prolongea encore un instant, et Claire se souvint du dîner :

— Oui, et au fait, merci beaucoup de votre invitation. Nous avons passé un très bon moment.

— J'en suis très heureuse, répliqua Melody Chen, qui ne savait manifestement pas de quoi elle parlait, ayant sûrement déjà oublié ce dîner au restaurant, un dîner en ville parmi tant de dîners en ville.

La conversation était tellement décousue que Claire ne savait plus où elle en était.

— En tout cas, merci d'avoir téléphoné. C'est vraiment gentil à vous. J'allais justement sortir…

— Je suis heureuse que vous vous sentiez mieux, conclut Melody.

Elle avait rendez-vous avec Will au jardin botanique. C'était, au-dessus de Central, un dédale de sentiers verdoyants accrochés à la falaise, tout foisonnant d'une faune et d'une flore tropicales. Elle l'avait appelé en le suppliant qu'ils se voient de toute urgence. Pourtant il n'avait pas eu l'air inquiet.

— Je viens de recevoir un coup de fil de Melody Chen, dit-elle en s'approchant de lui alors qu'il l'attendait à l'endroit convenu.

— Bonjour à toi aussi.

Il l'enlaça et l'embrassa fort sur la bouche. Un baiser possessif. Elle jeta des regards craintifs autour d'eux. Les animaux somnolaient dans leurs cages. Ils avaient trop chaud pour bouger.

— Les singes ne sont pas au courant pour ton mari, la taquina-t-il.

Quelquefois, sa nonchalance la rendait folle.

— Melody Chen m'a téléphoné, répéta-t-elle.

— Un souci avec la petite Locket ? Ou avec le Steinway ? s'enquit-il d'un ton peu intéressé.

— Quelque chose comme ça.

Subitement, elle eut peur de la réaction de Will aux paroles de Victor. Ou bien elle avait peur de ce qu'il ne ferait pas.

— Retournons chez moi, lui proposa-t-il paresseusement, certain qu'elle lui emboîterait le pas.

Comme toujours, elle se sentit fondre. Et Will avait raison, une fois de plus.

Un bruit d'éclaboussure. Will fredonnant dans la baignoire, la porte légèrement entrouverte laissant échapper des bouffées d'une humidité laiteuse et odorante. Claire, assise au bureau de Will, sentait son cœur battre à tout rompre. Elle ouvrit délicatement le tiroir. Des relevés de compte bancaire. Il ne roulait pas sur l'or. Une poignée de lettres, attachées par un bout de ficelle rouge, portant des noms et des adresses inconnus. Des tampons de la poste londonienne, des écritures illisibles. Quelques timbres, un stylo, un paquet d'allumettes du Gripps. Puis, une photographie. Quatre personnes, en tenue de soirée, qui riaient, cigarettes et verres à la main : le portrait d'une jeunesse dorée. Will, Melody Chen et un autre couple, un homme et une femme, tous les deux chinois ou eurasiens. Will était le seul Européen. Celle qui n'était pas Melody (Trudy ?) était très belle. On ne voyait qu'elle. Quoique toute mince dans une petite robe fourreau, elle respirait la féminité, avec son visage si animé, sa coiffure courte et simple qui mettait en valeur la finesse de ses traits. Difficile de dire qui était avec qui. Ils semblaient tous les quatre liés par d'intimes complicités. Claire suivit du bout du doigt les contours du visage de Will. Un garçon aux joues lisses et aux yeux rieurs, à l'expression innocente, insouciante. Le nœud papillon de son smoking dénoué. L'air si jeune.

Will apparut, les reins ceints d'une serviette, et se séchant les cheveux avec une autre. En la voyant devant le tiroir ouvert, il se pétrifia.

— Qu'est-ce que tu fabriques à fouiller dans mes affaires ?

Incapable de déchiffrer ses véritables sentiments derrière cette question, elle décida que le mieux était de jouer cartes sur table.

— Qu'est-ce que c'est que ça ? dit-elle en levant la photographie.

— Une photo.

— Bon, d'accord. C'est toi et Melody et d'autres gens.

— Oui. C'est exact.

— Tu sortais avec Melody ? Qui sont les deux autres ? s'informa-t-elle en s'efforçant de s'exprimer avec désinvolture.

— Claire, tu es parfois tellement provinciale...

Il laissa échapper un sifflement d'exaspération, avant d'ajouter :

— Eh bien, oui, si tu veux le savoir. Je voyais Melody dans le monde, pas seulement sur la banquette arrière de la voiture que je conduis.

— Mais c'est bizarre. Que s'est-il passé ?

— Tu penses que c'est une chute sociale ? Cela te dérange ?

Il se moquait d'elle. Méchant.

— Ta vie m'intéresse ! s'écria-t-elle. Pourquoi veux-tu tout salir ?

— Il y a beaucoup de choses, Claire, que tu n'as pas envie de connaître.

— Comment peux-tu savoir ?

— Claire, contente-toi de piquer des trucs aux Chen et ne t'occupe pas du reste.

Il lui sembla qu'une main brûlante lui tordait le cœur. Le rouge lui monta aux joues. Elle se crut sur le point de défaillir. Ainsi, il avait deviné. Elle avait cessé de voler depuis longtemps, mais il savait remuer le couteau dans la plaie. Elle lui donna une gifle, à toute volée. Il ne bougea pas d'un pouce. Il ne bougea pas plus quand elle se rhabilla et sortit de l'appartement, dans un silence si pesant qu'il devenait absurde. Les autres questions – *Qui est l'autre femme ? Pourquoi Victor Chen s'en soucie ?* – prenant des proportions telles qu'elle n'osait plus les poser. Elle ferma doucement la porte derrière elle. La claquer eût paru infantile. Elle le détestait, n'est-ce pas ?

Une fois dehors, dans la rue, elle resta un instant désorientée. Puis elle héla un taxi. En plein jour, à Central, les gens vaquant à leurs occupations allaient et venaient d'un pas décidé. Elle se fit déposer sur Queen's Road et fureta parmi les vitrines des encadreurs et des bijoutiers. L'une d'elles retint son attention. Derrière la vitre, cela étincelait : colliers, bagues, bracelets, et même une petite tiare en diamants. Les Chinois se plaisaient à étaler leurs bijoux. Son reflet dans la vitre lui renvoyait en revanche l'image indécise d'une Anglaise jolie mais hagarde. Une femme désarmée devant la cruauté de son amant. Elle déplaça son visage de manière à glisser en surimposition la rivière de diamants à son cou. Sans s'en apercevoir, elle s'était accroupie devant la devanture.

Elle se redressa, tira d'un geste ferme sur son chemisier et descendit à pied jusqu'au quai de la Star Ferry, afin d'attendre le minibus qui la remonterait chez elle, auprès de Martin.

Le 20 mai 1953

Le jeudi suivant, en arrivant chez les Chen, Claire remarqua qu'un chauffeur dormait sur un banc du jardin, la tête sous le journal, tandis que les bonnes lavaient les carreaux en bavardant gaiement. Victor Chen n'était manifestement pas à la maison. Un soupir de soulagement échappa à Claire.

— Mamz'elle aller bien ? Mamz'elle tomber ! s'écria la bonne qui lui ouvrit.

— Oui, merci de vous soucier de ma santé, répondit Claire, notant pour la première fois combien le large visage de la bonne respirait la bonté, avec ses grands yeux brillants et sa bouche délicate.

La bonne esquissa un sourire plein d'incertitude et la conduisit dans le salon de musique, où Locket l'attendait.

— Il paraît que vous avez eu un malaise la semaine dernière, madame Pendleton. Vous êtes tout à fait remise, maintenant, j'espère ?

Locket, penchée sur une boîte de biscuits, en avait un dans la bouche.

— Voudriez-vous une citronnade ? s'enquit-elle auprès de Claire.

— Merci, c'est très gentil à toi de penser à m'offrir un rafraîchissement, Locket. Mais je me sens beaucoup mieux, répliqua Claire, en se disant à part elle que Locket apprenait enfin les bonnes manières.

— Maman a dit que vous deviez être enceinte ! s'exclama alors Locket en pouffant. Et Papa ne pouvait pas s'arrêter de rire.

Claire se raidit.

— Locket, est-ce que tu as travaillé cette semaine au moins ? dit-elle d'une voix qu'elle aurait souhaitée moins glaciale.

Locket leva les yeux, étonnée par ce changement de ton.

— J'ai eu la répétition du *Mikado* lundi…

— Bon, ça ne fait rien, dit Claire. Commençons.

Après la leçon, Melody Chen entra pour inviter Claire à prendre une tasse de thé et à parler des progrès de Locket. Elle précéda Claire dans le grand salon, puis la laissa en disant qu'elle devait dire un mot aux amahs.

Les Chen exposaient sur le manteau de leur cheminée un foisonnement de photographies dans des cadres d'argent. On se serait cru en Angleterre, avait songé Claire la première fois qu'elle était entrée dans cette pièce, hormis le fait que les visages sur les clichés étaient tous asiatiques. Elle se releva pour les regarder de plus près. On voyait surtout Victor et Melody, en compagnie de parents plus âgés. Il y en avait de Locket seule et, à côté, celle d'une jeune femme en maillot sur la plage, tenant une cigarette entre ses doigts et tirant la langue à l'objectif. Une photo de mode ? Claire se pencha pour mieux voir et son cœur fit un bond dans sa poitrine : c'était la même femme qui figurait sur la photo de Will. Une Eurasienne, d'une minceur extraordinaire, très belle, coiffée d'un bonnet de bain à fleurs. Son visage anguleux dégageait une vitalité irrésistible.

— Ma cousine Trudy, dit la voix de Melody qui s'approchait avec un petit verre d'eau.

— Elle est ravissante, commenta Claire en s'efforçant de cacher sa curiosité.

— Ravissante, non, repartit Melody. Elle était à moitié portugaise, donc eurasienne. Les métisses plaisent aux Européens, mais les Chinois ne les prisent guère.

Claire fut choquée par la brutalité de cette remarque, Melody lui ayant toujours semblé le savoir-vivre personnifié. Toutefois, elle se garda bien de l'interrompre.

— Mais tout le monde, je dis bien tout le monde, continua Melody, se retournait sur elle. Elle était célèbre à Hong-Kong. Tristement célèbre, diraient certains. Un jour, elle a emmené son fox-terrier à un dîner, comme s'il était son chevalier servant. Elle lui avait mis un nœud papillon autour du cou. Elle l'a assis à côté d'elle, et il a pissé sur la chaise. Livy Wong était blême !

— Elle savait s'amuser, au moins, glissa Claire.

— Oui, je me dis souvent que si elle était encore là elle serait la première dans la colonie à s'exhiber en bikini, de préférence à un pique-nique chez le gouverneur, en tout cas de manière à provoquer un scandale. C'était son style. Une femme à scandales, mais en général, elle s'en tirait très bien. Elle n'avait peur de rien.

— Elle n'est plus… là, plus à Hong-Kong ?

Melody détourna les yeux, but une gorgée d'eau, fit la grimace.

— Non, elle n'est plus là. Elle compte parmi les victimes de la guerre, je suppose.

— C'est difficile à croire, prononça Claire en regardant la photo. Elle a l'air si pleine de vie.

— Elle en débordait… Elle était exubérante à

l'excès. Nos pères étaient cousins germains, nous étions donc cousines issues de germains.

— Vous étiez proches ?

— D'une certaine façon. Je crois qu'elle me trouvait assez ennuyeuse. Nous étions très différentes. Et nous avions beaucoup d'autres cousins à Hong-Kong. Nous sommes une grande famille. Elle était proche d'un autre cousin – Dominick –, mais lui aussi est mort pendant la guerre. Ils étaient comme les deux doigts de la main, ces deux-là. Tout le monde les connaissait. On les surnommait les Enfants terribles.

— Et…

Claire se tut, ne sachant qu'ajouter. Mais peu importait. Melody Chen était d'humeur bavarde.

— Elle m'a offert cette bague en émeraude de toute beauté. Je ne la porte qu'à des occasions très spéciales. Elle est tellement voyante, dit-elle en tendant la main devant elle comme si elle l'avait au doigt.

— Je l'ai vue, au dîner l'autre soir. Elle est magnifique. C'était très généreux de sa part.

— C'est un souvenir d'elle qui m'est très précieux, acquiesça Melody. Un bijou de famille, en quelque sorte.

Les amahs entrèrent chargées d'un plateau en argent.

— Du thé ? proposa Melody.

— Oui, merci, avec beaucoup de lait.

Melody lui prépara une tasse, mais elle ne prit rien elle-même, continuant à boire son eau à petites gorgées.

— Victor me traite comme si j'étais une fleur de serre, déclara-t-elle tout à trac. Mais je ne suis pas aussi faible qu'il le croit. Vous savez, n'est-ce pas, qu'il m'a envoyée en Californie. Je n'arrêtais pas de lui poser des questions. Je crois que je lui portais sur les nerfs.

— Mais non, je suis certaine que non.

— Quand je suis rentrée, rien n'était plus pareil, avoua Melody en baissant le ton alors que la voix lui manquait.

L'après-midi avançait. Melody Chen continuait de parler, comme si elle avait tout le temps de bavarder avec le professeur de piano de sa fille. Pas une fois elle n'avait mentionné les progrès de Locket.

— N'avez-vous jamais tenté de vous remémorer la vie d'une personne décédée ? demanda Melody. Tenté de repenser à comment cela se passait quand elle était vivante. Cela m'arrive, quand je pense à Trudy et Dominick, d'avoir la sensation qu'un nuage noir est suspendu au-dessus de leurs têtes, comme s'ils étaient marqués par le malheur. À l'époque, je ne le voyais pas. J'ai l'impression maintenant qu'ils étaient damnés. Ils étaient poursuivis par ce spectre qui les menaçait.

Melody se tut un instant, les yeux brillants de larmes, puis reprit :

— J'ai encore du mal à croire que Trudy est morte. Son père avait épousé une Portugaise, une femme très singulière. Saviez-vous qu'elle a disparu alors que Trudy n'était encore qu'une enfant ? On racontait qu'elle avait été enlevée, mais ma mère était persuadée qu'elle en avait eu assez et avait pris un bateau pour l'Afrique.

« Son père faisait partie de ma famille. Qui se doutait qu'il avait à ce point la bosse du commerce ? Il a réussi mieux que tout le monde, en fait.

— Il est encore en vie ? questionna Claire.

— Bien sûr que non, dit Melody. Il est mort avec les autres épaves de la guerre, ceux qui n'étaient pas du bon côté, qui ont refusé de jouer le jeu.

Claire hocha la tête, feignant de comprendre.

— Vous avez sûrement quelqu'un de proche qui est mort ? insista Melody. Je sais que c'est une question bête après une guerre, mais, après tout, certains n'ont pas été touchés. Certains ont eu une sacrée chance.

— Non, personne de vraiment très proche.

Un oncle, vu une seule fois dans sa vie, à l'anniversaire de ses huit ans. Plusieurs amis de la famille. La plus proche étant une fille de son école primaire, partie en vacances au pays de Galles et morte noyée. L'école avait fermé pour une journée et, le lendemain, la majorité des filles étaient venues en classe avec un ruban noir autour du bras. Claire ne savait pas, elle n'avait pas de ruban, elle s'était sentie exclue, comme si les autres lui avaient caché un secret.

— Connaissez-vous Reggie et Regina Arbogast ? demanda Melody, changeant une fois de plus de sujet.

— Je suis allée chez eux, mais je ne peux pas prétendre les connaître, répondit Claire, désireuse de ne pas contrarier son interlocutrice dont la conversation prenait des tours qui ne cessaient de la surprendre.

— Ils donnent une fête pour le couronnement. Deux, en réalité. La première est une petite soirée presque intime, pour écouter le reportage du couronnement à la radio. Puis ils vont faire venir par avion les films de Londres, et on se réunira, cette fois très nombreux, pour les visionner. Ce sera une espèce de cocktail, je crois. Ça promet d'être amusant. Vous avez des projets pour le couronnement ?

— Pas encore, concéda Claire.

— J'organise quelque chose. Vous devez venir absolument, vous et Will…

— Martin, corrigea Claire en tressaillant.

— Bien sûr, dit Melody doucement. Veuillez me pardonner.

— Je vous en prie, répéta Claire.

Melody semblait attendre quelque chose qui ne venait pas. La lumière du jour déclina. Claire ne distinguait plus qu'à peine les particules de poussière flottant dans les rayons du soleil que diffusait le verre des carreaux.

— Il est tard, il faut que j'y aille, déclara-t-elle enfin, cherchant soudain à se dégager de l'atmosphère étrange de cet après-midi interminable.

À l'instant où elle prononçait ces paroles, Will entra dans le salon.

— Vous ! l'interpella Melody. À cause de vous, ils sont en train de remuer le passé.

Melody s'exprimait sans animosité, avec légèreté, mais à présent, Claire savait. La vérité prenait possession de son esprit comme la tache d'encre s'élargit sur l'étoffe : les Chen avaient peur de Will. Ils l'avaient engagé de façon à l'avoir toujours près d'eux. Ils le rémunéraient pour un travail qu'il ne faisait pas, parce qu'ils n'avaient pas le choix. Désormais son amant lui apparaissait sous un autre jour. Le bienfaiteur, c'était lui, le chauffeur. Will était la bonne étoile des Chen.

— J'ai besoin de voir Victor, dit-il sans même regarder Claire.

— Il n'est pas là.

— Il revient bientôt ?

— Ne me prenez pas de haut, Will, repartit brusquement Melody. Nous nous connaissons depuis suffisamment longtemps.

— Vous n'avez rien à voir avec ça, madame Chen.

— Oh ! arrête cette comédie, veux-tu, Will ! Les « madame » et les « monsieur » et les « où voulez-vous que je vous conduise aujourd'hui » ! On sait que tu te moques de nous. Et regarde ce que tu as fait. Pauvre, pauvre Trudy.

Claire se rendit compte que Melody était ivre. Ce qu'elle avait pris pour de l'eau était en réalité un alcool fort.

— Ne prononce pas son nom, Melody. Tu n'en as plus le droit.

— Et toi ? Tu as le droit ? cria la Chinoise d'une voix aiguë. Comme si tu avais le droit. La femme que tu prétendais aimer.

Will était blanc de rage.

— Melody, tu délires, prononça Will entre ses dents. Tu n'as pas à intervenir. Reste en dehors de tout ça.

— Will, personne ne sait jusqu'où ça va aller. Victor est furieux. Il faut que tu arrêtes ça ! Je te le dis en qualité d'ancienne amie. Arrête !

— Trop tard, Melody, dit Will. Ce n'est plus entre mes mains.

Pendant ce dialogue, Claire s'éclipsa furtivement. Une fois dehors, elle resta debout sur le trottoir, le cœur cognant très fort : elle attendait.

Will sortit, l'air toujours en colère, les mains au fond des poches.

— Qui est Trudy ? s'enquit-elle en esquissant un pas vers lui.

Il la regarda fixement.

— Pas maintenant, dit-il.

Après une pause, il conclut d'une voix adoucie :

— Pas maintenant, Claire. Viens avec moi. Allons piquer une tête.

Le 20 mai 1953

Les requins étaient de retour. Ils avaient été signalés au large de Stanley Beach et de Shek O. À South Bay, un nageur qui trempait ses mains dans l'eau, couché à plat ventre sur un plongeoir, avait eu un doigt arraché. Il avait agité le bras en hurlant jusqu'à ce qu'une femme sur la plage, s'apercevant de sa détresse, lui envoie des secours.

Claire et Will aimaient nager à Shek O, mais ils ne pouvaient s'y rendre que tôt le matin ou en fin d'après-midi, et seulement en semaine, de crainte de tomber sur une personne de connaissance. Ce jour-là, ils passèrent en voiture prendre des maillots chez Will, puis, sans prononcer un mot, ils empruntèrent le chemin de la plage et se garèrent. Ils avaient de la chance. La plage était déserte.

À Hong-Kong, le sable était granuleux. Will lui avait raconté qu'en Inde il y avait des plages où le sable était d'une telle finesse qu'on aurait dit de la poudre. Tandis qu'à Shek O, à marée basse, des bassins d'eau de mer se remplissaient de bernard-l'ermite. Ils en avaient ramassé une fois, et Claire les avait rapportés chez elle pour les verser dans un bol avec des algues, mais ils avaient vite dégagé une odeur nauséabonde.

— Tu es ma sirène, lui dit Will, rompant leur long silence.

Il était assis sur la natte qu'ils avaient déroulée sur le sable et la regardait se déshabiller.

Quand il la taquinait ainsi, elle avait encore du mal à réveiller son sens de la repartie. Elle se contenta donc de plier ses vêtements, puis de les ranger dans le panier.

— Allons jusqu'au plongeoir, suggéra-t-elle. Ah ! j'allais oublier : tu crois qu'il y a des requins ?

— Le malheureux nageur de la semaine dernière n'en douterait pas, dit-il en se levant.

— On y va, alors ? J'ai attendu ce moment toute la journée.

— Jusqu'où pousserais-tu le goût de l'aventure ? lui lança-t-il.

Ils se tenaient tous les deux debout face à la mer, elle en retrait d'un pas par rapport à lui.

— Pas bien loin, tu le sais bien, mais il fait si chaud.

Elle posa ses mains à plat sur son dos. Il avait ôté sa chemise et sa peau était luisante de transpiration.

— Est-ce qu'on s'habitue jamais ? dit-elle. À cette chaleur ?

— Non, mais on vit avec.

Il plia les bras en arrière et lui attrapa les mains afin de les repousser loin de lui. Un de ces gestes dont il était coutumier, qui semblaient vouloir l'écarter, maintenir entre eux une distance. Elle feignit de ne rien avoir remarqué et s'avança dans les vagues jusqu'aux genoux.

— Et l'eau n'est jamais froide ici non plus, n'est-ce pas ? reprit-elle. On croirait entrer dans son bain.

— Oui, Claire. Hong-Kong n'est pas l'Angleterre.

Elle tourna ses regards vers l'horizon. Cette journée était décidément placée sous le signe de la contrariété. Il se produisait sans cesse des petits incidents qui la laissaient déconcertée.

— Pourquoi tu es si méchant ? dit-elle.

Il ne l'entendit pas, ou fit semblant de ne pas l'entendre. Il plongea.

— Le dernier arrivé a perdu !

— Attends ! cria-t-elle. Je ne…

Mais il filait déjà d'un crawl magnifique vers le plongeoir. Elle hésita, tout en sachant qu'elle allait forcément le suivre.

— Va au diable, Will Truesdale.

Si, en surface, l'eau était chauffée par les rayons du soleil, un peu plus bas, mettons à la taille, elle était refroidie par la remontée des eaux abyssales. Claire nageait en tentant de se maintenir dans la couche chaude, effrayée par le froid qui pouvait lui happer les jambes.

Elle avançait à la brasse, sans se presser, en s'efforçant de chasser de son esprit sa peur des requins.

Devant elle, Will se hissa sur le plongeoir. Il se dressa. Son corps scintilla au soleil. Le corps d'un homme plus très jeune, mais encore svelte. Claire fut saisie d'un brusque émoi, étrange dans l'élément aquatique. Elle continua à nager en repoussant de toutes ses forces ce mélange de panique et de désir.

En arrivant au plongeoir, elle était furieuse.

— Je t'avais dit que je ne voulais pas nager jusqu'ici.

— Tu n'as rien dit de tel.

— Tu étais déjà trop loin, tu ne m'as pas entendue.

Elle s'assit loin de lui, au bord du plongeoir circulaire qui tanguait sur la houle.

— Tu ne m'as pas donné le choix, accusa-t-elle.

— Sois pas fâchée, mon chat.

Elle ne répondit pas, se contentant d'essorer ses longs cheveux. Les gouttes formèrent une petite flaque sur le bois puis une vague trace noire.

— Tu te rappelles la première fois qu'on s'est retrouvés tous les deux sur un plongeoir ? dit-il, conciliant, comme pour se racheter. Tu n'as pas l'impression que c'était il y a très longtemps ?

Sur la plage, un couple fit son apparition. Ils étendirent une couverture et ouvrirent un parasol.

— C'est vrai, concéda-t-elle. (Avant d'ajouter :) Sache que je pourrais m'en aller. Tu pourrais me perdre.

Il fit oui de la tête. Il capitulait, pour le moment.

— Tu n'as plus besoin de moi, Claire, si tu as jamais eu besoin de moi.

— C'est vrai.

Ils avaient retrouvé leur calme. La mer parut soudain paisible à Claire. Le temps était splendide, le soleil sombrant doucement vers l'horizon. Une petite brise soufflait au ras des flots.

— Will, dit-elle. Que se passe-t-il ?

Comme il ne répondait pas, elle insista :

— Tu sais très bien de quoi je parle. Tout le monde se conduit de façon si bizarre tout d'un coup, et c'est toi qui as tout déclenché.

Il s'allongea, les paupières closes.

— Tu sais, une chose absurde s'est produite pendant la guerre. Quand nous étions internés dans ce camp, figure-toi que l'administration japonaise nous a présenté une facture pour le gîte et le couvert ! Tu imagines ? Et nous, nous n'étions guère en position de la leur flanquer à la figure. Nous leur avons proposé de leur signer des traites qui devraient par la suite être honorées par nos gouvernements respectifs. Ils voulaient qu'on paye les légumes pourris et la dose de riz qu'on touchait chaque semaine.

— Mais, maintenant ?

— J'y viens, répondit-il d'une voix irritée. Tu n'as qu'à écouter.

Il reprit :

— C'est ainsi qu'on a joué le jeu de nos geôliers, même si la ligne était souvent mince entre diplomatie et lâcheté. Nous gardions espoir. On accomplissait de minuscules exploits, comme planter des légumes en V. Quand ils poussaient, la vue de ce V végétal fouettait notre courage. Des enfantillages, je sais. On ne s'habitue jamais à la détention, même si on finit par s'habituer à la routine.

« Et certaines personnes étaient minables, tu ne peux pas savoir. Alors que d'autres étaient bonnes et généreuses. Il y avait de tout. Du côté des Japs aussi. Autant de bons que de méchants.

– Et cette femme… Trudy.

— Oui, Trudy.

Il marqua une pause, puis prononça :

— Trudy… Je crois que tu l'aurais aimée.

— Nous sommes différentes.

Elle avait dit cela sans réfléchir, pour faire plaisir à Will, sans doute. Will renifla :

— Oui, tu es très différente. C'est le moins qu'on puisse dire. Tu l'aurais aimée, j'en suis sûr.

— Tu étais avec elle.

Il hésita, puis :

— Oui.

— Et…

— Plus maintenant. Elle n'est plus là.

— Ah bon… ?

— Je l'ai laissée tomber. Elle voulait que je vienne vivre avec elle. Elle n'était pas internée pour la simple raison qu'elle n'était pas de nationalité britannique. Mais j'ai refusé.

— Tu ne voulais pas abandonner les gens du camp ? s'enquit Claire.

— C'est une des raisons. Je leur étais utile au camp et j'arrivais à mes fins. Personne ne souhaitait mon départ, c'est certain. Mais…

— Mais ?

— Mais je crois aussi que j'avais peur, murmura-t-il presque. En dehors du camp, le monde n'était plus le même et il fallait apprendre à vivre selon des nouveaux codes. J'aurais été obligé de tout reprendre à zéro, comme un bleu.

« Et puis j'étais fatigué, expliqua-t-il. Je n'avais pas la force de changer encore une fois. Au camp, la vie était dure, mais si tu suivais les règles, personne ne t'embêtait. Dehors, c'était le règne du chaos. Trudy se faisait voler des objets à l'arraché en pleine rue ! Un jour, de la nourriture même, et le petit voleur se la fourrait dans la bouche tout en fuyant à toutes jambes. Il avait tellement faim, il avait du mal à courir. Il n'avait ni chaussures ni chemise. Seulement un pantalon, je crois. Les rues étalaient le spectacle d'une misère noire. C'était elle qui me le racontait. La réalité était brute. Il n'y avait rien pour vous en protéger.

Il regarda Claire.

— Et elle est morte, prononça-t-elle, ou plutôt s'entendit-elle prononcer, car ces mots lui étaient sortis spontanément.

— Oui, elle est morte.

— Comment ?

— Certains diraient entre les mains de son bienfaiteur. Un homme qui lui donnait beaucoup, et qui pouvait tout lui retirer quand il le voulait. Si j'avais été avec elle, dehors, il m'aurait aussi tenu sous sa coupe.

Un moustique vint soudain vrombir autour de leurs têtes dans l'air moite.

— Il l'a forcée à faire les choses les plus abominables. Par exemple, il s'était aperçu qu'elle faisait passer des messages dans le camp avec le ravitaillement. La fois suivante, il a fait contaminer les victuailles qu'elle nous apportait. Pas assez pour provoquer la mort, mais au camp, certains ont été horriblement malades, alors qu'on n'avait aucun médicament à notre disposition. Voilà le genre de salaud, tu vois ! Quand j'ai informé Trudy de l'empoisonnement, la semaine suivante, elle était consternée. Elle ne savait pas. Je l'ai crue et je la crois encore. Elle ne savait pas, mais elle l'avait fait quand même. Elle a beaucoup hésité après cela à continuer de nous ravitailler, mais nous avions tellement faim, nous aurions mangé n'importe quoi.

— Comment sais-tu que c'était lui ? s'enquit Claire. Après tout, il peut se produire une erreur.

— Oh ! non. Nous savions. Après sa visite au camp, il lui a demandé comment se portaient ses amis et lui a ri au nez. Elle ne me l'a raconté qu'après.

— Et Victor ?

— Victor Chen, dit-il en riant. Oh ! oui, mon honorable patron.

— Oui ? Alors ?

— Et alors, Victor Chen ? Comment t'expliquer ? Comment commencer ?

Il donna soudain une petite claque sur le bras de Claire.

— Je l'ai eu, annonça-t-il en lui montrant un petit point rouge à l'intérieur de ses doigts, un peu de rouge mêlé à un minuscule enchevêtrement de pattes et d'antennes. Salopards de suceurs de sang !

Il se pencha par-dessus bord pour se rincer la main dans l'eau de mer. Quand il la ressortit, des gouttes étincelantes ruisselèrent de ses doigts. Il les contempla d'un air songeur.

— Victor Chen a assassiné Trudy.

Le 10 avril 1943

– La gratitude d'Otsubo, voilà ce qu'il nous faudrait, déclare Trudy. S'il est reconnaissant, Dieu sait ce dont il est capable. Il te fera peut-être rapatrier ! Mais tu ne peux pas partir. Je ne veux pas aller vivre en Angleterre.

Elle ne réitère pas sa demande, du moins pas de manière directe. Ce sont des chuchotements, des insinuations, des chatteries. Elle lui fait miroiter toutes sortes de récompenses, puis, finalement, détestablement, elle lui avoue, par une série de sous-entendus, le sort qui l'attend au cas où elle ne complaît pas à cet homme.

– Il tient à emporter le gros lot, tu vois, lui dit-elle. C'est un homme pas compliqué. Il veut rentrer chez lui, dans son pays, acheter des terres à la campagne et y bâtir une demeure familiale. Il y fera venir ses parents et il s'occupera d'eux. C'est quelqu'un qui a un sens de la famille très développé…

Tandis qu'elle esquisse en sourdine le monstrueux projet, il se contente de hocher la tête, il feint d'écouter, d'acquiescer même.

– Et il commence à s'impatienter, vois-tu, même si, à mon avis, il brûle. Il a découvert que

Reggie Arbogast est l'une des personnes à qui a été confié le secret de la planque. Il faut que tu le saches. Il a des espions partout et je crains qu'ils progressent. Mais il bout d'impatience…

Elle laisse sa phrase en suspens, puis ajoute :

— Et quand il s'impatiente...

Trois semaines plus tard, il bénéficie d'une deuxième « permission ».

— Je suis en train de m'arranger pour que tu puisses sortir toutes les semaines. Cela te plairait-il ? s'enquiert-elle en venant le chercher en voiture. Tous les banquiers sont dehors, je ne vois pas pourquoi pas toi. Ils les logent au Luk Kwok et les escortent chaque jour au bureau. Je ne crois pas qu'ils bénéficient de plus grosses rations que nous, mais qui sait ?

Il s'installe au volant.

— Tu as vu Angeline ? Comment va-t-elle ?

Trudy lève les yeux au ciel.

— Angeline, dit-elle. Angeline semble avoir eu une « crise de conscience », c'est bien ainsi que l'on dit ?

— Que s'est-il passé ? demande-t-il en mettant le contact.

— Elle a décidé qu'elle était vertueuse et préférait ne pas être vue en ma compagnie. Tu te rends compte ? (Elle sourit, les lèvres serrées.) Moi, la marraine de son enfant !

— T'a-t-elle expliqué pourquoi ?

— Non. Un jour, je suis allée lui rendre visite à Kowloon. L'amah m'a dit qu'elle n'était pas à la maison. Elle avait l'air bizarre. En m'éloignant, j'ai aperçu Angeline à la fenêtre. Elle ne se cachait même pas. Elle m'a regardée droit dans les yeux et puis elle a fermé les rideaux. Moche, comme tu vois.

— Mais ce sont des suppositions…

— Pas du tout, mon chéri, dit-elle. Je connais très bien Angeline. Je n'ai pas besoin de l'entendre pour comprendre exactement ce qu'elle a dans la tête. Ce que j'espère, en revanche, c'est que tu n'arriveras pas à la même conclusion. À ce train, je vais finir par vivre en paria. Je vois cela venir d'ici.

Will lui confessa alors :

— Trudy, je n'ai pas posé la question.

Elle sait aussitôt à quoi il fait allusion.

— Le moment n'est peut-être pas encore venu, dit-elle.

Mais il n'a pas le cœur de lui mentir.

— Je ne la poserai pas, dit-il. J'ai trop l'impression que ce serait mal.

— Oh ! tu n'as même pas essayé ! s'exclama-t-elle en laissant échapper un petit bruit de gorge, un couinement. *Ce serait mal* ! Eh bien, je crois que je vois ce que tu veux dire.

— De toute façon, pourquoi Arbogast me dirait-il quoi que ce soit ? réplique-t-il sans conviction. Nous ne sommes pas amis.

Elle n'ouvre plus la bouche de tout le trajet. Quand ils arrivent au Toa, elle rompt finalement le silence :

— Nous y voilà, dit-elle. Tu as faim ?

Les Chinois et leur fichu amour de la nourriture, songe Will.

— Non, répond-il en descendant de voiture. Et toi ?

— Otsubo veut qu'on le retrouve pour le déjeuner. Il attend en haut.

— Et tu me l'aurais dit quand ? Une fois que je serais assis sur ses genoux ?

— Will ! C'est grave. Dominick a promis à Otsubo qu'il lui obtiendrait le renseignement et que je l'aiderais. Jamais je ne te demanderais ce service si ce n'était pas important…

— Trudy, je ne peux pas t'aider. Je ne peux pas !

— Will. Si tu savais ce qui est en jeu…

Mais sa bouche a repris ce pli que Will connaît bien. Elle a compris que rien ne peut plus désormais faire changer d'idée cet homme. Reste à évaluer quel pouvoir de conviction elle est en mesure d'exercer sur l'autre.

Elle n'a pas plus tôt posé le pied dans l'hôtel qu'elle a retrouvé sa bonne humeur. La tristesse est pour elle semblable à un manteau, elle s'en revêt et l'ôte à volonté.

— Si je perds mon laissez-passer à cause de toi, tu seras le premier à le regretter, lance-t-elle quand même à Will avant de pousser la porte de la suite. Otsubo-san ! Will Truesdale est venu nous décrire la vie de farniente qu'ils mènent tous à Stanley. Que me disais-tu ? Du coq au vin, à dîner hier soir ? Et j'ai eu vent d'un spectacle. Les Stanley Players ?

Et la voilà partie, papillonnante, pétillante d'énergie, distribuant les baisers et les bons mots à la ronde, faisant tinter les glaçons de son cocktail, comme si elle n'avait pas un souci au monde, comme si elle ne l'avait pas tout à l'heure, juste avant d'entrer, enveloppé d'un dernier regard suppliant.

Dominick se joint à eux pour le déjeuner. Will note l'expression de mépris non dissimulé avec laquelle Otsubo le regarde tout en laissant sa main s'attarder sur son épaule plus longtemps que nécessaire. Il se fait servir par Dominick, lequel déploie à l'égard d'Otsubo une servilité que Will trouve écœurante. Et tourne manège, se dit Will. L'homme du monde devient le chien, et le soldat le maître. La puissance brute s'avère, en fin de compte, la combinaison gagnante.

Bien entendu, cela ne le regarde pas. Ce qui le ronge depuis qu'ils ont laissé la voiture en bas, pour monter dans la suite de Trudy, c'est un souci d'une tout autre nature.

Il est troublé non seulement par sa propre réticence à accepter de se compromettre mais surtout par ce qui pourrait être la cause de cette réticence, car il ne peut pas se débarrasser d'un insidieux soupçon : ce qu'il nomme en son for intérieur son intégrité, ne serait-ce pas plutôt de la lâcheté, purement et simplement ?

Le 2 mai 1943

Arbogast hurle. Will ne supporte pas d'entendre ses cris, mais il ne supporte pas non plus de ne pas les entendre. Il est comme pétrifié. Il a envie de se boucher les oreilles, de crier lui aussi à pleins poumons. Autour de lui, les adultes sont pâles et mutiques, les mères chassent au loin les enfants.

D'habitude, quand les soldats s'emparent d'un suspect malchanceux, ils l'emmènent dans une baraque éloignée où ils l'obligent à signer une confession, rédigée bien avant qu'il se mette à table. Mais Arbogast ! Ils s'étaient approchés en douce, sans faire de bruit, déterminés – deux hommes –, et l'avaient soulevé par les aisselles pour le traîner dans le bureau d'Ohta, la pièce voisine du mess des officiers. Il n'avait émis aucune protestation, puis les cris avaient commencé.

Depuis son retour de permission, trois jours plus tôt, Will mettait un point d'honneur à éviter Arbogast, comme si la seule proximité physique pouvait, par une sorte de contagion, lui transmettre le secret – un secret qu'il n'a aucune intention de capter.

Il ne veut rien savoir à propos d'Arbogast. S'il est de ceux capables de garder le silence jusqu'à la fin, ou de ceux qui placent leur famille avant la patrie, ou bien de ceux-là qui sont prêts à négocier dans leur intérêt. Will ne veut rien savoir de lui. Il s'est jusqu'ici efforcé de l'ignorer : cet homme jadis si orgueilleux qui traîne ses pieds enflés par le béri-béri en se plaignant de son épouse et de la dysenterie.

La porte s'ouvre : les soldats sortent Arbogast. Il est secoué de soubresauts, il donne des coups de pied. La violence, bizarrement, n'est jamais aussi impressionnante qu'on le croit. Il n'est pas couvert de sang. En fait, il est surtout mouillé. Le supplice de la baignoire. Les soldats l'emmènent à l'autre bout du camp. Il hurle encore, mais d'une voix qui se casse. Will sent sa propre gorge le brûler comme en empathie avec les bruits déchirants qui sortent de la bouche d'Arbogast.

Ainsi voici l'homme tel qu'il se révèle, se dit soudain Will, hors de propos, froidement : un homme qui hurle quand il est en danger. Il espère pour sa part garder le silence. Mais on ne peut pas savoir.

Johnnie surgit subitement à son côté. Tous deux suivent des yeux l'homme que l'on traîne au loin.

— Pauvre diable, dit Johnnie. Je me demande de quoi ils le soupçonnent.

— Est-ce que cela compte ?

— Pas du tout, répond Johnnie en jetant un regard à Will. Tu deviens d'un cynique, mon vieux.

Le lendemain, Arbogast est ramené à sa chambre par deux soldats qui le jettent brutalement sur son lit, où Regina est aussitôt prise de panique. Elle tombe du lit et se roule par terre en criant tandis que son mari gît, à peine conscient, au-dessus d'elle. Il a perdu sa main droite, dont le moignon est enveloppé dans des linges ensanglantés.

Survient alors une femme qui oblige Regina à sortir de la chambre. Elle lui donne un peu de thé pendant que l'on appelle le médecin. Ce dernier hoche la tête. Il n'a rien pour soigner la blessure, aucun remède.

— Qu'y puis-je ? dit-il. Il vivra ou mourra. Voilà tout.

Ils le laissent avec à son chevet le médecin impuissant. Il a le visage bleu et gonflé, boursouflé au point d'être méconnaissable. Le sang coule de sa blessure et imbibe l'épais pansement de draps déchirés. Le lendemain matin, les autres détenus du Bloc D se plaindront d'avoir mal dormi à cause des gémissements du vieil Arbogast, le génie des affaires réduit à l'état de loque humaine. Et les autres, à quoi sont-ils réduits ?

Le secret ne doit plus en être un à cette heure, songe Will. Ainsi soit-il.

Le 27 mai 1953

Victor Chen était affolé. Cela semblait évident même à Claire, derrière la porte fermée du salon de musique. Elle l'entendait qui passait en coup de vent d'une pièce à l'autre, criant des ordres aux domestiques et à Melody, soulevant de temps en temps le combiné du téléphone puis raccrochant d'un coup sec.

Préoccupée par l'enfant, Claire fit de son mieux pour poursuivre la leçon, mais cela se révéla presque impossible. Quand un troisième claquement de porte ébranla les murs, elle se pencha sur le clavier et ferma la méthode de piano.

— Bon, Locket, qu'en penses-tu ? dit-elle.

— De quoi, madame Pendleton ?

Soudain, et pour la première fois, Claire eut pitié de la fillette. Quelle vie menait cette enfant entre des parents comme Melody et Victor ? Son petit visage était touchant, avec son teint d'ivoire et cette peau si lisse, si brillante, ses yeux comme deux globes de pâte de verre noisette. Claire avança la main et remit une mèche de cheveux derrière l'oreille de Locket. Ce geste maternel la surprit presque autant que l'enfant, qui leva vers elle un sourire timide.

— Et si on terminait un peu plus tôt pour une fois ?

— Comme vous voulez, madame Pendleton.

Locket, se levant avec précipitation, heurta le piano : le verre d'eau posé dessus se renversa.

— Oups, pouffa la fillette. Maman dit que je suis trop maladroite.

— Il faut juste que tu fasses plus attention. Tous les enfants doivent s'habituer à prendre soin des choses.

— Maman dit que je lui donne la migraine, précisa Locket d'un air abattu. Je n'ai plus le droit de la déranger l'après-midi. C'est pour cela que j'ai toutes ces leçons particulières.

— Elle souhaite sûrement que tu grandisses pour devenir une jeune fille accomplie dans tous les domaines, la rassura Claire en lui caressant la tête.

— On donne une fête ! s'exclama Locket, soudain toute joyeuse. Pour le couronnement de la reine. Papa a reçu un grand honneur de la reine, vous savez.

— Oui, c'est ce que j'ai entendu dire. Tu dois être très fière de lui.

— Je vais avoir une nouvelle robe. En taffetas de soie mandarine avec un col de guipure, récita-t-elle consciencieusement. Maman a commandé la dentelle en France, il n'y en a pas d'aussi jolie à Hong-Kong.

— C'est merveilleux, Locket.

Un nuage passa soudain sur le visage radieux de la fillette.

— Bien sûr, avoua Locket en baissant le ton, c'est juste un bout de la robe de Maman. Comme il y en avait trop, elle m'en a passé pour la mienne.

— Vous serez toutes les deux très belles, j'en suis sûre, opina Claire.

Claire supposait que l'extrême agitation de Victor s'expliquait par un article paru dans le journal le matin même. Un papier relégué à la page 7 par les flots d'encre que faisaient couler la princesse Élisabeth et la cérémonie dans l'abbaye de Westminster, mais qui n'en était pas moins publié noir sur blanc : une maigre colonne à propos de la constitution d'une commission contre les crimes de guerre, présidée par sir Reginald Lythgoe, à la suite de la mise au jour d'éléments nouveaux. Will le lui avait montré en début d'après-midi.

– Inimaginable, voilà ce que c'est ! cria la voix de Victor, manifestement au téléphone. C'est une chasse aux sorcières, ma parole. La guerre est finie depuis dix ans et ils veulent déterrer toutes ces saloperies. Dites bien à Davies que je m'en souviendrai. Cela relève d'un sentiment antichinois. Il ne peut pas supporter de voir l'un de nous réussir, et l'OBE a été la goutte… Cette vieille bique a massacré Chopin sur le piano de la Résidence du gouverneur pendant toute la guerre, à boire du scotch et à manger du veau, sous ma protection ! Elle n'a pas le droit…

Une porte se referma. La voix ne parvint plus à Claire qu'étouffée.

Locket sourit.

— Je peux y aller ?

— Oui, oui, file, on a fini.

Claire trouva toute seule le chemin de la sortie, sans tomber ni sur Melody ni sur Victor. Elle avait rendez-vous avec Edwina Storch.

La vieille demoiselle lui avait téléphoné la semaine précédente pour l'inviter à prendre une tasse de thé. Elles avaient décidé de se retrouver au club des bibliothécaires dans les Mid-Levels le jeudi suivant, soit ce jour.

Le minibus marqua l'arrêt devant le bâtiment de Tregunter Path. Claire en descendit. Mlle Storch entrait à l'instant même dans le club. Claire l'observa de loin. Sous son chapeau rose pointait un chignon rond poivre et sel. Son fessier volumineux tendait le coton rose, du même rose, de sa jupe qui lui battait les genoux ; la face postérieure de ses jambes était sillonnée de varices. Même en s'aidant d'une canne, elle tanguait dangereusement. Elle se figea un instant devant la porte d'entrée, sans doute pour reprendre son souffle, puis disparut à l'intérieur.

Claire entra à son tour. Le grand salon était d'une fraîcheur exquise, un vaste espace sombre sous les pales en mouvement des ventilateurs du plafond. Les épais rideaux damassés étaient tirés afin de protéger le mobilier de la brûlure du soleil. Claire plissa les yeux, cherchant à identifier les silhouettes dans la pénombre.

— Bonjour !

Au son de la voix d'Edwina Storch, Claire sursauta. Elle essuyait ses lunettes avec le bord de sa veste.

– Mes verres s'embuent dans cette humidité, l'informa-t-elle.

– Bonjour, mademoiselle Storch, dit Claire. J'étais juste derrière vous sur le parvis, mais par cette chaleur, je n'ai pas eu le courage de courir pour vous rattraper.

La vieille demoiselle n'insista pas cette fois-ci pour être appelée par son prénom.

— Oui, c'est terrible dehors, n'est-ce pas ? dit-elle en sortant un mouchoir blanc pour s'éponger le front. À force, on se métamorphose sous l'effet de ce climat. Je ne sais pas très bien en quoi, mais quand on a vécu ici plus de vingt ans, on n'est plus les mêmes, c'est certain.

— La chaleur ?

— Oui. On passe toute la sainte journée à l'apprivoiser. C'est une histoire sans fin. On est toujours en train de se débattre contre une nature hostile, au lieu de vivre en harmonie avec elle. Cela nous ressemble bien, à nous autres colons britanniques, toujours à nous bagarrer contre les circonstances.

Mlle Storch examina Claire plus attentivement. Cette dernière se souvint que ce même regard, lors de leur première rencontre, l'avait troublée par son intensité au point qu'elle s'était presque sentie mal.

— Et si on s'asseyait ?

— Mais bien sûr.

Claire n'avait pas encore compris pourquoi Edwina Storch lui avait téléphoné. La vieille demoiselle se déplaçait avec difficulté. Le personnel la traitait avec déférence.

— Comme nous sommes heureux de vous revoir, mademoiselle Storch ! s'exclama la gérante du club en s'approchant pour leur souhaiter la bienvenue. C'est vraiment gentil d'être venue jusqu'ici nous rendre visite.

— Connaissez-vous Mme Maxwell ? demanda Edwina à Claire. Elle vit ici depuis aussi longtemps que moi, ou presque.

Elles échangèrent une poignée de main, puis suivirent leur hôtesse dans la salle à manger. Celle-ci, comme le salon, accueillait, derrière les rideaux qui aveuglaient les fenêtres, la nuit en plein jour. Le mobilier parut à Claire curieusement hétéroclite : les tables étaient belles, patinées, anciennes, tandis que les sièges, flambant neufs, brillaient d'un éclat tapageur et vulgaire.

— Aujourd'hui, nous avons vos scones préférés, aux raisins de Corinthe, informa Mme Maxwell, et un savoureux Oolong chinois.

— Magnifique, approuva Edwina Storch en s'abaissant précautionneusement entre les bras d'un fauteuil. Vous êtes un ange, Harriet. Nous prendrons toutes les deux le « High Tea », s'il vous plaît.

— C'est très agréable ici, avança Claire. Je n'étais jamais venue.

— Pas mal, oui. Pendant la guerre, j'y ai passé quelques nuits.

— Ah !...

Une jeune serveuse s'avança pour leur verser de l'eau dans des verres blanchâtres et éraflés.

— Il y a quelque chose de pathétique chez ces Eurasiennes, vous ne trouvez pas ? dit Edwina Storch en suivant des yeux la jeune fille qui s'éloignait. On dirait que quelque chose leur manque. J'ai toujours l'impression qu'elles sont à la recherche de ce qui pourrait faire d'elles des êtres humains à part entière.

— Vraiment ? repartit poliment Claire. Moi, je les trouve très belles, avec leur peau merveilleusement lisse et leur chevelure dorée. Au début, quand je suis arrivée à Hong-Kong, elles me semblaient un peu bizarres d'allure, mais maintenant je suis sous le charme.

— Humpf ! On voit que vous êtes jeune et romantique. Ces enfants-là souffrent de n'être acceptés ni par les Blancs ni par les Jaunes.

Claire était sidérée. De la part d'une femme qui faisait grand étalage de son style de vie peu conventionnel, elle se montrait bien étroite d'esprit.

Comme si elle avait lu dans les pensées de Claire, Mlle Storch se redressa dans son fauteuil en déclarant :

— Mary et moi, nous avons toujours mené une vie conforme à nos valeurs chrétiennes ! Nous aimons nos semblables, même les moins fortunés.

— Bien sûr, dit Claire.

La jeune Eurasienne revint avec la théière. Elle disposa les tasses et les équipa chacune d'une petite passoire. Les yeux résolument baissés, elle ne souleva pas une fois les paupières.

— Je me charge de servir, lui signifia Mlle Storch en appuyant ses paroles d'un geste qui lui donnait congé.

— Vous ne la trouvez pas jolie ? s'étonna Claire, qui ne pouvait s'empêcher de pousser la vieille demoiselle dans ses retranchements.

— Non, je ne la trouve pas jolie. Elle n'a pas de chance, sauf celle de tenir cet emploi respectable, car je suis persuadée que son père a quitté sa mère après s'être amusé avec elle. Vous savez, la plupart du temps, c'est aussi triste que ça.

Elle remplit la tasse de Claire d'un liquide brûlant. Claire leva le pot à lait.

— Oh ! pas de lait dans ce thé-là ! glapit Mlle Storch.

Claire se pétrifia, le pot au bout du bras.

— Il ne faudrait pas gâcher sa saveur, poursuivit Edwina Storch. Posez donc ce lait. Je ne sais même pas pourquoi on nous en a apporté.

Après une légère hésitation, Claire ajouta une giclée de lait dans sa tasse.

— Je préfère mon thé avec du lait.

Edwina Storch, après l'avoir dévisagée un instant, ôta ses lunettes et en essuya les verres.

— Je vois que vous avez du cran… C'est bien, dit-elle en inspectant la transparence de ses verres.

Claire se taisait.

— Vous en aurez besoin, ajouta Edwina Storch. Car vous n'allez pas tarder à vous retrouver dans de beaux draps, avec l'affaire qui se prépare.

— Je ne comprends pas.

— Oh ! je crois que vous comprenez mieux que vous ne le laissez croire. (Edwina Storch trempa ses lèvres dans sa tasse et esquissa une grimace.) Trop fort, ce thé. Ils le font infuser trop longtemps.

— Je vais leur demander de l'eau chaude, dit Claire en levant le bras.

— Ce n'est pas la peine. Nous avons des choses plus importantes à nous dire. (Elle soupira.) Vous avez un faible pour la race Eurasienne.

— Pas vraiment, protesta Claire. C'est seulement…

— Dans ce cas, je parie que vous connaissez l'existence de Trudy Liang.

Après avoir intensément dévisagé Claire par-dessus ses binocles, elle reprit :

— Elle était une célébrité parmi les Eurasiennes, de son vivant. Son appartenance à une famille richissime lui épargnait les préjugés de la société à l'égard du métissage, énonça Edwina Storch d'un ton où Claire ne discerna pas une once d'ironie. Vous savez de qui je parle ?

— Oui, lui accorda Claire. J'ai entendu parler d'elle.

— Et toute cette histoire pendant la guerre. Elle n'a pas été internée parce qu'elle était portugaise et chinoise, et pour ma part je ne l'ai pas été parce que je trouvais que j'étais mieux dehors, et que j'ai une grand-mère finlandaise, et que je me suis débrouillée pour le faire valoir. La force de conviction, voilà ce qui vous sauvait à l'époque. Il régnait une telle confusion, les règles changeaient chaque jour…

Son expression se chargea soudain de mélancolie :

— Hélas, je n'ai pas pu faire sortir Mary, mais je l'ai ravitaillée, je lui apportais des paquets et tout ce dont elle pouvait avoir besoin. Nous avons fait pour le mieux.

Puis, tout d'un coup, son ton redevint plus animé :

– Vous savez, Claire. Vous avez le visage de quelqu'un qui sait écouter. Les gens doivent se confier à vous. Est-ce que je me trompe ?

– Je ne sais pas, répondit Claire en se disant à part elle que le visage d'Edwina Storch, quant à lui, lui rappelait celui d'un gros lézard. Il y avait dans ce regard une espèce d'avidité rusée, de cupidité opportuniste.

– Vous êtes au courant pour Trudy et Will Truesdale ? poursuivit Edwina Storch.

– J'ai entendu des histoires, comme tout le monde. Mais rien qui ait quoi que ce soit à voir avec moi.

– Rien à voir avec vous ! gloussa méchamment la vieille demoiselle. Et vous aimeriez qu'on vous croie, j'imagine ! Ces deux-là, ils étaient inséparables. On pensait tous qu'ils allaient se marier. Si vous voulez mon avis, il n'a pas eu la meilleure part. Il aurait pu faire beaucoup mieux. Mais non, il s'est mis avec elle, et ensuite la guerre a éclaté et tout ce qui s'ensuit. (Elle marqua une pause.) Vous devez vous demander pourquoi je vous ai invitée ici aujourd'hui, et à déjeuner il y a quelques semaines. Je voulais voir à quoi vous ressembliez, votre visage. Mais c'est une longue histoire. Mangez donc pendant que je vous la raconte…

Elle avait soudain l'air grave.

– Il faut vous préparer. Il va falloir faire face maintenant. Et être courageuse. Le moment est venu pour vous de faire vos preuves.

Dans la lumière de cette fin d'après-midi, la porte du club des bibliothécaires s'ouvrit. Claire battit des paupières, éblouie par les dernières lueurs du jour. Elle disait au revoir à Edwina Storch.

— Merci beaucoup pour le thé.

— C'est avec grand plaisir, ma chère. J'espère que j'ai éclairé votre lanterne.

— Oui…

Claire hésita, puis, bredouillant :

— En fait, non… je ne sais pas.

— Ce n'est pas la bonne méthode, ma petite, lui dit Mlle Storch, d'une voix où perçait une pointe d'exaspération.

— Mais, mademoiselle, je pense que… Il y a quelque chose que je voudrais vous dire. Quand nous nous sommes vues pour la première fois dans votre jardin il y a quelques semaines, vous m'avez dit que je vous rappelais ce que vous étiez dans votre jeunesse. Mais voilà, à mon avis, vous vous trompez du tout au tout. Vous et moi, nous sommes aussi différentes qu'il est possible de l'être.

Sur ces paroles, elle fit volte-face et s'éloigna à grands pas, sans se retourner.

Le soleil se couchait. Déjà ? s'étonna Claire, qui n'avait pas vu passer la journée dans la pénombre d'une salle vétuste à écouter une vieille femme perverse affûter ses arguments.

1943

Il y avait un bébé.

Il y avait un homme à onze doigts. À dix. À onze. Le doigt repoussait chaque fois, en un an, pas un jour de plus. Utile mesure du temps.

Il y avait des hommes bons.

Il y avait des hommes méchants.

Il y avait des hommes morts.

Il y avait une femme, elle a disparu.

Il y avait un bébé.

Trudy. Sa mince silhouette enveloppée de tuniques de plus en plus amples. Ses joues arrondies, le masque de la grossesse pigmentant la peau de son visage. Quand l'avait-il remarqué ? En tout cas, la révélation, comme presque toutes les révélations dans sa vie, avait fondu sur lui alors qu'il se tenait à l'orée du sommeil, dès son retour au camp après une permission de week-end. Il tressaillit de tout son corps alors qu'au plus profond de lui se formait le mot *bébé*. Ensuite, impossible de dormir, il se tourna et se retourna sur son méchant matelas, l'esprit en ébullition.

Elle ne lui avait rien dit. Il n'avait rien vu. C'était arrivé progressivement.

Des pensées de vieille femme le taraudaient. Ce n'est pas un monde où jeter un enfant. Dans quelles conditions va-t-elle accoucher ? Et d'autres encore, qu'il repoussait de toutes ses forces, mais qui s'obstinaient à refaire surface.

Ces choses-là étaient-elles encore de mise à une époque comme la leur ?

Puis, un jour, pendant un autre week-end, Trudy déclara de but en blanc : « Je savais que je serais énorme si j'attendais un enfant. » La première fois qu'elle admettait sa grossesse. Elle lança cet aveu comme une boutade, alors qu'ils prenaient un petit déjeuner de nouilles et de porc rôti. Penchée sur son bol, elle engouffra une grosse poignée de nouilles dans sa bouche comme une fille des rues, indifférente aux bonnes manières et aux apparences. Si elle le lui avait dit plusieurs semaines plus tôt, avant qu'il le découvrît par lui-même, il aurait manifesté plus de mansuétude. Il lui aurait murmuré que la grossesse lui allait bien. Mais il resta muet. Une façon de se venger plutôt minable. Car se venger de qui ? Pas de la femme. De la guerre ? De l'injustice ?

Du jour au lendemain, ou presque, comme cela arrive aux femmes, son état devint manifeste. Son ventre grossissait à vue d'œil. Elle était encore fluette, mais les robes les plus fluides et les plus larges ne dissimulaient plus son état. Aux yeux de Will, ce ventre avait quelque chose d'une tumeur. Une pensée qui le remplissait de honte.

Jamais plus elle ne prononça un mot à ce propos.

Il y avait un homme à onze doigts.

Dominick. À force d'aiguiser sa ruse, il prenait un visage de fouine, alors que sa veulerie avachissait son corps. À voix basse, Trudy confia à Will : « Dominick n'est plus le même. Il est tout le temps fourré avec cet horrible Victor Chen. Ils essayent de persuader mon père de s'associer dans une compagnie de Macao qu'ils sont en train de monter pour faire du négoce avec les Japonais. Je ne veux pas que mon père se laisse avoir… Il est malade… Mais Dommie refuse de m'écouter. Il a basculé dans le camp de Victor. » À travers ces paroles, Will perçut sa profonde déception. Son meilleur ami l'a désertée. La solitude lui pèse. Will est au camp. Dominick n'est plus le même. Trudy n'a plus personne.

Il y avait des hommes bons.

À l'issue de sa première permission, Will fut accueilli au camp par des regards brûlant d'expectative, affamés de nouvelles et d'espoir. Il distribua ce qu'il avait rapporté – les gardiens le laissaient en paix, ayant entendu dire qu'il avait de l'entregent en ville – puis retourna à sa chambre.

Johnnie Sandler resta debout sur le pas de sa porte.

— Tu préfères rester seul ?

— Non, dit Will. Entre.

— Alors, comment s'est passée cette permission ? Tu fais beaucoup de jaloux, tu sais, ici. La nouvelle s'est répandue comme une traînée de poudre. De deux choses l'une : soit tu es un escroc soit tu es un héros. Les opinions divergent.

— Johnnie…

Il laissa sa phrase en suspens : il ne savait pas par où commencer.

— Tu as vu des gens qu'on connaît dehors ? s'enquit Johnnie.

— Oui, mais… On cite le chiffre de deux cents Chinois qui meurent chaque jour dans les rues. De mort violente. Anonymes. La moitié des hôpitaux sont encore fermés.

Johnnie le dévisagea.

— Tu as l'air ébranlé. Il y a autre chose ?

— Trop de choses, mon ami. Beaucoup trop de choses.

— Trudy va bien ?

Will fit oui de la tête.

— Tu la connais à peine, n'est-ce pas ?

— Oh ! juste un peu, comme ça, dit Johnnie. Comme je te connaissais toi.

— Et que penses-tu d'elle ?

Johnnie hésita.

— Quelle drôle de question. C'est ta fiancée.

— Non, vraiment, je veux savoir.

— Elle m'a paru sympathique. Le peu que j'ai vu. Il circulait toujours des rumeurs à son propos, mais j'ai vite compris que ce n'était que ça, des rumeurs. Une chouette fille, je dirais, qui se trouve le centre de trop d'attention. Je pense que ça doit être dur pour elle.

— Tu es très diplomate, commenta Will.

Le visage de Johnnie se fendit d'un large sourire :

— Tu me prends pour qui, mon vieux ?

— Pourquoi n'as-tu personne dans ta vie ? Je t'ai vu sortir avec quelques filles, mais jamais de liaison sérieuse.

— Je n'ai jamais trouvé de femme qui puisse me supporter, répondit Johnnie. Dès qu'elles ont compris mon numéro, elles se dépêchent d'aller voir ailleurs si j'y suis.

Ils s'assirent côte à côte sur le matelas. Johnnie sortit de sa poche des « cigarettes maison ».

— De la pure graminée de Stanley.

Il en offrit une à Will. Ce dernier secoua la tête :

— Mais à quoi je pense !

Plongeant la main dans son sac sous le lit, il présenta à Johnnie deux paquets de Red Sun.

— Je les ai pris spécialement pour toi. C'est du japonais, bien sûr, pas du vrai de vrai. J'espère que tu n'as pas trop de scrupules…

Johnnie rit, ravi.

— Comment donc ! Votre bonté m'honore, monsieur !

Ils fumèrent un moment en silence, tout au modeste plaisir de la nicotine.

— Il y a des types du Bloc C qui ont réussi à capter des messages radio sur ondes courtes, l'informa Johnnie. Rien de passionnant pour l'instant, mais ils s'acharnent.

— Trudy a de mauvaises fréquentations, lâcha soudain Will.

Johnnie se tourna vivement vers lui :

— Je m'en doutais.

— Elle est dedans jusqu'au cou. Elle croit que non. Elle croit qu'elle surnage, qu'elle survit, que ces gens vont l'aider.

— De quoi a-t-elle besoin ?

— Ce n'est pas elle, en fait, c'est eux qui la pressent de demandes. Des demandes qui risquent de compromettre d'autres gens.

— C'est un jeu dangereux, dit Johnnie, comprenant à demi-mot. Elle devrait faire attention, et toi aussi.

— Oui, nous ferons attention, opina Will.

— L'heure du dîner approche, déclara Johnnie en se levant. Nos cordons-bleus ont inventé un nouveau plat qui promet d'être succulent. De la peau de banane frite dans de l'huile de cacahouète. Si tu fermes les yeux, tu crois manger des champignons. Tu vas en redemander.

— C'est certain, dit Will, trop heureux de cesser de parler de Trudy.

Il y avait des hommes méchants.

Victor Chen, serrant la main, l'unique main, de Reggie Arbogast, l'un et l'autre en costume de flanelle bleu des mers du Sud et cravate rouge. Victor avait organisé une réception en l'honneur de la crème des rescapés de Stanley après la libération du camp. C'est-à-dire qu'il n'avait pas invité le tout-venant, mais seulement les médecins, les avocats, les hommes d'affaires. Il compatissait à ce que la guerre leur avait fait endurer, à eux-mêmes dans leur chair et à leurs pays. Noyant le tout dans des flots de champagne.

Et imaginez ceci. Le gouverneur de Hong-Kong, sir Mark Young, est de retour à son poste. Trois ans plus tôt, il a connu l'humiliation de la défaite. La guerre, qu'il a passée dans un camp de prisonniers en Chine, est finie. Aucun effort n'est épargné pour fêter ce retour victorieux. Il revient à bord d'un C47 Dakota escorté par les Bristol Beaufighter et les Corsair du 721e escadron de chasse de la RAF. Un atterrissage spectaculaire sur le tarmac de Kai Tak. Puis c'est le trajet de l'aéroport à la Résidence du gouverneur au milieu d'une escorte de motards qui lui ouvre la route. La cérémonie. Les fusils, les uniformes, la grande pompe. Il échange des poignées de main avec les dirigeants de la colonie et écoute les discours de bienvenue. Il entend celui de Victor Chen, sur le thème du courage et de la vaillance de Hong-Kong.

Otsubo, lisant un document dans le noir, ou plutôt dans le rond de lumière projeté sur la table par la lampe de son bureau. Sa lecture est silencieuse mais il bouge les lèvres. Trudy et Dominick se tiennent assis l'un à côté de l'autre sur un banc. Ils ne se parlent ni ne se regardent. Ils attendent le signal d'Otsubo.

Il y avait des hommes morts.

Avait-il rêvé ? Ce bruit... un homme qui criait. Will se dressa sur son séant dans son lit et tendit l'oreille. Le murmure des vagues lui parvint par la fenêtre ouverte, sinon, le silence. Un enfant cria dans son sommeil. La voix ensommeillée d'une mère consolant son enfant.

Le lendemain matin, en passant devant la cellule de Johnnie, il ne l'y trouva pas. La pièce était sens dessus dessous, alors que Johnnie était un garçon si rangé. Le matelas arraché des planches du sommier, les draps en boule par terre.

Will fut emmené dans les salles d'interrogatoire à l'est du camp.

Johnnie gisait sur le sol, les yeux ouverts, la chemise déchirée et sale. Ils soulevèrent la couverture sous laquelle il se trouvait dans cette pièce éclairée par une ampoule nue, meublée en tout et pour tout d'un tabouret : ils avaient tenu à ce qu'il le voie.

— Lui avoir pas parlé, lui dirent-ils. Alors, voilà.

— Il ne savait rien, dit Will.

— Ah oui ?

— C'est vrai.

— Et vous ?

Dominick.

Il hurla, supplia, implora. La pointe de leurs baïonnettes le piqua. Sa joue entaillée saigna. Son petit doigt fut écrasé à coups de maillet. Puis tous les autres doigts. Une semaine au cachot.

Il nia tout. Il confessa tout.

Gratter la surface d'un homme. Regarder ce qui apparaît.

Wan Kee Liang, le père de Trudy.

Mort dans sa résidence de Praia Grande. Son cadavre se décomposa, ses draps s'imbibèrent de ses liquides. Un corps à l'abandon, découvert des jours et des jours plus tard.

Il y avait une femme, elle a disparu.

Trudy gravissant les marches du siège de la gendarmerie de Des Voeux Road, le ventre énorme, sur le point d'accoucher.

Elle se retourna pour envoyer du bout des doigts un baiser à Edwina Storch, qui l'avait accompagnée. Son expression était mélancolique, elle n'avait rien à reprocher à personne. Nous sommes condamnés à répéter le passé. La mère de Trudy, disparue. Trudy, disparue.

Le 10 mai 1943

Edwina Storch avait obtenu sa liberté par des moyens suspects, murmurait-on. Elle avait fait valoir la nationalité finlandaise de feu sa mère et révoqué sa citoyenneté britannique. Mary Winkle, en revanche, avait été prise et internée à Stanley. Edwina lui envoyait aussi souvent que possible des provisions.

La reconnaissant dans la rue, Trudy l'aborda pour lui dire bonjour. Elle avait toujours eu de la sympathie pour Edwina, malgré les drôles de choses qu'elle avait entendues sur son compte. Elle aurait, paraît-il, à l'époque où elle était directrice de l'école primaire Glenealy, abusé de son autorité avec un peu trop d'enthousiasme et sans penser aux conséquences. Il y avait eu des incidents : un de ses petits élèves avait dû être conduit à l'hôpital à la suite d'une sanction disciplinaire trop vigoureuse, mais l'affaire avait été étouffée. Le garçon était eurasien : son père, un haut fonctionnaire anglais, avait une maîtresse chinoise, bien-aimée mais illégitime. L'enfant n'était pas retourné à l'école.

— Alors, vous aussi, vous êtes dehors ?

— Oui, grâce à ma chère maman, paix à son âme. La Finlande.

— Tous les moyens sont bons. N'est-ce pas horrible partout en ville en ce moment ?

— En effet, mais je dois dire que votre cousin Victor Chen a été un ange avec moi. C'est un magicien, il peut avoir tout ce qu'il veut !

Trudy s'assombrit.

— Quand on y met le prix, je n'en doute pas, dit-elle. Mais je suis heureuse qu'il ait pu vous aider.

— Vous êtes bien cousins tous les deux ? insista Mlle Storch.

— Pas vraiment. Sa femme Melody est ma cousine. Elle est en Californie en ce moment. Elle va avoir un enfant.

Edwina baissa les yeux sur le ventre protubérant de Trudy.

— C'est un bon arrangement, je suppose, déclara Mlle Storch chuchotant presque. En attendant que la situation se décante ici.

— Euh, oui, sans doute, tout finira par s'arranger.

— Bien sûr, lui assura la directrice d'école.

— Bon, eh bien, j'espère qu'on se retrouvera dans ce monde étrange qui est maintenant le nôtre. J'ai rendez-vous avec Dominick pour le déjeuner.

— Transmettez-lui mes amitiés, dit la vieille demoiselle. Et, croyez-moi, on va tous s'en sortir.

Trudy regarda Edwina Storch s'éloigner, une expression bizarre sur son visage ravissant.

Le 28 mai 1953

Dans le soleil de la fin du jour, Will émit un grognement plaintif et bougea dans son sommeil. Il avait les cheveux humides de transpiration. Il faisait très chaud. Claire tapa dans ses mains, pour voir s'il allait se réveiller, mais il se contenta de se retourner encore une fois avec un soupir.

Elle observa son visage, luisant de sueur, sa bouche formant des mots sans le son, et pour la première fois elle eut pitié de lui.

– Touche-moi, lui dit-elle d'une voix désespérée. Je veux me sentir de nouveau vivante.

Il la prend dans ses bras, la serre contre son cœur.

– Tu ne peux pas savoir ce qu'il m'a obligée à faire, souffle-t-elle au creux de son épaule. Tu ne peux pas savoir.

– C'est fini maintenant, murmure-t-il, ne t'inquiète pas.

– C'est pas fini du tout ! s'écrie-t-elle. Pas du tout. Tu ne sais pas. Si tu savais, tu ne voudrais plus jamais me voir, plus jamais me toucher. Tu ne pourrais plus jamais me regarder dans les yeux.

Elle s'écarte de lui, le repousse, cherche son regard.

Il se tait. Elle a une petite grimace de douleur.

— Mais moi je le savais, dit-elle, je le savais. À quoi est-ce que je m'attendais ?

— J'ignore ce que tu veux de moi.

— C'est la raison pour laquelle je t'aimais tant, réplique-t-elle. Non seulement tu es bon mais tu n'as besoin de personne, et j'avais l'impression que, à force, tu finirais par avoir besoin de moi, mais parce que…

Les mots se noient dans les larmes. Trudy pleure. C'est une Trudy qu'il ne connaît pas. Une Trudy fragile comme une étoffe de gaze, et qui ne s'en cache pas.

— … parce que personne ne m'a jamais aimée. On m'a aimée pour mon argent ou pour ma beauté, ou pour ma façon de parler, pour toutes ces choses qui excitent l'imagination des autres. Mon père m'aime par devoir. Ma mère m'aimait, mais elle est partie. Personne ne m'a jamais aimée pour moi-même. Je n'ai guère été qu'une agréable distraction, le temps d'une soirée. Ce que je te dis là est banal, n'est-ce pas ? Mais toi, tu m'aimais. Tu aimais la personne que je suis. C'est le sentiment que j'avais. Et pour moi cela a été une révélation. Seulement, après, quand Otsubo et moi nous t'avons demandé de nous obtenir cette information, j'ai vu que tu avais changé. Ou que ton cœur avait changé. Tu ne m'aimais plus comme avant, pas de la même manière. Je n'étais plus la même à tes yeux. Je n'étais plus celle que tu aimais sans conditions.

Elle s'essuie les yeux, des yeux tout rouges et gonflés.

— Je dois avoir l'air d'une folle ! s'exclame-t-elle avec une extraordinaire vivacité, redevenant d'un seul coup la Trudy qu'il connaît. Quand c'est arrivé…

Elle respire un grand coup, puis répète :

— Quand c'est arrivé, Will, tout a repris sa place d'un seul coup... Avec toi, je joue à être une autre... Il a fallu seulement quelques semaines de séparation...

— Et une guerre, la coupe-t-il.

Il ne sait pas d'où jaillissent ces paroles machinales, mécaniques, à croire qu'il s'est transformé en automate.

— Oui, quelques semaines de séparation plus une armée japonaise hostile, et pouf ! Je suis redevenue l'ancienne Trudy, la Trudy qui ne pense qu'à elle et ne brille pas par sa moralité. Et cela m'a paru naturel. Je me suis sentie affreusement mal, mais c'était naturel. Je ne suis pas celle que tu crois. Je te l'avais déjà dit quand tu es parti pour la plaine des Manœuvres. Je voulais tellement que tu comprennes ce que je te disais. As-tu compris alors ? As-tu compris ?

— Je ne peux pas être celui qui t'accorde la rédemption, Trudy.

Elle le gifle.

Will lève machinalement sa main à sa joue, un geste féminin.

— Il y a des moments où j'ai envie de te tuer, prononce-t-elle avec lenteur. Toi et ta prétendue moralité.

Elle lui tourne le dos. Il l'attrape par le coude pour la retenir.

— Même ça, dit-elle, ça sonne faux. Ce n'est pas digne de toi. Sois un homme et montre donc ce que tu éprouves vraiment pour moi.

Elle le dévisage fixement. Il est comme pétrifié.

— C'est bien ce que je pensais, laisse-t-elle tomber.

Elle marque une halte sur le pas de la porte mais ne se retourne pas.

— Merci, Will, lance-t-elle calmement, de dos. Je sais maintenant où j'en suis. Merci de m'avoir rendu la liberté.

Elle a toujours été trop forte pour lui.

Pourquoi faut-il que l'on blesse ceux que l'on aime ?

Les cauchemars. Les visions.

Des hommes aux langues brûlées, aux genoux écrabouillés, aux yeux désorbités, forment des tas au bord de la route de Stanley. Les mères couvrent les yeux de leurs enfants.

Des filles dans des chambres, le visage impassible, sans expression, la robe déchirée, des mèches de cheveux arrachées à leur crâne sanglant, les jambes gluantes de fluides masculins.

Une porte ouverte sur une fille ficelée à un bureau, presque muette.

Un cadavre, emmailloté dans de la toile de jute, les bras croisés. Versé dans la mer, il coule comme une pierre dans les ténèbres sans faire de bruit.

Ah Lok brosse les cheveux de Trudy devant sa coiffeuse. Des gestes réguliers, des ruisseaux de soie. Dehors, le bruit des bombes. Trudy se met du rouge à lèvres. Son parfum au jasmin.

La tête délicate de Dominick entre les jambes d'Otsubo. Ses yeux croisent ceux de Will, s'écarquillent de peur, puis deviennent vitreux. Il n'arrête pas, il ferme juste les yeux. Will fait un bond en arrière, d'instinct, mais il a la présence d'esprit de ne pas claquer la porte.

Un bébé naît au milieu de la nuit. Il est déposé

dans les bras d'une infirmière indifférente. Sa mère endormie ne le verra jamais.

Une jeune femme, tout juste de retour de Californie, à peine sortie de couches, les yeux vides, reçoit dans le berceau de ses bras l'enfant d'une autre.

Le 2 juin 1953

Une soirée réussie jette des feux étincelants. Les verres se remplissent tout seuls dans votre main, les petits fours se multiplient spontanément sur les plateaux, les domestiques ne se font ni voir ni entendre et les convives ont conscience d'appartenir au petit nombre de privilégiés figurant sur la liste des invités, car il y en a tant qui ne sont pas là, tant qui auraient rêvé d'être à leur place.

Dès l'abord de la demeure des Chen, Claire et Martin entrèrent à leur tour dans le cercle magique.

L'allée était éclairée aux lueurs de chandelles plantées dans des petits pots remplis de sable. Des voituriers en livrée garaient les véhicules. De la musique flottait dans l'air. Les Chen avaient fait venir un quartette à cordes, qu'ils avaient installé dans le vestibule : trois gros Chinois suant dans leurs smokings et une minuscule femme avec un violon niché sous son menton d'oiselle. Leurs bras appliquaient un mouvement de va-et-vient évoquant plutôt un labeur ingrat que la divine musique.

Leur hôtesse les accueillit à la porte, une coupe de champagne à la main, dans une robe qu'on aurait crue tissée d'argent.

— Bonsoir, bonsoir, entonna Melody. Quelle joie de vous voir tous ici ce soir. Il y a des sceptres pour tout le monde… (Elle accompagna ses paroles d'un geste en direction d'un grand bol débordant de baguettes et cette précision :) Toutes les femmes sont des reines ce soir.

— Melody, mon chou, comment faites-vous ? entonna une blonde mince comme un fil. Vous êtes de toutes les fêtes ! Combien de fois, déjà, cette semaine ? Au Garden Park, au déjeuner chez Maisie et dans ce petit italien de Causeway Bay ? Et qui était votre chevalier servant, ma chère ? Un très bel homme, au fait.

— Un cousin, bien sûr, répondit Melody avec un clin d'œil. Avec moi, c'est la famille avant tout.

— Quelles chipies nous sommes ! conclut la blonde en disparaissant à l'intérieur.

Martin et Claire, côte à côte, patientaient à quelques pas derrière.

— Claire ! s'exclama Melody. Je suis tellement contente que vous ayez pu venir.

— Merci infiniment de votre invitation, dit Martin.

Il était mal à l'aise, constata Claire, qui lui en voulut aussitôt pour cela.

— Ravie de vous voir, Melody, dit-elle. Quelle magnifique soirée.

Martin alla leur chercher à boire au buffet, laissant Claire debout dans un coin du salon de musique, cette pièce où elle avait passé tant de temps et qui, ce soir, prenait vie, avec tous ces gens qui, par petits groupes, bavardaient et riaient, penchés les uns vers les autres comme pour s'échanger des secrets.

À son retour, Martin lui glissa :

— Je ne connais personne. C'est à se demander

pourquoi ils ont invité la professeur de piano et son mari.

— Martin, enfin, qu'est-ce que tu as ?

Mais elle devait bien admettre qu'il avait raison. Les autres invités parlaient entre eux sans s'intéresser aux nouvelles têtes. Claire et Martin restèrent dans leur coin, leurs verres à la main, à sourire dans le vide.

À un moment donné, Martin, n'en pouvant plus, sortit dans le jardin admirer les fleurs et la vue sur le port. Claire, après un moment d'indécision, se dirigea vers la cheminée afin d'examiner les photographies de famille.

Dans son cadre d'argent, Trudy était toujours là, en maillot de bain, rieuse.

À deux pas, quatre personnes, du style chapeaux à plumes et complets en soie, papotaient de leur dernier séjour à Londres. Claire, son verre à la main, écouta leur conversation d'une oreille distraite.

— Quelle horreur ! Je ne vous dis pas la qualité du service comparé à ce que nous avons en Extrême-Orient. Et la cuisine ! Infecte, et servie froide en plus… Et vous pensez qu'ils s'excuseraient ? C'est bien simple, il n'y a plus de domestiques en Angleterre. C'est d'un triste. Lugubre, vraiment. On est tellement mieux ici. Ici, au moins, ils sont fiers de leur travail.

— Poppy est à Londres en ce moment, n'est-ce pas ? Je ne serais pas étonnée qu'elle soit dans l'abbaye de Westminster à l'heure qu'il est.

— Celle-là, quelle pécore ! Je suis sûre qu'elle a remué ciel et terre pour obtenir une place. Elle va nous casser les pieds avec ça à son retour, vous verrez.

Claire se racla la gorge. Une des dames, une rousse bien en chair, jeta un coup d'œil par-dessus son épaule dans sa direction, sans cesser pour autant de parler.

De là où elle se tenait, Claire voyait bien les deux hommes qui lui faisaient face tandis que les deux femmes avaient le dos tourné. Des Anglais. Claire s'étonna intérieurement que les Chen n'aient pas invité plus de Chinois.

— Su May vient-elle aujourd'hui ? s'enquit la rousse en s'adressant à la seconde femme, une blonde un tantinet plus jeune, coiffée d'un chapeau cloche.

Les hommes les quittèrent pour aller remplir leurs verres.

— Je ne crois pas. J'ai l'impression que Melody et elle se sont disputées.

— Ah ! oui ? Raconte !

— Oh ! tu sais, comme d'habitude, dit la blonde en baissant la voix. Melody est devenue impossible. Elle oublie tout, elle s'énerve pour un rien. J'ai déjeuné au Garden Club jeudi dernier, et tu penses qu'elle m'aurait prévenue qu'elle ne venait pas ? Je l'ai attendue. Et elle ne s'est même pas excusée ensuite ! Je ne sais pas ce qu'elle a en ce moment.

— L'OBE lui sera monté à la tête…

Et plus bas encore :

— C'est drôle, n'est-ce pas, comme plus ils sont chinois plus ils sont anglophiles ?

— À qui le dites-vous ! Il suffit de regarder cette pièce. On se croirait à Mayfair !

— En fait, les Chinois reçoivent très peu chez eux. Pour ma part, c'est la première fois que je mets les pieds dans une maison chinoise depuis que je suis à Hong-Kong.

— Victor joue sur tous les tableaux. Il donne une autre soirée demain, pour une tout autre faune, et pas chez lui mais au club, avec du mah-jong en seconde partie de soirée et tout le tralala.

— Ses congénères…

— Je ne sais pas comment Melody supporte cet homme. Charles dit qu'il n'a jamais vu quelqu'un d'aussi ouvertement vénal.

— Oui, je sais, je me demande… On parle d'*opium*…

Les deux femmes se turent alors qu'une troisième s'approchait. Elles s'élancèrent les unes vers les autres en froufroutant et en se bécotant, comme des poules.

— Lavinia !

— Maude !

— Harriet !

Claire s'esquiva discrètement.

Un peu plus tard, elle se retrouva en tête à tête avec Annabel, une blonde « champagne cendré » d'Atlanta, Géorgie, à Hong-Kong avec son mari, Peter, lequel travaillait pour le Département d'État.

– Quelle est votre histoire, *darlin'* ?

Les effets de l'alcool jetaient un éclat sauvage dans les yeux de l'Américaine. Elle avait sur la tête une sorte de ruche.

— Je suis ici avec mon mari, qui travaille au Département des Eaux.

— Encore un département ! glapit Annabel. Il n'y a que des Départements ici, d'État, des Eaux ! En tout cas, il vaut mieux qu'il veille à ce que l'eau coule dans les robinets !

— Euh… Oui.

Claire ne savait pas comment s'y prendre avec les Américains. Ils étaient trop spontanés pour elle, elle ne trouvait pas de réplique à leurs curieuses exclamations.

— Et vous, comment occupez-vous votre temps ? Vous avez des enfants ?

— Non, dit Claire. Et vous ?

— Quatre, tous en dessous de cinq ans. Je suis une vraie pondeuse, Peter va finir par m'étrangler. Je lui dis que je ne suis pas la seule responsable, hein ? Au moins ici, on a l'aide des amahs. En Amérique, ce n'est pas la même chanson.

— Êtes-vous à Hong-Kong depuis longtemps ? s'enquit poliment Claire.

— Trois ans. Jack est né ici... Dieu merci, une césarienne...

Cette femme continua de jacasser, sans se soucier d'autre chose que d'elle-même, et Claire continua de l'écouter, trop contente de passer inaperçue.

Martin la rejoignit un peu plus tard alors qu'elle patientait devant la porte de la salle de bains.

— Alors ? Prête à partir bientôt ? lui dit Martin.

Elle répondit en opinant :

— Je reviens tout de suite.

Elle s'aspergea le visage d'eau froide. Pourquoi ne parvenait-elle pas à se débarrasser du pressentiment qu'il allait se passer quelque chose ?

Un peu plus tard, elle entendit la rousse et la blonde, Maude et Lavinia, parler d'elle :

— Qui est cette jeune femme qui tourne en rond ?

— Je crois que Melody a dit que c'était le professeur de piano de sa fille.

— Tu crois vraiment ?

— Elle est jolie, non ?

— Si on aime le style blonde fadasse.

Le bruit d'une petite claque.

— Quelle mauvaise langue tu fais !

Rires.

— C'est leur peau. Les hommes, elle les rend fous.

— Oui, mais ça ne dure pas. C'est du gâchis de donner cette peau-là aux jeunes.

Un remue-ménage survint du côté de la porte d'entrée. Une amah venait de perdre connaissance. La chaleur. Un houseboy fut sommé de l'emmener ailleurs.

— Il fait une chaleur épouvantable, bougonna un monsieur en canotier.

— Toujours, approuva un autre. On ne vous avait rien dit ?

Au milieu de cette conversation absurde, Will surgit, à l'improviste. Il s'arrêta devant eux, les deux premières personnes qui se trouvaient là.

— Vous êtes au courant ? éructa-t-il, le visage décomposé.

Il ne parlait pas fort, mais tout le monde l'entendit.

— Reggie Arbogast s'est tiré une balle dans la tête.

Les deux messieurs restèrent interdits.

— C'est lui qui recevait si somptueusement sur le Peak ? s'écria Claire.

Cela avait été comme un cri du cœur. Dans sa naïveté, elle s'imaginait encore que l'argent apportait le bonheur. Quelques personnes se tournèrent vers elle, mais la majorité était sous le choc.

Un murmure gagna et enfla rapidement.

— Sa pauvre femme.

Sotto vocce :

— Regina ? Je me demande pourquoi il n'a pas plutôt tiré sur elle !

— Et les enfants ?

— Tous en Angleterre. Ils vont les prévenir par télégramme. Quelle tragédie.

— Quand je l'ai vu à Fanling, il m'a semblé assez déprimé. Il a joué seulement neuf trous puis il est allé boire un verre au club-house. Quand je l'y ai retrouvé, il avait l'air vraiment lessivé.

Mais Will n'était pas venu pour bavarder. Il balaya le salon du regard puis se rua sur Victor.

— Espèce de salaud !...

Le direct du droit que lui balança Will fit perdre son équilibre à Victor. Tout le monde se tut.

— ... Depuis le début, tu l'as laissé croire que c'était lui qui avait craqué !

Victor recula de deux ou trois pas en titubant, mais ne tomba pas. Il se redressa en se tenant la mâchoire avec un sourire crispé.

— Eh bien, Will, vous voilà enfin alors qu'on ne vous a pas vu pendant des semaines, et vous me sautez à la gorge ! Vous faites un drôle de chauffeur !

— Ferme-la. Tu n'es qu'un être méprisable.

Autour d'eux, médusés, les gens étaient cloués sur place. Quelques-uns, mieux élevés sans doute que les autres, se dirigeaient discrètement vers la sortie.

— C'est toi qui as tout manigancé. Tu as revendu cette putain de Crown Collection au gouvernement chinois sous couvert de patriotisme, avoue ! Tu te foutais bien de qui allait payer les pots cassés, du moment que tu t'en mettais plein les poches et que tu léchais les bottes du nouveau régime. Et tu sais ce que ton gouvernement chinois en a fait ? Ils l'ont sans doute réduite en petits morceaux parce qu'elle représentait des valeurs bourgeoises !

Will criait.

Victor répliqua d'un ton glacial :

— Les Chinois ont le droit d'avoir accès à leur propre patrimoine. On n'aurait jamais dû leur prendre tous ces objets.

— Tu n'es qu'un hypocrite ! continua à fulminer Will, comme s'il n'avait pas entendu. À l'époque où tu étudiais l'histoire à Cambridge, tu ne jurais que par la vieille Angleterre, le foot et les fraises à la crème, puis, quand le vent a tourné ici, tu es devenu un Chinois modèle, à la solde des nationalistes, des communistes, de tous ceux qui t'ouvraient leur porte. Tu es une vraie girouette, mon vieux.

Il fit un pas vers Victor d'un air menaçant. Victor tira sur le bas de sa chemise en disant :

— Tu parles d'hypocrisie ? Tu es le dernier à pouvoir comprendre, Will. Toi qui as tout de suite trouvé à Hong-Kong une bande de copains et une fille sang-mêlé. Tout allait pour le mieux dans le meilleur des mondes. Putains d'Anglais toujours à jouer les vertueux alors qu'ils empoisonnaient la moitié de la Chine avec leur trafic d'opium.

— Peu importe maintenant. Tu es foutu, Victor.

— Tu as toujours fait dans le mélodrame, Will. Trudy était pareille. Du sentimentalisme. C'est un luxe qu'on ne peut pas se permettre, je t'assure.

Will resta un moment immobile et figé. Puis :

— Tu n'en vaux pas la peine. Tu ne vaux rien.

Soudain, Melody se campa auprès de Will.

— Will, dit-elle. Nous ne sommes pas des ennemis. Nous aimions les mêmes gens. Nous avons tous vécu des tragédies pendant la guerre. Ne peux-tu pas pardonner, juste un peu ?

Elle le supplia du regard. Il ne bougea pas. Elle se détourna pour s'éloigner puis changea brusquement de direction et s'approcha de Claire :

— Vous, Claire, vous comprenez sûrement. La vie est si compliquée. Nous avons à faire des choix difficiles.

Claire, prise au dépourvu, tressaillit. Martin était là, à ses côtés. Le monde entier la regardait. Les pipelettes de tout à l'heure la fixaient avec des expressions qui en disaient long : Claire était, d'un seul coup, comme par enchantement, devenue « quelqu'un » à leurs yeux.

Le rideau se levait à présent sur ses relations avec leurs hôtes, et avec Will. Elle incarnait soudain une pièce du puzzle. Mais Claire n'avait pas l'habitude d'être le centre de l'attention. Elle se rappela ce moment pendant le dîner au restaurant avec les Chen où ils l'avaient tous interrogée du regard, s'attendant à une réplique spirituelle de sa part, un signe qui leur prouverait qu'elle était des leurs – un signe qui n'était pas venu. Elle songea à la sensation qu'elle éprouvait souvent auprès de Will – d'être une autre, une autre Claire qui n'avait jamais pu se manifester, une Claire qui avait des opinions et donnait des avis dont les autres tenaient compte, une Claire *visible*. Elle songea à tout cela en contemplant l'océan des visages : ils étaient suspendus à ses lèvres : qu'allait-elle répondre à Melody ?

Pour commencer, elle fit oui de la tête, aussi discrètement que possible. Elle rougit, baissa les paupières. La figure pâle et transpirante d'Edwina Storch lui revint à l'esprit. *Il va falloir faire face maintenant.* En effet, mais pas de la manière imaginée par Edwina.

Claire releva les paupières :

— Melody, nous sommes tous obligés de faire des choix, mais si nous nous sommes trompés dans ces choix, nous devons le reconnaître.

Elle ne s'exprimait pas d'une voix assurée, mais tout le monde buvait ses paroles.

Elle sentit le regard de Martin sur elle, un regard interloqué. Elle n'avait pas le courage de se tourner vers lui.

— Je ne sais pas ce qui se passe ici, mais je sais que Will est en train de vous dire quelque chose d'important, poursuivit-elle.

Elle tenait à se montrer généreuse, magnanime. Celle qui, au même moment, devenait reine à des milliers de kilomètres, en Angleterre, n'en attendait pas moins d'elle. Claire souhaitait tellement faire preuve de mansuétude et de bonté. Elle aurait voulu poser une main légère sur l'épaule de Melody et lui murmurer doucement que tout allait s'arranger, qu'elle y veillerait personnellement.

Saisie par sa rêverie, Claire fut envahie par une douce chaleur.

Puis elle vit l'expression légèrement grimaçante de Melody.

Ce fut un bref, très bref et très subtil changement d'expression, mais qui ne passa pas inaperçu de Claire. Cette femme est le professeur de piano de ma fille ! pensait Melody. Je la paye pour apprendre à Locket à frapper sur les touches noires et blanches d'un instrument de musique. C'est une fille modeste, une Anglaise, je n'ai pas à quémander sa faveur.

L'instant d'après, Melody Chen avait repris son air habituel. Pragmatique, les deux pieds sur terre. Mais trop tard. Claire avait vu. Le feu qui lui brûlait la poitrine lui monta au visage. C'était elle, Claire, celle qui ne demandait rien à personne. Elle se tourna vers son amant.

— Will, dit-elle, libérée de toute inhibition. Je sais que tu…

— Cela ne te regarde pas, Claire, la coupa-t-il.

C'est à peine s'il la voyait.

Mais elle le connaissait bien maintenant.

— Je sais, dit-elle. Mais Melody n'a pas tort.

Elle savait que, par ces paroles, elle versait de l'huile sur le feu.

— Ne fais pas l'idiote. Tu ne sais pas de quoi il s'agit.

— Mais…

— Dehors, lui dit-il en lui indiquant la porte.

Une partie d'elle-même était grisée que Will prenne la situation en main. Il était son maître, enfin. Elle entendit un faible « Dites-moi », qui lui sembla tombé de la bouche de son mari. Elle ferma les yeux. Elle ne pouvait supporter de regarder Martin, pas maintenant, Martin désemparé, Martin humilié. Il lui faudrait alors examiner l'éventail de ses propres sentiments. En sorte qu'elle ferma les yeux et sentit le battement de son sang dans sa tête et le poids de tous ces yeux posés sur elle, et elle ouvrit les siens, contempla à la ronde le flot des visages, puis se dit qu'elle devait agir, et tout lui sembla subitement se mouvoir au ralenti, comme si elle se trouvait sous l'eau. Elle battit des paupières, le monde resta flou. Une amah poussa un cri dans la cuisine, inconsciente du drame qui se jouait au salon, des verres tintèrent, manipulés par une autre domestique qui ne se doutait de rien. Une mouche bourdonna à son oreille, et elle vit une rousse lever lentement, très lentement la main et se la passer dans les cheveux, sans quitter Claire un instant du regard. La vie se déroulait dans un lieu éloigné, sous une cloche de verre. Finalement, elle se redressa, et, très droite, elle prit une grande inspiration et fit la seule chose qui lui parût s'imposer à cet instant, à cet instant précis : elle s'en alla. C'était lâche de sa part, et brouillon, car elle laissait dans son sillage des points d'interrogation dont elle aurait plus tard à rendre compte, mais elle avait le cœur trop lourd, trop tendre, et elle ne voyait pas quelle autre solution se présentait à elle. Les femmes restèrent bouche bée, les hommes ne cachèrent pas leur perplexité. Elle marcha droit sur la porte, posa la main sur la poignée. Elle eut un moment d'hésitation, sans raison, puis elle tourna le bouton de la porte – toujours elle garderait le souvenir du métal froid au creux de sa paume. Elle ne jeta pas un regard à Martin. Elle en était incapable. Elle ne regarda même pas Will. Elle sortit, s'en allant vers une existence dont elle ne savait rien.

Le 3 juillet 1953

Elle apprit ce qui s'était passé après coup. Des femmes qui avaient toujours fait comme si elles ne la voyaient pas commencèrent du jour au lendemain à lui téléphoner à son domicile ou à l'aborder en ville, prétendument pour s'enquérir de sa santé ou lui raconter la suite de la soirée chez les Chen, mais en fait parce qu'elles étaient curieuses de connaître la vérité sur son rôle dans cette affaire.

— Il paraît qu'il est allé sur le court de tennis et qu'il s'est mis son revolver dans la bouche. Il y en avait partout. En plus, comme vous le savez, il n'avait qu'une main. Il s'est servi du crochet. Pas commode. C'est l'amah qui a découvert le corps. On a dû l'hospitaliser à cause du choc. Les domestiques, toujours à se faire remarquer, vous ne trouvez pas ?

— Pauvre Regina, dit Claire.

Elle se rappelait la réception chez les Arbogast, celle où elle avait rencontré Will, où elle avait bu du Pimm's. Le bruit mat de la balle de tennis qu'un père et un fils en tenue blanche échangeaient dehors sur le court. Elle tenta de s'imaginer Reggie Arbogast étalé sur l'herbe rase, du sang coulant de sa bouche.

— Est-ce qu'on sait pourquoi il a fait ça ? S'il y a une raison autre que celle évoquée…

— Il n'était plus lui-même dernièrement, répondaient-elles. Il se reprochait de n'avoir pas pu empêcher la disparition de la Crown Collection. Et cela le rendait malade de voir ce déchaînement de patriotisme à l'occasion du couronnement. Il se sentait très mal. Et puis, il avait l'impression d'être en quelque sorte responsable de la mort de Trudy Liang…

Après une pause, elles demandaient :

— Et vous connaissiez Trudy ? Dominick ?

— Non, disait Claire. Ils n'étaient déjà plus là quand je suis arrivée à Hong-Kong. Je viens tout juste de découvrir leur existence.

– Dominick était d'une veulerie odieuse. Il jouait avec le cœur et les sentiments des femmes puis les jetaient comme de vieux mouchoirs, quoiqu'on raconte qu'il était à voile et à vapeur, si vous voyez ce que je veux dire…

Claire attendait, patiente.

— Et les Chen ? Ils étaient blêmes quand Will est venu faire cette scène qui a complètement gâché leur soirée. Je n'arrive pas à croire que vous soyez partie, ma chère, c'était tellement théâtral ! Melody était hystérique. Victor essayait de garder son calme. Et Will, eh bien, il s'est ressaisi et il est parti peu de temps après vous, nous laissant tous comme des idiots. Je n'ai jamais vu une chose pareille. Quel scandale ! Êtes-vous parmi les proches ?

— Je n'en sais rien, s'entendit répliquer Claire. Je donne des leçons de piano à Locket, mais je n'ai guère de contacts avec les parents. Je ne les connais pas très bien. Quoiqu'ils se soient toujours montrés charmants avec moi.

— Oh !…

Un soupir à l'autre bout du fil, un soupir de déception. Puis :

— Ah ! ces Chen, ce sont des personnages. Et vous… vous allez bien ?

— Aussi bien que possible, affirmait-elle.

— Et…

Seules les plus audacieuses s'aventuraient jusque-là :

— Et Martin ?

À cette question, elle n'avait pas de réponse. Son silence précipitait ses interlocutrices dans un babillage nerveux, puis elles souhaitaient la revoir bientôt, pour le thé, pour une promenade.

Elles s'empressaient de raccrocher et ne rappelaient plus jamais. Claire n'en revenait pas. Ces femmes avaient un culot incroyable.

Le gouvernement ne tarda pas à clore l'enquête sur la disparition de la Crown Collection. Reggie Arbogast reçut à titre posthume, de Sa Majesté, une citation pour services rendus à l'Empire britannique. Regina Arbogast vendit la grande demeure du Peak à un marchand de Shanghai qui cherchait à s'implanter à Hong-Kong et partit pour l'Angleterre. Le nom de Victor Chen ne fut pas mentionné.

Le 5 juillet 1953

Elle le vit approcher de loin, une longue et mince silhouette appuyée sur une canne. Dire qu'il y a seulement un an de cela, cet homme lui avait paru si énigmatique et avait éveillé en elle un tel désir.

Il s'approcha. Son visage étroit, pâle. Ses cheveux en bataille. Sa voix surtout. L'enchantement n'était pas rompu.

– Claire, dit-il en l'embrassant sur la joue. Asseyons-nous.

Presque protecteur. Elle se sentit diminuée. C'était toujours lui qui donnait le ton à leurs rencontres.

Ils s'assirent sur le banc devant la vue panoramique, avec la rade de Hong-Kong à leurs pieds. Sur le Peak, avaient-ils décidé d'un commun accord en prenant rendez-vous, ils avaient peu de chance d'être surpris par des personnes de connaissance, et ils ne s'étaient pas trompés. Ils étaient seuls à cette heure vespérale. Il soufflait un vent chaud, agréable.

– Je venais quelquefois ici avec Trudy, lui confia-t-il. C'est le même garde-fou qu'à l'époque. Je peux toucher cette barre métallique aujourd'hui comme je la touchais alors. Pourtant le monde a changé, et je suis un autre homme. Est-ce qu'il t'arrive de penser à des choses comme ça ?

Il était un autre homme, en effet. On aurait dit qu'un énorme poids avait été levé de ses épaules. Elle éprouvait elle aussi cette sensation de légèreté.

— Will…

— Que vas-tu faire ? lui demanda-t-il comme si elle n'avait rien dit.

– Je ne sais pas. J'ai écrit à mes parents, mais ils n'ont pas l'air ravis de me récupérer. Il paraît que la vie est chère et la pension de mon père déjà insuffisante. Je n'ai pas de travail, et aucune qualification. Alors je ne sais pas.

Elle s'exprimait de façon prosaïque, sans penser qu'il pourrait l'aider.

— Je vois, dit-il.

— Et toi ?

— Je ne sais pas non plus. Je ne peux pas rester ici, semble-t-il, mais je ne peux pas partir non plus.

— Oui.

— Nous voilà bien. Deux personnes qui n'ont nulle part où aller.

— Crois-tu que je devrais continuer à donner des leçons à Locket ?

— Ils ne t'ont rien dit ?

— Nous ne nous sommes pas parlé depuis la soirée.

— Eh bien, fit-il, réfléchissant. S'ils n'ont rien dit, à ta place, j'y retournerais. Mais…

Avec une drôle de grimace et un grand sourire, il ajouta :

— Il faut avouer que je suis un peu tordu.

— Qu'est-ce que tu as pris dans le caveau à Macao ? ne put-elle s'empêcher de s'enquérir.

— Oh ! ça… Trudy avait déposé une cassette à la banque et elle m'avait souvent répété que seuls

Dominick et moi y avions accès. Ensuite, à sa mort, j'ai reçu une lettre de son exécuteur testamentaire m'invitant à passer prendre la clef après la guerre, une fois le décès de Trudy devenu officiel. Elle m'avait parlé d'une seconde clef ouvrant la même cassette, mais je n'avais jamais essayé de la trouver. Quand je reçus cette clef de la main de l'exécuteur testamentaire, je ne sus pas où la mettre. Je l'ai cachée dans le tombeau de Dominick. Personne n'aurait l'idée de la chercher là-bas. Et puis, c'était dans l'ordre des choses. Un peu mélodramatique, mais dans l'ordre des choses. Et j'avais un extrême besoin de me sentir en règle avec le monde.

— Qu'y avait-il dans la cassette ?

— Des relevés bancaires, toutes sortes de papiers. Mais elle voulait surtout que je récupère les documents et les lettres qui montraient ce qu'elle avait fait pour Otsubo et ce que d'autres avaient fait pour lui.

— D'autres comme Victor Chen ?

— Oui.

— Et qu'as-tu fait de toutes ces preuves ?

— Je les ai envoyées à qui de droit. Anonymement.

— Mais Victor savait que tu étais derrière tout ça.

— Il savait que j'étais le seul susceptible de détenir ce genre d'information.

— Tu risques quelque chose ?

— Je ne crois pas, répondit Will. Mais je n'ai pas toujours raison.

Un silence s'installa entre eux, un silence agréable.

— C'est-à-dire, reprit finalement Will, Victor Chen n'avait pas entièrement tort. Le gouvernement britannique n'avait pas, n'a toujours pas le droit de s'approprier ces trésors de l'art chinois. Ils les ont volés, quoi qu'on en dise. Le problème, c'est que Victor n'a pas la manière… Il ne connaît qu'une façon de procéder.

« Et je n'ai pas abandonné Trudy, pas totalement. Otsubo a cessé de me signer des autorisations de permission dès qu'il a compris qu'il ne pourrait rien tirer de moi. Il n'y a jamais eu un jour précis, ou une raison précise, et j'avais obtenu des permissions pendant toute une année. Trudy aurait pu continuer à me faire sortir régulièrement si je l'avais voulu. C'est mon plus grand regret. Les choses se sont défaites petit à petit… Elle méritait mieux. Je ne sais pas, je l'avoue, ce qui lui est arrivé. Je ne sais pas. Je pourrais sans doute me renseigner. Trop de gens seraient ravis de me l'apprendre. Victor en première ligne.

— Mais qu'aurais-tu pu faire ?

— Tout sauf ce que j'ai fait justement. Tout sauf mener ces actions absurdes : organiser des comités, me bagarrer pour obtenir de l'eau et des draps ! s'exclama-t-il en haussant la voix avec des accents de violence. J'ai été lâche, lâche. Je n'ai pas levé le petit doigt pour l'aider. La femme que j'aimais. Je n'ai pas pris cette peine. Je me suis caché derrière ce que j'appelais « mon honneur ».

— Trudy a-t-elle jamais…

— Elle n'a jamais rien dit, coupa Will. Jamais un reproche, jamais une remarque qui puisse me mettre dans l'embarras. Elle était la franchise même. Elle n'a jamais prétendu être autre chose que ce qu'elle était. C'était cela qui était si beau chez elle.

Il redressa le buste avant de poursuivre :

— Elle a eu l'air de me croire quand je lui ai dit que je ne pouvais pas l'aider. Mais elle était trop intelligente pour être dupe. Elle voyait la situation. Mais elle n'a rien dit. Elle m'a pardonné.

Il se leva, marcha jusqu'à l'arbre voisin dont il arracha distraitement une feuille. Il la déchira, en deux, en quatre, puis lança les petits bouts de feuille en pluie par terre.

— Hong-Kong est toujours tellement vert que c'en est écœurant. Il ne t'arrive jamais de rêver d'un paysage blafard ? d'un crachin bien anglais, d'un ciel gris, de brouillard... ?

Claire se contenta d'acquiescer. Il était en train de s'épancher, tout doucement, de s'ouvrir à elle, et elle voulait surtout lui montrer qu'elle était là, à l'écoute.

— Quelquefois, je la déteste de m'avoir laissé décider, de ne pas m'avoir mis au pied du mur, de m'avoir laissé me conduire en lâche. En fin de compte, c'était cruel de sa part.

Trudy aurait méprisé un homme qui se laissait aller à pleurer.

— J'ai parfois cette vision de Trudy, prononça-t-il lentement. Je la vois qui tourne en rond à toute allure, comme un poulet décapité, elle ne sait plus ce qu'elle doit faire, elle n'a plus rien à quoi se raccrocher. Elle est désespérée. Je la sens désespérée. Mais elle n'est pas venue m'appeler au secours. Pas après cette première fois. Je lui avais répondu non, elle se l'est tenu pour dit.

Claire posa sa main sur la main de Will qui enveloppait le pommeau de sa canne. Il ne la retira pas. Ils restèrent ainsi.

— Et il n'était pas question qu'elle se confie à qui que ce soit. Elle était seule, toute seule. Et c'est ma faute.

Dans cette chaleur d'étuve qui est la marque de Hong-Kong, Claire sentit une goutte de transpiration glisser dans son dos.

Elle pria très fort pour que Will se tourne vers elle et reconnaisse sa présence, qu'il l'inclue dans son histoire, mais il gardait le regard fixé sur le port en contrebas, sans expression. C'est alors que peu à peu cela lui apparut comme une révélation : cette nouvelle légèreté qu'elle percevait chez lui, cette légèreté n'avait pas seulement pour cause le soulagement d'avoir déposé son fardeau. Il y avait là du vide, aussi.

Il voit Trudy, lui disant au revoir de la main sur les marches du Toa tandis qu'il monte dans la voiture qui le ramènera à Stanley. Elle a une expression mélancolique, ses cheveux d'ambre chaud sont éclairés à contre-jour, le soleil se couche à l'horizon. Une Vierge enceinte. Elle lui souffle un baiser, puis, soudain, lui fait un clin d'œil. Il déteste cela, cette manière de tourner en dérision les moments les plus graves. Mais c'est ainsi qu'elle vit, c'est son mode de survie. Sa nature. Elle ne lui a jamais fait croire autre chose. Elle l'avait prévenu.

Arbogast a parlé, lui annonça-t-elle pendant sa permission. Il fit signe qu'il savait.

— Je l'ai vu après, dit Will.

— Ce que tu ne sais pas, c'est qu'il n'a pas donné la bonne information, dit-elle avec une pointe de panique. Otsubo est hors de lui. Pourtant la collection a séjourné là à un moment donné. Il y a des traces. Un vieil entrepôt de Mong Kok. Quelqu'un est arrivé avant.

— Comment Otsubo a-t-il appris qu'Arbogast savait peut-être quelque chose ?

Elle hésita.

— Victor, je crois, laissa-t-elle finalement tomber. Mais je n'ai aucune preuve. Il mange à tous les râteliers, celui-là.

— Sois prudente, lui enjoignit Will.

— Je sais, opina-t-elle. Otsubo en a assez de moi maintenant, de toute façon. Je crois que c'est fini.

— Ce qui signifie pour toi ? s'enquit-il, en prenant soin de cacher son soulagement.

Elle rit :

— Oh ! rien de bon, j'en ai peur. Cela signifie que je suis toujours en son pouvoir mais que je ne peux plus le distraire de sa mauvaise humeur par des câlins.

— Pourquoi ne viens-tu pas avec moi au camp maintenant ?

— Encore ! Toi, avec ton camp. Tu ne peux pas mettre cet oiseau en cage, mon amour. Je me suis habituée à cette forme obscure et périlleuse de liberté achetée à coups d'humiliation.

— Mais pourquoi…

— Je suis sur le point de me trouver un autre… mécène, articula-t-elle avec lenteur. Ou plutôt on est en train d'en chercher un pour moi. Ne t'inquiète pas.

Des larmes lui piquèrent les yeux, brusquement, sans crier gare. Plutôt mourir, se dit-il, que de les lui laisser voir.

— Il faut que j'y aille, grommela-t-il.

— Oui.

Alors qu'il se détournait, elle l'attrapa par le bras et le dévisagea intensément.

— À chaque séparation je me demande si c'est un *au revoir* ou un *adieu,* ajouta-t-elle en utilisant les mots français pour marquer une distinction qui n'existe pas dans la langue anglaise. Tu vois ce que je veux dire ?

Il fit oui de la tête.

— Tu as trop de pouvoir sur moi, lança-t-elle, soudain moqueuse. Je suis obligée de faire semblant que cela ne compte pas, que tu ne comptes pas. Comment est-ce arrivé ?

Il la contemple, sa bien-aimée. Son fin visage coloré par la grossesse, ses chevilles d'oiseau tout enflées. Une femme déterminée à s'en tirer en dépit de cet enfant non désiré qu'elle porte depuis six mois. Mais cette dernière transgression, Will n'a pas la force de la lui pardonner. Il préfère la vouer aux gémonies et rentrer au camp, le cœur endolori, pour y panser ses plaies. C'est le parti qu'il prend. Il n'y a pas de quoi triompher, c'est une question de survie. Car c'est bien à ce jeu-là qu'ils sont en train de jouer.

Le 27 mai 1953

Edwina Storch lui avait tout dit, tant elle avait la certitude que Claire transmettrait l'information à Will.

Claire se rappelait la pénombre du salon de thé aux fenêtres aveugles et la vieille demoiselle qui remplissait sa tasse en lui racontant :

— Trudy redoubla d'efforts pour se rendre indispensable à Otsubo. Elle savait quel atout il représentait pour elle. Je connaissais Otsubo parce qu'il m'avait aidée à obtenir mon laissez-passer. Je gardais contact avec lui et lui rendais des petits services par-ci par-là.

Edwina regarda Claire par-dessus ses lunettes, puis enchaîna :

— Comprenez-moi bien, je ne collaborais pas avec l'ennemi. J'estimais que je serais plus utile à l'Angleterre et à tout le monde si je restais à flot. En plus, je n'avais aucune raison de me mettre mal avec ce Japonais.

Elle ôta ses lunettes et nettoya les verres d'un geste machinal.

— Cette Trudy, elle avait su se rendre indispensable à Otsubo… Il faut dire qu'elle connaissait son Hong-Kong comme sa poche, et où se cachaient les squelettes dans les placards. Mais son cousin Dominick, que je n'ai jamais aimé, était jaloux. Tous les deux, ils se tiraient dans les pattes pour obtenir les faveurs du grand homme. Dominick était un type odieux. Je ne sais pas si vous avez entendu des choses sur lui, mais je vous jure, ce petit bonhomme était un sadique et un égocentrique qui estimait que tout lui était dû. N'empêche, autour d'Otsubo, ils se conduisaient l'un et l'autre comme des larbins. Ils lui présentaient les leaders chinois et le tenaient au courant de ce qui se passait non seulement dans la communauté chinoise, mais aussi chez les étrangers qui n'étaient pas internés dans les camps. Dominick se faisait de l'argent au marché noir. Il achetait des produits pour une bouchée de riz et les écoulait à des prix défiant toute concurrence. Honteux ! Il se renseignait, toujours au bénéfice d'Otsubo, sur les réseaux d'entraide. Inutile de dire qu'il n'était pas très populaire parmi les siens, alors qu'il était sans aucun doute le mieux nourri. Dominick n'était pas aussi discret que Trudy. Les gens ne lui parlaient plus à la fin…

— Et vous, deviez-vous travailler ? l'interrompit Claire. Comment avez-vous survécu ?

Edwina répondit d'un air pincé :

— Je préfère ne pas m'appesantir sur les noirceurs du passé.

Claire dut se retenir pour ne pas éclater de rire. Mais il n'y avait pas la moindre ironie dans les propos d'Edwina Storch, laquelle reprit :

— On raconte beaucoup que les Japonais ont vraiment tout fait pour s'enrichir quand ils occupaient Hong-Kong. Cela n'a rien de surprenant, mais ce qui l'est plus, c'est la disparition de la Crown Collection, qui comprenait des porcelaines rarissimes d'une très grande valeur. Otsubo s'est aperçu que je m'y connaissais en porcelaines et il m'a convoquée pour me poser des questions. Je lui ai dit ce que je savais…

Les yeux d'Edwina pétillèrent en précisant :

— En réalité, j'en savais beaucoup plus long que je lui ai fait croire.

Elle marqua une pause, puis, se figeant soudain, comme en transe, elle continua d'une voix émue :

— Mais ce qui est incroyable, Claire, c'est qu'un nouveau gouverneur venait d'être nommé, juste à la veille de la guerre. Il a débarqué dans une situation très difficile, ce qu'il savait, évidemment. Il avait accepté en toute connaissance de cause le gouvernement d'une colonie qui, d'après les rapports des services secrets, était sur le point de tomber entre des mains étrangères. Il avait en particulier des ordres exprès de Londres de mettre à l'abri la Crown Collection, qui se trouvait dans la Government House, sa Résidence même. Et, voyez-vous, sa stratégie…

Laissant sa phrase en suspens, avec un petit rire :

— C'est une histoire passionnante, n'est-ce pas ? Les hommes politiques sont des idiots. Ils n'ont aucun sens des réalités. Sa stratégie au départ consistait à confier à trois différentes personnes de son ministère à Londres le nom de l'endroit où serait cachée la collection pour la durée de la guerre. Mais comme toutes les communications entre Londres et Hong-Kong étaient à ce stade interceptées par l'ennemi, il a été obligé de trouver une autre solution.

Elle regarda Claire dans les yeux et souffla :

— Je fus l'une de ces trois personnes.

— C'est un grand honneur, murmura Claire.

Elle se figurait la scène : Edwina Storch convoquée à la Résidence du gouverneur, buvant le thé et grignotant des scones en compagnie d'un homme qui ignorait pratiquement tout du terrain où il se trouvait, un homme qui n'était même pas tout à fait installé, qui ne connaissait pas encore ses domestiques. Edwina avait dû le traiter avec condescendance, ce jeune gouverneur dont la mission était compromise d'emblée. Comment cette femme avait-elle réussi jusqu'à aujourd'hui à ne s'attirer aucun ennui ?

— Je leur étais utile, poursuivit Edwina, parce que j'étais à Hong-Kong depuis très longtemps et que je connaissais bien tout le monde, les faits historiques, les lieux... Et les deux autres personnes ? Eh bien, je n'ai pas tardé à découvrir de qui il s'agissait. Nous n'étions pas censés le savoir, évidemment, mais c'est le genre de chose qui circule vite. Le gouverneur était inquiet, voyez-vous, et il en a parlé autour de lui, pas de la planque mais de nos identités. Et vous savez ce que c'est qu'une fuite... L'une de ces personnes était Reggie Arbogast. Le connaissez-vous ?

– Un peu, acquiesça Claire.

– Il est devenu un peu bizarre après la guerre, dit Edwina avec une expression dure, impitoyable. Et puis sa femme, Regina, quelle sotte.

– Et la troisième ? ne put s'empêcher de demander Claire.

Edwina parut étonnée :

— Je pensais que vous auriez deviné. La troisième était Victor Chen.

Avril 1942

Quand il pleut à Hong-Kong, la vie s'arrête. Le déluge est si puissant que la ville disparaît sous un rideau gris et que les passants courent dans tous les sens comme des rats pris au piège, se réfugiant sous les porches, dans les boutiques, les restaurants. Grelottant dans les courants d'air soufflés par les climatiseurs, ils commandent du café ou effeuillent les robes sur les portants des marchands en attendant la fin de l'averse.

Trudy et Victor sont assis Chez Sophie, un petit restaurant français de Causeway Bay. Ils regardent la pluie tomber.

— On dirait que ce n'est jamais propre ici, même après la pluie, dit Trudy. Elle lessive la rue à grande eau, mais la saleté revient tout de suite après. Hong-Kong est une ville *sale*. Elle a toujours été sale. Pourtant je ne peux pas vivre ailleurs. Cette ville sale, c'est chez moi…

Elle frotte le velours rouge lustré par l'usure des bras de son fauteuil.

— … J'ai toujours aimé ce restaurant, dit-elle. Enfant, je venais ici chaque semaine avec mon père pour le brunch du dimanche matin, et il m'achetait une nouvelle robe.

Victor fit un bruit de gorge, puis :

— Chaque semaine ? Une petite fille gâtée ? Née avec une cuillère d'argent dans la bouche…

— Gâtée, oui, peut-être, mais t'en fais pas, Victor, cette guerre va décaper ce qui reste d'argent sur la cuillère.

— Les masques vont tomber.

— C'est déjà fait, Victor, mon cher cousin, et on en jase assez. J'ai entendu qu'on nous appelait « les collaborateurs ». N'est-ce pas ainsi qu'on désigne ceux qui sont trop proches des occupants ?

— *Collaborateur*, ah ! voilà un bien vilain mot, Trudy. À ta place, je ne le dirais pas si haut.

Victor boit une gorgée de cognac. Il est devenu tout rouge. Trudy se carre dans son fauteuil, très élégante dans sa jupe en flanelle fauve et son chemisier ivoire. Une tasse de café à moitié vide est posée sur la table devant elle.

— Mais n'est-ce pas justement ce que nous sommes, Victor ? le titille-t-elle. N'est-ce pas ainsi que l'on appelle les gens comme nous ?

— Ne sois pas naïve, rétorque-t-il sèchement. Tu donnes des leçons d'anglais et de bonnes manières. Tu tiens en quelque sorte le rôle de gouvernante auprès de notre brave général. Tu lui enseignes les mœurs occidentales qui le passionnent tant, malgré lui. Et moi, je m'efforce d'assurer la transition la moins traumatisante pour notre peuple. Ne répète jamais ce mot stupide. Rien dans la vie n'est jamais noir ou blanc. À quoi servirait-il de nous tirer dans le pied et de nous mettre à dos les gens qui sont justement capables de nous aider en ces temps difficiles ? Trudy, tu n'es plus une enfant.

— Mais Otsubo est tellement…

— Tu n'as pas à t'occuper de lui en dehors des leçons d'anglais et des services qu'il peut te demander…

Victor prend une mine rusée pour conclure :

— Je te conseille de dire oui à tout, quoi qu'il te réclame, même de façon indirecte.

— C'est un porc, déclare-t-elle d'une voix posée.

Un serveur s'approche sans bruit pour lui remplir sa tasse. Elle y verse du sucre et du lait. Elle boit une gorgée.

Victor la dévisage.

— Tu as changé, constate-t-il. C'est l'Anglais ? T'a-t-il inculqué ces valeurs éternelles de droiture et d'honneur dont les Anglais se gargarisent ? Et pourtant, quand on les met devant leurs responsabilités, ils trouvent toujours une bonne raison pour se défiler, avec les mots qu'il faut pour paraître magnanimes. Ah ! c'est tout un art. L'art des beaux parleurs qui ne font rien !

— Qui ne détestes-tu pas, Victor ? lui lance-t-elle, en songeant que son accent d'Oxford ne rend pas son anglophobie bien convaincante.

— Tu es plus chinoise qu'autre chose, Trudy. Tu seras toujours une étrangère partout ailleurs. Ton pays, c'est Hong-Kong.

Il allume une cigarette, sans lui en offrir une. Elle sait qu'il n'aime pas la voir fumer en public. Dans son esprit, une femme doit avant tout rester discrète.

— Cela aussi nous servira de monnaie d'échange, tu sais, déclare-t-il en inspectant le bout incandescent de sa cigarette. Tout change et, pour prendre pied dans ce nouveau monde, il faut apprendre à bâtir sur des sables mouvants. Il faut savoir s'adapter.

Trudy pose ses mains sur la table et se penche en avant. Elle a envie de lui montrer les dents et de souffler comme un animal en colère.

— Je suis très occupée, Victor. Pour quelle raison voulais-tu me voir ?

— Juste m'assurer que nous appartenions bien au même camp, répond-il. Comme nous appartenons déjà à la même famille.

Trudy éclate de rire.

— Je ne m'étais jamais aperçue que tu avais un tel sens de la famille.

Puis, après une hésitation :

— J'irai peut-être plutôt à Stanley. Will dit que…

— Ne fais donc pas l'idiote, Trudy. Tu obtiendras beaucoup plus ici qu'en prison. Car en dépit de ce que tu veux bien croire, c'est une prison, rien de plus. Pourquoi est-ce que tu t'avouerais battue ?

— Mais, Will…

Au tour de Victor de ricaner.

— Je ne savais pas que tu étais aussi sentimentale, ma chère cousine. Et, bien sûr, il ne faut pas oublier ton père.

— Quoi, mon père ? s'exclame Trudy en se redressant.

— J'aurais préféré ne pas parler de lui, mais… sa santé…

Trudy reste impassible.

— Il ne m'a rien dit.

— Parce que tu penses qu'il te le dirait, repartit Victor en lui jetant un regard de mépris.

— Je ne te crois pas.

Victor agite la main en l'air :

— Personnellement, cela m'est égal…

Puis il se reprend :

— Bien sûr, je me préoccupe de sa santé et j'estime que tu as le droit de savoir.

Le pianiste du restaurant s'assied à son instrument. Il commence à jouer. Trudy et Victor, assis l'un en face de l'autre, attendent respectivement que l'autre brise le silence.

— Debussy, lance Trudy.

— Oui.

Ils se dévisagent comme deux joueurs d'échecs. Victor fume sa cigarette jusqu'au filtre et écrase son mégot dans le cendrier en cristal. Il reprend le fil de la conversation de manière indirecte :

— Des Players, c'est presque impossible d'en trouver. Les Japonais importent leurs propres marques, Rising Sun est la plus connue, mais c'est tout du foin. Notre problème, c'est le transport et l'accès aux importations. Cela va devenir de plus en plus difficile. Les prix vont monter en flèche.

Trudy lève la tête :

— Les prix des médicaments, tu veux dire ?

— Oui, forcément. Et ce n'est qu'un exemple parmi d'autres. Des médicaments de bonne qualité. Les laboratoires pharmaceutiques américains et britanniques ne vont tout de même pas envoyer leurs remèdes à des pays sous la botte de l'ennemi. Du moins pas légalement. Il va falloir être malin.

— Et tu as toujours été très malin, Victor. Mais dénué de toute subtilité.

Il lève les mains en l'air :

— Je n'ai pas peur du qu'en-dira-t-on. Mais ce que je voudrais, c'est que tu comprennes la gravité de la situation. La nourriture va manquer. Ce n'est pas seulement une pénurie de bas en soie et de bon porto.

— Je te prie de m'excuser, dit Trudy en se levant, il faut que je me repoudre le nez.

Elle s'éloigne de sa jolie démarche vers les toilettes dont la porte se referme silencieusement derrière elle.

Victor patiente en tambourinant sur la nappe avec son paquet de cigarettes.

Elle reparaît remaquillée de frais, les lèvres d'un rouge éclatant, bref revêtue de ces fards qui sont l'armure des femmes.

— On va nous prendre pour des amoureux, Victor. Ce rendez-vous secret dans un petit restaurant où personne ne met jamais les pieds.

Elle lui sourit.

— Tu veux dire que je serais ton amant ?

— Je ne te plais pas ?

Victor prend ses taquineries plus au sérieux qu'il ne le devrait.

— Tu es comme une sœur pour moi, Trudy. Melody t'aime beaucoup, tu le sais. Elle m'a demandé de veiller sur toi pendant son absence, de veiller sur ta sécurité…

— Ça c'est drôle. Elle m'avait conseillé d'aller à Macao rejoindre mon père.

— Il est exact qu'il aurait besoin de quelqu'un pour s'occuper de lui.

— Il a Leung, dit-elle en pensant au houseboy dévoué que son père a auprès de lui depuis quarante ans. Il s'occupe sûrement mieux de lui que je le pourrais.

— Tu n'as pas su la nouvelle ?

— Non, quoi ? dit Trudy dont le cœur soudain se serre.

— Leung a été poignardé. Dans les poumons. Il paraît qu'il tentait d'empêcher un soldat japonais de partir avec la Rolex de ton père. Il est resté un moment entre la vie et la mort, mais la mort l'a emporté. À trois contre un, il ne pouvait guère en réchapper.

— Mon père me l'aurait dit, proteste faiblement Trudy. Il m'aurait avertie.

— Tu sais comment il est, prononce Victor d'une voix douce. Il ne veut pas être un poids pour toi. Mais ne t'inquiète pas, Trudy, je me suis occupé de tout. J'ai engagé une amah de Shanghai et je l'ai placée chez ton père. Elle lui fait la cuisine et se charge de tout. Il ne voulait pas que tu te fasses du souci. Et moi non plus. Si j'ai mis cette histoire sur le tapis, c'est que…

Il ne termine pas sa phrase. Le silence se prolonge. Trudy lève la tête et sourit à Victor, un petit sourire triste. Elle avance la main vers le paquet et en sort une cigarette. Victor ne lui propose pas de feu. Elle sort un briquet de son sac. Elle a les mains qui tremblent. Elle inhale à fond puis souffle la fumée vers Victor.

— Otsubo… Il m'adore. Il trouve que je suis une fleur exotique.

— Je sais, opine Victor. Pourvu que ça dure. Cela dépend de toi.

Il cherche son regard en fermant à moitié les yeux, puis se détourne, satisfait.

— Je donne une petite soirée la semaine prochaine, dit-il. Tu vas me servir d'hôtesse. Notre lien de parenté fera taire les mauvaises langues. Viens avec Otsubo et dis-lui d'inviter qui il veut.

Trudy acquiesce d'un mouvement de tête presque imperceptible.

— Je crois que c'est tout, décrète Victor. Ah ! encore une chose, Trudy. Quand tu prends une décision, il faut aller jusqu'au bout. Rien n'est pire que l'indécision, ou l'ambivalence. Cela peut mettre des vies en danger. Mais tu es une fille intelligente… tu sais de quoi je parle. Bonne journée !

Il jette une poignée de billets sur la table et s'en va.

Le 27 mai 1953

Claire considéra l'ancienne directrice d'école d'un air sidéré :

– Victor Chen ? Il était l'un des trois ? Pourquoi n'a-t-il pas dans ce cas…

– Oh ! coupa Edwina, il ne voulait surtout pas brader l'information. N'oubliez pas que c'est avant tout un homme d'affaires. Ils avaient été mal renseignés sur lui, au gouvernement. J'aurais pu le leur dire, moi, qu'il était de ceux qui sont capables de vendre père et mère. Ils ont considéré que c'était une bonne idée de mettre un Chinois dans la confidence, au cas où les Anglais seraient emprisonnés ou tués. Dans leur esprit, il ne pouvait pas trahir la mère patrie, puisqu'il avait fait toutes ses études en Angleterre. Il a découvert que je savais, et que Reggie savait, mais Reggie était à Stanley et il pouvait être sûr et certain que Reggie ne parlerait jamais. En ce qui me concernait, il ne pouvait être sûr de rien. Il m'a donc invitée chez lui plusieurs fois. Je n'ai jamais été aussi somptueusement reçue ni aussi habilement interrogée sur mes intentions. Mais je n'étais pas dupe. On a joué au chat et à la souris ce soir-là. Depuis, il n'a jamais cessé de me tenir à l'œil.

— Trudy était-elle au courant ?

— Je ne crois pas, sinon elle ne se serait pas autant démenée pour se procurer l'information. Selon moi, Victor s'est délecté à la voir se donner tant de mal pour découvrir un secret qu'il détenait déjà. Et Dominick aussi. Ces deux-là formaient une sacrée paire. Après les avoir observés un bon moment de loin, Victor a décidé qu'ils devenaient un peu trop influents à son goût. Victor était celui qui tirait les ficelles. Les autres n'étaient que des pantins.

Edwina marqua un temps de pause.

— Voulez-vous un scone ? offrit-elle. Ce sont les meilleurs de tout Hong-Kong. Ils sortent du four de M. Wong que j'ai formé moi-même. Le meilleur pâtissier anglo-chinois de la colonie.

— Non, merci.

Edwina étala une couche de confiture sur un morceau de scone et fourra le tout dans sa bouche.

— Bon, où en étais-je ? Ah ! oui. Victor Chen commençait à regarder d'un mauvais œil la façon dont Trudy et Dominick se comportaient en ville. Ils entretenaient avec cet Otsubo des relations bien trop tapageuses et intimes. C'était tout à fait inconvenant. Alors il s'est mis à semer entre eux des graines de discorde. Il voulait les voir manger dans sa main, pas dans celle d'Otsubo. Il a fait participer Dominick à ses affaires, qui étaient florissantes. Il approvisionnait les troupes japonaises de Canton en essence et en produits de base. Il amassait une véritable fortune. Dominick n'avait jamais trempé que dans des trafics minables. C'est ce que Victor lui a dit. Et qu'il avait des contacts fabuleux chez les industriels et ailleurs. Puis il a dit à Dominick que Trudy intriguait dans son dos pour obtenir l'information sans lui, et, bien sûr, Dominick l'a cru. Il lui a cherché noise. Il a raconté à Otsubo qu'elle connaissait la cachette de la Crown Collection mais qu'elle ne voulait rien lui dire. Victor fut trop content de confirmer cette version.

— Dominick savait-il que Victor savait ?

— Non, souffla Edwina d'un ton de mépris. Victor n'a rien dit à personne. J'étais la seule au courant. Mais, voyez-vous, le plus curieux…

Edwina regarda au loin, les yeux dans le vague.

— … C'était comme si Trudy avait deviné ce qui se tramait mais qu'elle ne faisait rien pour l'empêcher. Elle avait renoncé, déjà. On aurait dit que rien ne lui importait plus et qu'elle se contentait de faire semblant.

Quelqu'un ouvrit la porte de la salle à manger mais personne n'entra. Edwina Storch ne se tourna pas. Le battant se referma en silence.

— Otsubo finit par trouver Trudy trop encombrante. Il en avait assez d'elle. Il lui préférait Dominick. Car en plus, ils étaient amants. Tout était bon pour lui. Il était insatiable. Un véritable porc, cet individu. Bon, il s'est servi de cette excuse pour se débarrasser d'elle. Il m'a demandé mon aide. Mais ce qui m'a frappée surtout, c'est combien tout ce qu'il pouvait faire la laissait indifférente. Elle était comme intouchable, cela le rendait fou. Quand elle a été enceinte, il lui a dit qu'il la donnait à son aide de camp parce qu'il ne voulait plus d'elle. Eh bien, elle a obtempéré, sans broncher. Elle lui obéissait en tout et ne protestait jamais. À mon avis, il voulait qu'elle souffre. Il l'a mise dans le lit de tous ses hommes… Une riche héritière, vous comprenez, qui avait été gâtée dès le berceau. Elle connaissait la terre entière. Je ne comprends pas comment elle a pu accepter d'être traitée de cette façon. Rien n'avait plus d'importance pour elle.

Pour la première fois de son récit, Edwina Storch parut attristée.

— Et comment est-elle morte ?

— Dominick avait dit à Otsubo que Trudy savait où se trouvait la Crown Collection. Trudy nia. Otsubo me mit dans la confidence parce que j'étais anglaise. Il organisa des rencontres fortuites entre elle et moi pour que je puisse renouer connaissance avec elle. C'était facile pour lui, il savait où elle se trouvait à toute heure. Bon, alors, voilà, Trudy et moi, nous sommes plusieurs fois tombées nez à nez.

— Vous n'aviez pas de scrupules à jouer le jeu de l'ennemi ? s'enquit audacieusement Claire.

— Pas du tout, rétorqua Edwina sans hésitation. Personne, voyez-vous, n'a été un saint dans cette affaire. Otsubo était l'ennemi, mais Trudy, Dominick, Victor, ils étaient tous de son côté, en ce qui me concernait. Oui, pour moi, ils étaient « l'ennemi ». Tout ce qu'ils voyaient, c'était leur propre intérêt.

— Vous avez donc fait votre devoir de patriote, avança Claire.

— Tout à fait, opina Edwina, prenant la balle au bond. J'ai pensé que c'était une manière d'aider mon pays. Je pressentais que Victor Chen allait livrer la Crown Collection tôt ou tard. Le prix était la seule inconnue. Et je me suis dit que si je restais à l'affût je récolterais des indices qui permettraient ensuite de remonter la piste jusqu'à la collection. Bref, voilà ce que j'ai dit… j'ai dit à Otsubo que Trudy était au courant pour la planque.

— Quoi ? Mais…

Claire était bouche bée. Edwina se crispa.

— Je pensais que c'était la meilleure méthode. Il fallait mettre ce type sur la mauvaise piste.

— Mais vous la condamniez à mort en disant cela à Otsubo, s'entendit repartir Claire.

— Pour vous, tout est si simple. Soit tout noir, soit tout blanc, n'est-ce pas ? Mais en vérité, ma chère, Trudy était déjà condamnée. Elle se conduisait d'une telle façon qu'elle n'aurait pas survécu plus d'un mois. Voilà, Otsubo avait maintenant deux personnes qui lui affirmaient que Trudy lui mentait. Il m'a priée de l'accompagner jusqu'à son bureau. C'était très bizarre, cette manière de procéder. Sans doute japonaise. Des gens bizarres, ces Japonais, vous savez. Elle a su tout de suite qu'il y avait anguille sous roche, puisqu'elle s'était toujours rendue à ce bureau toute seule. Mais elle s'est montrée très polie avec moi. Quand je me suis présentée à sa porte, elle m'a offert le thé et nous avons eu une agréable conversation. Puis nous sommes parties à pied et je l'ai laissée pénétrer dans le bâtiment seule. En lui disant que je la verrais plus tard. C'est tout. Personne ne l'a jamais revue.

Claire frissonna. Il faisait froid tout à coup. Elle croisa les bras sur sa poitrine.

— Alors ? dit-elle sans oser se formuler à elle-même la pensée qui flottait dans son esprit.

— Non, ma chère, dit Edwina. Les Japonais ne versent pas dans le sentimentalisme en cette matière. Ils ne laissent pas de témoins. Je crois qu'ils lui ont permis d'avoir son bébé, mais ensuite…

— Et Dominick, son cousin ?

Edwina secoua la tête :

— Celui-là, il filait un mauvais coton. Il s'est enlisé doucement. Tout le monde s'est servi de lui. Victor l'a parachuté dans une compagnie qu'il avait montée, Macao Supplies. Il s'est assuré que tout, la compagnie et tous les contrats, était à son nom, afin de garder les mains propres. Mais peu importe. Dominick est devenu trop gourmand et s'est mis à détourner des fonds. Les Japonais s'en sont aperçus. On ne sait pas vraiment ce qui s'est passé, mais au moins on a retrouvé son corps. Flottant dans un canal dans un des quartiers mal famés de la ville. Tous ses doigts étaient coupés, sauf un : le onzième… une malformation de naissance apparemment.

— Oh !

Claire souffla lentement. Il y avait tant à emmagasiner… Elle s'enquit :

— Et la Crown Collection, qu'est-elle devenue ?

— Ah ! vous me concéderez au moins que Victor Chen a oublié d'être idiot. Comme il pressentait qu'il y aurait des fuites, soit de mon côté soit du côté d'Arbogast, il s'est arrangé pour transférer la collection dans une seconde planque. Après quoi, il a glissé à l'oreille d'Otsubo le nom d'Arbogast. Un vrai maître de la manipulation, ce Victor Chen. Après ça, Otsubo était son obligé. Et Arbogast ne s'est jamais douté de rien. Ils lui ont coupé la main. Il a eu de la chance de ne perdre que ça. Bon, il a craqué, comme beaucoup d'hommes l'auraient fait dans ce genre de… d'épreuve. Otsubo a envoyé ses sbires sur place : la collection s'était envolée. Arbogast a souffert les jours suivants, mais Victor Chen s'en est sorti sans une égratignure. Arbogast n'a jamais vraiment su s'il avait lâché ou non le morceau. Dans un sens, c'était pire que la torture…

Le visage d'Edwina revêtait à présent une expression contemplative.

— … C'est vraiment étrange les tours que nous joue notre cerveau. Il s'en est bien sorti financièrement après la guerre, et a beaucoup fait pour les défavorisés, mais il n'a jamais retrouvé la joie de vivre. Il avait l'impression d'avoir trahi son pays, voyez-vous, et il était de ceux que le remords ronge jusqu'au dernier souffle.

« Toujours est-il qu'à un moment donné pendant la guerre, Victor a senti le vent tourner et s'est dit qu'il serait peut-être plus avantageux de rendre la collection aux Chinois afin de recueillir auprès d'eux certains avantages. Il l'a chargée sur un train à destination de la Chine. Un cadeau royal de la part d'un citoyen loyal. Je n'ai su tout cela qu'après coup, évidemment.

— Et l'histoire s'arrête là ? Vous n'avez jamais rien raconté à personne ?

— Non, affirma Edwina. Victor m'a bien fait comprendre qu'il valait mieux pour moi que je me taise.

Claire se rappela le confort dont jouissait Edwina dans sa propriété des Nouveaux Territoires, un confort difficile à financer avec une retraite de directrice d'école.

— Qui était au courant ? insista-t-elle.

— Qui sait, ma chère. Victor ne montre pas ses cartes.

— Et Will ? Que sait-il ?

Edwina sourit :

— Eh bien, demandez-le-lui.

— Et pourquoi me racontez-vous tout ça ? Je n'ai rien à voir là-dedans.

— Vous êtes… proche de Will, n'est-ce pas ?

— Je le connais, concéda Claire.

— Ne faites donc pas de manières, rétorqua Edwina d'un ton sec. Il vous écoute ?

— Pas du tout.

De cela, au moins, Claire était convaincue.

— Vous seriez surprise, ma petite. Vous êtes la première personne depuis bien longtemps avec qui Will daigne passer du temps. Je pense qu'il a juste besoin qu'on le pousse un peu dans la bonne direction. Une femme trouve les mots qu'il faut, d'instinct.

— Ce sont là des choses que je ne comprends pas, repartit Claire, décidée à ne pas céder.

Edwina tapa sur la table du plat des deux mains.

— Cet homme ! éructa-t-elle. Ce Victor Chen ! Il se pavane comme si Hong-Kong lui appartenait. Il fraye avec tous les gens importants... Vous l'ignorez sans doute, mais c'est lui qui a été choisi pour organiser la soirée de réception de la princesse Margaret quand elle est venue en visite officielle ! Lui ! Ce *Chinetoque* qui s'habille à Savile Row ! Un collaborateur ! Un opportuniste ! Il se prétend meilleur que tout le monde, meilleur même que les Anglais ! C'est écœurant. Je ne le tolérerai pas.

La violence de ses invectives, si déplacées dans le cadre feutré de ce salon de thé, sembla se perdre dans l'épaisseur des rideaux damassés qui masquaient les fenêtres.

— Il a snobé Mary l'autre jour. Il oublie ses vieux amis dans sa course au sommet. Eh bien, il verra ce que cela va lui coûter, dit-elle en tournant vers Claire un regard furieux. Cet affreux bonhomme ne mérite pas l'existence dorée qu'il mène.

— Difficile de juger qui mérite quelle vie, intervint Claire, avec le sentiment qu'elle devait calmer un gros animal.

— Il pense que le passé est mort et enterré. Mais le passé ne se laisse pas oublier aussi facilement.

– Et l'enfant ? L'enfant de Trudy ? demanda Claire, songeant au seul être innocent de ce drame.

— Je n'en sais rien, ma chère. Je suppose qu'on s'en est occupé.

Après une pause, elle conclut :

— Oui. Ça a été la fin. Je repense souvent à ce dernier après-midi avec Trudy, combien elle était réservée, en retrait, indifférente. Peu lui importait la vie ou la mort depuis que Will l'avait abandonnée. Selon moi, Will Truesdale lui a brisé le cœur. Pas mal, non ? Qui aurait pu se douter que la remarquable Trudy Liang en avait un, de cœur ?

Le 5 juillet 1953

— Et nous dans tout ça, maintenant ? dit Claire.

Silencieux depuis de longues minutes, ils regardaient en contrebas la rade dont les eaux se ridaient, sans bruit, dans le sillage des bateaux qui se croisaient, tels des jouets dans la baignoire d'un enfant. Une petite bruine se mit à tomber. Claire avait dû prendre tellement sur elle pour poser cette question qu'elle n'osait lever les yeux vers lui. Elle croisa sagement ses mains sur ses genoux.

— Tu n'as pas besoin de moi, dit lentement Will. Je te l'ai déjà dit, et c'est plus vrai aujourd'hui que jamais. Je ne suis plus qu'un poids.

La première réaction de Claire fut de battre en retraite. Puis elle se rendit compte que Will était sincère : il avait vécu trop longtemps avec ses secrets ; maintenant qu'il en était soulagé, il devait ressentir un grand vide.

— Je n'ai pas besoin de toi, lui dit-elle comme un écho à ses paroles.

Comme d'habitude, il se dérobait, jamais elle n'était parvenue à le saisir. Même dans la plus grande intimité, alors que son visage palpitait de désir au-dessus d'elle, il n'était jamais entièrement là. Et elle comprenait à présent pourquoi : il était avec une autre, depuis toujours.

Autre souvenir pénible : Will soulevant sa chevelure alors qu'elle était couchée sous lui, laissant les écheveaux d'or glisser entre ses doigts, et d'un air étrangement distant prononçant : « L'or. J'adore les cheveux qui ont la couleur d'un métal : l'or, le bronze, même l'argent. L'or et le bronze deviendront un jour argent, non ? » Il n'avait jamais été aussi près de dire « Je t'aime ». Mais ce presque l'avait piquée au vif. Elle avait détourné la tête pour l'enfouir dans l'oreiller. Au lit, elle était précautionneuse, elle avait peur de prononcer des mots qu'elle regretterait plus tard.

— Tu mérites mieux, lui dit-elle, s'efforçant de sauver quelque chose, mais elle ne savait quoi. Tu ne peux pas vivre dans un regret perpétuel.

— Tu es gentille, mais tu ne comprends pas.

— Ce n'est pas de la gentillesse.

Il s'abstint de toute réplique.

— Tu me répètes tout le temps d'être forte, mais tu n'appliques pas tes conseils à toi-même. Quand on s'est rencontrés, à t'entendre, il fallait que je profite des circonstances pour opérer une transformation, pour devenir quelqu'un d'autre et aller au-delà de ce que m'a donné la nature. Et toi, tu n'es pas capable de le faire pour toi-même. Tu es enlisé dans le passé et décidé à rester malheureux.

Elle n'avait jamais été aussi lucide. Elle bouillonnait de colère, et sous l'effet de cette colère inopinée ses yeux se dessillaient :

— Tu ne peux pas lâcher le passé, et tu es en train de sombrer. Toi qui prétendais être si fort !

Elle s'était laissé duper. Il l'avait mystifiée. Cet homme, qu'elle avait aimé, n'était qu'une coquille vide. Avec ce sentiment en venait un autre, plus cruel encore : la pitié, ce sentiment fatal à la passion.

— Je t'avais dit de me quitter et de ne pas t'occuper de moi, lui dit-il, furieux à son tour, n'aspirant à rien d'autre qu'à la solitude.

Mais elle ne partirait pas sans avoir réussi à sauver au moins quelque chose.

— Pourquoi m'avoir courtisée ? lui lança-t-elle. Tu as changé ma vie. Et tu ne m'aimais même pas, tu l'as affirmé toi-même. Qu'est-ce qui t'a pris ? Tu t'ennuyais ?

Elle lui jeta cette dernière interrogation comme on décoche une flèche.

— Tu étais pure, tenta-t-il de lui expliquer. Tu ne ressemblais pas aux autres. Ta petite tête était bourrée de préjugés et d'idées idiotes, mais tu écoutais, tu voulais changer. Cela m'était égal d'être seul. Mais tu es venue…

— Et tu m'as ouvert les yeux, toi le sage…

— Tu es injuste. Ce n'est pas digne de toi. Je n'avais plus regardé une autre femme jusqu'à toi… Pourtant j'avais mauvaise conscience, comme si je trahissais Trudy, que j'avais déjà amplement trahie…

— Tu gâches ta vie.

La pluie mouillait les cheveux de Will. Des mèches ruisselantes lui collaient au front. Il ne faisait même pas mine de s'essuyer les joues. Il avait l'air vaincu.

Cruelle, finalement, elle susurra :

— Lâche.

Était-ce là l'homme pour qui elle avait changé sa vie ? Cela lui semblait incroyable.

— Et toi tu es ignorante… naïve, rétorqua-t-il, féroce. Personne ne peut tourner le dos à son passé comme on ferme une porte derrière soi.

— Tu ne me regardes même pas en face ! Tu ne m'accordes même pas ça ! Tu t'es montré tellement avare d'attentions avec moi, tellement mesuré.

Elle baissa les yeux sur ses vêtements. Ce matin, elle s'était habillée avec soin et l'arrière-pensée de produire une certaine impression : paisible, sans reproche, confiante. Une robe en voile de coton bleu marine boutonnée sur le devant, dont la jupe, discrètement plissée sur les côtés, lui arrivait aux genoux. Un vêtement simple et bien coupé. Elle s'était lavé les cheveux. Un serre-tête en satin bleu les retenait en arrière. Claire s'efforça de repousser de son esprit le mot qui la taraudait : *imbécile, imbécile*.

— Puisque je te dis que les choses pourraient se passer autrement, dit-elle.

Et dans sa tête, la voix de sa mère : « Tu cours après un homme ! Tu n'as pas honte ? » Le rouge lui monta aux joues. Elle leva la main en l'air et l'agita vaguement, comme pour chasser l'inopportun fantôme maternel.

Il répliqua, avec la même férocité que précédemment :

— Sais-tu ce que c'est que rater ta vie parce que tu t'es retenu d'agir ?

Et en se levant, il ajouta :

— Rien ne te poursuit plus implacablement.

— Alors, tu baisses les bras, murmura-t-elle.

— Il arrive que tu n'aies pas le choix. Je t'en supplie, arrête, avant que je dise encore des choses que je regretterais plus tard.

— Pourtant le remords est ton élément. Tu as bâti, ou plutôt tu as détruit ta vie autour du regret du passé.

Ils étaient, aussi bien l'un que l'autre, hors d'eux-mêmes. Leur bref passé commun se dissolvait dans le bain acide de la colère.

Il s'éloigna. Elle ne le retint pas.

Le 12 juillet 1953

La semaine suivante, Claire se rendit chez les Chen dans l'intention de donner sa démission. Elle se présenta à l'heure habituelle de la leçon et se fit conduire au salon où Melody prenait le thé, seule.

— Vous ne vous sentez pas bien ? demanda-t-elle, inquiète de voir la Chinoise assise au bord du canapé, totalement immobile, le regard fixé sur la tasse qui refroidissait sur la table basse devant elle.

— Non. C'est une erreur, dit Melody. Un grave malentendu. Tout le monde se fait des idées sur notre compte.

— Je…

— Elles m'évitent, coupa Melody, l'air abattue. Aujourd'hui, j'ai traversé le salon de thé du Gloucester. Elles se sont arrêtées de parler et ne m'ont pas dit bonjour, même pas Lizzie Lam, avec qui j'étais à l'école primaire. C'était ma meilleure amie. J'avais attrapé sa varicelle ! Et elle a fait semblant de ne pas me voir.

— Vous devez vous tromper…

— Non, c'est vrai, chuchota Melody. Les gens sont sans pitié, vous savez. Dans notre monde, ils peuvent être très cruels.

L'hypocrisie de cette femme, se dit Claire, était consternante. Melody dut percevoir son ambivalence, car elle lança d'une voix impatiente :

— Oh ! et puis vous ne pouvez pas comprendre.

D'un ton adouci, elle enchaîna :

— Et vous ? Je suppose que votre vie n'est plus la même non plus ?

— En effet. J'ai envoyé un télégramme à mes parents. Je vais sans doute être obligée de rentrer chez moi.

— Nous voilà dans de beaux draps ! dit Melody. N'est-ce pas ce qu'on dit ? Car d'une façon ou d'une autre vous êtes impliquée, n'est-ce pas ? Je parie que vous n'auriez jamais imaginé vous retrouver un jour dans un imbroglio pareil.

— En effet. Tout cela m'est tout à fait étranger.

Melody se leva :

— Je vais aller annoncer à Locket votre arrivée.

Claire voulut de nouveau lui expliquer qu'elle ne viendrait plus, mais Melody la coupa :

— On dit que je l'ai prise à Trudy, mais c'est faux. Trudy me l'a donnée.

Pour le coup, Claire resta interdite.

Melody poursuivit, tout d'une haleine :

— Elle savait ce qui l'attendait. Elle savait bien qu'elle n'en avait plus pour longtemps. Elle savait aussi que j'avais perdu mon bébé à la naissance en Californie. Mort-né. Je suis rentrée après l'accouchement. Je ne voulais pas rester toute seule en Amérique, sans les miens. Trudy tenait à ce que j'élève son enfant. C'était un cadeau, entre cousines. Beaucoup de gens ne comprennent pas ça, mais en Chine, cela arrive tout le temps, depuis toujours, surtout en temps de guerre ou de famine. Nous avons l'habitude de la souffrance : nous avons l'esprit pratique. Les orphelins sont élevés par d'autres membres de la famille, c'est mieux pour eux. Vous autres, Occidentaux, vous ne pouvez pas comprendre. C'est ce que Trudy souhaitait, ou aurait souhaité. Elle savait que Locket serait choyée. Et je pense que Victor s'est dit aussi qu'elle lui servirait d'assurance. Elle est à moitié japonaise, Locket. À moitié japonaise, un quart chinoise, un quart portugaise. Quoiqu'on ne le dirait pas à la voir. N'est-ce pas ? Vous ne l'auriez pas deviné ? Et nous l'aimons comme notre propre fille. C'était mieux pour tout le monde.

Elle se tut, l'air soudain perdue.

— Le docteur m'a dit que je n'aurais plus jamais d'enfant. Une nouvelle grossesse signerait mon arrêt de mort. Je n'ai donc pas eu le choix…

Après un instant d'hésitation, elle annonça :

— Je vais aller chercher Locket.

Et, sur ces paroles, elle sortit précipitamment du salon.

Claire attendit dans le silence rompu seulement par le tic-tac sonore de l'horloge. Quelques minutes plus tard, Locket entra.

— Je vous attendais dans le salon de musique. J'ai attendu très longtemps. Ling vient de me dire que vous étiez ici. Vous parliez avec Maman ?

Locket paraissait à Claire sous un jour nouveau. La fille de Trudy. Une enfant qui ne connaîtrait jamais sa vraie mère. Le fruit de la violence, du mensonge et du désespoir. Mais rien de la griffe du passé ne transparaissait sur son large et placide visage. Le passé, son histoire, tout cela avait été enfoui sans peine.

— Oui, Locket. Mais je suis venue spécialement pour t'annoncer quelque chose. Pourquoi ne viens-tu pas t'asseoir près de moi ?

Locket obtempéra.

— Vous voulez des biscuits ? J'ai un peu faim.

Elle appela une amah à qui elle s'adressa en cantonais. Désormais Claire établissait une distinction entre les différentes langues : shanghaien, cantonais, mandarin. Dans des familles comme celle de Locket, on parlait souvent les trois, ainsi que l'anglais couramment et un peu le français.

— Vous prendrez bien un rafraîchissement, madame Pendleton ?

Soudain, Claire vit Locket comme une Trudy en miniature, parfaitement à l'aise pour donner des ordres aux domestiques. La bonne apporta presque aussitôt un plat de biscuits à la confiture et du lait. Et en un clin d'œil Locket redevint une enfant, une enfant très gourmande.

— Locket, commença Claire. Je suis venue te dire que je ne pourrais plus continuer à te donner tes leçons de piano.

— Mmm, fit Locket, la bouche pleine.

— Et que j'y ai pris grand plaisir, même si tu ne travaillais pas assez tous les jours à mon goût.

— Pardon, madame Pendleton.

— Mais peu importe. Tu es une gentille fille, et tu as beaucoup de qualités. Des qualités de cœur surtout. Ton innocence est précieuse.

Locket opina.

— Tu ne vois pas de quoi je parle, n'est-ce pas, Locket ? Tu es une bonne personne. C'est ce que je tenais à te dire. Reste bien fidèle à toi-même. Fie-toi à ton instinct. Je te souhaite une très belle vie…

Tout en étant consciente de la futilité de ces paroles, Claire continua. Il lui fallait laisser à Locket un souvenir d'elle. Un souvenir inoubliable. Évidemment, la seule chose susceptible de marquer l'enfant de manière indélébile, il n'était pas question qu'elle la dise. Pas question qu'elle prenne sur elle cette responsabilité-là.

— Madame Pendleton, quand je vous écoute, j'ai l'impression que je vais mourir !

— Je voulais juste que tu saches, entonna Claire. Un point c'est tout.

Elle se leva et déposa un baiser sur la chevelure noire et luisante de la fillette.

— Au revoir, Locket.

Claire laissa l'enfant dans le salon devant son assiette de biscuits, l'air interloqué. En son for intérieur, Claire était la proie d'un étrange et tumultueux pressentiment.

1953

Dans ses rêves, elle revient vers lui. Dans ses rêves, elle lui pardonne.

— Toute ma vie j'ai attendu un saint, lui dit Trudy.

Elle a les mains nouées autour de son cou, elle lève les yeux vers lui.

— J'ai cru que c'était toi, mon saint.

— Désolé, je n'ai jamais prétendu être un saint.

– Ah ! tu crois ça, dit-elle, sans colère. Il y a comme un parfum de sainteté qui flotte autour de toi. Les autres se tournent vers toi quand ils ont des ennuis. Tu inspires confiance. Contrairement à moi... Je dégage seulement... de l'instabilité. Mais je suis beaucoup plus amusante.

Il caresse ses cheveux, la douce soie de ses cheveux d'ambre et de bronze.

— Je ne ferme jamais ma porte à clef à cause de toi, lui dit-il. S'il y avait la moindre chance que tu sois encore en vie... Des choses plus étranges encore se sont déjà vues. Je ne fermais pas ma porte parce que si tu parvenais à me retrouver et que je me trouvais par hasard dehors, je ne voulais pas que tu repartes. Je voulais mettre toutes les chances de mon côté. Voilà pourquoi je ne voyage jamais. Les gens se demandent ce que je fais toujours ici, à ruminer le passé.

— Je t'aurais retrouvé quoi qu'il arrive, lui affirme-t-elle de sa belle voix sonore et cristalline. Aurais-tu oublié combien je suis débrouillarde ?

— Pour toi, j'aurais commis les crimes les plus abjects, confesse-t-il. Si j'avais été marié, pour toi j'aurais abandonné femme et enfants. Si tu avais voulu un bijou, pour toi je l'aurais volé. Si tu avais voulu que j'assassine quelqu'un, pour toi je l'aurais assassiné. Il n'y a rien que je n'aurais fait pour toi, et c'est cela le pire. C'est pourquoi je devais à tout prix m'éloigner. Il fallait que je te quitte, pour me sauver moi-même.

— Eh bien, dit-elle, moqueuse. Je ne sais si c'est ce que j'ai entendu de plus gentil... ou de plus méchant.

Elle lui a toujours seriné qu'elle n'est pas fiable, qu'elle est capable de le plaquer dans l'heure, qu'il ne faut pas lui faire confiance. Mais malgré toutes ces fanfaronnades, il lui suffisait de la regarder dans les yeux pour ne pas la croire.

— J'aime imaginer à quoi va ressembler ma vie une fois que tout cela sera fini, dit-elle. Glace et champagne à tous les repas. Je prendrai des bains de miel et de vin. Je saurai jeter l'argent par les fenêtres, tu verras ! Je me conduirai en riche héritière jusqu'au bout des ongles. Toutes les extravagances seront permises. Seuls les plus fins savons et parfums de France toucheront ma peau. Un bouquet de fleurs exotiques fraîches embaumera mon chevet. Cette guerre me tue. Je suis devenue vieille et acariâtre. J'ai l'intention d'effacer cette horrible personne dès que...

Mais elle ne peut pas savoir ce qui terminera la guerre.

Il la secoue. Il cherche à lui mordre la joue, à lui faire mal, à lui arracher des bouts de chair, à sentir le goût de son sang dans sa bouche. Il veut la dévorer toute crue, jusqu'à ce qu'elle ressente la même douleur que lui. Une douleur qu'il lui aura causée à son tour.

Il reprend conscience, elle s'efface, il se rappelle l'autre, celle qui vit encore. Mais il replonge, il sombre de nouveau dans le passé. Son attraction est trop forte.

Le souvenir de ces journées. Assis sur son grabat, impuissant, enragé, exaspéré par l'insupportable monotonie de la routine, par les calculs minables de ceux qui l'entourent – leurs coups d'œil dans la gamelle du voisin, leur jalousie quand l'un d'eux s'approprie une chambre laissée vacante à la suite du rapatriement des Américains. Et le jour du départ de ces mêmes Américains, dont le gouvernement s'était avéré cent fois le plus efficace pour négocier un échange de prisonniers, l'indéfinissable vague à l'âme qu'il avait ressenti en voyant les camions démarrer avec leurs chargements de joyeux déguenillés aux poches gonflées de lettres adressées par ceux qui restaient à des êtres chers aux quatre coins du globe. Ils avaient promis de les poster. Les âmes charitables avaient laissé leurs couvertures et les vêtements qu'ils n'avaient pas sur le dos, de l'argent même. D'autres avaient tout emporté jusqu'au dernier haillon, comme s'ils n'allaient pas tout jeter à la poubelle une fois rentrés chez eux. C'était étrange, la façon dont les mentalités se révélaient dans un camp. Une poignée d'Américains demeuraient sur place : les prêtres catholiques. Ils avaient laissé passer leur chance de retrouver leur pays et la liberté pour s'occuper de leurs frères encore en captivité. Oui, il y avait des âmes plus que charitables.

Un autre souvenir, antérieur : le premier Noël au camp de Stanley, une année et des poussières après leur internement. Il se rappelait l'herbe jaune de la pelouse centrale et les nuages de poussière soulevés par les enfants en shorts déchirés qui se poursuivaient comme des moineaux en poussant des cris d'excitation – il faisait encore plus chaud que de coutume. Les mères avaient dressé un buffet de citronnades peu citronnées et de cookies de Noël, cadeaux de ceux restés dehors. Ayant réussi à se procurer des décorations, elles avaient suspendu aux branches loqueteuses des arbres de la cour quelques guirlandes argentées et des objets aux couleurs criardes. Les détenus s'étaient réunis autour d'un vieux gramophone nasillard jouant des chants de Noël. Ils bavardaient en buvant de la citronnade et en se passant sous le manteau une flasque. Bill Schott s'était débrouillé pour obtenir un costume de Père Noël. Avec un coussin en guise de bedaine, il faisait la joie des enfants. Il leur avait même distribué des cadeaux, des boutons, une poupée de chiffon, un collage en feuilles d'arbre, des petits riens qui les émerveillaient. Les mères n'avaient pas chômé.

Les soldats japonais observaient la scène avec des mines effarées. Un peu plus tôt, ils avaient donné aux enfants des sacs de sucres d'orge.

Regina Arbogast avait brusquement surgi devant Will, le cou emmitouflé dans une écharpe rouge. Elle avait encore de l'allure.

— Joyeux Noël, Will !

Son mari était à ses côtés. C'était avant qu'il soit torturé. Bien des mois avant. Will avait levé son verre à la santé du couple.

— Une année déjà… Le temps passe trop vite, n'est-ce pas ? Quelle différence avec l'an passé.

— Et nous sommes toujours là, déclara Reggie.

— Vous profitez bien de vos permissions ? s'enquit Regina.

La facilité avec laquelle Will entrait et sortait du camp alimentait l'envie et la curiosité des autres détenus, même s'il s'efforçait de rapporter toujours assez de choses pour faire plaisir à tout le monde.

— « Profiter » n'est pas vraiment l'expression qui s'impose, répondit-il.

— Trudy est dans les meilleurs termes avec le régime actuel…

Regina avait lancé ces paroles en l'air, comme un défi.

— C'est une question ? susurra Will.

Reggie se tourna impatiemment vers sa femme :

— Comment peux-tu savoir, enfermée ici ? dit-il. Tu as trop d'imagination, Regina.

— Je me contente de répéter ce qu'on raconte, dit Regina en adressant un clin d'œil à Will. Mais, sans doute, moins on en sait, mieux ça vaut, pas vrai, Will ?

Reggie fit rouler ses yeux dans leurs orbites.

— Tiens, dit-il à sa femme. Le chœur va commencer.

Il la prit fermement par le bras et l'emmena du côté du groupe des enfants plus âgés et des femmes qui s'apprêtaient à chanter.

Will a la nausée au souvenir de ce dialogue sachant ce que la vie leur a réservé par la suite, et la façon dont cette comédie s'est terminée pour eux tous quand la réalité s'est enfin imposée.

Puis 1945. Le grondement des avions dans le ciel, la rumeur selon laquelle il existait une nouvelle sorte de bombe. Une arme extraordinaire, dépassant l'imagination, semant la mort à une échelle impensable. Un nuage en forme de champignon géant dévastant le Japon. Des bribes d'information leur parvenaient par le canal de la livraison quotidienne de légumes : les épinards arrivaient comme par miracle enveloppés dans des journaux anglais.

Les gardiens prenaient des airs penauds et se montraient un peu plus amicaux. Les détenus obtenaient quelques avantages. La taille des rations augmentait.

Trudy toujours présente à son esprit, jour après jour, mais de façon moins urgente. Les messages qu'il tentait de lui faire parvenir ne recevaient pas de réponse, aucun des visiteurs au camp ne l'avait vue en ville. On aurait dit qu'elle s'était volatilisée. Comme sa mère, songeait-il, repoussant aussitôt cette pensée. Pendant une guerre, il y a des gens qui meurent. Par la suite, il devait s'apercevoir que c'était là le raisonnement d'un homme sur le point de mourir.

Et la libération. Un nouveau monde les attendait dehors, un monde où les Japonais représentaient encore un danger, dans leur défaite même. Certains attaquaient, tuaient autant qu'ils le pouvaient, d'autres, la majorité, s'arrangeaient pour rester sur le fil du rasoir, c'est-à-dire sur la ligne de démarcation entre vainqueurs et vaincus.

Telle une vieille machine rouillée que l'on remet en route, Hong-Kong se ranima. Les autobus et les trams reprirent leurs parcours à heures régulières, les magasins se réapprovisionnèrent, les prix trouvèrent peu à peu leur cours normal. Les habitants, quand ils se rencontraient dans la rue, s'embrassaient et s'exclamaient de stupéfaction devant leur maigreur, heureux d'en avoir réchappé et de se revoir, même si, avant guerre, ils n'avaient pas eu grand-chose à se dire. Tout le monde s'employait à renouer avec le quotidien, à prendre pied dans le terre à terre.

Otsubo fut rapatrié au Japon. Par la suite, ils apprirent qu'il avait été condamné à mort par pendaison et exécuté à la prison de Sugamo. Cette nouvelle ne leur apporta aucun soulagement.

Le premier dîner en ville se déroula dans une atmosphère étrange tandis que chacun reprenait ses marques tout doucement, précautionneusement, puis, à une vitesse incroyable, ses habitudes mondaines. On se plaignit de la pénurie de denrées de consommation courante, puis de l'incompétence des domestiques, puis de la difficulté de se procurer de bonnes bouteilles, puis de tout et de rien. L'amnésie du confort, consolatrice, anesthésiante, si séduisante. Bientôt ils menaient tous la même vie qu'avant.

Comment une femme peut-elle disparaître ? Comment un être humain aussi plein de vitalité peut-il se volatiliser ?

En la recherchant au lendemain de la guerre, il gardait dans la bouche un goût indéfinissable, le goût des regrets. Un détail curieux : il avait toujours soif après sa libération. Il parvint à mettre la main sur une voiture et parcourut de long en large l'île sur des routes désertes. Il visita son ancien appartement, l'ancienne maison d'Angeline, celle de son père à Sai Kung, les unes et les autres vides et saccagées, puant le moisi quand ce n'était pas pire. La tournée des demeures à l'abandon. Son père retrouvé mort pendant la guerre à Macao, de cause inconnue. Dominick mort lui aussi. Une histoire triste de plus.

Sans la légèreté de Trudy pour le faire vivre en apesanteur, Will devint un être morose, trop sérieux, trop ténébreux. Il traînait dans des coins bizarres de Hong-Kong ou restait chez lui, entre quatre murs, avec un seul verre, une seule assiette, une seule ampoule nue. Il n'était plus invité nulle part. « Il est devenu très étrange », murmurait-on dans le monde. Il était incapable de se refaçonner une identité sans Trudy.

Will se fit oublier jusqu'au jour où il aperçut Victor et Melody descendant de voiture à Causeway Bay, en compagnie de leur fille. L'enfant ne présentait aucun trait de ressemblance avec eux. Il se rappela avoir entendu parler de Melody accouchant aux États-Unis, une tragédie, mais cela n'avait été qu'un ragot murmuré une seule fois à son oreille, puis plus jamais. Cependant, cette rencontre le fit réfléchir. Peu après, il téléphona à Victor, l'apitoya sur son sort et lui demanda du travail, sachant parfaitement que le bonhomme serait trop heureux d'engager un Anglais pour ce qu'il considérait comme un emploi subalterne, les deux hommes conscients l'un et l'autre qu'il s'agissait en réalité de tout autre chose.

Mais Victor aimait frimer auprès de ses relations d'affaires, surtout quand celles-ci débarquaient d'Europe ou d'Amérique. Will avançait la voiture puis sortait pour tenir la portière. Les invités de Victor n'en revenaient pas : un Anglais servant de chauffeur, même chez des gens aussi fortunés que les Chen, voilà qui était du jamais vu, surtout un Anglais avec la classe de Will, qui avait fait partie du Tout-Hong-Kong d'avant-guerre. Cela dit, les habitants de la colonie avaient d'autres soucis en tête, et puis ils avaient été si nombreux à souffrir du traumatisme de la guerre. Un banquier hollandais qui, à Stanley, avait basculé dans la schizophrénie, vivait à présent dans un taudis de Sheung Wan et demandait l'aumône en remuant un panier sous le nez des passants. La jeune Miller, fiancée jadis à l'héritier d'une des plus grosses fortunes de Hong-Kong, les Ho, sortit du camp si abîmée qu'elle avait emménagé à Mong Kok où, paraît-il, elle était entraîneuse dans un bar. Will ne représentait après tout qu'un déchet de plus de la société d'après-guerre, et pas un déchet de la pire espèce. Sa situation fit jaser au début, puis on la considéra comme un travers de plus de la vie à Hong-Kong.

Malgré ses horaires irréguliers, Will tentait de se rapprocher de Locket, mais les Chen s'arrangeaient toujours pour que ce soient les autres chauffeurs qui la déposent à l'école. Il profitait de toutes les occasions pour la dévisager et… chercher quoi ? Un signe de quoi ? Trudy, certes, mais aussi quelque chose qu'il ne se formulait pas à lui-même.

Un jour, Victor monta dans la voiture et pria Will de le conduire sur le Peak. Il paraissait anormalement agité, à froisser ses papiers sur la banquette arrière.

— Des erreurs ont été commises, déclara-t-il tout à trac.

Will garda le silence. Victor s'énerva :

— Vous savez de quoi je parle ?

— Non, répondit Will.

— Pendant une guerre, de nombreuses décisions se prennent et des choses se font sans réflexion préalable.

— Oui, monsieur, dit Will.

Cette marque de respect était en réalité plus menaçante que n'importe quelle parole. Le rétroviseur lui renvoya le reflet du visage de son passager : il transpirait abondamment.

— J'ai reçu des nouvelles… commença Victor.

— Oui, monsieur.

Après une hésitation, Victor sembla se ressaisir.

— Il est indéniable que personne n'est plus pareil après cette guerre, Will. Nous sommes tous dans la même galère.

Will s'abstint de tout commentaire.

— J'ai changé d'avis, Will, on rentre à la maison.

Will fit demi-tour et ramena Victor chez lui. Ils n'échangèrent plus un mot de tout le trajet. Ses gages furent doublés du jour au lendemain. Will ne comprit jamais ce qui avait effrayé Victor, mais ni lui ni son patron n'avaient plus mentionné l'incident.

Il attendait que quelque chose arrive. Et en attendant, il se remémorait.

Trudy et Dominick enlacés dans une étreinte terrible.

Il est étrange de constater combien tant de choses semblent inévitables, quand on les contemple après coup. Réunissez une fille et un garçon du même genre sous un ciel d'été et observez ce qui se passe. En général, ils s'aiment. Deux amis, faits pour s'entendre, puis l'un d'eux, subitement, obtient un avantage personnel : ils restent rarement amis. C'est ce qui a dû se passer. Trudy et Dominick, si semblables qu'ils sont comme les deux doigts de la main quand tout va bien. Quand le temps se gâte, chacun retrouve sa vraie nature. Trudy fondamentalement bonne, Dominick, une bête. La morsure de la trahison.

Mais la sienne ? Bien pire. Il le sait.

— Je te pardonne, lui dit-elle. Je comprends.

Il se raccroche à ces mots. Ils résonnent et résonnent encore à ses oreilles.

Comment pourrait-il la quitter maintenant ?

Épilogue

Une femme lit dans un fauteuil, devant une fenêtre. Auprès d'elle, une tasse de thé froid. Dehors le crépuscule s'épaissit, bientôt elle n'arrive plus à distinguer les mots sur les pages, elle se lève pour allumer. La pièce s'éclaire d'un seul coup.

Elle vit seule à présent, dans un petit appartement qu'elle loue à Wanchai, au milieu du petit peuple de Hong-Kong et des marchés en plein vent. L'ameublement est austère : un lit en fer équipé d'un mince matelas, un cageot renversé en guise de table de chevet, une lampe achetée en solde dans le grand magasin Dodwell's. Seul le fauteuil apporte une touche de confort. Elle mène une vie frugale avec son maigre salaire de dactylo dans une compagnie de shipping. Elle a appris à vivre à la façon des Chinois, de presque rien, marchandant l'indispensable, depuis les ampoules électriques jusqu'aux serviettes à thé. Elle se procure une orange à la fois, ou deux carottes, ou un poulet vivant qu'elle fait tuer, et qui lui dure au moins trois jours. Elle mange aux échoppes : des nouilles, du *congee*, des viandes grillées et des tas d'autres mets qui l'auraient dégoûtée l'année précédente seulement. Parfois, assise sur un tabouret à côté d'un chauffeur de taxi ou d'un boutiquier, elle s'étonne de comprendre plus ou moins ce qu'ils disent : des mots émergent de la bouillie de sons, tels des joyaux. Au début, elle était pour eux un objet de curiosité, mais ils se sont habitués à elle et à présent ils l'ignorent. Son cantonais – encore rudimentaire – s'améliore. Elle peut maintenant passer commande au *daipaidong* sans que le vendeur se sente obligé de lui hurler la traduction anglaise dans les oreilles. Il se contente de jeter une poignée de nouilles dans le bouillon avec un grognement : le même traitement que pour tout le monde.

Chez elle, elle enfile parfois pour dormir le pantalon noir et la tunique blanche qui composent la tenue des amahs et qui se révèle un pyjama étonnamment confortable. En coton très léger, ce vêtement est aussi très bon marché. Le vendeur présumant qu'il est destiné à son amah a insisté, en parlant avec les mains, pour qu'elle lui indique la taille. Claire a tenu les vêtements contre elle en hochant la tête. Lors de son premier jour dans l'appartement, elle s'est rendue chez le coiffeur au coin de la rue, s'est assise dans son fauteuil et, à la stupéfaction de cet homme, lui a demandé de lui couper les cheveux court.

Elle connaît les rues de son quartier – Johnston, Harcourt, Connaught – ainsi que leurs noms cantonais. Ils forment une espèce de réseau veineux partant de Central et s'étendant jusqu'à Repulse Bay, le Peak, les Mid-Levels, tous ces quartiers où elle ne va plus que rarement, des endroits remplis d'Anglais et reflétant un autre mode de vie. De temps à autre, elle tombe sur une personne de connaissance. On lui demande toujours comment elle va d'un air faussement soucieux, curieux surtout, et elle se contente de hocher la tête en disant :

Merci, très bien, la ville me plaît beaucoup. Mais n'allez-vous pas rentrer en Angleterre ? insistent-ils. Et elle de répondre : Non, pour l'instant ce n'est pas à mon programme.

On parle de moins en moins d'elle dans le monde. Elle fait désormais partie de l'histoire ancienne sur la pente de l'oubli, ce qui lui convient parfaitement.

Il lui arrive de se sentir seule. Elle fréquente la bibliothèque, où elle emprunte trois ou quatre livres à la fois. Elle lit des ouvrages sur Beethoven, la culture du riz en Chine, des biographies de Premiers ministres britanniques, et se rassure en pensant qu'il y aura toujours des livres à lire. Il y a aussi un piano au club des bibliothécaires, et la gérante l'a autorisée à en jouer après la fermeture, à condition de la prévenir à l'avance. Elle s'y rend en début de soirée, quand la chaleur est moins torride, et joue environ une heure, pendant que le personnel range autour d'elle. Elle prend soin d'arriver assez tard pour être sûre de ne pas croiser les femmes qu'elle serait susceptible de connaître et qui, une fois leur thé bu, rentrent chez elles afin de préparer le dîner du mari et des enfants réunis entre des murs tout vibrants du bruit de leur voix et de la vaisselle… des foyers si différents du sien.

Martin, autant qu'elle sache, est toujours à Hong-Kong. Elle est restée encore quelques jours avec lui dans l'appartement pendant qu'elle cherchait un autre logement. C'est elle qui le lui avait demandé, au retour de la fatale réception. Livide, il n'avait dit ni oui ni non. C'était déjà généreux de sa part, se disait-elle. Elle avait rempli deux verres de whisky et bu le sien à petites gorgées, en silence. Elle se rappelle encore la façon dont il se tenait. Assis lourdement à table, buvant lentement, tripotant le coin du dessous-de-verre. Yu Ling, avertie à la vitesse de l'éclair avant même leur arrivée à l'un et à l'autre par le réseau imbattable des amahs, piaffait d'excitation sur le seuil de la cuisine, les oreilles grandes ouvertes.

Le courage lui manquait pour poser des questions. Il attendait qu'elle lui livre d'elle-même la vérité, mais elle ne se décidait toujours pas. Pendant les premiers jours, son silence glacial ne la gêna pas trop. C'est quand il se mit à essayer de lui parler et de comprendre ce qui s'était passé qu'elle ne le supporta plus. Elle avait honte de dormir sur le canapé du salon. Elle s'efforçait de se réveiller avant Yu Ling : elle voulait avoir le temps de ranger son oreiller et ses couvertures. Mais Yu Ling était la plus rapide et à plus d'une reprise Claire avait, au réveil, croisé le regard dévoré de curiosité de l'amah. Dans son univers, ce genre de drame se réglait à coups de hachoir, se disait Claire, et de ne pas voir le sang couler devait lui sembler bien étrange.

Puis Martin : « Tu étais malheureuse ? » Ses premières paroles après la soirée. Il les avait prononcées en entrant dans le salon où elle lisait, alors qu'il sortait de leur chambre conjugale.

Quelle réponse avait-elle à cela ? Elle posa son livre. La question lui paraissait tellement terre à terre, et en même temps elle s'en voulait de son antipathie.

— J'avais besoin de croire que la vie pouvait être plus que ça, dit-elle, consciente que cette petite phrase toute simple était une offense aux valeurs morales.

Sa seconde question : « Où es-tu allée ? » Il s'assit à leur table de salle à manger, loin d'elle. Il se frotta les yeux.

Elle lui expliqua. Elle avait descendu l'allée des Chen. Il faisait chaud, comme d'habitude, elle était à pied. Elle avait descendu May Road, la route sinueuse et étroite taillée dans la roche, qui serpentait jusqu'à Garden Road. Puis elle avait marché jusqu'à Central. Elle avait très chaud. Elle s'était arrêtée dans une boulangerie pour boire un thé glacé. Sa tête bourdonnait, comme le jour où elle s'était évanouie devant chez les Chen. Puis, ne sachant où aller, elle avait continué vers l'est et s'était retrouvée à Wanchai, où l'extraordinaire tohu-bohu de la rue l'avait réconfortée. Au contact de ce bouillonnement d'activité, son tumulte intérieur s'était comme apaisé. Elle avait regardé autour d'elle et s'était dit : Je pourrais vivre ici.

— Après ce qui s'est passé, j'attire trop l'attention, j'ai envie d'un peu d'invisibilité, confia-t-elle à Martin. Il y a une telle effervescence, et j'en fais partie, je ne sais pas pour quelle raison, mais c'est ainsi. Je me rends compte que tu partages ce sentiment. Et pour cela, je te demande pardon.

Il la dévisagea – cette petite provinciale qu'il avait ramenée d'Angleterre – et comprit qu'en fait il ne savait pas qui était cette femme en face de lui.

Elle partit dès que possible. Elle fit ses bagages et prit un taxi pendant qu'il était au bureau. Elle embrassa Yu Ling, serra un instant contre elle le corps frêle de la Chinoise avec un pincement de cœur dont elle fut la première étonnée : elle ressentait en effet de la tristesse à quitter cette vie-là. Et pourtant elle était à présent convaincue qu'on obtenait ce qu'on attendait de l'existence. Martin ne s'étant jamais attendu à trouver l'amour, au final, ne serait pas déçu. De la perdre ne représentait pas pour lui une tragédie. Son chagrin, s'il en avait un jour un, aurait une autre cause. En tout cas, elle n'en serait pas responsable. Elle-même n'avait jamais su quoi attendre, et ne le savait toujours pas. Elle était encore en devenir.

Sans doute devient-elle l'archétype de la femme qui « se prend pour une autochtone » et évite-t-elle le commerce de ses congénères. Amelia, qui avait été sa première amie, est venue lui rendre visite chez elle. Elle a eu du mal à dissimuler sa consternation devant le nouveau cadre de vie de Claire. Elle a tourbillonné un moment dans son minuscule logis, lui a offert un pot de confiture et des savonnettes, et s'est éclipsée pour ne jamais revenir. Claire se doute que l'incident a fait le tour des dîners en ville pendant les semaines qui ont suivi. Cela ne la dérange pas.

La semaine dernière, elle a jeté dans un petit sac des bijoux de prix, de beaux foulards et des babioles, et elle a apporté le tout chez un brocanteur. La marchande à qui elle les a présentés a eu l'air désemparé : elle ne sait qu'en faire au milieu de ses vilains articles qui prennent la poussière : casseroles cabossées, chandails élimés… C'est pourtant la seule solution qu'a trouvée Claire. En franchissant la porte qui donne sur la rue, elle se sent soudain légère.

À présent, elle contemple par la fenêtre la marée humaine qui inonde la rue. Voitures, taxis rouges et quelques vélos se faufilent entre les trams à impériale qui serpentent, tirés par leurs câbles. Le ciel bleu est souligné par le profil des immeubles ornés d'antennes et de cordes à linge. Une odeur âcre monte par bouffées de la rue et s'engouffre par la fenêtre ouverte. Deux ans plus tôt seulement, elle n'aurait même pas pu imaginer une scène de ce genre.

Et toujours, elle est soutenue par cette idée : il lui suffirait de franchir le seuil qui la sépare de la rue et elle s'y engloutirait, absorbée par ses rythmes, pour devenir, sans aucun effort, une parcelle de la terre.

Remerciements

J'ai tant de personnes à remercier :

Mon agent, Theresa Park, sans le soutien et les doux encouragements de laquelle ce roman serait peut-être encore un assemblage de notes dans mon ordinateur. Elle m'a accompagnée depuis les premières pages de ce livre.

Abby Koons, Julian Alexander, Rich Green, Sam Edenborough, Nicki Kennedy et Amanda Cardinale.

Kathryn Court, ma sage et élégante éditrice.

Clare Ferraro pour son soutien des premières heures qui n'a jamais désarmé.

L'extraordinaire équipe de chez Viking : Alexis Washam, Carolyn Coleburn, Louise Braverman, Ann Day, Nanacy Sheppard, Paul Slovak, Isabel Widdowson, et tant d'autres.

Clare Smith et la merveilleuse équipe de Harper Press UK pour leur enthousiasme et leurs bons conseils.

Pat Towers, qui a guidé mes pas dans l'élégance, tout en m'enseignant la nuance.

Abigail Thomas, pour ses délicieux gâteaux, son jugement sûr et ses mots gentils.

Chang-rae pour ses conseils tout à la fois d'écriture et de vie pratique qui ont toujours tapé dans le mille.

Elaina Richardson pour le séjour à Yaddo.

Pour leur amitié, leurs encouragements et leur compréhension : Mimi Brown, Deborah Cincotta, Rachael Combe, Kate Gellert, Katie Rosman, Sarah Towers, Daphne Uviller.

J'ai lu beaucoup d'ouvrages sur la Seconde Guerre mondiale aussi bien à la New York Public Library qu'à la Special Collections Library de l'université de Hong-Kong. J'ai en particulier tiré grand profit de la lecture de l'excellent volume de mémoires d'Emily Hahn et du formidable récit de George Wright-Nooth et Mark Adkin, *Prisoner of the Turnip Heads*.

J'ai aussi passé de longues heures dans les salles de la New York Public Library, la New York Society Library et la Hong-Kong University Library et je remercie ces bibliothèques d'être ouvertes au public et d'offrir aux écrivains de tels espaces de travail.

Ma mère, mon père, et mon frère et sa famille.

La famille Bae étendue.

Mes enfants, qui font ma joie de chaque jour et me permettent de toujours relativiser.

Et surtout, mon mari, Joe, qui est mon meilleur ami, ma meilleure moitié, et me soutient avec un amour et une générosité sans pareil dont je lui suis chaque jour reconnaissante.

American way of life

(Pocket n° 11056)

Peut-on vendre du bœuf au pays du poisson cru ? C'est le défi que doit relever Jane, d'origine sino-américaine, à travers une série d'émissions à la télévision japonaise, vantant les mérites de la bonne épouse *made in US* et de ses succulents plats surprotéinés. Sous couvert d'un steak, c'est un nouveau mode de vie que Jane introduit chez Akiko, une banlieusarde de Tokyo qui veut tant donner un enfant à son mari…

Imprimé en France par

MAURY-IMPRIMEUR
à Malesherbes (Loiret)
en août 2010

POCKET – 12, avenue d'Italie - 75627 Paris cedex 13

N° d'impression : 157689
Dépôt légal : septembre 2010
520015/01